八閩文庫

八閩文庫

要籍選刊

47

鷄肋編

[宋]莊綽 撰

夏廣興 王藝 點校

四朝聞見録

[宋]葉紹翁 撰

張劍光 張瑩 點校

海峽出版發行集團
THE STRAITS PUBLISHING & DISTRIBUTING GROUP
福建人民出版社

二〇一九年八閩文庫出版工程領導小組

組　長　梁建勇

副組長　楊賢金

成　員

施宇輝　馮潮華　賴碧濤　陳熙滿

王建南　黃　誌　卓兆水　葉飛文

陳　強　林守欽　王秀麗　蔣達德

二〇二〇年八閩文庫出版工程領導小組

組　長　邢善萍

副組長　郭寧寧

成　員

施宇輝　馮潮華　賴碧濤　陳熙滿

肖貴新　王建南　黃　誌　卓兆水

葉飛文　陳　強　林守欽　王秀麗

林義良

二〇二二年八閩文庫出版工程領導小組

組長 張　彦

副組長 鄭建閩

成員 林端宇　鄭家紅　顔志煌　黄國劍　許守堯　肖貴新　林　生　黄　誌　卓兆水　吴宏武　陳　强　張立峰　鄭東育　林義良　林　彬

二〇二三年八閩文庫出版工程領導小組

組長 張　彦

副組長 王金福

成員 林端宇　鄭家紅　顔志煌　黄國劍　許守堯　肖貴新　黄　誌　陳熙滿　吴宏武　林　生　李　潔　張立峰　鄭東育　黄葦洲　林　彬

八閩文庫編纂委員會

八閩文庫總序

葛兆光　張　帆

一

在傳統中國的文化史上，福建算是後來居上的區域。經歷了東晉、中唐、南宋幾次大移民潮，浙、閩之間的仙霞嶺，早已不是分隔内外的屏障，而成了溝通南北的通道。歷史使得福建越來越融入華夏文明之中，唐宋兩代，特别是在「背海立國」的宋代，東南的經濟發達，海洋的地位凸顯，福建逐漸從被文明中心影響的邊緣地帶，成爲反向影響全國文明的重要區域。在七世紀的初唐，詩人駱賓王曾説「龍章徒表越，閩俗本殊華」（駱臨海集箋注卷二晚憩田家，陳熙晉箋注，上海古籍出版社一九八五年，第三六頁），前一句説的是華夏的衣冠對斷髮文身的越人没有用，後一句説的是閩地的風俗本來就與華夏不同，意思都是瞧不起東南。但是，到了十五世紀的明代中期，黄仲昭在弘治八閩通志序裏卻説，八閩雖爲東南僻壤，但自唐以來文化漸盛，「至宋，大儒君子接踵而出」，實際上它的文明程度，已經「可以不愧於鄒魯」（四庫全書存目叢書史部一七七册，齊魯書社一九九六年，第三六四頁）。

的確，自從福建在唐代出了第一個進士薛令之，而且晉江有歐陽詹，福清有王棨，莆田有徐寅、黄滔這些傑出人物之後，到了更加倚重南方的宋代，福建出現了蔡襄（一〇一二—一〇六七）、陳襄（一〇一七—一〇八〇）、游酢（一〇五三—一一二三）、楊時（一〇五三—一一三五）、鄭樵（一一〇四—一一六二）、林光朝（一一一四—一一七八）、朱熹（一一三〇—一二〇〇）、蔡元定（一一三五—一一九八）、陳淳（一一五九—一二二三）、真德秀（一一七八—一二三五）等一大批著名文人士大夫。這些出身福建或流寓福建的士人學者，大大繁榮和提升了這裏的文化，甚至使得整個中國的文化重心逐漸南移，也許，就像程頤説的那樣「吾道南矣」（宋史卷四二八道學楊時傳，中華書局一九七七年，第一二七三八頁）。也就是説宋代之後，原本偏在東南的福建，逐漸成了中國重要的文化區域。

不過，習慣於中原中心的學者，當時也許還有偏見。以來自中心的偏見視東南一隅的福建，那時福建似乎還是「邊緣」。雖然人們早已承認福建「歷宋逮今，風氣日開」

（黃虞稷閩小紀序，撰於康熙五年，續修四庫全書史部七三四册，上海古籍出版社二〇〇二年，第一二七頁），但有的中原士人還覺得福建「僻在邊地」。像北宋樂史的太平寰宇記，一面承認「此州（福州）之才子登科者甚衆」，一面仍沿襲秦漢舊説，稱閩地之人「皆蛇種」，並引十道志説福建「嗜欲、衣服，别是一方」（樂史太平寰宇記卷一〇〇江南東道一二，中華書局二〇〇七年，第一九九一頁）。所以，歷史上某些關於福建歷史、文化和風俗的著作，似乎還在以中原或者江南的眼光，特别留心福建地區與核心區域不同的特異之處，筆下一面凸顯異域風情，一面鄙夷南蠻鴃舌。但是從大的方面説，我們看到宋代以降，實際上福建與中原的精英文化越來越趨向同一，正如宋人祝穆方輿勝覽所説，「海濱幾及洙泗，百里三狀元」，前一句裏所謂「洙泗」即孔子故鄉，這是説福建沿海文風鼎盛，幾乎趕得上孔子故里；後一句裏「三狀元」是指南宋乾道年間福建登第的三個狀元，即乾道二年（一一六六）的蕭國梁、乾道五年的鄭僑和乾道八年的黃定，他們都是福建永福（今永泰）這個地方的人（祝穆新編方輿勝覽卷一〇，施和金點校，中華書局二〇〇三年，第一六三頁）。

文化漸漸發達，書籍或者文獻也就越來越多，福建文獻的撰寫者中不僅有本地人，也有流寓或任職於閩中的外地人。日積月累，這些文獻記録了這個多山臨海區域千年的文化變遷史，而八閩文庫的編纂，正是把這些文獻精選並彙集起來，爲現代人留下唐宋以來有關福建的歷史記憶。

二

福建鄉邦文獻數量龐大，用一個常見的成語説，就是「汗牛充棟」。那麼多的文獻，任何歸類或叙述都不免挂一漏萬。不過，我們這裏試圖從區域文化史的角度，談一談福建文獻或書籍史的某些特徵。

毫無疑問，中國各個區域都有文獻與書籍，秦漢之後也都大體上呈現出華夏同一思想文化的底色，但各區域畢竟有其地方特色。如果我們回溯思想文化的歷史，那麼，唐宋之後福建似乎也有一些特點。恰恰因爲是後來居上的文化區域，所以福建積累的傳統包袱不重，常常會出現一些越出常軌的新思想、新精神和新知識。這使得不少代表新思想、新精神和新知識的人物與文獻，往往先誕生在福建。衆所周知的方面之一，就是宋代儒家思想的變遷。應當説，宋代的理學或者道學，最初乃是一種批判性的新思潮，一些儒家士大夫試圖以屬於文化的「道理」鉗制屬於政治的「權力」，所以，極力強調

「天理」的絶對崇高，人們往往稱之爲道學或理學，也根據學者的出身地叫作「濂洛關閩之學」。其中，「閩」雖然排在最後，卻應當説是宋代新儒學的高峰所在，以至於後人乾脆省去濂溪和關中，直接以「洛閩」稱之（如清代張夏雒閩源流録），以凸顯道學正宗，恰在洛陽的二程與福建的朱熹，而道學最終水到渠成，也正是在福建。因爲宋代道學集大成的代表人物朱熹，雖然祖籍婺源，卻出生在福建，而且相當長時間在福建生活。他的學術前輩或精神源頭，號稱「南劍三先生」的楊時、羅從彦（一○七二—一一三五）、李侗（一○九三—一一六三），也都是南劍州即今福建南平一帶人，他的提攜者之一陳俊卿（一一一三—一一八六），則是興化軍即今莆田人，而他的最重要的弟子黄榦（一一五二—一二二一）是閩縣（今福州）人、陳淳是龍溪（今龍海）人。

正是在這批大學者推動下，福建逐漸成爲圖書文獻之邦。慶元元年（一一九五），朱熹在福州州學經史閣記中曾經説，一個叫常濬孫的儒家學者，在福州地方軍政長官詹體仁、趙像之、許知新等資助下，修建了福州府學用來藏書的經史閣，即「開之以古人敦學之意，而後爲之儲書，以博其問辨之趣」（朱文公文集卷八○，朱子全書第二四冊，上海古籍出版社、安徽教育出版社二○一○年，第三八一四頁）。宋代之後，經由近千年的日積月累，我們看到福建歷史上出現了相當多的儒家論著，也陸續出現了有關儒家思想的普及讀物。大家可以從八閩文庫中看到，這裏收録的不僅有朱熹、真德秀、陳淳的著述，也有明清學者詮釋理學思想之作，像明人李廷機性理要選、清人雷鋐雷翠庭先生自恥録等等，應當説，這些論著構成了一個歷經宋元明清近千年的福建儒家文化史。

三

説到福建地區率先出現的新思想、新精神和新知識，當然不應僅限於儒家或理學一系。更應當記住的是，從宋代以來，中國政治、經濟和文化的重心，逐漸從西北轉向東南，一方面由於中原文化南下，被本地文化激蕩出此地異端的思想，另一方面海洋文明東來，同樣刺激出東南濱海的一些更新的知識。

我們注意到，在福建文獻或書籍史上，呈現了不少過去未曾有的新思想、新精神和新知識。比如唐宋之間，福建不僅出現過譚峭（生卒年不詳）化書這樣的道教著作，也出現過像百丈懷海（約七二〇—八一四）、潙山靈佑（七七一—八五三）、雪峰義存（八二二—九〇八）那樣充滿批判性的禪僧，還出現過禪宗史上撰於泉州的最重要禪史著作祖堂集。又如明代中後期，那個驚世駭俗而特立獨行的李贄（一五二七—一六〇二），有人説他的獨特思想，就是因爲他生在各種宗教交匯融合的泉州，傳説他曾受到伊斯蘭教之影響，當然更因爲有佛教與心學的刺激，使他成了晚明傳統思想世界的反叛者。而另一個莆田人林兆恩（一五一七—一五九八），則是乾脆開創了三一教，提倡「三教合一」，也同樣成爲正統的政治意識形態的挑戰者。再如明清時期，歐洲天主教傳教士「梯航九萬里」，也把天主教傳入福建，特别是明末著名傳教士艾儒略（一五八二—一六四九）應葉向高（一五五九—一六二七）之邀來閩傳教二十五年，從而福建才會有「三山論學」這樣的思想史事件，也産生了三山論學記這樣的文獻，無論是葉向高，還是謝肇淛，這些思想開明的福建士大夫，多多少少都受到外來思想的刺激。最後需要特别提及的是，由於宋元以來，福建成爲向東海與南海交通的起點，所以，各種有關海外的新知識，似乎都與福建相關，宋代趙汝适撰寫諸蕃志的機緣，是他在泉州市舶司任職；元代汪大淵撰寫島夷志略的原因，也是他從泉州兩度出海。由於此後福州成爲面向琉球的接待之地，泉州成爲南下西洋的航線起點，因而福建更出現了像張燮東西洋考、吴朴渡海方程、葉向高四夷考、王大海海島逸志等有關海外新知的文獻，這一有關海外新知的知識史，一直延續到著名的林則徐四洲志。老話説「草蛇灰線，伏脈千里」，歷史總有其連續處，由於近世福建成爲中國的海外貿易和海上交通的中心，所以，這裏會成爲有關海外新知識最重要的生産地，這才能讓我們深切理解，何以到了晚清，福建會率先出現沈葆楨開辦面向現代的船政學堂，出現嚴復通過翻譯引入的西方新思潮。

甚至還可以一提的是，近年來福建霞浦發現了轟動一時的摩尼教文書，這些深藏在道教科儀抄本中的摩尼教資料，説明唐宋元明清以來，福建思想、文化和宗教在構成與傳播方面的複雜性和多元性。所以，在八閩文庫中，不僅收録了譚峭化書，李贄焚書續焚書、藏書續藏書，林兆恩林子會編等富有挑戰性的文獻，也收録了張燮東西洋考、趙新續琉球國志略等關係海外知識的著作，讓我們看到唐宋以來，福建歷史上新思想、新精神和新知識的潮起潮落。

四

在八閩文庫收録的大量文獻中，除了福建的思想文化與宗教之外，也留存了有關福建政治、文學和藝術的歷史。如果我們看明人鄧原岳編閩中正聲、清人鄭杰編全閩詩録收録的福建歷代詩歌，看清人馮登府編閩中金石志、葉大莊編閩中石刻記、陳棨仁編閩中金石略中收録的福建各地石刻，看清人黃錫蕃編閩中書畫録中收録的唐宋以來福建書畫，那麼，我們完全可以同意歷史上福建的後來居上。這正如陳衍（一八五六—一九三七）在閩詩録的序文中所説「余維文教之開，吾閩最晚，至唐始有詩人，至唐末五代中土詩人時有流寓入閩者，詩教乃漸昌，至宋而日益盛」（續修四庫全書集部一六八七册，第四一一頁）。可見，宋史地理志五所説福建人「多向學，喜講誦，好爲文辭，登科第者尤多」，「今雖閭閻賤品處力役之際，吟詠不輟」（杜佑通典州郡十二），真是一點兒不假。

清代學者朱彝尊（一六二九—一七〇九）曾説「閩中多藏書家」（曝書亭集卷四四淳熙三山志跋，四部叢刊初編集部二七九册，上海書店一九八九年，第六〇一頁）。千年以來的人文日盛，使得現存的福建傳統鄉邦文獻，經史子集四部之書都很豐富，翻檢八閩文庫，就可以感覺到這一點，這裏不必一一叙説。需要特別指出的是，福建歷史上不僅有衆多的文獻留存，也是各種書籍刊刻與發售的中心之一。福建多山，林木葱蘢，具備造紙與刻書的有利條件，從宋元時代起，福建就成爲中國書籍出版的中心之一。宋元時代福建的所謂「建本」或「麻沙本」曾經「幾遍天下」（葉夢得石林燕語卷八，侯忠義點校，中華書局一九八四年，第一一六頁），更有所謂「麻沙、崇安兩坊産書，號稱『圖書之府』」的説法（新編方輿勝覽卷一一，第一八一頁）。版本學家也許將它與蜀本、浙本對比，覺得它並不精緻，但是，從書籍流通與文化貿易的角度看，正是這些廉價圖書，使得很多文化知識迅速傳向中國四方，也深入了社會下層。淳熙六年（一一七九），朱熹在建寧府建陽縣學藏書記中曾説到，「建陽版本書籍行四方，無遠不至」，可當時嘉禾縣學居然藏書很少，「學於縣之學者，乃以無書可讀爲恨」，於是一個叫姚耆寅的知縣，就「鬻書於市，上自六經，下及訓傳、史記、子、集，凡若干卷以充入之」。當地刊刻的書籍，豐富了當地學者的知識，也增加了當地文獻的積累，甚至扭轉了當地僅僅重視「世儒所誦科舉之業」的風氣（朱文公文集卷七八，朱子全書第二四册，第三七四五頁），這就是一例。到了清代，汀州府成爲又一個書籍刊刻基地，近年特别受到中外學者注意的四堡，就是一個圖書出版和發行中心，文獻記載這裏「以書版爲産業，刷就發販，幾半天下」（咸豐長汀縣志卷三一物産）。所以，美國學者包筠雅（Cynthia J. Brokaw）文化貿易：清代至民國時期四堡的書籍交易（劉永華、饒佳榮等譯，北京大學出版社二〇一五年）就深入研究了這個位於汀州府長汀、清流、寧化、連城四縣交界地區的客家聚集區的書籍事業，繼承宋元時代建陽地區（如麻沙）刻書業，這裏再一次出現中國書籍出版史上佔據重要位置的福建書商群體。

可以順便提及的是，福建刻書業也傳至海外。福建莆田人俞良甫，元末到日本，由九州的博多上岸，寓居在京都附近的嵯峨，由他刻印的書籍被稱爲「博多版」。據説，俞氏一面協助京都五山之天龍寺雕印典籍，一面自己刻印各種圖書，由於所刊雕書籍在日本多爲精品，所以被日本學者稱爲「俞良甫版」。

從建陽到汀州，福建不僅刊刻了精英文化中的儒家九經三傳、諸子百家以及文選、文獻通考、賈誼新書、唐律疏議之類的典籍，也刊刻了很多大衆文化讀本，諸如西廂記、花鳥争奇和話本小説。特别在明清兩代書籍流行的趨勢和作爲商品的書籍市場的影響下，蒙學、文範、詩選等教育讀物，風水、星相、類書等實用讀物，小説、戲曲等文藝讀物，在福建大量刊刻。如果我們不是從版本學家的角度，而是從區域文化史的角度去看，這種「易成而速售」（石林燕語卷八，第一一六頁）的書籍生産方式，使得各種文獻從福建走向全國甚至海外，特别是這些既有精英的、經典的，也有普及的、實用的各種知識的傳播，是否正是使得華夏文明逐漸趨向各地同一，同時也日益滲透到上下日常生活世界的一個重要因素呢？

五

八閩文庫的編纂，當然是爲福建保存鄉邦文獻，前面我們説到，保存鄉邦文獻，就是爲了留住歷史記憶。

這次編纂的八閩文庫，擬分爲三個部分。第一部分是「文獻集成」，計劃選擇與收録唐宋以來直到晚清民初的閩人各種著述，以及有關福建的文獻，共一千餘種，這部分採取影印方式，以保存文獻原貌。這是八閩文庫的基礎部分，按傳統的經史子集四部分類，這是爲了便於呈現傳統時代福建書籍面貌，因而數量最多；第二部分是「要籍選刊」，精選一百三十餘種最具代表性的閩人著述及相關文獻，以深度整理的方式點校出版，不僅爲了呈現歷代福建文獻中的精華，也爲了便於一般讀者閲讀；第三部分則爲「專題彙編」，初步擬定若干類，除了文獻總目之外，還將包括書目提要、碑傳集、宗教碑銘、官員奏折、契約文書、科舉文獻、名人尺牘、古地圖等，我們認爲，這是以現代觀念重新彙集與整理歷史資料的一個新方式，它將無法納入傳統的四部分類，卻是對理解福建文化與歷史至關重要的文獻，進行整理彙集，必將爲研究與理解福建，提供更多更系統的資料。

經歷幾年討論與幾年籌備，八閩文庫即將從二〇二〇年起陸續出版，力爭用十年時間，經過一番努力，打下一個比較完備的福建文獻的基礎。

當然，不能説八閩文庫編纂過後，對於福建文獻的發掘與整理就已完成。八閩文庫僅僅是我們這一兩代人的工作，還有更多或更深入的工作，在等待著未來的幾代人去努力。無論從舊材料中發現新問題，還是以新眼光發現新材料，都是建立在前人的基礎上，而又對前人的工作不斷修正完善的過程。還是朱熹寫給陸九齡的那句廣爲流傳的老話：「舊學商量加邃密，新知培養轉深沉。」用舊的傳統融會新的觀念，整理這些縱貫千年的歷史文獻，也就無論「人間有古今」了。

八閩文庫要籍選刊出版説明

福建自唐代以降，名家輩出，著述繁興，流傳千載，聲光燦然。遺存之文獻，多可彰顯福建歷史發展脈絡，展示前賢思想學術及文學藝術成就，爲研究福建區域文化之基本典籍。八閩文庫「要籍選刊」擇取重要之閩人著作及相關福建文獻百數十種，予以點校。其中具備條件者，將採用編年、箋注、校證等方式整理。諸書略依經史子集分部編次，陸續出版。

二〇二一年八月

目録

鷄肋編

整理説明

鷄肋編三卷，宋莊綽撰。莊綽，字季裕，自署清源人。宋黄彦平高安郡門記稱其「潁川莊綽季裕」。陸心源儀顧堂書目題跋認爲其是「太原府清源縣人」。余嘉錫四庫提要辨證考訂其爲福建路泉州清源郡惠安縣人，目前學界多從此説。莊綽的具體生卒年月已亡不可考，據相關文獻記載，其歷北宋神宗、哲宗、徽宗、欽宗與南宋高宗五代。邵懿辰跋鈔本鷄肋編三卷稱其「生南北宋之交，遭時亂離，所記引杜詩『喪亂死多門』二條，極爲沈痛」。據其書所載，莊綽曾「攝尉襄陽」、「作倅臨涇」，仕宦於順昌、澧州、鄂州、筠州諸地，足迹遍及大江南北。莊綽其人，吕本中軒渠録記其「年未甚老而體極癯瘠」，人目爲「細腰宫院子」。黄彦平高安郡門記稱其是「慈祥清謹人也」。莊綽之父，於元祐中與黄庭堅、蘇軾、米芾諸人遊。莊綽猶識米芾及晁補之，其學頗有淵源，多識舊聞軼事。莊綽博物洽聞，著述頗豐，除鷄肋編外，還著有杜集援證、筮法新儀、明堂灸經、本草節要、本草蒙求、莊氏家傳、膏肓腧穴灸法、脈法要略等，唯膏肓腧穴灸法今存，其餘均已不傳。

莊綽於書前自序署南宋「紹興三年二月九日」（一一三三），而書中又載紹興九年（一一三九）事，一般認爲，此書完成以後，又有補充增益。莊綽於書中以紀實筆法記述其親身聞見，可信度較高。全書三百餘條筆記，涉及名物考辨、典章制度、遠域奇聞、詩文評説、社日節令、時局朝政、風俗忌諱、草木醫藥、僧佛傳聞等諸多内容。部分記載雖因失於考據而有訛誤，然借用夏敬觀鷄肋編題識所言，其皆爲「偶爾誤記，不足爲病」。鷄肋編作爲宋人筆記的重要組成，一直以來，在中國古代文史研究中有着較高的文獻價值。四庫全書總目稱其「可與後來周密齊東野語相埒，非輟耕録諸書所及也」。

鷄肋編宋時未曾刊刻，僅有鈔本。元有影宋鈔本。明有穴研齋鈔本，不分卷，已無從看到。清有影元鈔本，即四庫全書總目提要所著録之江西巡撫采進本，其收入四庫全書時曾有删改，訛誤較多。五朝小説大觀中所收，是完整本，舊小説與宋人小説中所收，爲節選。陶宗儀説郛僅録二三十條。現存最早爲北京圖書館藏影元鈔本，通行者爲琳琅秘室叢書和涵芬樓輯宋人小説本。本次點校，以上海圖書館藏琳琅秘室叢書本爲底本，校以北京圖書館藏影元鈔本、文淵閣四庫全書本等。

序

昔曹孟德既平漢中，欲因討蜀而不得進，守之又難爲功，操出教唯曰「鷄肋」而已，外莫能曉。楊修獨曰：「夫鷄肋，食之則無所得，棄之則殊可惜。公歸計決矣。」阿瞞之績，無見于策，而其空言，竟著於後。是豈非鷄肋之腊邪？然方其撅蘆菔、齕茈而餓於牆壁之間，幸而得之，雖不及於兔肩，視牛骨爲愈矣。予之此書殆類於是，故以「鷄肋」名之。紹興三年二月九日，清源莊季裕云。

卷上

歐陽文忠有贈介甫詩云：「翰林風月三千首，吏部文章二百年。老去自憐心尚在，後來誰與子爭先。」王答云：「它日若能窺孟子，終身何敢望韓公。」余少時，聞人謂吏部乃隱侯，非文公也。翰林詩無三千，亦非太白。後見沈約傳雖嘗爲吏部郎，及稱謝朓云「二百年來無此詩」。謂由建安至宋元嘉二百三十餘年，舉其全數耳。自嘉祐上至唐元和，餘二百五十年，去元嘉則遠矣。則「吏部」蓋指韓也。鄭谷有題太白集詩云：「何事文星與酒星，一時分付李先生。高吟大醉三千首，留着人間伴月明。」永叔所引，但用沈「二百年」之語，加於退之，以對翰林「三千首」耳。詩之年數〔一〕，安在如書馬數馬乎？

筯、屐之謎，載於前史，鮑昭集中亦有之。如一士、弓長、白水、非衣、卯金刀、千里草之類。其原出於反正、止戈，而後人因作字謎。王介甫作字謎云：「兄弟四人兩人大，一人立地三人坐，家中更有一兩口，任是凶年也得過。」又作謎云：「常隨措大官人，滿腹文章儒雅，有時一面紅妝，愛向風前月下。」至於酒席之間，亦專以文字爲戲。常爲令云：「有商人姓任名飪，販金與錦，至關，關吏告之曰：『任飪任入，金錦禁急。』」又云：「親兄弟日日昌，堂兄弟木目相〔二〕。親兄弟火火炎，堂兄弟金今鈐。」又云：「撅地去土，添水成池。」皆無有能酬者。又爲字中一點謎云：「寒則重重疊疊，熱則四散分流。兄弟四人下縣，三人入州，在村裏只在村裏，在市頭只在市頭。」又爲疊字下兩點謎云：「兄弟二人，同姓同名，若要識我，先識家兄。不識家兄，知我爲誰。」又婦字謎云：「左七右七，橫山倒出。」甑謎〔三〕云：「將軍身是五行精，日日燕山望石城，待得功成身又退，空將心腹爲蒼生。」

京師賣生果，凡李子必摘其蔕，不敢觸其實，必留上衣，令勃勃然，人方以新而爲好。至食者須雪去之。元祐中，有李閌待制，字子光，朝中戲以爲謎云：「賣者不識買者識。」蓋以「識」爲「拭」也。

元豐中，有以當時士人姓名爲對者。如「崔度崔公度，王韶王子韶」。又有江鬲，人亦戲云：「江鬲隔江，問巫馬期騎馬無。」未有對者。元祐中，有石萬石授石州離石縣令，人訝其遠宦，云：「要令後世無對。」元豐中，又有「馬子山騎山子馬」之句，偶有姓錢人任衡水知縣，人遂對以「錢衡水盜水衡錢」。其人聞之大怒，欲辨其事。對者謝曰：「君雖寔無，且欲與山子馬爲偶耳。」

大觀中，有曹孝忠，本醫工也，得幸於時，遂任子爲文資，擢置館閣。其子因與父相詬，既至館中，氣尚未平，獨坐屏處。時秋陽方烈，爲日所射，久不遷坐。有同僚怪之，問「何故負暄」，乃大怒云：「家私閑事，關公甚底？」問者初尚未悟，久乃知之，莫不傳笑。既而，易爲他官。又宗室仲輗，知太宗正司，以待漏院爲大、小字，如此者甚眾。其長仲忽以聞，亦罷。此與前世澆手、弄麞、聚憂、伏獵，無以異矣。又有楊通者，任提舉學事官，上殿劄子云：「人臣而持主斧，僭紊名器。」遂行禁止，刊於續降敕中，亦可笑者。

杜子美石犀行云「自免洪濤恣彫瘵」，與濟、逝爲韻。種萵苣云「信宿罷瀟洒」，與耳、始同押。後出塞云「恐是霍票姚」，作平聲。八仙歌押兩船字，狄明府兩濟字。洒字有三音，而瘵但切側界。去病爲票姚校尉。服虔注漢書「音飄搖」。顏師古云：「票音平妙反。姚音羊召反。票姚，勁疾之貌也。荀悅漢紀作票鷂字。去病後爲票騎將軍，尚取票姚之字耳。今讀者音飄搖，則不當其義也。」詩人拘於聲律，取其音而略其義也。

如濟濟、清濟，音雖同而義異。故兩船字，或者遂謂「不上船」爲蜀人以衣襟爲船。余嘗至蜀中問士人〔四〕，則不然。後見范傳正太白新墓志云，玄宗汎白蓮池，召公作序。時公已被酒於翰苑中，命高力士扶以登舟。杜之所歌。蓋此事爾。

黄魯直送張謨河東漕使詩云：「紫參可掘宜包貢，青鐵無多莫鑄錢。」時范忠宣帥太原，方論冶多鑄廣，故物重爲弊。其子子夷亦能詩，嘗云「當易『無』字作『雖』乃可」。又一篇云：「虎頭墨妙能頻寄，馬乳蒲萄不待求。」議者又謂：「維摩畫像一本足矣，何用多爲？」蓋貶駁他人，易於爲工也。孟子斥高子云固，而不取武成之策〔五〕，况餘者乎？

退之昭王廟詩，今集中皆作「丘原滿目」，余親到宜城祠，見刻爲「丘墳」。韓公并在焉，今之道稍遠，人無汲者。小城甄氏之居，猶想見也。又題西林寺故蕭二郎中舊堂云：「中郎有女能傳業，伯道無兒可保家。偶到匡山曾住處，幾行衰淚落煙霞。」唐趙璘因話録載此詩，以「保」爲「主」，下二句云：「今日匡山過舊隱，空將衰淚對煙霞。」

「健兒」之語，見於晉史段灼、梁史陳伯之傳，至唐尤多。余少時過荆南白碑驛，見豐碑刻唐官銜，有「招募健兒使」。其碑石瑩白，驛因得名。或云後製大晟樂，取石爲磬，未知信否。

李杜、蘇李之名，尤著於世者，以歷代所稱，兼於文行故也。余嘗以一絕記其聞者：「大義終全顯漢廷，李固、杜喬。名標八俊接英聲。李膺、杜密。文章萬古猶光焰，李白、杜甫。疑是無私李杜名〔六〕。」「居前曾是少陵師，蘇武、李陵。資歷文章亦等夷。蘇味道、李嶠。思若湧泉名海內，蘇頲、李乂。從來蘇李擅當時。」

處州龍泉縣多佳樹，地名豫章，以木而著也。山中尤多古楓木，其根破之，文若花錦。人多取爲几案盤器。又雜以它木，陷爲禽鳥花草，色像如畫。它處所未見。又出青瓷器，謂之「秘色」，錢氏所貢，蓋取於此。宣和中，禁庭製樣須索，益加工巧。

元祐中，余始見士大夫有間用蠟裹咫尺之木以書傳言，謂之「柬版」，既便報答，又免謬誤。其後事欲無迹者，廢紙而用版，浸爲金漆之類。其製甚眾，加以緘繩〔七〕，有盛以囊者。至崇寧時，家有數枚。自非遠書公禮，幾無用牋楮。然利害所繫，有濡紙而摹印字畫以爲左驗者。俗之薄惡，亦可見矣。

鳳翔府園有枯木，下有石刻，云「昭宗手拓槐」。蓋爲中衛韓全誨等劫幸李茂貞軍，朱全忠以兵圍城，嘗徘徊其下也。華州子城西北有齊雲樓基，昭宗駐蹕韓建軍，嘗登其上，賦菩薩蠻，詞云：「安得有英雄，迎歸大內中」者是也。其石隄谷在城西南十餘里，殺十一王處。今有堂，作釋氏十王像焉。

陳州城外有厄臺寺。乃夫子絶糧之地。今其中有「一字王佛」，云是孔子像。舊榜是文宣王，因風雨洗剥，但存「一宣王」，而釋子附會爲「一字王」也。其侍者冠服猶是顔淵之狀。如杜甫之作「杜十姨」，天下如是者，蓋不可勝數。

澧州有卒李文和者，本僧徒，犯罪坐黥。能診太素脉，知人吉凶，雖心性隱微，皆可推測。嘗診司法孫評云：「據脉當作僧道，然細審之，卻有名無實。幼時須曾出家，不爾，亦見于小字也。」問之果爾，以多病，嘗捨於釋氏，小名行者。余頗訝其别有他術，云：「法中脉出寸口者，當爲僧道。今所出不多，又或見或隱，故以有名無實斷之。」後得其書，以十二經配十二辰，如五行家分宫之法，身命運限，亦各有術，逐日隨支，輪脉直事，故目下災福，纖悉皆可見。其書序云：「本唐隱者董威輩以授張太素，太素始行其術，故以爲名。」後於京師、四方，多見診太素脉得名，而未有如李文和者。

杜子美詩云：「飯抄雲子白，瓜嚼水晶寒。」李義山河陽詩亦云：「梓澤東來七十里〔八〕，長溝複塹埋雲子。」世莫識「雲子」爲何物。白彦惇云，其姑壻高士新爲吉州兵官，任滿還都，暑月，見其榻上數囊，更爲枕抱。視之皆碎石，匀大如烏頭，潔白若玉。云出吉州，土人呼「雲子石」。而周壽子演云：「雲子，雹也。」見唐小説，而不記其書名。義山謂埋於溝塹，則非雹明矣。疑少陵比飯者，是此石也。

楊何，字漢臣，莆田人也。登進士第，爲南陽士掾，狂率喜功。劉汲作帥，就辟幕府。金人破鄧，全家皆死於兵。始在鄉校，以薄德取怨於衆。人嘲之曰：「牝驢牡馬生騾子，道士師姑養秀才。」蓋謂其父本黃冠，母嘗爲尼也。

襄陽尹氏，在唐世以孝弟四經旌表，今其門閥猶存。介甫詩云：「四葉表閭唐尹氏〔九〕，一門逃世漢龐公。」而史不書。余攝尉襄陽，嘗得尹孝子母之墓誌於臥佛僧舍，以爲柱礎，未暇取而罷。然史之去取，幸不幸者多矣。

食物中有「饊子」，又名「環餅」，或曰卽古之「寒具」也。京師凡賣熟食者，必爲詭異標表語言，然後所售益廣。嘗有貨環餅者，不言何物，但長嘆曰：「虧便虧我也。」謂價廉不稱耳。紹聖中，昭慈被廢，居瑶華宫，而其人每至宫前，必置擔太息大言。遂爲開封府捕而究之，無它，猶斷杖一百罪。自是改曰：「待我放下歇則箇。」人莫不笑之，而買者增多。東坡在儋耳，鄰居有老嫗業此，請詩於公甚勤。戲云：「纖手搓來玉色匀〔一〇〕，碧油煎出嫩黃深。夜來春睡知輕重，厭匾佳人纏臂金。」

米芾元章，或云其母本產媪，出入禁中，以勞補其子爲殿侍，後登進士第。善書，尤工臨摹，人有古帖，假去，率多爲其模易真本。至於紙素破污皆能爲之，卒莫辨也。有好潔之癖，任太常博士，奉祠太廟，乃洗去祭服藻火，而坐是被黜，然亦半出不情。其知漣水軍日，先公爲漕使，每傳觀公牘〔一一〕，未嘗滌手。余昆弟訪之，方授刺，則已須盥矣，以是知其爲僞也。宗室華源郡王仲御家多聲妓，嘗欲驗之。大會賓客，獨設一榻待之，使數卒鮮衣袒臂，奉其酒饌，姬侍環於他客，杯盤狼籍，久之，亦自遷坐於衆賓之間。乃知潔疾非天性也。然人物標致可愛，故一時名士俱與之遊。其作文亦狂怪。嘗作詩云：「飯白雲留子，茶甘露有兄。」人不省「露兄」故實，叩之，乃曰：「祇是甘露哥哥耳。」大觀中，至禮部員外郎，知淮陽軍卒。

禮文亡缺，無若近時，而婚喪尤爲乖舛。如親王納夫人，亦用拜先靈、合髻等俗禮。李廣結髮與匈奴戰，謂始勝冠年少時也，故杜甫新婚别云「結髮爲君婦」。而後世初婚嫁者，以男女之髮合梳爲髻，謂之「結髮」，甚可笑也。其不經不可以概舉。南方之俗，尤異於中原故習。如近日車駕在越，嘗有一執政家娶婦，本吳人也，用其鄉法。以灰和蛤粉，用紅紙作數百包，令婦自登輿，手不輟擲於道中，名曰「護姑粉」。婦既至門，以酒饌迎祭，使巫祝焚楮錢禳祝，以驅逐女氏家親。婦下輿，使女家親男女抱以登床〔一二〕。尊章會客，三爵之後，其子出拜坐人，設席于父傍〔一三〕，飲三杯，乃行合髻等諸禮。頗多異事。如民家女子，不用大蓋，放人縱觀。處子則坐於榻上，再適者坐於榻前。其觀者若稱歎美好，雖男子憐撫之，亦喜之而不以爲非也。喪家率用樂，衢州開化縣爲昭慈太后舉哀亦然。今適隣郡，人皆以爲當然，不復禁之。如士族力稍厚者〔一四〕，棺率朱漆。又信時日，卜葬嘗遠，且惜殯之費，多停柩其家，亦不設塗甓，至頓置百物於棺上，如几案焉。過卒哭則不祭，唯旦望節序，薄具酒葕祭之，亦不哭，是可怪也。

河朔山東養蠶之利，踰於稼穡。而村人寒月盜伐桑枝以爲柴薪，爲害甚大。每有敗獲，估贓不多。薄刑不足以戒，欲禁繫以苦之，則憚於囚眾。單州城武令聶忞，兗州人，起於白屋，知民間利病。有獲此偷，卽依法決遣。而據所徵贓錢，隨多寡，必分十限，付於其家。遠都保伍，畏於逃逸，係累之急，甚於官司。如限三日，卽已拘縻一月矣。又量其情之重輕，每限出頭，加以箠楚。雖欲一日併納贓罰，里正諭意，亦不聽輸。於是一邑桑柘，春陰蔽野，人大受賜。人有相讎害者，於樹幹中去其皮尺許令周匝，謂之「繫裹肚」，雖大木亦枯死。有一夕陽數百株者。此多大姓侵刻細民，故以此報也。

蘭、蕙葉皆如菖蒲，而稍長大，經冬不凋。生山間林篁中，花再重，皆三葉，外大內小。色微青，有紫文。其內重一葉，色白無文，覆卷向下，通若飛蟬之狀。以春秋二時開。莖短，每枝一花者爲蘭；莖長，一枝數花者爲蕙。本草載蘭草、馬蘭、澤蘭、山蘭四種。蘭草，葉似澤蘭，尖長有歧〔一五〕，花紅白色而香，生下濕地。澤蘭生下地水傍〔一六〕，業似蘭草，赤節，四葉相值歧節間。馬蘭生澤傍，氣臭，花似菊而微紫。山蘭生山側，似劉寄奴，葉無椏不對生，花心微黄赤。又有木蘭，乃大樹。皆非騷人所歌咏者。又云零陵香一名蕙草。既唯生零陵山谷，而莖葉都不與蕙相類，豈二物不入藥用而遺之乎？後至衢州開化縣，山間多春蘭。而醫僧允濟謂蘭根卽白薇也。按，白薇，一名白幕，又名薇草。本草乃云：生平原川谷。陶隱居謂近道處處有之。又與蘭小異，然藥肆皆收貨爲白薇，未知是否。夷齊採食，豈謂是邪？味雖苦鹹，大寒，而無毒也。

蕨有青紫二種，生山間，以紫者爲勝。春時，嫩芽如小兒拳，人以爲蔬。味小苦，性寒。生山陰者，可煅金石。葉大則與貫眾、狗脊相類。取置田中，或燒灰用之，皆能肥田。又有狼衣草，小者亦相似，但枝葉瘦硬。人取以覆牆，又雜泥中，以砌階甓，澀而難壞。蕨根如枸杞，皮下亦有白粉。暴乾擣碎，以水淘澄取粉，蒸食如餻，俗名烏糯，亦名蕨衣。每二十斤可代米六升。紹興二年，浙東艱食，取蕨根爲糧者，幾遍山谷〔一七〕。而本草亦不載也。

世謂西北水善而風毒，故人多傷於賊風，水雖冷，飲無患。東南則反是，縱細民在道路，亦必飲煎水。臥則以首外向，檐下籬壁，皆不泥隙，四时未嘗有烈風。又春多暴雨淋淫，秋則常苦旱暵。如東坡詩云：「春雨如暗塵，春風吹倒人。」皆不施於浙江也。

越州在鑑湖之中，繞以秦望等山，而魚薪艱得。故諺云：「有山無木，有水無魚，有人無義。」里俗頗以爲諱，言及「無魚」，則怒而欲爭矣。又井深者不過丈尺，淺者可以手汲。霖雨時，平地發之則泉出。然旱不旬日，則井已涸矣。皆謂泉乃横流故爾。蓋滅裂不肯深浚，致源不廣也。諺又云：「地無三尺土，人無十日恩。」此語通二浙皆云。

浙西諺曰：「蘇杭兩浙，春寒秋熱。對面厮啜，背地厮説。」言其反覆如此。又云：「雨下便寒晴便熱，不論春夏與秋冬。」言其無常也。此言亦通東西爲然。九州以揚名地，本其水波輕揚爲目。漢三王策亦有五湖輕心之戒。大抵人性類其土風。西北多山，故其人重厚樸魯。荆揚多水，其人亦明慧文巧，而患在輕淺，肝鬲可見於眉睫間〔一八〕。不爲風俗所移者，唯賢哲爲能耳。

孫真人有千金方，有治虱癥方，以故梳篦二物燒灰服。云南人及山野人多有此，猶未以爲信。嘗泊舟嚴州城下，有茶肆婦人少艾，鮮衣靚妝，銀釵簪花，其門户金漆雅潔，乃取寢衣鋪几上，捕虱投口中，幾不輟手，旁與人笑語，不爲羞。而視者亦不怪之。乃知方之所云爲不妄也。又在劍川見僧舍，凡故衣皆煮於釜中，雖褌袴亦然，虱皆浮於水上。此與生食者少間矣。其治蚤，則置衣茶藥焙中，火熇令出，則以熨斗烙殺之。

事魔食菜，法禁甚嚴。有犯者，家人雖不知情，亦流於遠方，以財産半給告人，餘皆没官。而近時事者益衆，云自福建流至温州，遂及二浙。睦州方臘之亂，其徒處處相煽而起。聞其法：斷葷酒，不事神佛祖先，不會賓客。死則裸葬，方殮，盡飾衣冠，其徒使二人坐於尸傍，其一問曰：「來時有冠否？」則答曰：「無。」遂去其冠。逐一去之，以至於盡。乃曰：「來時何有？」曰：「有胞衣。」則以布囊盛尸焉。云事之後致富。小人無識，不知絶酒肉燕祭厚葬，自能積財也。又始投其黨，有甚貧者，衆率財以助，積微以至於小康矣。凡出入經過，雖不識，黨人皆館穀焉。人物用之無間，謂爲一家，故有無礙被之説。以是誘惑其衆。其魁謂之魔王，爲之佐者，謂之魔翁、魔母，各誘化人。旦、望人出四十九錢，於魔翁處燒香。翁、母則聚所得緡錢，以時納於魔王，歲獲不貲云。亦誦金剛經，取「以色見我」爲「邪道」，故不事神佛。但拜日月，以爲真佛。其説經如「是法平等，無有高下」，則以「無」字連上句，大抵多如此解釋。俗訛以魔爲麻，謂其魁爲麻黄，或云易魔王之稱也。其初授法，設誓甚重。然以張角爲祖，雖死於湯鑊，終不敢言「角」字。傳云何執中官台州〔一九〕，州獲事魔之人，勘鞫久不能得〔二〇〕。或云何處州龍泉人，其鄉邑多有事者，必能察其虛實，乃委之窮究。何以雜物數件問之，能識其名則非是，而置一羊角其中。他皆名之，至角則不言，遂決其獄。如不事祖先、裸葬之類，固已害風俗。而又謂人生爲苦，若殺之，是救其苦也，謂之度人。度多者，則可以成佛。故結集既衆，乘亂而起，甘嗜殺人，最爲大患。尤憎惡釋氏，蓋以戒殺與之爲戾耳。

但禁令太嚴，每有告者，株連既廣，又當籍没，全家流放，與死爲等，必協力同心，以拒官吏。州縣憚之，率不敢按，反致增多。余謂薄其刑典，除去籍財之令，但治其魁首，則可以弭也。

余既書此未一歲，而衢州開化縣余五婆者，爲人所告，逃於嚴州遂安縣之白馬洞繆羅家。捕之，則阻險爲拒，殺害官吏。至遣官軍平蕩。兩州被患，延及平民甚衆，殊可傷憫。

南方多梟，而西北絶少〔二二〕。龍泉人亦捕食，云可以治勞疾。漢重五日以梟羹賜群臣，可驗其無毒。然醫方不云有治病之功也。

天下方俗，各有所諱。亦有謂而然。渭州潘原諱「賴」。云始太祖微時，往鳳翔謁節度使王彦才，得錢數千。遂過原州，臥於田間，而樹陰覆之不移，至今猶存，謂之「龍潛木」。至潘原，與市人博，大勝。邑人欺其客也，毆而奪之。及卽位無幾，欲還廢此縣，故以「賴」爲耻。然未知以欺爲賴，其義何見？常州諱「打爺賊」。云有子爲伍伯，而父犯刑，恐他人撻之楚，而自施杖焉。雖有愛心，於禮教則疏矣。楚州諱「烏龜頭」。云郡城像龜形，嘗被攻，而術者教以擊其首而破也。泗州多水患，故諱「靠山子」。真州多回禄，故諱「火柴頭」。漣水地褊多荒，人以食蘆根爲諱。蘇州人喜盜，諱言「賊」。世云范文正乃平江人，警夜者避不敢言賊，乃曰「看參政鄉人」，是可笑也。而京師僧諱

「和尚」，稱曰「大師」，尼諱「師姑」，呼爲「女和尚」。南方舉子至都，諱「蹄子」，謂其爲爪，與獠同音也。而秀州又諱「佛種」，以昔有回頭和尚以奸敗，良家女多爲所染故爾。衛卒諱「乾」，醫家諱「顛狂」，皆陽盛而然。疑乾者，謂健也。俗謂神氣不足爲九百，或以乾爲九數，又以成呼之，亦重陽之義耳。蜀人諱「雲」，以其近風也。劉寬以客駡奴爲「畜産」，恐其被辱而自殺。浙人雖父子朋友，以畜生爲戲語。而對子孫呼父祖名，爲傷毁之極。在龍泉，見村人有刻石，而名鑾、名嬌之類可耻賤者，問之，云欲人難犯，又可怪也。

天長縣炒米爲粉，和以爲團，有大數升者，以胭脂染成花草之狀，謂之「炒團」。而反以「炒團」爲諱，想必有説，特未知耳。

唐方伎傳云，長社人張憬藏，技與袁天綱埒。載其相蔣儼等八九事甚異。而劉義節傳云其子思禮學相人於張憬藏〔二三〕，憬藏謂思禮位至太師。後授箕州刺史，益喜。以太師位尊，非佐命必不可得。乃結綦連耀謀反，斬於市。然而則其術不無中否，但采其中者稱之耳。

世之以五行星曆論命者多矣。今録貴而凶終者數人，方其盛時，未有能言其未至之災也。以此知陰陽家不足深泥，唯正己守道爲可恃耳。張邦昌，元豐四年辛酉七月十六日亥時。王黼，元豐二年己未十一月初二日卯時。燕瑛，熙寧十年丁巳五月二十六日寅時。聶山，元豐元年戊午八月初十日卯時。趙野，元豐七年甲子正月十九日丑時。朱勔，熙寧八年乙卯十月二十六日申時。王寀，元豐元年戊午正月初六日子時。蔡攸，熙寧十年丁巳三月三十日寅時。鄧紹密，熙寧六年癸丑九月二十三日戌時。又有同年十一月而日時如歲者。童貫，皇祐六年三月初五日卯時。

漢史云：燕地初太子丹賓養勇士，不愛後宮美女，民化以爲俗，至今猶然。賓客相過，以婦侍宿。嫁娶之夕，男女無別，反以爲榮。後頗稍止，然終未改。方南北通好，每燕席亦用娼妓。聞半皆良家，以色選差，如中國之庸役更代，不以爲耻也。後復燕山，諸將嘗大會，各指名以召，諸娼莫有至者。怪而問之，云待之輕薄，故不來。蓋以衆客共要一妓，始爲厚也。凡娼皆用「子」爲名，若香子、花子之類。無寒暑必繫綿裙。其良家士族女子皆髡首，許嫁方留髮〔二三〕。冬月以栝蔞塗面，謂之「佛妝」，但加傅而不洗，至春暖方滌去，久不爲風日所侵，故潔白如玉也。其異於南方如此〔二四〕。

唐李道廣，字太丘，相武后。元紘，字天綱，相玄宗。皆陵之後。韓愈亦頹當之裔也。見宰相世系表。

春秋「鄭伯突入於櫟」，注云「鄭別都，今河南陽翟縣」。陸德明音翟，徒歷反。廣韻乃音宅，魏翟璜、漢翟公皆同音。至方進則又音狄，未知各何所據也。

扁鵲姓，前漢書注：顔師古音步典反。千姓編乃音辯，云莊子有扁慶子。陸德明音篇，又符殄切。

長孫順德喪息女，感疾甚，唐太宗薄之，謂房玄齡曰：「順德無剛氣，以兒女牽愛至大病，何足卹？」太宗兒女三十五人，晉陽公主薨，年十二，帝閱三旬不常膳，日數十哀，因以癯羸。太子承乾廢，欲立晉王，未決，至投床，取佩刀自向。既立晉王，又謂長孫無忌曰：「公勸我立雉奴，雉奴仁懦，得無爲宗社憂，奈何？」豈不以兒女牽愛乎？若引佩刀，欲堅群臣之心，謂之權術可也，而日數十哀，當忘「無剛氣」之語矣。

太宗嘗玩禁中樹曰：「此嘉木也。」宇文士及從旁美歎。帝正色曰：「魏徵常勸我遠佞人，不識佞人爲誰，今乃信然。」玄宗在殿庭玩一嘉樹，姜皎盛贊之，帝遽令徙植其家。二主之相去，以是可知矣。王義方買第後數日，愛庭中樹，復召主人，曰：「此嘉樹，得無欠償乎？」又予之錢。此又足見廉士之心也〔二五〕。

李琮，言者謂其「湛棋廢務」，罷發運使，笑曰：「遂與『多酒慢公』爲對矣。」蓋諺語之著者。而「多酒」之言，亦見於北史〔二六〕。

宣和壬寅歲，自京師至關西，槐樹皆無花。老農云：「當應來年之旱，與二麥不登。」

已而信然。諺云：「槐宜來歲麥，棗熟當年禾。」

彭城學中有古碑，夜輒有聲如擊磬。劉顥恭叔，秦州人，行爲徐州教官，云嘗聞之。原州真寧縣要册湫廟中，崇寧間，衆碑津潤如流，獨一碑否，是歲多疫。宣和中復如此。

陝西沿邊地苦寒，種麥周歲始熟，以故粘齒不可食。如熙州斤麪，則以掬灰和之，方能捍切。羊肉亦羶臊。惟原州二物皆美，麪以紙囊送四方爲佳遺。

二浙造酒，皆用石灰，云無之則不清。嘗在平江常熟縣，見官務有燒灰柴，歷漕司破錢收買。每醅一石，用石灰九兩。以樸木先燒石灰令赤，并木灰皆冷，投醅中，私務用尤多。或用桑柴云。樸木，葉類青楊也。李百藥爲杜伏威欲殺，飲以石灰酒，因大利瀕死，既而宿病皆愈。今南人飲之無恙，豈服久反得愈病之功乎？

鄭州去京師兩程，當川陝驛路，有紀事詩十餘韻。其切當者：「南北更無三座寺，東西只有一條街。四時八節無筵席，半夜三更有界牌。」延州亦有詩云：「沙堆套裏三條路，石炭煙中兩座城。」又云：「土洞裏頭行十日，山棚上面住三年。」謂中倚高山，自過蒲中，行土谷中十程始到也。寧州亦云：「鷄足斜分三道水，蛇腰慢轉一條街。」蓋州倚山而立，通衢宛轉其上也。三水會於城下，故驛名三河。謂九陵、三橋、馬嶺，皆合流於涇。九陵河在東南，出慶州華池縣千子山，川中九堆如陵，故名。三橋河在城西北，自襄樂界來，不知其源。馬嶺河在城西，自慶州樂蟠縣界天固府下流至縣。水經注云：洛水，一名馬嶺川。俗謂寧州有三不可：斬、蹴踘、灑豆〔二七〕。言地峻不可住也。河南亦有詩云：「憲州渾如枉死市，嵓嵐彷彿似陽間。」邠州有十拗，謂雪下炭賤，雨下水貴，出北門遊西湖等。

建炎三年七月，余寓平江府長洲縣彭華鄉高景山北白馬澗張氏舍。時山上設烽火，夕舉以報平安。留月餘，即過浙東，臨行書一絶於壁間云：「昔年隨牒佐邊侯，愁望長安向戍樓。今日衰頹來澤國，又看烽火照長洲。」是冬，金人犯杭、越。明年春，由平江以歸。白馬澗去城十八里，張氏數宅百餘區，盡被焚毀，獨留余所居，於壁邊題「耿先生到此不燒」七字。

諺云：「麥過人，不入口。」靖康元年，麥多高於人者，既熟，大雨，所損十八。順昌种谷道人云：「大風先倒無根樹，傷寒偏死下虛人。」王恬智叟云：「犯色傷寒猶易治，傷寒犯色最難醫。」王丹元素云：「治風先治脾，治痰先治氣。」皆衛生之要也。

人家養鷄，雖百數，獨一擅場者乃鳴，餘莫敢應，故諺謂「一鷄死後一鷄鳴」。嘗在處州斂川，見佑聖僧舍養一雄鷄，每啼則更互競發，飲啄棲遊，亦不相鬪。古云「兩雄不並棲」，此豈無所競而然邪？廣南則群雄競鳴，又不可解也。

小人之相亦多，其易驗者，有一絶載云：「欲識爲人賤，先須看四般。飯遲屙屎疾，睡易一作重。着衣難。」蓋無不應者。

寧州要册湫廟殿壁山水，皆范寬所畫。土地堂壁，有包氏畫虎，趙評事馬，皆奇筆。廟東興教院人物，亦寬畫，張芸叟謂：「面目大小鋭，失王者之相。」蓋人物非所工者。後殿有甘草一枝，長二丈餘，其大如臂，亦異物也。

寧州龍興寺，有開元二十二年所寫華嚴經，記唐忌辰。文德皇后六月二十一日，大聖天后十一月二十六日，高宗天皇大帝十二月初四日，而史有遺其崩日者。

河間老卒云：「蠶子最耐寒熱，臘月八日或二十三日，以新水浴過，至三月間，雖熱而桑未可採，則以綿絮裹置深密處，則不生。欲令生，則出置風日中。每槌間用生地黄四兩〔二八〕，研汁灑桑葉飼之，則取絲多於其它。」白樂天地黄詩云：「與君啖老馬，可使照地光。」二者當俱可信也。漢水漁者，取蠶腸以作釣絲，云雖挂千斤亦不斷。長只數寸，蓋皆未吐之絲耳。南人養蠶室中，以熾火逼之，欲其早老而省食，此其絲細弱，不逮於北方也。本草謂：「蠶婦不可食苦蕒，令蠶爛壞。」處州人言，此菜家家養蠶，不聞有損。方書有治蠶齧藥，亦未嘗聞見被傷者。

汝陰尉李仲舒漢臣，山陽人，生平戒殺。云釋教令置虱於綿絮筒中，久亦飢死。有人教使置青草葉上，經宿沾露，則化爲青蟲飛去。嘗試之信然，皆背拆而化去〔二九〕。

生薑苗鋪薦蓆下去壁虱，椒葉能辟蚤，狗舌草花亦然。此草葉如狗舌，夏秋生細花，始白漸黄，無甚香臭，花莖長出葉上，根已枯而葉不枯，俗又名狗蚤花。剉細，以乾薑滋味和之，作餛飩餅夾食之，已泄利。葉擣如泥，可煅硫黄。原人裴棐和之云〔三〇〕，嘗用之也。

本朝借緋紫服者，皆不佩魚。紹聖中，有引白樂天罷忠州刺史還朝詩云：「無奈嬌癡三歲女，繞腰啼哭覓銀魚。」自是始并魚皆借。然未赴、已替、在朝皆不服，出國門乃衣。而唐牛叢以司勳員外郎爲睦州刺史，帝面賜金紫。謝曰：「臣今衣刺史所假緋，即賜紫，爲越等。」乃賜銀緋。豈唐制赴日許服於朝，罷日則否，與今爲異乎？

余嘗行役，元日至鄧州順陽縣，家家閉户，無所得食。令僕叩門糴米，其家輒叫怒，謂驚其家親，卒不得。賴蔓菁根有大數斤者，煮之甘軟，遂以充腸。寧州臘月八日，人家競作白粥，於上以柿栗之類，染以衆色爲花鳥象，更相送遺。浙人七夕，雖小家亦市鵝鴨食物，聚飲門首，謂之「喫巧」。不慶冬至，惟重歲節。澧州除夜，家家爆竹。每發聲，即市人群兒環呼曰：「大熟。」如是達旦。其送節物，必以大竹兩竿隨之。廣南則呼「萬歲」，尤可駭者。寧州城倚北山，遇上元節，於南山巔維一繩，下達其麓，以瓦缶盛薪火，貫以環索，自上墜下，遥望如大奔星，士人呼爲「彗星燈」。襄陽正月二十一日，謂之「穿天節」，云交甫解佩之日。郡中移會漢水之濱，傾城自萬山泛綵舟而下。婦女於灘中求小白石有孔可穿者，以色絲貫之，懸插於首，以爲得子之祥。湖北以五月望日謂之「大端午」，泛舟競渡。逐村之人，各爲一舟，各雇一人凶悍者，於船首執旗，身挂楮錢。或爭駛毆擊，有致死者，則此人甘鬬殺之刑，故官司特加禁焉。成都自上元至四月十八日，遊賞幾無虚辰，使宅後圃名西園，春時縱人行樂。初開園日，酒坊兩户各求優人之善者，較藝於府會。以骰子置於合子中撼之，視數多者得先，謂之「撼雷」。自旦至暮，唯雜戲一色。坐於閲武場，環庭皆府官宅看棚。棚外始作高櫈，庶民男左女右，立於其上如山。每諢一笑，須筵中閧堂，衆庶皆噱者，始以青紅小旗各插於墊上爲記〔三二〕。至晚，較旗多者爲勝。若上下不同笑者，不以爲數也。浣花自城去僧寺忘其名。凡十八里，太守乘綵舟泛江而下，兩岸皆民家，絞絡水閣，飾以錦綉。每綵舟到，有歌舞者，則鈎簾以觀，賞以金帛。以大艦載公庫酒，應遊人之家，計口給酒，人支一升，至暮遵陸而歸。有騎兵善於馳射，每守出城，以奔驟於前。夾道作棚，爲五七層，人立其上以觀，但見其首，謂之「人頭山」，亦分男左女右。至重九藥市，於譙門外至玉局化五門，設肆以貨百藥，犀麝之類，皆堆積。府尹、監司，皆步行以閲。又於五門之下設大尊，容數十斛，置杯杓〔三二〕，凡名道人者，皆恣飲。如是者五日。云亦間有異人奇詭之事。方太平盛時，公私富實，上下佚樂，不可一一載也。如澧州作「五瘟社」，旌旗儀物，皆王者所用，惟赭傘不敢施，而以油冒焉。以輕木製大舟，長數十丈，舳艫檣柁，無一不備，飾以五采。郡人皆書其姓名、年甲及所爲佛事之類爲狀，以載於舟中，浮之江中，謂之「送瘟」。成都元夕，每夜用油五千斤，它可知其費矣。

建炎元年秋，余自穰下由許昌以趍宋城。幾千里無復鷄犬，井皆積尸，莫可飲。佛寺俱空，塑像盡破胸背以取心腹中物。殯無完柩，大逵已蔽於蓬蒿。菽粟梨棗，亦無人采刈。至咸平僧舍，有金剛經一藏，帶帙皆爲人取去，散棄牆壁間。乃太平興國中所賜，字畫紙飾，頗極精好。後見家人輩私携其三卷以來，常念欲轉以授人。值歐陽延世慶長與二弟自海陵過常熟，相遇偶話：泰州近有一士子少年，因遊城隍廟，見塑婦人而闕三木，旁有獄吏展案牘者，乃戲解其縲，於牘上書一「放」字。是夕，夢至廟中，獄吏詰以「婦人對詞未竟，君輒縱去，當復爲我攝之。」士子讕不爲行〔三三〕，吏前捉其臂，已覺酸楚，久之，又擊其背，痛若弗堪。乃告之曰：「吾能誦金剛經，幸見恕。」吏卽引之見王，召令升殿誦之。但至第四分，曰：「不能默誦，但常讀耳。」王命吏取經，頃刻已至，視之，乃其家本也。讀至第六，王乃起立，廷下之人無數，皆合掌默聽。至卷終，王語吏云：「可放其去。」吏乃送士子出門，以衣袖拂其背，痛卽頓除。而喜於得脱，忘使治捉臂之處，卽覺。明日命僧諷誦經廟中，以爲陰報。而臂上遂發大疽，破潰月餘方愈。慶長兄弟親所聞見，亦欲持誦此經，恨無善本，遂以與之。信幽冥之中，不可以欺，真實之語，其利爲博也。

靈棋卦三上、二中、一下，名曰「送貨」，亦曰「初吉」。繇文云：「客從南來，遺我良財，寶貨珍玩，金盌玉杯。」晉顔幼明解曰：「以陰處中，應乎外陽。有朋遠來，不亦宜乎？南者陽位，故曰南來。寶貨珍玩，貴人之資也。金盌玉杯，良宴之具也。」宋何承天亦以爲「大吉之卦」。楊文公在翰苑卜得之，忽有金帛之賜。吴玕任宗正少卿，亦得此卦，遂遷給事中，賜對衣金帶鞍馬。而南史載齊江謐，武帝出爲東海太守，未發，憂甚。以奕棋占卦云「有客南來，金盌玉杯」。及詔賜死，果以金罌盛藥鴆之。然則繇文如卦影之象，雖人各有其應，而吉凶特未定也。豈禍福天之所秘，終不容人推測乎？

寒食火禁，盛於河東，而陝右亦不舉爨者三日。以冬至後一百四日謂之「炊熟日」，飯麵餅餌之類，皆爲信宿之具。又以糜粉蒸爲甜團，切破暴乾，尤可以留久。以松枝插棗糕置門楣，呼爲「子推」，留之經歲，云可以治口瘡。寒食日上冢，亦不設香火，紙錢挂於塋樹。其去鄉里者，皆登山望祭，製冥帛於空中，謂之「擘錢」。而京師四方因緣拜掃，遂設酒饌，携家眷遊。或寒食日陰雨，及有墳墓異地者，必擇良辰，相繼而出。以太原本寒食一月，遂爲寒食爲一月節。浙西人家就墳多作庵舍，種種備具，至有蕭鼓樂器，亦儲以待用者。

後漢禮儀志：「立春之日，夜漏未盡五刻，京師百官，皆衣青衣。郡國縣道下至斗食令史〔三四〕，皆服青幘立青播〔三五〕，施土牛耕人於門外，以示兆民。」而今世遂有造春牛毛色之法，以歲干色爲頭，支色爲身，納音色爲腹。立春日干色爲角耳尾，支色爲脛，納音色爲蹄。至於籠頭、繮索，與策人衣服之類，亦皆以歲日爲别。州縣官更執鞭擊之，以示勸農之意。而庶民遂碎其牛，又不知何理所在，小人莫不爭奪。而河東之人，乃謂土牛之肉宜蠶，兼辟瘟疫，得少許則懸於帳上，調水以飲小兒，故相競有致損傷者。處處皆用平旦，而衢州開化縣須俟交氣時刻，有至立春日之夜，而土牛幺麽，僅若狗大，其陋尤可笑也。漢志又載：季冬之月「立土牛六頭於國都郡城縣外丑地，以送大寒」。今時無有行者。

漢文帝贊云：「治霸陵，皆瓦器，不得以金銀銅錫爲飾。因其山不起墳。」劉向以成帝營昌陵不成，復歸延陵，制度泰奢，上疏諫曰：「孝文皇帝去墳薄葬，以儉安神，可以爲則。」而晉史愍帝建興三年六月，盜發漢霸、杜二陵及薄太后陵，太后面如生，得金玉綵帛不可勝紀。時以朝廷草創，服章多闕，勑收其餘，以實內府。而史不言何陵之物，遂使後世疑瓦器爲不然。按赤眉在長安發掘諸陵，取其寶貨，遂汙辱呂后屍。凡有玉匣殮者，率皆如生。宋太祖皇帝卽位，自周文、武而下，凡掩三十六陵，而漢文亦在其間。皆唐末五代之所發者。蓋摸金之人，但見巍然大冢，安知其中爲無有？自非不封不樹，則未有不發之墓也。世云張耆侍中、晏殊丞相墓皆被盜，張以所得甚厚，故不傷其尸。而晏以徒勞，遂破其頭顱而去。此乃儉葬之害，是亦不幸，非常理可論也。今葬者，必瘞誌文，蓋備其必發。不然，何用置於壙中乎？

江浙無兔，繫筆多用羊毛，惟明、信州爲佳，毛柔和而不攣曲。亦用鹿毛，但脆易禿。湖南、二廣又用鷄毛，尤爲輭弱。高麗用猩猩毛，反太堅勁也。其用鼠須，只一兩莖置筆心中。如狸毛則見於唐史，疑亦太弱。南方春夏梅雨蒸濕，墨皆膠敗，滯筆而無光。徽州世出墨工，多佳墨，云以置灰中，則陰潤不能壞也。

建中靖國初，韓忠彥、曾布同爲宰相，曾短瘦而韓偉岸，每並立廷下，時謂「龜鶴宰相」。滕甫亦魁梧，而滕待之厚〔三六〕，游處未嘗不與之俱。人呼爲「內翰夾袋子」。秦觀之子湛，大鼻類胡人，而柔媚舌短，世目之爲「嬌波斯」。有揚州人黎珣，字東美，崇寧中作郎官監司，又有京師開書鋪人陳詢，字嘉言，皆以貌像，呼爲「蝦蟆」。而瓊林苑西南一亭，地界近水，俗號「蝦蟆亭」，天清寺前多積潦，亦名蝦蟆窩。都中輕薄子戲咏蝦蟆詩云：「佳名標上苑，窩窟近天清。道士行爲氣，梢工打作更。嘉言呼舍弟，東美是家兄。莫向南方去，將君煮作羹。」

初虞世必用方載官片大臘茶與白礬二物，解百毒，以爲奇絶。攷之本草：茶茗荈榛皆一種，俱無治毒之功。後見劍川僧志堅云：「向遊閩中，至建州坤口，見土人競採鹽麩木葉，蒸擣置模中，爲大方片。問之，云作郊祀官中支賜茶也。更無茶與他木。」然後知此茶乃五倍子葉耳，以之治毒，固宜有效。五倍子生鹽麩木葉下，故一名鹽麩桃。衢州開化又名仙人膽。陳藏器云：「蜀人謂之酸構，又名醋構。吳人呼烏鹽。」按玉篇構字，皮秘切。云木名，出蜀中，八月中吐穗如鹽，可食，味酸美。本草云出吳、蜀山谷。余疑五倍子乃吳構子聲誤而然耳。

瘡發於足脛骨旁，肉冷難合，色紫而癢者，北人呼爲「臁瘡」，南人謂之「骭瘡」，其實一也。然西北之人，千萬之中患者乃無一二。婦人以下實血盛，尤罕斯疾。南方婦女亦多苦之。蓋俗喜飲白酒、食魚鮝、嗜鹽味。而鹽則散血走下，魚乃發熱作瘡，酒則行藥有毒。三物氣味皆入於脾、腎，而足骭之間，二脉皆由之。故瘡之發，必在其所。素問云：「魚鹽之地，海濱傍水，民食魚而嗜鹽魚者，使人熱中，鹽者勝血，魚發瘡則熱中之性，鹽發熱則勝血之徵。其民皆黑色疏理，其病皆爲癰瘍。」血熱而弱，故有此。又本草：酒大熱有毒，能行百藥。服石人不可長以酒下，遂引藥氣入於四肢，滯血化爲癰疽。是白酒麴中多用草烏頭之類，皆有大毒，甚於諸石。釋經謂甘刀刃之蜜，忘截舌之患，況又害不在於目前者乎？諺謂「病從口入，禍從口出」，信矣。

杜子美有贈憶李白及寄姓名於他詩者，凡十有三篇。昔遊詩云：「昔者與高、李，晚登單父臺。」又有登兖州城樓詩，蓋魯、碭相隣。而太白亦有魯郡堯祠送別長句，雖不著爲誰而作，然二公皆嘗至彼矣。世謂太白惟飯顆山一絶外，無與少陵之詩。史稱蜀道難爲杜而發。二公以文章齊名，相從之款，不應無酬唱贈送，恐或遺落耳。按工部行二，高適、嚴武諸公，皆呼「杜二」。今白集中有魯郡東石門送杜二子詩一篇，余謂題下特脱一「美」字耳。杜贈白詩云：「秋來相顧尚飄蓬」，而李有「秋波落泗水」、「飛蓬各自遠」云，以此考之，各無疑者。俗子遂謂翰林爭名自絶，因辨是詩以釋爭名之謗。「醉別復幾日，登臨遍池臺〔三七〕」。後言「何時石門路〔三八〕」，重有金樽開。秋波落泗水，海色明徂徠。飛蓬各自遠，且盡手中杯〔三九〕」。又有送友人尋越中山水詩云：「聞道稽山去，偏宜謝客才。此中多逸興，早晚向天台。」少陵壯遊詩云：「東下姑蘇臺，已具浮海航。剡溪蘊秀異，欲罷不能忘。歸帆拂天姥，中歲貢舊鄉。」李所謂「友人」者，疑亦杜子美也。

「大人」，以大對小而言耳，而世惟子稱父爲然。若施之於他，則衆駭笑之矣。今略舉經史子傳之所云，以證其失焉。易乾卦：「九五，飛龍在天，大人造也。」注：大人謂賢人君子。論語：「畏大人。」注：大人，卽聖人。孟子：「大人者，不失其赤子之心。」注：大人謂國君。「惟大人爲能格君心之非」，謂輔臣。「大人正己而物正」，謂大丈夫不爲利害動者。「養其小者爲小人〔四〇〕，養其大者爲大人」，注：務口腹者爲小人，治心志者爲大人。如「大人弗爲」，「大人者，言不必信，行不必果」，義亦類此。惟漢高祖云：「始大人以臣爲亡賴。」霍去病云：「不早自知爲大人遺體。」崔鈞云：「大人少有英稱。」晉陳騫云：「大人大臣。」唐裴敬彝云：「大人病痛苦輒然〔四一〕。」皆呼其父。而疏受叩頭曰「從大人議」，則又名其叔。張博云「王遇大人益解」，范滂「惟大人割不忍之恩」，蓋謂其母。唐柳宗元謂劉禹錫之母，亦曰：「無辭以白其大人。」蘇章傳：「蘇純三輔號爲『大人』〔四二〕。」注：大人，長者稱，尊事之也。岑彭傳：「韓歆，南陽大人。」注謂大家豪右。高駢傳：女巫王奉先謂畢師鐸曰：「揚州災，有大人死。」秦彥曰：「非高公邪？」呼韓邪單于傳：「大人相難久之。」後漢北匈奴大人車利涿兵〔四三〕。唐蓋蘇文父爲東部大人，則外國亦指尊長爲大人也。梁元帝金樓子云：「荆間有人名我，此人向父稱我，向子恒稱名，此其異也。」又有名子爲大人者，此人恒呼子爲「大人」，此尤異也。又且鞮侯單于謂「漢天子，我丈人行」。注：丈人，尊老之稱也。故荆軻傳高漸離「家丈人召使前擊筑」。杜甫贈韋濟詩云：「丈人試靜聽。」而柳宗元呼妻父楊詹事丈人，母獨孤氏爲丈母。故今時惟婿呼婦翁爲然，亦不敢名尊老，以畏譏笑。至呼父爲爹，謂母爲媽，以兄爲哥，舉世皆然。問其義，則無説，而莫知以爲愧。風俗移人，咻於衆楚，豈特是而已哉。「爹」字雖見於南史梁始興王憺，云：「始興王，人之爹，救人急，如水火，何時復來乳哺我。」荆土方言，謂父爲爹，乃音徒我切。又與世人所呼之音異也。

王逸少好鵝，曹孟德有梅林救渴之事，而俗子乃呼鵝爲「右軍」，梅爲「曹公」。前人已載尺牘，有「湯燖右軍一隻〔四四〕，蜜浸曹公兩瓶」，以爲笑矣。有張元裕云，鄧雍嘗有柬招渠曰：「今日偶有惠左軍者，已令具麪，幸過此同享〔四五〕。」初不識「左軍」爲何物，既食，乃鴨也。問其所名之出，在鵝之下，且淮右皆有此語。鄧官至待制，典荆州〔四六〕，洵武樞密之子。俗人以泰山有丈人觀，遂謂妻母爲「泰水」，正可與「左軍」爲對也。

「北敵焉知鼎重輕，指蹤原是漢公卿。襄陽只有龐居士，受禪碑中無姓名」。人云吕本中居仁詩也。而其父好問，在圍城中，豫請立張邦昌之人，遂爲僞楚門下侍郎。有無名子大書此絶於常山縣驛，云吕本中罵厥瑱之作云。

衢州府江山縣，每春時昏翳如霧，土人謂之「黄沙落」。云有沙落於田苗果菜之中，皆能傷敗；若沾桑葉尤損蠶；中人亦能生疾。是亦嵐瘴之類也，惟雨乃能解之。

明州大梅山長老法英，少有道譽，兼通外學。後退居在東都淨因院，嘗有堂僧以十二時歌贊之。既去，卽擲之於地，曰：「是何亂道。」不謂其僧佇立户内，皆聞見之。已而，僧自他適。久之，忽大理寺捕法英者付獄，而京師勘鞫初到〔四七〕，皆未示問目，但責其以何事到官，致有非所治而自狀其過者，英對以不知所犯。於是，押足縛之，仰卧牢上，以書卷令讀，盡僧之法名凡數千名，問令供孰與相識。閲之累日，乃記贊歌之人，遂以告獄吏。吏詢遊從因由，卽其道素不交關，但嘗一見而有輕笑其文之憾，恐挾此誣詆。其僧乃張懷素之黨，云與英結謀入蜀爲亂〔四八〕。究之旣無實迹，詢其妄引之由，果見薄之恨也。其僧坐死，英得釋放。傷人之言，深於矛戟，信可爲戒。一毁其文，而遽以死逮之，爲報之酷，亦太甚矣。

浙中少皂莢，澡面、浣衣皆用肥珠子。木亦高大，葉如槐而細，生角，長者不過三數寸，子圓黑肥大，肉亦厚，膏潤於皂莢，故一名肥皂，人皆蒸熟，暴乾乃收。京師取皂莢子仁煮過，以糖水浸食，謂之「水晶皂兒」。車駕在越，北人亦取肥珠子爲之食者，多苦腰痛，當是其性寒故也。本草不載，竟不知其爲何木。或云，以沐頭則退髮，而南方婦人竟歲才一沐，止用灰汁而已。

天自東而西爲左轉，一晝夜一周。日月自西而東爲右行，月一月、日一歲乃周。天行速，故日月附天，東出而西没。古人譬之如蟻行磨上，磨左旋而蟻右動，磨急而蟻緩，故但見蟻隨磨轉也。釋氏每言偏袒右肩、右跽、右遶，華嚴經淨行品云：「右遶於塔，當願衆生所行無逆，成一切智。」所謂順者，如右臂之内向，日月之東行是也。而今僧徒行道，與轉輪經藏，皆自東南以至西北，乃左遶而逆行。李長者於合論中，亦辨此失。但衆習已久，莫能正之耳。

寅、午、戌月，世人多齋素，謂之「三長善月」。其事蓋出於佛書。云大海之内，凡有四洲，中國與四夷特南贍部一洲耳。天帝之宫有一鏡，能盡見世間人之所作，隨其善惡而禍福之。輪照四洲，每歲正、五、九月，正在南洲，故競作善以要福。至唐高祖武德二年，遂詔天下，自今正月、五月、九月，不行死刑，禁屠殺。而今世仕宦之人，以此三月爲惡月，不肯交印視事。或謂唐之節度使與刺史，凡有兵者，初至當犒設，而此三月禁屠，故遷避，而他官亦循倣爲之也。今又有「二瓦」之法，凡數家具六位者，以正月、九月爲「上瓦」，五月爲「下瓦」。瓦或云兀。瓦言其破，兀言其危，忌於臨官。其八卦者，以巽爲「上瓦」，坤爲「下瓦」，皆以年起月，以月起日。又不知其術自何而有也。

高宗南幸，舟方在海中，每泊近岸，執政必登舟朝謁。行於沮洳，則躡芒鞵。呂元直時爲宰相〔四九〕，顧同列戲曰：「草履便將爲赤舄。」既而傍舟水深，乃積稻稈以進，參政范覺民曰：「稻稭聊以當沙堤。」

高衛、黎確爲吏部侍郎，孟庾爲户部侍郎，髭髮皆白，而趨朝立班常相隨，時呼爲「三清」。孟年未老而早白，給事中洪擬戲之曰：「公乃借補老君也。」蓋是時文武官多借補者。高大忠在待漏舍，忽語黎、孟曰：「吾三人趨朝，當獨早於它官。」二公問其故，曰：「三老五更，自有故事，尚何疑乎？」

趙普以佐命功封韓王。車駕在臨安，趙子晝、韓肖胄、王衣同爲貳卿，時人目之爲「趙韓王」。

周曼，衢州開化縣孔家步人，紹興二年，以特奏名補右迪功郎，授潭州善化縣尉，待闕。有人以柬與之，往尋周官人家。曼怒曰：「我是宣教，甚唤作官人？看汝主人面，不欲送汝縣中吃棒。」又嘗夜至邑中靈山寺，以知事不出參，呼而捶之，曰：「我是國家命官，怎敢恁地無去就〔五〇〕？」欲作狀解官，群僧禱之，且令其僕取賂而已。曾乾曜有醜奴兒詞十三首，皆咏外州風物。其一云：「驀地廝看時。赤帕那，迪功郎兒。氣岸昂昂因權縣，子叫道，宣教請後，有無限威儀。先自不相知。取奉着，剗地胡揮。甚時得歸京裏去？』兩省八座，橫行正任，卻會嫌卑。」今觀周所爲〔五一〕，則曾詞摹寫，已大耐富貴矣〔五二〕。

油通四方，可食與然者，惟胡麻爲上，俗呼「脂麻」。言其性有八拗，謂雨暘時則薄收，大旱方大熟；開花向下，結子向上；炒焦壓榨，才得生油；膏車則滑，鑽針乃澀也。而河東食大麻油，氣臭，與荏子皆堪作雨衣。陝西又食杏仁、紅藍花子、蔓菁子油，亦以作燈。祖珽以蔓菁子薰目，以致失明，今不聞爲患。山東亦以蒼耳子作油，此當治風有益。江湖少胡麻，多以桐油爲燈〔五三〕，但煙濃污物，畫像之類尤畏之。沾衣不可洗，以冬瓜滌之，乃可去。色清而味甘，誤食之，令人吐利。飲酒或茶，皆能蕩滌，蓋南方酒中多灰爾。嘗有婦人誤以膏髮，粘結如椎，百治不能解，竟髡去之。又有旁毗子油，其根即烏藥，村落人家以作膏火，其煙尤臭，故城市罕用。烏桕子油如脂，可灌燭，廣南皆用，處、婺州亦有。潁州亦食魚油，頗腥氣。宣和中，京西大歉，人相食，煉腦爲油以食，販於四方，莫能辨也。

本草：麻蕡，一名「麻勃」，云此麻花上勃勃者。故世人謂「塵」爲「勃土」。果木諸物上浮生者，皆曰「衣勃」。和麪而以乾者傅之，亦曰「麪勃」。浙人以米粉和羹，乃謂之「米䬂」，音佩，而從力者韻無兩音。大業雜記載尚食直長謝諷造淮南王食經，有四時飲，凡三十七種，並加米糲。乃知此書如茶飲、茗飲、桂飲、酪飲皆然，未知與今同否也。

定州織「刻絲」，不用大機，以熟色絲經于木杼上，隨所欲作花草禽獸狀，以小梭織緯時，先留其處，方以雜色線綴於經緯之上，合以成文，若不相連。承空視之，如彫鏤之象，故名「刻絲」。如婦人一衣，終歲可就。雖作百花使不相類亦可，蓋緯線非通梭所織也。單州城武縣織薄縑，修廣合於官度，而重才百銖，望之如霧。着故浣之，亦不紕疏。鄢陵有一種絹，幅甚狹而光密，蠶出獨早，舊嘗端午充貢。涇州雖小兒皆能撚茸毛爲線，織方勝花。一匹重只十四兩者，宣和間，一匹鐵錢至四百千。又出嵌鍮石、鐵石之類，甚工巧，尺一對至五六千，番鑷子每枚兩貫。邠、寧州出綿綢。鳳翔出鞍瓦，其天生曲材者，亦直數十緡，原州善造鐵銜、鐙、水繩、隱花皮。作鞍之華好者，用七寶鏌厠〔五四〕，飾以馬價珠，多者費直數千緡，西夏興州出良弓，中國購得，云每張數百千，時邊將有以十數獻童貫者。河間善造篦刀子，以水精美玉爲靶，鈒鏤如絲髮。陳起宗爲詹度機宜罷官，至有數百副。衢州開化山僻人極粗魯，而製茶籠、鐵鎖亦佳。蘇州以黃草心織布，色白而細，幾若羅縠。越州尼皆善織，謂之「寺綾」者，乃北方「隔織」耳〔五五〕，名著天下。婺州紅邊貢羅，東陽花羅，皆不減東北，但絲縷中細，不可與無極、臨棣等比也。

玄宗初立，姚崇爲宰相，張説以素撼懼，潛詣岐王申款。崇他日朝，衆趨出，崇曳踵爲疾狀。帝召問之。對曰：「臣損足。」曰：「無甚痛乎？」曰：「臣心有憂，痛不在足。」問以故，曰：「岐王陛下愛弟，張説輔臣，而密乘車出入王家，恐爲所誤，故憂之。」於是出説相州。開元二十四年，帝在東都，欲還長安。宰相裴耀卿等建言，農人場圃未畢，須冬可還。李林甫陽蹇，獨在後。帝問故，對曰：「臣非疾也，願奏事。二都本帝王東西宮，往來何所待時？假令妨農，赦所過租賦可也。」帝大悦，卽駕而西。後竟罷耀卿。李林甫居位十九年，卒蕩覆天下。林甫之術，蓋祖於崇也。以唐虞、伊周之美，而賊亂之人，猶假以爲惡，况資權譎者乎。

潁昌府城東北門内多蔬圃，俗呼「香菜門」。因更修，見其鐵樞鑄字，云風和二年六月造。紀元之名，不見載籍。門西道北有晁錯廟，范忠宣再典許州有惠政，邦人爲營房祠廟傍。掘地得古井，不見甓甃，而陶瓦作圈，如蒸炊籠床之狀，高尺許，皆以子口相承而上。世罕此製，亦莫知何時所創也。余後官五原，鄜郡如鎮戎〔五六〕、懷德，邊寨皆流沙，不可鑿井，教以此製，遂獲其利。

陝西地既高寒，又土紋皆豎，官倉積穀，皆不以物藉。雖小麥最爲難久，至二十年無一粒蛀者。民家只就田中作窨，開地如井口，深三四尺。下量蓄穀多寡，四圍展之。土若金色，更無砂石，以火燒過，絞草絙釘於四壁，盛穀多至數千石，愈久亦佳。以土實其口，上仍種植，禾黍滋茂於舊。唯叩地有聲，雪易消釋，以此可知。夏人犯邊，多爲所發。而官兵至虜寨，亦用是求之也。江浙倉庾去地數尺，以板爲底，稻連稈作把收〔五七〕。雖富家亦日治米爲食。積久者不過兩歲而轉。地卑濕，而梅雨鬱蒸，雖窮梁屋間，猶若露珠點綴也。

杜預好後世名，刻石爲二碑，紀其勳績。一沈萬山之下，一立峴山之上，曰：「焉知此後不爲陵谷乎？」余嘗守官襄陽，求峴山之碑，久已無見；而萬山之下，漢水故道，去鄧城數十里，屢已遷徙，石沉土下，那有出期？二碑之設，亦徒勞耳。今州城在峴、萬兩山之間，劉景升墓在城中，蓋非古所治也。峴山在東，上有羊叔子廟。萬山在西，元凱祠在焉。去三顧門四里，山下乃王粲井。石欄有古篆刻，今移在州宅後圃。過山十餘里，卽隆中孔明故居之地，亦有祠。其前小山名作樂，相傳躬耕歌梁甫吟於此。萬山又名小峴，或曰西峴。故子美詩云：「應同王粲宅，留井峴山前。」孟浩然葬鳳林關外，後人遷其墓碑於谷隱寺中，遂失冢所在。習池在鳳林寺山，北岸爲漢江所齧，其邇。數十年之後，當不復見矣。

衛瓘家人炊飯墮地，盡化爲螺，歲餘及禍。石崇家稻米飯在地，經宿皆化爲螺，人以爲滅族之應。鄭注未敗前，楮中藥化爲蠅數萬飛去。裴楷家炊黍在甑，或變如拳，或作血，或作蕪菁子，期年而卒。

筆談載陝右以蟹辟瘧鬼〔五八〕。余在安定，嘗會客，曹黄中庸食蝦駒不去殼，齒根皆傷，遂擲去之。都監楊璋見瓊枝皆撥去，曰：「不喜食此脆骨。」游師雄景叔，長安人，范丞相得新沙魚皮，煮熟翦以爲羹，一縷可作一甌。食既，范問游：「味新覺勝平常否？」答云：「將謂是餺飥，已哈了。」蓋西人食麵幾不嚼也。南人罕作麪餌。有戲語云：「孩兒先自睡不穩，更將桿麪杖拄門。何如買個胡餅藥殺着。」蓋譏不北食也。建炎之後，江、浙、湖、湘、閩、廣，西北流寓之人遍滿。紹興初，麥一斛至萬二千錢，農獲其利，倍於種稻。而佃户輸租，只有秋課。而種麥之利，獨歸客户。於是競種春稼。極目不減淮北。

晉何曾日食萬錢，猶云無下箸處。其子劭亦有父風，一日之供，以錢二萬爲限。至王愷乃踰於劭，「一食萬錢，猶曰無可下箸處」。而唯曾著於世者，以李翰蒙求有「何曾食萬」之語也。

先公元祐中爲尚書郎，時黄魯直在館中，每月常以史院所得筆墨來易米，報謝積久，尺牘盈軸，目之爲「乞米帖」。後領曹淮南，諸公皆南遷，率假舟兵以送其行。故東坡到惠州，有書來謝云：「蒙假二卒，大濟旅途風水之虞，感戴高誼，無以云喻。方走海上益遠，言之悵焉永慨。」余池飾寶之〔五九〕。崇寧初，晁無咎嘗跋其後曰：「明月之珠，夜光之璧，以暗投人，則莫不按劍而相眄〔六〇〕，況嗜好胡越哉〔六一〕。季裕加於人數等矣。」又有昭陵於金花盤龍箋上飛白「清淨」二字，其六點作魚龍鳥獸之象，乃王著所獻三百點中所無者；又十幅紅羅上飛白二十字，本牛行王旦相家物；東坡書白紵詞，與四學士各寫其詩詞，凡二十軸，懸之照耀堂宇。爲利誘勢脅，於大觀之後，幸能保守。靖康中，潁川遭金國之禍，化爲煙塵，往來於心，迨今不能已已。珠玉可致，而此不可再得，是可恨也。

汝陰潁上縣，與壽春六安爲隣，來淮爲一鎮，號「東西正陽」。其西屬潁鎮，城之中有磚浮屠，下葬西域僧佛陀波利，其石刻載其與僧伽俱來，終於正陽。云後若干年僧伽緣盡，彼當代其揚化。今亦下臨淮流，雖大漲不過塔基之陛。東坡守潁，有文祭之。禱雪卽應，一方事之甚嚴。建炎元年，泗州浮門内火發，未及普照寺，而塔中已焰出，一爇皆盡。僧伽真像，僧徒僅能營救，別建殿已庇。方就，而北兵已來，又皆燒毁，城中遂成丘墟。或云真像金人負之北去，疑釋子諱爲灰煙也。然劫燒之來，麗於形質，孰不歸空？數緣既盡，雖云堅固，亦自當滅。豈佛陀之識，其在是乎？

「管中窺豹」，世人唯知爲王獻之事。而其原，乃魏武令中語也。魏志注：建安八年庚申，令曰：「議者或以軍吏雖有功能，德行不足堪任郡國之選。故明君不官無功之臣，不賞不戰之士。治平尚德行，有事賞功能。論者言之，一似管窺虎豹。」

校勘記

〔一〕「詩之年數」，原作「詩年之數」，據光緒琳琅秘室叢書董金鑒續校本（下簡稱董氏校本）改。

〔二〕「木目相」，原作「目木相」，據商務本説郛改。

〔三〕「甑謎」，原作「甑字謎」，據上下文，「字」爲衍字，據説郛本删。

〔四〕「余嘗至蜀中問土人」，「蜀」原作「舟」，據董氏校本改。

〔五〕「而不取武成之策」，「成」原作「城」，據尚書及孟子改。

〔六〕「疑是無私李杜名」，「無」原作「天」，據涵芬樓本（下簡稱涵本）改。

〔七〕「加以緘繩」，「加」原作「如」，據文淵閣四庫全書本（下簡稱四庫本）及涵本改。

〔八〕「梓澤東來七十里」，「澤」原作「釋」，據董氏校本改。

〔九〕「四葉表閶唐尹氏」，「閶」原作「閭」，據四庫本及涵本改。

〔一〇〕「纖手搓來玉色勻」，「搓」原作「握」，據四庫本及涵本改。

〔一一〕「每傳觀公牘」，「牘」原作「櫝」，據四庫本及涵本改。

〔一二〕「使女家親男女抱以登床」，「家」原作「之」，據董氏校本改。

〔一三〕「設席于父傍」，「于父」原作「子父」，據董氏校本改。

〔一四〕「如士族力稍厚者」，「族」原作「旅」，據四庫本及涵本改。

〔一五〕「尖長有歧」，「歧」原作「枝」，重修政和經史證類備用本草卷七注引圖經作「歧」，從改。

〔一六〕「澤蘭生下地水傍」，「水」原作「雖」，據四庫本改。董氏校本校爲「澤」。

〔一七〕「幾遍山谷」，「遍」原作「偏」，據四庫本改。

〔一八〕「肝鬲可見於眉睫間」，「肝」原作「盰」，據四庫本及涵本改。

〔一九〕「何執中官台州」，「官」前原衍「守」字，據説郛本删。

〔二〇〕「勘鞫久不能得」，「鞫」原作「鞠」，據四庫本及涵本改。

〔二一〕「而西北絶少」，「西」前原衍「比」字，據涵本删。

〔二二〕「其子思禮學相人于張憬藏」，「學」字原脱，據董氏校本及舊唐書卷五七「思禮少嘗學相術于許州張憬藏」從補。

〔二三〕「許嫁方留髮」，「嫁」原作「家」，據四庫本及涵本改。

〔二四〕「其異於南方如此」，四庫本作「今使中原婦女盡污於殊俗漢唐和親之計蓋不爲屈也」。

〔二五〕「此又足見廉士之心也」，「足」原作「是」，據四庫本及涵本改。

〔二六〕「亦見於北史」，「於」原作「亦」，據四庫本及涵本改。

〔二七〕「斬蹴踘灑豆」，「斬」後疑脱一字。四庫本注「缺」字。

〔二八〕「每槌間用生地黄四兩」，「槌」原作「搥」，董氏校本「按槌架蠶簿之木也」，據改。

〔二九〕「皆背圻而化去」，「圻」原作「折」，據商務本説郛、涵本改。

〔三〇〕「原人裴棐和之云」，「原人」下疑有脱文。董氏校本認爲「原」下當有「州」字，或云當作「五原人」。

〔三一〕「始以青紅小旗各插於塹上爲記」，「塹」原作「塹」，據涵本改。

〔三二〕「置杯杓」，「置」原作「買」，據四庫本及涵本改。

〔三三〕「士子譏不爲行」，「爲」原作「敢」，據涵本改。

〔三四〕「郡國縣道下至斗食令史」，「斗」原作「計」，據後漢書禮儀志改。

〔三五〕「皆服青幘立青播」，「立」字原脱，據後漢書禮儀志補。

〔三六〕「而滕待之厚」，董氏校本疑「滕」當作「韓」。

〔三七〕「登臨遍池臺」，「遍」原作「適」，據分類補注李太白詩卷一七改。

〔三八〕「何時石門路」，「何時」原脱，據分類補注李太白詩卷一七補。

〔三九〕「且盡手中杯」，「手」原作「林」，據分類補注李太白詩卷一七改。

〔四〇〕「養其小者爲小人」，「爲」原作「謂」，據董氏校本及四庫本改。

〔四一〕「大人病痛苦輒然」，「苦輒」原作「無徹」，據宛本説郛改。

〔四二〕「蘇純三輔號爲大人」，「三」原作「云」，據董氏校本改。

〔四三〕「後漢北匈奴大人車利涿兵」，「兵」原脱，據董氏校本及後漢書卷八九南匈奴傳補。

〔四四〕「湯焨右軍一隻」，「焨」原作「潯」，據四庫本及董氏校本改。

〔四五〕「幸過此同享」，「過」原作「遇」，據四庫本及涵本改。

〔四六〕「典荆州」，「典」原作「曲」，據四庫本及董氏校本改。

〔四七〕「而京師勘鞫初到」，「鞫」原作「鞠」，據四庫本及涵本改。

〔四八〕「云與英結謀入蜀爲亂」，「結」原作「詰」，據董氏校本改。

〔四九〕「吕元直時爲宰相」，「直」原作「植」，據涵本改。

〔五〇〕「怎敢恁地無去就」，「恁」原作「憑」，據四庫本及涵本改。

〔五一〕「今觀周所爲」，「今觀」原作「令觀」，據董氏校本改。

〔五二〕「已大耐富貴矣」，「耐」原作「奈」，據董氏校本改。

〔五三〕「多以桐油爲燈」，「桐」原作「洞」，據董氏校本及四庫本改。

〔五四〕「用七寶鐀厠」，「鐀」原作「鎮」，據四庫本及涵本改。

〔五五〕「乃北方隔織耳」，「隔」原作「陷」，據四庫本及涵本改。

〔五六〕「鄰郡如鎮戎」，「戎」原作「戒」，據四庫本改。

〔五七〕「稻連稃作把收」，「把」原作「杷」，據董氏校本及涵本改。

〔五八〕「筆談載陝右以蟹辟瘧鬼」，「右」原作「石」，據四庫本及董氏校本改。

〔五九〕「余池飾寶之」，「飾」原作「飭」，據董氏校本改。

〔六〇〕「則莫不按劍而相眄」，「眄」原作「盼」，據四庫本及董氏校本改。

〔六一〕「況嗜好胡越哉」，「胡」原作「吳」，據董氏校本改。

卷中

靖康初，罷舒王王安石配享宣聖，復置春秋博士，又禁銷金。時皇弟肅王使敵，爲其拘留未歸，种師道欲擊之，而議和既定，縱其去，遂不講防禦之備。太學輕薄子爲之語曰：「不救肅王廢舒王〔一〕，不御大金禁銷金，不議防秋治春秋。」其後，金人連年以深秋弓勁馬肥入寇〔二〕，薄暑乃歸。遠至湖、湘、二浙，兵戈擾攘，所在未嘗有樂土也。自是越人至秋亦隱山間，逾春乃出。人又以千字文爲戲曰：「彼則寒來暑往，我乃秋收冬藏。」時趙明誠妻李氏清照亦作詩以詆士大夫，云：「南渡衣冠欠王導，北來消息少劉琨。」又云：「南游尚覺吳江冷，北狩應悲易水寒。」後世皆當爲口實矣。

唐初，賊朱粲以人爲粮，置擣磨寨，謂「啖醉人如食糟豚」。每覽前史，爲之傷歎。

而自靖康丙午歲，金人亂華，六七年間，山東、京西、淮南等路，荆榛千里，斗米至數十千且不可得。盜賊、官兵以至居民，更互相食。人肉價賤於犬豕，肥壯者一枚不過十五千，全軀暴以爲臘。登州范温率忠義之人，紹興癸丑歲，泛海到錢塘，有持至行在猶食者，老瘦男子廋詞謂之「饒把火」〔三〕，婦人少艾者，名爲「不羡羊」，小兒呼爲「和骨爛」，又通目爲「兩脚羊」。唐止朱粲一軍，今百倍於前世，殺戮焚溺飢餓疾疫陷墮。其死已衆，又加之以相食。杜少陵謂「喪亂死多門」，信矣。不意老眼親見此時，嗚呼痛哉。

吳煇子華中奉云，渠倅嚴州日，太守李裁者，信州人，每夕焚尊勝陀羅尼以施鬼神。自言前知萬州，有一妓忽持白紙至郡，視其神色，大異平日。問其所訴，乃云：「某乃境内之神。每荷公厚賜，欲以少事相報，願使吏以授其言。」遂令書之，云：「某月日郡界當有災，比鄰境爲輕，冀無驚懼。」欲再詢其名號，則妓已亡，不自知其來也。至其日果大風雨，已而震雷大雹，傷害田稼。但循江而過，兩岸所及不廣。比郡至殺人畜，田之損者十多八九。又嘗自錢塘將還家，泛舟已到桐廬〔四〕。五鼓欲行，忽有人大呼，尋李大府船。李驚起視之，乃一老人，衣布道袍，云：「睦州賊發，吾家所存者三人而已。不可往彼，宜速回也。」李欲登岸詢其子細，則已不見。遂遽還會稽。乃方臘已至睦州，同行數十舟〔五〕，往者皆遇害。李後守嚴，盡飾境内神祠。有一廟，神像皆毁，惟三軀獨存，而吳不記其名。嚴之城隍神乃勑封王爵，亦世所罕有，吳亦不憶其始因也。則尊勝之利於幽冥，蓋亦不可不信矣。

建炎之後，以國用窘匱，凡故例群臣錫予，多從廢省。惟從官初除，鞍馬、對衣之賜猶存，而省其半。紹興二年，黎確由諫議大夫除吏部侍郎。見其賜目，後用御寶，而云：「馬半匹，公服半領，金帶半條，汗衫半領，袴一隻。」甚可笑也。然皆計直給錢，但當減半計數可矣。時有司之陋，大抵多類此。

兩朝誓書，景德二年二月一日，奉聖旨，令上石於天章閣。其詞曰：「維景德元年，歲次甲辰，十二月庚辰朔，七日丙戌，大宋皇帝謹致誓書於大契丹皇帝闕下：共遵誠信，虔守歡盟，以風土之宜，助軍旅之費，每歲以絹二十萬匹，銀一十萬兩。更不差使臣專往北朝，只令三司差人般送至雄州交割。沿邊州軍，各守疆界，兩地人户，不得交侵。或有盜賊逋逃，彼此無令停匿。至於壠畝稼穡，南北勿縱繹騷。所有兩朝城池，並可依舊存守；溝濠完葺，一切如常。卽不得創築城隍，開拔河道。誓書之外，各無所求。必務協同，庶存悠久。自此保安黎獻，慎守封陲。質於天地神祇，告於宗廟社稷，子孫共守，傳之無窮。有渝此盟，不克享國。昭昭天鑒，當共殛之。遠具披陳，專俟報復。不宣，謹白。」報書云：「維統和二十二年，歲次甲辰，十二月庚辰朔，十二日辛卯，大契丹皇帝謹致誓書於大宋皇帝闕下：共議戢兵，復論通好，兼承惠顧，持下誓書。云『以風土之宜，其下文同前，至當共殛之』。孤雖不才，敢遵此約。謹當告於天地，誓之子孫。苟渝此盟，明神是殛。專具諮述。不宣，謹白。」自是兩國百有餘年，堅守盟書，民獲休息。而宣和中與大金結好，亦有「不克享國」之言，後先渝之，至以失信爲責，改立僞楚，四海之人，肝膽塗地。孔子以兵食爲可去，可見矣。昭陵時，吕夷簡爲相，緣西夏事，北人遣劉六符來索故地〔六〕，又增銀絹各十萬。富鄭公報使，僅免敗盟，不用「獻」字而已。

朝廷在江左，典籍散亡殆盡。省曹、臺、閣，皆令老吏記憶舊事，按以爲法，謂之「省記條」。皆臨時徇私自便。而敵騎自浙中渡江北歸，官軍敗於建康江中，督將尚奏功，云其四太子幾乎捉獲，亦爲之推賞。時謂以「省記條」推「幾乎賞」。

范覺民爲相，事皆委之都司。而郎中王寓〔七〕、萬格刻薄苛細，士夫多被其害，時爲之語曰：「逢寓多齟齬，遇格必阻隔。」後欲行討論法，乃宥大奸而濫及衆人，竟送吏部，而范亦緣此被逐。

紹興中，以財用窘匱，武臣以軍功入仕者甚衆，俸給米麥，雖宗室亦減半支給。其後半復中損，至於再三。遂至正任觀察使，纔請兩石六斗。唯統兵官依舊全支。若劉、韓二開府、張俊太尉、王𤫊承宣等，乃爲統兵官。如殿前馬步三帥皆不得預。時步軍都指揮使藺整云：「昔爲殿前班長行，請米四石八斗；今作步軍太尉，乃反不如，而又不得爲統兵官。」是尤可笑也。蓋是時殿前諸軍數才數百。見殿前帥郭仲荀云，窠坐之外，三十八人。每入衛宿，有從者只十五人也。

開府劉光世，延安人，其先以夏將歸朝。及建炎之後，以功臣檢校太傅、兩鎮節使開府。部曲皆西人，有鬭將王德，勇悍而醜，軍中目爲「王夜叉」，最爲有名。時文士濟南王治，字夢良，亦木強少和，言必厲聲，性又剛果，後爲大理治獄正，人亦呼之爲「王夜叉」，以比陰獄牛頭夜叉也。

昔契以佐禹有功，封於商，而賜姓子氏。周封微子啓於宋。後十一世孔父嘉之孫，以王父字爲孔氏。其子孔防叔避宋華督之難，奔魯爲大夫，因家於魯。其曾孫是爲先聖。而鄭有孔張，出於子孔；衛有孔達，又有孔悝，出於姬姓。皆在子氏之先，非孔子之後也。孔子以周靈王二十一年己酉歲十月庚子日生，卽魯襄公之二十二年。敬王四十一年四月己丑日薨〔八〕，哀公十六年也。母顔氏之第三女，名徵在。娶宋之並官氏。大中祥符元年，封父叔梁紇爲齊國公，母魯國太夫人，妻鄆國夫人。漢平帝元始元年，追謚夫子褒成宣尼公。魏文帝太和十六年，改謚文宣尼父。後周宣帝大象二年，追封鄒國公。唐太宗貞觀十一年，尊爲宣父。高宗乾封元年，贈太師。則天天授元年，封隆道公。

明皇開元二十七年，謚文宣王。宋真宗祥符元年，加號玄聖文宣王，續改至聖。其嗣襲，魏封魯文信君；秦封魯國文通君；漢高祖封奉嗣君；平帝改褒成侯；後漢和帝改褒亭侯〔九〕；魏文帝改宗聖侯〔一〇〕；晉武帝改奉聖亭侯；宋文帝崇聖侯；後魏文帝崇聖大夫；孝文帝復爲侯；北齊文帝改恭聖侯；周宣帝封鄒國公；隋煬帝紹聖侯；唐太宗褒聖侯；明皇文宣公；宋仁宗改衍聖公，哲宗改奉聖，崇寧三年，復封衍聖公，制云：「孔子之後，自漢元帝封其爵爲褒成君，以奉其祀。至平帝改爲褒成侯，始追謚孔子爲褒成宣尼公。褒成，其國也；宣尼，其謚也；公、侯，其爵也。後之子孫，雖更改不一，而不失其義。至唐，去國名而襲謚號，禮之失也。謂宜去漢之舊，革唐之失，稽古正名，於義爲允。宜改封至聖文宣王四十六代孫宗願爲衍聖公。」廟中有孔子手植檜三株。兩株雙立御贊殿前，高六丈餘，圍一丈四尺。其一在杏壇東南，高五丈餘，圍一丈三尺。晉永嘉三年枯死，至隋義寧元年復生，唐乾封二年又枯。宋康定年中一枝復生，蓋千五百餘歲矣。廟中後漢碑三，魏碑三，齊碑一，隋碑二，唐碑十四。林中篆碑一，在伯魚墓前，漫滅不可讀。漢碑九。孔氏宅，除諸位外〔一一〕，祖廟殿廷廊廡，尚三百一十六間。其四十七代之孫傳作東家雜記，所載甚詳，此蓋舉其大略者也。

章誼宜叟侍郎，有田在明州。紹興二年出和預買絹三匹，三年增九匹，歎其賦重。

從兄彦武在傍曰：「此作法自弊之過也。」初，宜叟爲大理卿，户部侍郎柳庭俊，乃其妻兄，寓居章舍。一日會飲，酣醉晝寢，遂至暮不醒。柳弟來白：「明當進對，未有劄子。」柳驚起，卽問章有何事可論，章戲曰：「方今財用窘匱，將天下官户賦役，同於編氓，此急務也。」柳大喜爲然。明日陛對，具陳此事，遂卽施行。士夫之家，既不能躬耕以盡地利，分租已薄；又無商賈他業，而與庶民庸調相等。其受害，蓋出於一言之戲，「自弊」之語，誠有味也。

杜甫有義鶻行。張九齡有鷹圖贊序曰：「鳥之鷙者，曰鷹曰鶻。鷹也，名揚於尚父，義見於詩；鶻也，迹隱於古人，史闕其載。豈昔之多識，物亦有遺。將今而嘉生，材無不出，爲所呼之變，與所記不同者耶？」按，古人稱鵰鶚，又「鷙鳥累百，不如一鶚」。而鶚，今不見於世，豈名之變耶？然鶻又不可居鷹鵰之右也。

杜甫鵰賦云：「當九秋之悽清，見一鶚之直上。伊鷙鳥之累百，敢同年而爭長。此鵰之大略也。」則甫蓋以鵰爲鶚矣。而孟康注漢書云「鶚，大鵰也」，顔師古曰：「鷹，鸇之屬，非鵰也。」禮部韻：「鶚，鵰屬也。」顔師古注漢書云：「隼，鷙鳥，卽今鳩也。說者以爲鷂，失之矣。鳩字，音胡骨反。鳩與鶻同。」又貨殖傳：「隼亦鷙鳥，卽今所呼爲鶻者。」

唐明皇注孝經、道德經、金剛經。張曲江有賀狀云：「陛下至德法天，平分儒術，道以廣其家，僧又不違其願。三教並列，萬姓知歸。」今孝經盛行，道德經亦有石刻，唯金剛經罕見於世也。

張文獻集載賀上仙公主靈應狀云：「右臣等，伏承今月八日，上仙公主靈座有祥風瑞虹之應。爰至啓殯，乃知尸解。又承特禀清虛，薄於滋味；素含真氣，自不食鹽；洎於遷神，更標奇迹。伏望宣付史館，以昭靈異。仍望宣示百官。」詔曰：「道有默仙，謂之形解。古來既爾，今亦將然。童幼之年，傷其夭促；靈變之理，乃入玄真。且與方外爲心，不比人間結念。所請書諸國史〔一二〕，以襲玄元〔一三〕，卿亦史官，任爲凡例。兼請宣示者，並依。」而新史不載。豈以其妖妄而削之乎？曲江號爲「端士」，亦復爲此，將非林甫輩迫之故耶？至上仙之語，今雖帝子之貴，不敢用矣。

釣絲之半，繫以荻梗，謂之「浮子」。視其没，則知魚之中鈎。韓退之釣魚詩云「羽沉知食駛」，則唐世蓋浮以羽也。

唐張曲江集載明皇敕突厥書云：「敕兒登里突厥可汗：天不福善，禍鍾彼國。苾伽可汗傾逝，聞以惻然。自二十年間，結爲父子，及此痛悼，何異所生？朕與可汗先人，情同骨肉。亦既與朕爲子，可汗卽合爲孫。以孫比兒，似疏少許。今修先父之業，復繼往時之好，此情更重，只可從親。故欲可汗今者還且爲兒。」故其下書皆呼爲兒。而宋朝與契丹，始以年齒約爲兄弟，而其主享國之永，至哲宗時，遂爲大父行。與謂漢爲丈人，唐敕稱天可汗呼兒異矣。

唐高宗召大臣，欲廢皇后，立武昭儀，李勣稱疾不入，褚遂良以死爭。它日，勣獨入見，帝問之曰：「朕欲立武昭儀爲后，遂良固執以爲不可。遂良既顧命大臣，事當且已乎。」對曰：「此陛下家事，何必更問外人。」帝意遂決。武惠妃譖太子瑛、鄂王瑤、光王琚，帝欲皆廢之，張九齡不奉詔。李林甫初無所言，退謂宦官之貴幸者曰：「此人主家事，何必問外人。」帝猶豫未決。九齡罷相，帝召宰相審之，林甫對曰：「此陛下家事，非臣等宜預。」帝意乃決。德宗欲廢太子，立姪舒王，李泌曰：「賴陛下語臣，使楊素、許敬宗、李林甫之徒承此旨，已就舒王圖定策之功矣。」帝曰：「此朕家事，何預於卿，而力爭如此。」對曰：「天子以四海爲家，今臣獨任宰相之重，四海之内一物失所，責歸於臣。況坐視太子冤横而不言，臣罪大矣。」太子由是獲免。李勣首倡奸言，遂使林甫祖用其策，以逢君惡。至德宗便謂當然，反云「家事」以拒臣下。則作俑者，可不慎乎。卒之長源，能保其家族。而敬業之禍，戮及父祖，剖棺暴尸。忠邪之報，亦可以鑒矣。而蹈覆轍者相接，哀哉。

常衮集有謝賜緋表云：「内給事潘某奉勅旨，賜臣緋衣一副，並魚袋、玉帶、牙笏等。

臣學愧聚螢，才非倚馬。典墳未博，謬陳良史之官；辭翰不工，叨辱侍臣之列。唯知待罪，敢望殊私。銀章雪明，朱紱霞暎〔一四〕，魚須在手，虹玉橫腰。祇奉寵榮，頓忘驚惕。蜉蝣之咏，恐刺國風；螻蟻之誠，難酬天造。」則知唐世玉帶施於緋衣，而銀魚亦懸於玉帶也。

本朝宗室，凡南班環衛官，皆以皇伯、叔、姪加於銜上，更不書姓，雖袒免外親亦然。熙寧中，始有換授外官者，則去皇屬而加姓。宣和中，又并姓除之，時以爲非。靖康中，乃復舊制。常衮集載李譓除秘書監詞云：「昔劉向父子，代典文籍，今之秘寶，豈可避親？再從叔正議大夫、守光禄卿同正員、嗣澤王譓，嗣藩國，夙彰忠孝。」蓋唐世非期親不加皇字，雖出閣外任，亦不著姓，而以堂從載於銜上，似爲得也。然本朝宗子，皆複名而連字，宗派服屬，見而知之，又漢、唐以來所非逮者。

柳子厚龍城録載：「賈宣伯愛金華山，即今雙溪別界。其北有仙洞，俗呼以劉先生隱身處。其内有三十六室〔一五〕，廣三十六里。石刻上以松炬照之，云『劉巖，字仲卿，漢射聲校尉。當恭、顯之際極諫，貶於東陬，隱跡於此，莫知所終』。則道士蕭玉玄所記也。山口人時得玉篆牌。俗傳劉仲卿每至中元日來降洞中。州人祈福，尋溪口邊得此者當巨富，此亦未必爲然。然仲卿亦梅子真之徒歟。」余嘗觀金華圖經，乃謂劉孝標居此洞以集文選，其謬誤如此。紹興中，歐陽文忠公孫懋守婺，余嘗録仲卿事與之，使改正舊失，未知曾革其非否。

河州鳳林縣鳳林關，襄陽府襄陽縣鳳林山鳳林關，嚴州遂安縣有鳳林鄉，弘農郡隋改曰鳳林郡。婺州金華縣、梓州射洪縣，皆有金華山。如龍門、丙穴之類，亦有數處。

昔四明有異僧，身矮而皤腹，負一布囊，中置百物，於稠人中時傾寫於地，曰「看，看」。人皆目爲「布袋和尚」，然莫能測。臨終作偈曰：「彌勒真彌勒，分身百千億。時時識世人，時人總不識。」於是隱囊而化。今世遂塑畫其像爲彌勒菩薩以事之。張耒文潛學士，人謂其狀貌與僧相肖。陳無己詩止云「張侯便便腹如鼓」，至魯直遂云「形模彌勒一布袋，文字江河萬古流」。則東坡謂李方叔「我相夫子非癯仙」，蓋庾語矣。

趙叔問爲天官侍郎，肥而喜睡，又厭賓客。在省、還家，常挂歇息牌於門首，呼爲「三覺侍郎」，謂朝回、飯後、歸第故也。

范覺民作相，方三十二歲，肥白如冠玉。旦起與裹頭、戴巾〔一六〕，必皆覽鏡，時謂「三照相公」。

二浙舊少冰雪，紹興壬子，車駕在錢塘，是冬大寒屢雪，冰厚數寸。北人遂窖藏之，燒地作廕，皆如京師之法。臨安府委諸縣皆藏，率請北人教其制度。明年五月天中節日，天適晴暑，供奉行宮，有司大獲犒賞。其後錢塘無冰可收，時韓世忠在鎮江，率以舟載至行在，兼晝夜牽挽疾馳，謂之「進冰船」。

泉、福二州，婦人轎子則用金漆，雇婦人以荷。福州以爲僧擎，至他男人，則不肯肩也。廣州波斯婦，繞耳皆穿穴帶環，有二十餘枚者。家家以篋爲門，人食檳榔，唾地如血。北人嘲之曰：「人人皆吐血，家家盡篋門。」又婦女凶悍，喜鬭訟，雖遭刑責，而不畏耻，寢陋尤甚。豈秀美之氣，鍾於緑珠而已邪？

關右塞上有黄羊，無角，色類麞麂，人取其皮以爲衾褥。又彼中〔一七〕造噆酒，以荻管吸於瓶中。老杜送從弟亞赴河西判官詩云：「黄羊飫不羶，蘆酒多還醉。」蓋謂此也。

劉光世爲浙西安撫大使，父延慶本夏人也。參議官范正與除直龍圖閣，告詞曰：「入幕之賓，以折衝樽俎爲任；從軍之樂，以決勝笑談爲功。高適受哥舒之知，石洪應重祚之辟。」蓋翰與烏皆蕃人，且議其樽俎笑談以爲功任也。又李擢除工部侍郎，詞云：「國有六職，百工與居一焉。凡今冬官之屬，以余觀之，才二十有八，而五官各有羨數。考冢宰官府之六屬，各爲六十。而天官則六十四，地官則七十，夏官則六十七，秋官則六十六。蓋斷簡失次而然，非實散亡也。取其羨數，凡百工之事，歸之冬官，其數乃周。汝尚深加考覈，分别部居，不相雜厕，則六職者均一，非特可正歷代之違，抑亦見今日辨治之精且詳也。非汝其誰任？」此皆洪炎之詞。後洪除在京宮祠，請給人從班，著並依舊。而同列趙思誠繳駁，以謂士指爲不鳌務中書舍人，其任代言之職，自有國以來，未有如此之謬者。遂罷爲在外宮觀。

自熙寧中分三省職事，故命令所出，必自中書。宰相進擬差除，及應干取旨施行者，亦由此而始。門下但掌省審封駁，尚書奉行而已。故士夫有求請差遣，得判「中」字者，更無不得之理。然蔡京爲相，欲要時譽，凡有丐乞，皆對其人面書「中」字。莫不歡欣稱頌，而有真、行、草之殊，堂吏陰識其旨，得失稽留，不言已喻。至王黼秉政，率作此「中」字，必須再呈，其不與者，則加一筆而爲「申」。作僞心勞，遂使真可得者，初亦疑而不喜。又何要譽之有？

凡天下獄案讞，其狀前貼方寸之紙。當筆宰相視之，書字其上。房吏節録案詞大略，粘所判筆，以尚書省印印之。其案具所得旨付刑部施行。雖繫人命百數，亦以一二字爲決。得「上」字者，則皆貸；「下」字者，並依法；「中」字，則奏請有所輕重；「聚」則隨左右相所兼省官商議；「三聚」則會三省同議。不過此數字而已，此豈所以爲化筆歟？

宋煇，字元實，春明坊宣獻公之族子也，腯偉而黑色，無它才能。在揚州，嘗掖高宗登舟渡江，故被記録，歷登運使，以殿撰知臨安府。士民皆詆惡之，目爲「油澆石佛」，甚者呼爲「烏賊魚」，謂其色黑，其政殘，其性愚也。又作賦云：「身衣紫袍，則容服之相稱；坐乘烏馬，因人畜以無殊。」仍謎以詈之曰：「臨安府城裏，兩個活畜生：一個上面坐，一個下面行。」以其嘗乘烏馬故也。嘗有舟人殺士子一家，乃經府陳狀云「經風濤損失」，煇更不會問，便判狀令執照。後事敗於嚴州，尚執此狀以自明。鞫之，前後此舟凡殺二十餘家矣。其在臨安，凡兩經遺火，焚一城幾盡。人謂府中有「送火軍」，故致回禄。蓋取其姓名，移析爲此語。竟以言者論其謬政而罷。不數月，即除沿海制置使。終以扶侍之勞，簡在上心也。言者弗置，命乃不行。

徐穉，豫章南昌人。陳蕃爲太守，在郡不接賓客，唯穉來，特設一榻，去則懸之。蕃傳云：「爲樂安太守，本名千乘，和帝更名。郡人周璆，高潔之士，前後郡守招命，莫肯至，唯蕃能致焉。字而不名，特爲置一榻，去則懸之。」蕃自樂安左轉修武令，遷尚書，出爲豫章太守。則爲孺子下榻，乃在璆至之後，而不著者，豈周無他事而徐有傳，且又載於世説與滕王閣序，故顯於後世耶？亦猶「鷙鳥累百，不如一鶚〔一八〕」，本鄒陽之書，元初中，樊準上疏薦龐參已用之，而人獨稱爲孔融薦禰衡之語。「手握王爵，口含天憲」，此劉陶之疏，而世但知爲范蔚宗論也。

京師新門裏向氏南宅，乃丞相舊居。後欽聖憲肅別爲居第，故有南北之號。其南第，屢經回禄，獨廳事不焚。後因翻瓦，於屋極中得華嚴經一卷。余嘗刊淨行品施人，貼於屋柱間，幾數十年，已萬餘本矣。後以遺一司勑令所删定官張博南叟貼於竹窗上。紹興二年臘月八日，臨安大火，燒數萬家，張氏之居，亦盡被焚爇，其竹窗半焚，至所貼經處而止。其上屋一間亦獨存。是皆可異者也。

紹興三年七月，朱勝非以右僕射丁母憂，未卒哭，降起復制詞，吏部侍郎、權直學士院陳與義之文也。以「兹宅大憂」四字，令翰林學士綦崇禮貼改爲「方服私艱」，陳待罪而放。議者謂麻制中有「於戲。邦勢若此，念積薪之已然；民力幾何，懼奔駟之將敗。朕之論相，何可以不備？卿之圖功，亦在於攸終。」同列惡其言，故以「宅憂」疵之。昔楊文公以真廟御筆改「鄰壤」一字，即辭職而去。後許□□作哲宗哀册，云「攀靈輿而增痛」，上皇改「攀」爲「撫」、「痛」爲「愴」，亦以不稱辭位。留之再三，竟改禮部尚書。今使它人竄易，止待罪而已。又富鄭公凡十九章，竟不起，末才一劄子，即不許收接文字。皆非故事，蓋時異不得而同也。

曾鞏子固爲越倅，作鑑湖圖序曰：「鑑湖，一曰南湖，南並山，北屬州城漕渠，東西距江海〔一九〕。順帝永和五年，會稽太守馬臻之所爲也〔二〇〕，至今九百七十有五年矣。其周三百五十有八里，凡水之出於東南者，皆委之，溉山陰、會稽兩縣十四鄉之田九千頃。非湖能溉田九千頃而已，蓋田之至江者，九千頃而已也。其東曰曹娥斗門，曰蒿口斗門。水之循南堤而東者，由之以入於東江。其西曰廣陵斗門，曰新逕斗門。水之循北堤而西者，由之以入於西江。其北曰朱儲斗門，去湖最近。蓋因三江之上，兩山之間，疏爲一門，而以時視田中之水，小溢則縱其一，大溢則盡縱之，使入於三江之口。所謂湖高於田丈餘，田又高海丈餘，水少，則泄湖溉田；水多，則田中水入海。故無荒廢之田，水旱之歲也。由漢以來幾千載，其利未嘗廢。宋興，始有盜湖爲田者。祥符之間二十七户，慶曆之間二户，爲田四頃。當是時，三司轉運司猶下書切責州縣，使復田爲湖。然自此更益慢法，而奸民日起。至於治平之間，盜湖爲田者凡八十餘户，爲田七百餘頃，而湖廢盡矣。其僅存者，東爲漕渠，自州至於東城六十里，南通若耶谿。自樵風涇至於峒隖十里，皆水，廣不能十餘丈。每歲少雨，田未病而湖蓋已先涸矣。自此以來，人爭爲計説」云云。宣和中，王仲嶷爲太守，遂盡籍湖田二千二百六十七頃二十五畝，以獻於官。則民之盜者，不復禁戢。其蔣堂、杜杞、吴奎、范師道、施元長、張伯玉、陳宗言、趙誠復湖之議，與錢鏐之遺法，後世不復可攷矣。

國朝祠令，在京大中小祀，歲中凡五十。立春祀青帝，後亥祭先農，後丑祀風師，皆於東郊。孟春上辛祈穀，祀昊天上帝，是日祀感生帝，俱於南郊。享太廟、后廟。仲春上丁釋奠至聖文宣王廟。上戊釋奠昭烈武成王廟。戊日祭太社、太稷，祀九宫貴神於東郊，祭五龍祠。剛日祭馬祖於西郊。春分朝日於東郊，是日祠東太一宫，開冰祭司寒於冰井。季春吉巳祭先蠶於東郊。立夏祀赤帝於南郊。後申祀雨師、雷師於西郊。孟夏雩祀昊天上帝於南郊。享太廟、后廟。五年一禘，則停時享。夏至祭皇地祇於北郊，是日祠中太一宫。季夏土王，祀黄帝於南郊，祀中霤於太廟之廷。立秋祀白帝於西郊。後辰祀靈星於南郊。孟秋享太廟、后廟。仲秋上丁釋奠於至聖文宣王廟。上戊釋奠於昭烈武成王廟。戊日祭太社、太稷，祀九宫貴神於東郊。剛日祀馬社於西郊。秋分夕月於西郊，是日祀太乙宫，祀壽星於南郊。季秋大享明堂，祀昊天上帝於南郊。立冬祀黑帝於北郊。後亥祀司中、司命、司民、司禄於北郊。孟冬祭神州地祇於北郊。享太廟、后廟。三年一祫，則停時享。祭司寒於北郊。剛日祭馬步於西郊。冬至祀昊天上帝於南郊，是日祀中太一宫。季冬戌日，蠟百神、大明、夜明於南郊。蠟太廟、后廟，祭太社、太稷。藏冰祭司寒於冰井。右並司天監於一季前，以擇定日供報太常禮院，參詳訖，還監，乃牒尚書祠部，具晝日申牒散下。

凡大祠、中祠用樂。内中祠風、雨、雷師，五龍堂、先蠶，並不用。天地、日月、九宫祠日遇忌日，不妨作樂。太社、太稷以下，則備而不作。天地、宗廟、神州地祇、太社、太稷、五方帝、日月、太一、九宮貴神、蠟祭百神、太廟奏告，並爲大祠，散齋四日，致齋三日。先農、風師、雨師、雷師、至聖文宣王、昭烈武成王、五龍堂、先蠶、先代帝王、嶽鎮、海瀆，並爲中祠，散齋三日，致齋二日。馬祖、先牧、中霤、靈星、壽星、馬社、司中、司命、司人、司禄、司寒、馬步，並爲小祠，散齋二日，致齋一日。

曾子固書魏鄭公傳後曰：「予觀鄭公以諫諍事付史官，而太宗怒之，薄其恩禮，失始終之義。未嘗不反覆嗟惜，恨其不思，而益知鄭公之賢焉。伊尹、周公之諫，切其君者，其言至深，而其事至迫也。存之於書，未嘗掩焉。至今稱太甲、成王爲賢君，伊尹、周公爲良相者，以其書可見也。令當時削而棄之，成區區之小讓，則後世何所據依而諫，又何以知其賢且良歟？或曰春秋之法，爲尊、親、賢者諱，與此其戾也。夫春秋之所諱者，惡也。納諫諍，豈惡乎？然則彼焚藁者非與？曰非伊尹、周公爲之，近世取區區小亮者爲之耳。以焚其藁爲掩君之過，而後世傳之，則是使後世不見藁之是非，而必其過常在於己也，豈愛君之謂歟？孔光之去其藁而惑後世，庸詎知非謀己之奸計乎？或曰造辟而言，詭辭而出，異乎？曰此非聖人所曾言也。今萬一有是理，亦謂不欲漏其言於一時之人耳。豈杜其告萬世也？噫。以誠信待己而事其君，不欺乎萬世者，鄭公也，益知其賢云。」

王令逢原上劉莘老書論詩之弊曰：「古之爲詩者有道：禮義政治，詩之主也；風雅頌，詩之體也；比賦興，詩之言也；正之與變，詩之時也；鳥獸草木，詩之文也。夫禮義政治之道得，則君臣之道正，家國之道順，天下之爲父子夫婦之道定，則風者本是以爲風，雅者用是以爲雅，頌者取是以爲頌。則賦者，賦此者也；比者，直而彰此者也；興者，曲而明此者也。正之與變，得失於此者也；鳥獸草木，文此者也。是古之爲詩者有主，則賦比興風雅頌以成之，而鳥獸草木以文之而已爾。後之詩者，不思其本，徒取其鳥獸草木之文以紛更之，惡在其不陋也。」

曾子固作厄臺記云：「淮陽之南，地名曰厄臺，詢其父老，夫子絶糧之所也。夫天地欲泰而先否，日月欲明而先晦。天地不否，萬物豈知大德乎？日月不晦，萬物豈知大明乎？天下至聖者，堯、舜、禹、湯、文、武、周公、孔子也。堯有洪水之災，舜有井廩之苦，禹有殛鯀之禍，湯有大旱之厄，文王有羑里之囚，武王有夷、齊之譏，周公有管、蔡之謗，孔子有絶糧之難。噫，聖人承萬古之美，豈以一身爲貴乎？是知合於天地之德，不能逃天地之數；齊日月之明，不能違日月之道。泰而不否，豈見聖人之志乎？明而不晦，豈見聖人之道乎？故孔子在陳也，講誦絃歌，不改常性。及犯圍之出，列從而行，怡然而歌，美之爲幸。」又曰：「君子不困，不成王業，果哉。身歿之後，聖日皎然，文明之君，封祀不絕。有開必先，信其然也。於戲，先師夫子聘於時，民不否；遁於世，民弗泰也。否則否於一時，泰則泰於萬世。是使後之王者，知我先師之道，捨之則違，因之則昌；習之則貴，敗之則亡。道之美此，孰爲厄乎？」

李邦直作韓太保墓表云：「公諱惟忠，著籍真定，爲靈壽人。忠憲公曾祖，今定州丞相之高祖父也，以忠憲公贈太保。太保之子諱處均，韓國公；韓國公之子諱保樞，魯國公；魯國公之子則忠憲公也，封陳國公。子八人。自太保至丞於相才四世，五世而諸孫尤衆。自忠憲公至高祖，四世贈一品，上下衣冠七世。蓋自唐末更五代，天下之民，纏於兵火之毒者二百餘年，至太祖、太宗起河北有天下，墾除禍難，提攜赤子，而置之太平安樂之地，累聖繼之，以休養生息爲事，其顧指左右，駕馭馳騁，莫非一時之豪傑。考諸國史，則累朝將相，頗多河北人。若趙韓王普，寔保塞人。曹冀王彬，靈壽人。潘太師美，魏人。李文正公昉及竇尚書儀之昆弟，真定人〔二一〕。王太尉旦，莘人。張尚書咏，清豐人。柳公開，元城人。李文靖公沆，肥鄉人。張文節公知白，清池人〔二二〕。宋宣獻公綬，平棘人。韓忠獻公琦，安陽人。餘有名公卿相望而立朝者，不可悉數。竊嘗原其故矣，夫河北方二千里，太行横亘中國，號爲「天下脊」；而大河自積石行萬里出砥柱〔二三〕，旁緣太行至大伾斗折而東，下走大海。長岡巨阜，紆餘盤屈，以相拱揖抱負。小則綿一州，大則連數郡，其氣象如此。而土風渾厚，人性質樸，則慷慨忠義之士，固宜出於其中。雖或有不遇，不及自用，其才亦必淹鬱渟蓄，聲發益大，澤浸益遠，以施於子孫，亦自然之理也。元豐元年秋九月，丞相自太原易鎮定武，乃詣靈壽，既祠謁墓下，因屬清臣爲之表，而得陽翟孫曼叔書於石。不獨著太保公之系，將以遍示天下爲人子孫者焉。」忠憲公名億，事仁宗爲同知樞密院、參知政事。八子：絳、縝爲宰相，維爲門下侍郎，四爲員外郎，一寺丞，早世。故黄魯直爲子華挽詩云「八龍歸月旦，三鳳繼天衢」者，蓋實録也。

蔡京太清樓侍宴記云：「政和二年三月，皇帝制詔，臣京宥官省愆，復官就第。詔以是月八日開後苑，宴太清樓。召臣執中、臣俣、臣偲、臣京、臣紳、臣居厚、臣正夫、臣蒙、臣洵仁、臣居中、臣洵武、臣俅、臣貫，於崇政殿賜坐，命宫人擊鞠，乃由景福殿西序入苑門。詔臣京曰：『此跬步至宣和，卽言者所謂金柱玉户者也，厚誣宫禁。其令子攸掖入觀焉。』東入小花徑，南度碧蘆叢，又東入便門，至宣和殿。殿止三楹，几案臺榻，漆以黑，下宇純朱，上棟純緑，飾緣無文采。東西廡各有殿，東曰瓊蘭，西曰凝芳，後曰積翠，南曰瑶林，北洞曰玉宇。後有沼，曰環碧。兩旁有亭，曰臨漪、華渚。沼次有山，殿曰雲華，閣曰太寧。左右躡道以登，中道有亭曰琳霄，次曰會春。閣下有殿曰玉華。玉華之側，有御書榜曰玉洞瓊文之殿。旁有種玉緑雲軒相峙。臣京奏曰：『宣和殿閣亭沼，絜齊清虛，雅素若此，則言者不根，蓋不足卹。』日午，謁者引執中已下入。女童樂四百，靴袍玉帶，列排場下，宫人珠籠巾、玉束帶，秉扇、拂、壺、巾、劍、鉞，持香毬，擁御牀以次立。酒三行，上顧謂群臣曰：『承平無事，君臣同樂，宜略去苛禮，飲食起居，當自便無間。』已而，群臣盡醉。」京又爲皇帝幸鳴鑾堂記曰：「宣和元年九月，金芝生道德院。二十日，皇帝自景龍江泛舟由天波溪至鳴鑾堂，淑妃從。臣京朝堂下，移班拜妃，内侍連呼曰：『妃答拜。』臣欲謝，内侍掖起，膝不得下。上曰：『今歲四幸鳴鑾矣。』臣頓首曰：『昔人三顧，堂成已六幸，千載榮遇。鳴鑾固卑陋，且家素寠無具，願留少頃，使得伸尊奉意。』上曰：『爲卿從容。』臣退西廡視庖膳。上爲舉箸屢釂，歡笑如家人，又遣使持碼碯大杯賜酒〔二四〕，遂御西閤，親手調茶分賜左右。妃亦酌。遣使道由臣堂視臥内，嗟其弊惡。步至芝所，上立門屏側，語臣曰：『不御袍帶，不可相見，可去冠服。』臣皇怖曰：『人臣安敢？罪當萬死。』上曰：『既爲姻家，置君臣禮，當叙親。』上親以手持橄欖以賜。時屏内御坐有嬪在側，咫尺不敢望。衆譁曰『妃也』。妃興顧，遽起立。臣附童貫致禮，乃奏乞遣貫爲妃壽。上乃酌酒授貫，妃飲竟。上又酌爲妃酬酒。上調羹，妃剖橙榴，拆芭蕉，分餘甘，遣臣婢竟遺賜，曰：『主上每得四方美味新奇，必賜師相，無頃刻廢忘，諭師相知無忘。』臣懷感歎謝。上又賜酒，命貫酌，曰：『可與貫語。』貫爲臣言：『君臣相與，古今無若者。』臣嗚咽嗟惜，因語：『身危，非主上幾不保，如今日大理魏彥純事是也。』貫遽以聞，上駭曰：「御卿若此，小人猶敢爾？昨日聶山對，請窮治彥純，已覺其離間，故罷山尹事。朕豈以一語罪卿？小人以細故羅織耳。』亟索紙，卽屏上草詔釋彥純，山出知安州。上又命酒，使貫陪，遂醉，諸孫掖出。」京之叙致覼縷如此。不特欲誇耀於世，又將以恐動言者。然不知皆不足恃爲榮，而適足以爲國家之辱焉。時以其居尚露土木，賜紫羅萬匹，使製帟幕。而京之獻遺，亦數十萬緡。後户部侍郎王蕃發之，究治皆権貨務錢也。所謂天波溪者，由景龍門寶籙宫，循城西南以至京第，其子絛上書其父，謂「今日恩波，他年禍水」。而小民謠言十不羨中「萬乘官家渠底串」者是也。

自中原遭難以來，民人死於兵革水火疾飢，墜壓寒暑力役者，蓋已不可勝計。而避地二廣者，幸獲安居。連年瘴癘，至有滅門。如平江府洞庭東西二山，在太湖中，非舟楫不可到。胡騎寇兵，皆莫能至。然地方共幾百里，多種柑橘桑麻，餬口之物盡仰商販。紹興二年冬，忽大寒，湖水遂冰，米船不到，山中小民多餓死。富家遣人負載，蹈冰可行，遽又泮坼，陷而没者亦衆。汎舟而往，卒遇巨風激水，舟皆卽冰凍，重而覆溺，復不能免。又是歲八月十八日，錢塘觀潮，往者特盛。岸高二丈許，上多積薪，人皆乘薪而立。忽風駕洪濤出岸，激薪崩摧，死者有數百人。衢州開化縣界嚴、徽、信州之間，萬山所環，路不通驛，部使者率數十年不到，居人流寓，恃以安處。三年春，偶邑人以私怨告衆事魔，有白馬洞繆羅者，殺保正，怒其乞取，其弟四六者，輒衣赭服，傳宣諠動。至遣官兵往捕，一方被害。七夕日，興化軍忽大水，城内七尺，連及泉州界，漂千餘家。前此父老所不記。蓋九州之内，幾無地能保其生者。豈一時之人，數當爾邪？少陵謂「喪亂死多門」，信矣。

范文正公四子，長曰純祐，材高善知人，如狄青、郭逵時爲指使，皆禮異之，又教狄以左傳，幕府得人，多所薦達。又通兵書，學道家能出神。一日，方觀坐，爲妹壻蔡交以杖擊户，神驚不歸，自爾遂失心。然居喪猶如禮，草文正行狀，皆不誤失。至其得疾之歲，卽書曰：「自此天下大亂。」遂擲筆於地，蓋其心之亂也。有子早世，只一孫女，喪夫，亦病狂。嘗閉於室中，窗外有大桃樹，花適盛開，一夕斷櫺登木，食桃花幾盡。明旦，人見其裸身坐於樹杪，以梯下之，自是遂愈。再嫁洛人奉議郎任謂，以壽終。

中書舍人四員，分掌六房，事無鉅細，皆與宰相通簽，奏狀書銜，亦俱平寫。但押字，卽在紙後印窠心中，與它官司異也。

任忠厚，蜀人，有文，馳譽上庠。一目患翳，而身甚長，服賜第時緑袍，幾不及踝。然喜嘲謔，嘗玩一友人，其人恚曰：「公狀貌如此，曾自爲其目否？」任見其怒，卽曰：「吾亦自有詩也。」問之，云：「有箇官人靡恃己，著領藍袍罔談彼。面上帶些天地玄，眼中更有陳根委。」其人乃笑而已。皆千字文歇後語也。

廣南風俗，市井坐估，多僧人爲之，率皆致富。又例有室家，故其婦女多嫁於僧，欲落髮則行定，既薙度乃成禮。市中亦製僧帽，止一圈而無屋，但欲簪花其上也。嘗有富家嫁女，大會賓客，有一北人在坐。久之，迎壻始來，諠呼「王郎至矣」。視之，乃一僧也。客大驚駭，因爲詩曰：「行盡人間四百州，只應此地最風流。夜來花燭開新燕，迎得王郎不裹頭。」如貧下之家，女年十四五，卽使自營嫁裝，辦而後嫁其所喜者，父母卽從而歸之，初無一錢之費也。

全州興安縣石灰鋪，有陶弼商公詩云：「馬度嚴關口，生歸喜復嗟。天文離卷舌，人影背含沙。江勢一兩曲，梅梢三四花。登高休問路，雲下是吾家。」魯直題其後云：「修水黃庭堅竄宜州，少休於此。觀商公五言，嘆賞久之。崇寧三年五月癸酉，南風小雨。」至紹興中，字墨猶存。

黃策在平江府，出賣蔡京籍没財物，得京親書親奉聖語劄子云：「元符三年五月十日，召赴内東門小殿，上曰『廢后久處瑶華，皇太后極所矜憐，今欲復其位號，召卿草制。』奏曰：『臣曾草廢后詔，今又草復后制，臣豈得無罪？』上曰：『此豈干卿事？兼皇太后言，昨先帝既廢后，亦有悔意，曾語與皇太后。今先帝上仙，追前意與復位號，於理無嫌。』臣京對曰：『古無兩后，今日前皇太后恩憐，理亦無妨。但臣聞有復必有廢，未知聖意如何？存之何害？廢之何益？』上曰：『元符皇后先帝所立，位號已定，豈可更廢之？適足以彰先帝之失。』臣京曰：『聖意如此，天下幸甚。元符皇后存之何害於朝廷？廢之適足快報怨於先帝之人，存廢於朝廷無利害。恭聞德音，有以見陛下盡兄弟之義，皇太后敦母愛之仁。天下幸甚。』」按京之心，當時備載一時之語，蓋欲彰大有功於昭懷爾，初未嘗致意於昭慈聖獻之廢，哲廟嘗有悔意也。紹興初，取京親書，因下詔曰：「隆祐皇太后仙遊不反，殯奉有期。永懷保祐之功，務極褒崇之典。爰念蒙垢於紹聖之末，即瑶華而退居；復位於建中之初，實欽聖之慈旨。屬奸臣之當制，乃隱没而不言。莫洗謗傷，久淹歲月。」至三年八月，鎮潼軍節度使、開府儀同三司、信安郡王孟忠厚，以「隱没不言」之事，天下未知，乞將京所進録聖語劄子宣付史館，遂從其請焉。

范忠宣公自隨守責永州安置誥詞，有「謗誣先烈」之語，公讀之泣下，曰：「神考於某有保全家族之大恩，恨無以報，何敢更加誣詆？」蓋李逢乃公外弟，嘗假貸不滿憾公。後逢與宗室世居狂謀，事露繫獄，吏問其發意之端，乃云因於公家見推背圖，故有謀。時王介甫方怒公排議新法，遽請追逮。神考不許，曰：「此書人皆有之，不足坐也。」全族之恩，乃謂此耳。

建炎後俚語，有見當時之事者。如「仕途捷徑無過賊，上將奇謀只是招」，又云「欲得官，殺人放火受招安；欲得富，趕著行在賣酒醋」。

韓退之送僧澄觀詩云：「火燒水轉掃地空，突兀便高三百尺。借問經營本何人，道人澄觀名藉藉。」皆言澄觀雖僧徒，公才吏用當今無。」凡釋氏營建作大緣事，雖賴行業，然非有才智，亦不可也。平江府常熟縣有僧文用，目不識字，而有心術。始欲建寺，即倡云：「城西北有山，而東南乃湖水，客勝於主，在術家爲不利。若於湖濱建爲梵宮，起塔其上，則百里之内，四民道釋，當日隆於前矣。」乃規沮洳淺水之中，欲置寺基於是。邑人欣然從之，老幼負土，雖閨房婦女，亦以裙裾包裹瓦石填委其上，不旬月，遂爲臯陸。乃創爲甓塔，再級則止。又作輪藏，殊極么麽。它寺每轉三匝，率用錢三百六十，而此一轉亦可，取金才十之一。日運不絶，遂鑄大鐘，用銅三千斤。時慧日、東靈二寺，已爲亡人撞無常鐘，若又加一處，不特不多，且有爭奪之嫌。文用乃特爲長生鐘，爲生者誕日而擊。隨所生時而叩，故同日者亦不相碍，獲施不貲。先是酒務有漏瓶棄之，文用乞得數千枚，散於邑中編户，每淘炊時，丐置一掬其中，旬日一掠，謂之「旬頭米」。工匠百數，賴此足食。慧日禪寺爲屯兵殘毁，縣宰欲請長老住持，患無以供給，文用首助錢五百千，由此上下樂之，施利日廣。自建炎戊申至紹興癸丑，六歲之間，化錢餘十五萬緡。又請朱勔墳寺舊額，爲崇教興福院，不數年，遂爲大刹矣。其人故未可與澄觀擬，但其所爲，皆用權術，悦人以取，而人不悟也。

興化軍莆田縣，去城六十里有通應侯廟，江水在其下，亦曰通應。地名迎仙，水極深緩，海潮之來，亦至廟所，故其江水鹹淡得中。子魚出其間者，味最珍美。上下十數里，魚味即異，頗難多得，故通應子魚名傳天下。而四方不知，乃謂子魚大可容印者爲佳。雖山谷之博聞，猶以「通印鮆魚」爲「披綿黄雀」之對也。至云「鮆魚背上通三印」，則傳者益誤，正可與「一麾」爲比矣。以子名者，取子多爲貴也。

自建炎丁未至紹興癸丑，七歲之間，任執政者三十有五人，凡易十一相。而吕頤浩、朱勝非皆再入，蓋無歲不罷易也。時以地褊員多，惟選人得終三考，京朝官以上，率二年成資即替。從官郎曹，率以遞陞。歲餘不遷者，已有淹滞之嘆。士子戲謂「自周歲以至三年」，蓋有高下之序也。

紹興三年八月，浙右地震，地生白毛，韌不可斷。時平江童謡曰：「地上白毛生，老小一齊行。」臺臣論其事，因下求言之詔。宰相吕頤浩由此以罪罷。按晉志成帝咸康初，孝武太元二年、十四年，地皆生毛，近白祥也。孫盛以爲人勞之異。其後征伐徵斂賦役無寧歲，天下勞擾，百姓疲怨焉。時軍卒多虜掠婦女，人有三四，每隨軍而行，謂之老小。方韓、劉自建康、鎮江更戍。既而，劉移屯池州，韓復分軍江寧，王往湖南，岳飛自江外來行在，即至九江，郭仲荀赴明州，老小之行，已數十萬人也。

臨沂縣韓彦文作二府除拜録，載本朝自建隆庚申至紹興癸丑，一百七十四年之間，任二府執政者三百四十餘人。宰相八十人，范宗尹建炎四年拜平章事，年三十二，爲最少。畢文簡士安景德元年作相，年八十五，爲最老。執政一百三十四人，范宗尹先作相一年，畢文簡與拜相同歲，二人亦皆爲長幼之冠。西樞一百三十四人，章質夫楶，崇寧元年年七十六，爲同知院事。寇萊公準，淳化二年爲副使，年三十一。惟傅堯俞爲中書侍郎，韓崇訓、曹輔爲樞密，三人皆不知其甲子也。内除七十七人互見，實二百七十一人，周朝舊相亦在其中。

周邦彦待制嘗爲劉昺之祖作埋銘，以白金數十斤爲潤筆，不受。劉無以報之，因除户部尚書，薦以自代。後劉緣坐王寀訞言事得罪，美成亦落職，罷知順昌府宫祠。周笑謂人曰：「世有門生累舉主者多矣，獨邦彦乃爲舉主所累，亦異事也。」

顧臨子敦内翰，姿狀雄偉，少未顯時，人以「顧屠」嘲之。元祐中，自給事中爲河北都運使，蘇子瞻作詩送之云：「我友顧子敦，軀膽兩雄偉。便便十圍腹，不但貯書史。容君數百人，一笑萬事已。十年臥江海，了不見慍喜。磨刀向猪羊，釃酒會隣里。歸來如一夢，豐頰愈茂美。平生批敕手，濃墨寫黃紙。會當勒燕然，廊廟登劍履。翻然向河朔，坐念東郡水。河來屹不去，如尊乃勇耳。」顧得之不樂。既行，群公祖道郊外，子瞻辭疾不往〔二五〕，和前韻以送，因以自解焉〔二六〕：「君爲江南英，面作河朔偉。人間一好漢，誰似張長史。上書苦留君，言拙輒報已。置之勿復道，出處俱可喜。攀輿共六尺，食肉飛萬里。誰言遠近殊，等是朝廷美。遥知别送處，醉墨爭淋紙。我以病杜門，商頌空振履。後會知何日，一歡如覆水。善保千金軀，前言戲之耳。」

綦叔厚云，進士登第，赴燕瓊林，結婚之家，爲辦支費，謂之「鋪地錢」。至庶姓而攀華胄，則謂之「買門錢」。今通名爲「繫捉錢」。凡有官者皆然，不論其非榜下也。

白樂天詩云：「歲盞後推藍尾酒，辛盤先勸膠牙餳。」又云：「三杯藍尾酒，一碟膠牙餳。」而東坡亦云：「藍尾忽驚新火後，樂天寒食詩云「三杯藍尾酒」。遨頭要及浣花前。」成都太守自正月二日出遊，至四月十九日浣花乃止。皆用「藍」字。余嘗見唐小説，載有翁媼共食一餅，忽有客至，云「使秀才婪尾」，於是二人所啖甚微，末乃授客，其得獨多，故用貪婪之字。如歲盞屠酥酒，自小飲至大，老人最後，所餘爲多，則亦有貪婪之意。

以錫膠牙，俗亦於歲旦嚼琥珀錫，以驗齒之堅脱，故或用「較」字。然二者又施之寒食，豈唐世與今異乎？

東坡作雪詩云：「凍合玉樓寒起粟，光摇銀海眩生花。」人多不曉「玉樓」、「銀海」事，惟王文正公云：「此見於道家，謂肩與目也。」又有詩云：「三杯軟飽後，一枕黑甜餘。」此諺語也。若無「杯」、「枕」，則後世不知其爲酒與睡矣。

元祐末，已有「紹述」之論，時來之邵爲御史，議事率多首鼠，世目之爲「兩來子」。紹興中，吕元直爲相，驟引席益爲參政，故席感恩，悉力爲助。已而，徐師川在西樞得君，與吕不協，席乃陰與徐結，於時又號爲「二形人」，謂陽與吕合，而陰與徐交也。吕既出，而欲爲刺虎之術，竟不能就，而反被逐，士夫莫不快之。

有人自云能使碌軸相搏，因先斂錢，以二瓢爲試，置之相去一二尺，而跳躍相就，上下宛轉不止。人皆競出錢，欲看石軸相擊。遂有告其造妖術惑衆，收赴獄中，錮以鉄鎖，灌之猪血。其人訴云：「二瓢尚在懷中。乃擣磁石錯鐵末，以膠塗瓢中各半邊，鐵爲石氣所吸，遂致如此。其云使石者，特紿衆以率錢耳。」破之信然，久乃釋之。

紹興中，在錢塘八座止兩人，洪擬、黄叔敖也。每傳呼尚書，則市人相戲問：「是何顔色者？」

世有自諱其名者。如田登在至和間爲南宮留守，上元，有司舉故事呈禀，乃判狀云：「依例放火三日。」坐此爲言者所攻而罷。又有典樂徐申，知常州，押綱使臣被盜，具狀申乞收捕，不爲施行。此人不知，至於再三，竟寢不報。始悟以犯名之故，遂往見之，云：「某累申被賊，而不依申行遣，當申提刑，申轉運，申廉訪，申帥司，申省部，申御史臺，申朝廷，身死卽休也。」坐客笑不能忍。許先之監左藏庫，方請衣人衆，有武臣親往懇之，曰：「某無使令，故躬來請，乞早支給。」許允之，久之未到。再往叩之，云：「適蒙許先支，今尚未得。」許諭曰：「公可少待。」遂至暮不及而去。汪伯彦作西樞，有副承旨當喚狀，而陳牒姓張校尉，名與汪同，遂止呼「張校尉」。其人不知爲誰，久不敢出。再三喻令勿避，竟不敢言。既又迫之，忽大呼曰：「汪伯彦。」左右笑恐。汪罵之曰：「畜生。」遂累月不敢復出。

兩浙婦人，皆事服飾口腹，而耻爲營生。故小民之家，不能供其費者，皆縱其私通，謂之「貼夫」，公然出入，不以爲怪。如近寺居人，其所貼者皆僧行者，多至有四五焉。浙人以鴨兒爲大諱，北人但知鴨羹雖甚熱，亦無氣。後至南方，乃知鴨若只一雄，則雖合而無卵，須二三始有子。其以爲諱者，蓋爲是耳，不在於無氣也。

崇寧中，方嚴黨禁，凡係籍人子孫〔二七〕，不聽仕宦及身至京畿。時司馬朴文季，温公之姪孫，外祖乃范忠宣，又娶張芸叟之女。元祐年中，受外家恩澤，世謂對佛殺了無罪也。又晁十二以道〔二八〕，自爲優人過階語云：「但僕元祐間詩賦登科，靖國中宏詞入等，尚之喚作哥哥，補之呼爲弟弟。甚人上書耶？甚人晁咏之。」聞者莫不絶倒。

金人南牧，上皇遜位，虜將及都城，乃與蔡攸一二近侍，微服乘花綱小舟東下，人皆莫知。至泗上，徒步至市中買魚，酬價未諧，估人呼爲「保義」。上皇顧攸笑曰：「這漢毒也。」歸猶賦詩，用「就船魚美」故事，初不以爲戚。

秦魯國大長公主，昭陵之女，下嫁錢景臻太傅，於今上爲曾祖姑。二子忱、愐，皆爲節度使，靖康中，换爲上將軍，遂無俸給。幼子遥郡防禦使，至紹興間，新制非經參部人不勘支俸錢，三子遂俱無禄。獨大主所請錢斛，已不能足用，又避地遍走二廣，所至多不給。時年餘七十，上表乞赴行闕不允，再具奏：「妾雖迫於饑窘，不敢妄有干求。但以年老多病，瘴癘之餘，得一望清光，雖死不恨。」始聽來朝。上皇改公、郡、縣主爲帝宗族姬，時以語音爲不祥。至是，饑窘之言，果見於文表，是可怪也。

宋景文與兄元憲，少時嘗謁楊大年。坐中賦落花詩，元憲云：「金谷路塵埋國艷，武陵溪水泛天香。」景文云：「將飄更作迴風舞，已落猶成半面妝。」文公以兄爲勝，謂景文小巧，它日富貴，亦不迨其兄，且不當更用「落」字也。

諺有「巧息婦做不得没麪飥」與「遠井不救近渴」之語，陳無己用以爲詩云：「巧手莫爲無麪餅，誰能救渴需遠井。」遂不知爲俗語。世謂少陵「鷄狗亦得將」，用「嫁得鷄，逐鷄飛，嫁得狗，逐狗走」，或幾是也。

紹興年間，天下州郡遂成三分：一爲僞齊、金人所據；一付張浚，承制除拜；朝廷所有，唯二浙、江、湖、閩、廣而已。員多闕少，如諸州通判，佳處見任與待闕者，率常四五人。時洪擬尚書與梁弁爲故人，弁待平江府倅已二年，而擬之子光祖又在弁後，遂爲營求爲樞密院計議官，又當待闕三歲。弁作啓謝洪曰：「雖云出谷以遷喬，殆類進寸而退尺」。或謂計議之比倅，實進非退，不若以「遠井近渴」爲對也。後臺章論之，還梁故任，而罷光祖。

上皇始愛靈壁石，既而嫌其止一面，遂遠取太湖。然湖石粗而太大，後又撅於衢州之常山縣南私村，其石皆峰岩青潤，可置几案，號爲「巧石」。乃以大者，疊爲山嶺，上設殿亭。所用既廣，取之不絶，舳艫相銜。淵聖即位，罷花石綱，沿流皆委棄道傍。金人圍都城，城中之機石，多碎以爲礮。虜既去，晁説之以道舍人東下過符離，有高况者，以二石遺之，晁以詩謝曰：「泗濱浮石豈不好，怊悵上方承眷時。今日道傍誰著眼，女牆猶得擲胡兒。」

王襄自同知密院落職知亳州，限三日到任，倉皇東下，夜至酇陽鎮，已屬亳境，使人語鎮官，假一介就州呼迓人。時宣義郎王偉爲監官，初未聞報，且訝行李蕭條，疑以爲僞，叱去不與。王懼於逾期，遂以勑呈之。時謂「郡守呈敕於監鎮」，世未嘗有也。或云堂劄誤書「赴」字爲「到」，然王乃蔡京所惡，時爲宰相，乃故，非誤也。

許昌至京師道中，有重阜，如駝駝之峰，故名駝駝堰。皆積沙難行，俗因呼爲「駝駝嫣」。又有大澤，彌望草莽，名好草陂。而夏秋積水，沮洳泥淖，遂易爲「麤糟陂」。如小姑山、彭郎磯之類，爲世俗所亂者，蓋不可勝數也。

蔡襄爲三司使，以嘉祐七年明堂支費數爲准，每遇大禮，依附封椿，仍乞遣朝臣諸路刬發錢帛，至今行之。其支賜度錢九十六萬二千餘貫，銀三十五萬四千六百三十餘兩，絹一百二十萬八百餘匹，綢四十萬一百餘匹，金六千七百七十兩。第二等生衣物計錢四十五萬貫，錦、綾、羅、鹿胎、透背等，計錢九萬九千八百餘貫，絲三十八萬八千兩，綿一百四十二萬八千餘兩。

紹興中，統兵有神武五軍，及劉光世、韓世忠、張俊三大帥，都計無二十萬衆。而劉軍不及三之一，月費米三萬石、錢二十八萬貫。比之行在諸軍之費，米減萬餘石，而錢二三萬緡。蓋人雖少而官資率高，且莫能究其實也。時天下州郡，没於金人，據於僭僞，四川自供給軍，淮南、江、湖，荒殘盜賊。朝廷所仰，惟二浙、閩、廣、江南，才平時五分之一，兵費反踰前日。此民之所以重困，而官吏多不請俸或倚閣，人有飢寒之嘆也。

孔子宅在今仙源故魯城中歸德門内闕里之中，背洙面泗，卽所云矍相圃之東北也。杏壇在魯城内，靈光殿爲漢景帝程姬之子恭王餘所立。王延壽賦序因魯僖基兆而營也。遭漢中微，盜賊奔突，自西京未央、建章之殿〔二九〕，皆見隳壞，而靈光巋然獨存。今其遺址，不復可見。而先聖舊宅，近日亦遭兵燹之厄。可歎也夫。（此條系閣本。元抄本與此互異，現附録於左。）

自古兵亂，郡邑被焚毁者有之。雖盜賊殘暴，必賴室廬以處，故須有存者。靖康之後，金虜侵陵中國，露居異俗，凡所經過，盡皆焚燹。如曲阜先聖舊宅，自魯共王之後，代有增葺〔三〇〕。莽、卓、巢、温之徒，猶假崇儒，未嘗敢犯。至金寇遂爲煙塵，指其像而詬曰：「爾是言夷狄之有君者。」中原之禍，自書契以來，未之有也。

岐國公王珪，在元豐中爲丞相，父準、祖贄、曾祖景圖，皆登進士第。其子仲修，元豐中登第。公有詩云：「三朝遇主惟文翰，十榜傳家有姓名。」注云：「自太平興國以來，四世凡十榜登科。」後姪仲原子耆、仲孜子昴，相繼登科，昴又魁天下。本朝六世登第者，與晁文元二家。而晁一世賜出身也。崇寧四年，耆初及第，岐公長子仲修作詩慶之曰〔三二〕：「錫宴便傾光禄酒，賜袍還照上林花。衣冠盛事堪書日，六世詞科只一家。」又漢國公準子四房，孫壻九人，余中、馬玿、李格非、閭丘、鄭居中、許光疑、張燾、高旦、鄧洵仁，皆登科。鄧、鄭、許相代爲翰林學士。曾孫壻秦檜、孟忠厚，同年拜相開府，亦可謂華宗盛族矣。

東坡石炭詩引云：「彭城舊無石炭，元豐元年十二月，始遣人訪獲州之西南白土鎮之北，以冶鐵作兵，犀利勝常云。」按東漢地理志豫章郡建城注云：豫章記曰：「縣有葛鄉，有石炭二頃，可然以爨。」則前世已見於東南矣。昔汴都數百萬家，盡仰石炭，無一家燃薪者。今駐蹕吳、越，山林之廣，不足以供樵蘇。雖佳花美竹，墳墓之松楸，歲月之間，盡成赤地。根枿之微，斫撅皆偏，芽蘖無復可生，思石炭之利而不可得。東坡已呼爲「遺寶」，况使見於今日乎？或云信州玉山亦有之，人畏穿鑿之擾，故不敢言也。

參知政事孟庾夫人徐氏有奇疾，每發於聞見，卽舉身戰慄，至於幾絶。其見母與弟皆然，母至死不相見。又惡聞徐姓及打銀、打鐵聲，買物不得見有餘錢，亦不欲留一文。嘗有一婢，使之十餘年，甚得力，極喜之。一日，偶問其家所爲業，婢云「打銀」，疾亦遂作，更不可見，竟逐去之。至於其他，皆無所差失，醫祝無能施其術。蓋前世所未嘗聞也。

甄徹，字見獨，本中山人，後居宛丘，大觀中登進士第。時林攄爲同知樞密院，當唱名，讀甄爲堅音，上皇以爲真音。攄辨不遜，呼徹問之，則從帝所呼，攄遂以不識字坐黜。後見甄氏舊譜，乃徹之祖屯田外郎履所記，云：「舜子商均封虞，周封於陳，爲楚惠王所滅。至烈王時，有陳通奔周，王以爲忠，將美其族，以舜居陶甄之職，命爲甄氏，皆通之後。而居中山者，於邯鄲爲近〔三二〕。按許慎説文：『甄，匋也，從瓦垔音，居延反。』吳書孫堅入洛，屯軍城南甄官井上，旦有五色雲氣〔三三〕，令人入井，探得傳國璽。堅以甄與己名相協，以爲受命之符。則三國以前，未有音爲之人切者矣。孫權卽位，尊堅爲武烈皇帝。江左諸儒爲吳諱，故以匋甄之甄因其音之相近者，轉而音真。説文顛、蹎、滇、闐，以真爲聲，烟、咽，以甄爲聲，馴、紃，以川爲聲，詵、侁、駪，以先爲聲，此皆先真韻中互以爲聲也。況吳人亦以甄音旃，則與真愈近矣。其後秦爲世祖苻堅，隋爲高祖楊堅，皆同吳音，暫避其諱。然秦有冀土，止一十五年，隋帝天下，纔三十七載，避諱不久，尋卽還復。既殊漢慶爲賀，又異唐丙爲景。字且不易，惡能遽改？故世處真定者，猶守舊姓。奈何世俗罕識本音，縱不以真見呼，又乃反爲堅字。慮後從俗，致汩本真，是用原正厥音，參考世系，叙爲家譜云。」余按千姓編通作二音，而張孟押韻，真與甄皆之人切。云舜陶甄河濱，因以爲氏。又稽延切。而稽延之音，訓察與免，而不言陶與氏也。堅自音經天切，與甄之音異矣。嘉祐中，王陶作徹之曾祖説馬濟墓銘云：「甄以舜陶，氏出於陳，避吳、苻、隋，時有爲甄。南北溷訛，姓音莫分，本之於古，乃識其真。」

紹興元年，車駕在越，月支官吏錢二十六萬九千一百三十貫，米七千八百六十五石，料一百六十六石，草一千四百五十六束。軍兵錢二十五萬八百二十三貫，米四萬一千五百三十八石，大麥四千一百七十六石，穀六百七十一石，草二萬七千二百三十九束。此其大概，而軍兵去來不常，故不得而定也。

蔣仲本論鑄錢事云：熙寧、元豐間，置十九監，歲鑄六百餘萬貫。元祐初，權罷十監。至四年，又於江、池、饒三監權住，添鑄内藏庫錢三十五萬貫。見今十監，歲鑄二百八十一萬貫，而歲不及額。自開寶以來，鑄宋通、咸平、太平錢，最爲精好。今宋通錢，每重四斤九兩。國朝鑄錢料例，凡四次增減。自咸平五年後來用銅鉛錫五斤八兩，除火耗，收淨五斤。景祐三年，依開通錢料例，每料用五斤三兩，收淨四斤十三兩。慶曆四年，依太平錢料例，又減五兩半，收淨四斤八兩。慶曆七年，以建州錢輕怯粗弱，遂却依景祐三年料例。至五年，以錫不足，減錫添鉛。嘉祐三年，以有鉛氣，方始依舊。嘉祐四年，池州乞減鉛錫各三兩，添銅六兩。治平元年，江東轉運司乞依舊減銅添鉛錫。提點相度，乞且依池州擘畫。省部以議論不一，遂依舊法。用五斤八兩，收淨五斤到今。其説以爲錢輕有利，則盜鑄難禁。殊不知盜鑄不緣料例，而開通錢自唐武德至今四百餘年，豈可謂輕怯而易壞乎？緣物料寬賸，適足以資盜竊。今依景祐三年料例，據十監歲額二百八十一萬貫，合減料八十七萬八千餘斤，可鑄錢一十六萬九千餘貫。

後漢王延壽作王孫賦云：「有王孫之狡獸，形陋觀而醜儀。顔狀類乎老公，軀體似乎小兒。儲糧食於耳頰，稍委輸於胃脾。同甘苦於人類，好餔糟而啜醨。」柳子厚作憎王孫，其名蓋出於此。余謂自王公而次侯，故以王孫寄之耳。

浙東人以畜産相呼，乃笑而受之。若及父祖之名，則爲莫大怨辱，有毆擊因是而致死者。又其語音訛謬，諱避尤可笑。處州遂昌縣有大姓潘二者，人呼爲「兩翁」，問之，則其父名義也。

單州有單父縣，有王莽村，衢州江山縣有禄山院。禄山猶有意義，而王莽則莫得而推。勝母、朝歌，尚所可惡，況於此乎？

西北春時，率多大風而少雨，有亦霏微。故少陵謂「潤物細無聲」。而東坡詩云：「春雨如暗塵，東風吹倒人。」韓持國亦有「輕雲薄霧，散作催花雨」之句。至秋則霜霆苦雨，歲以爲常。二浙四時皆無巨風。春多大雷雨，霖霆不已。至夏爲「梅雨」，相繼爲「洗梅」。以五月二十日爲「分龍」，自此雨不周遍，猶北人呼「隔轍」也。迨秋，稻欲秀熟，田畦須水，乃反亢旱。余自南渡十數年間，未嘗見至秋不祈雨。此南北之異也。

有人自金逃歸，云過燕山道間僧寺，有上皇書絕句云：「九葉鴻基一旦休，猖狂不聽直臣謀。甘心萬里爲降虜，故國悲涼玉殿秋。」天下聞而傷之。使尚在位，豈止祭曲江而已乎？申屠剛謂「未至豫言，固常爲虛，及其已至，又無所及」者，是矣。杜牧謂「後人哀之」，可不鑒哉。

冉閔誅諸胡羯〔三四〕，死者二十餘萬，時高鼻多鬚，至有濫死者。漢袁紹捕宦者，無少長皆殺之，或有無鬚而誤死者，至自發露然後得免者二千餘人。本朝王德用，言者謂其「貌類藝祖，宅枕乾岡」。乃云「本父母所生，朝廷之賜」。而高鼻無鬚，豈非遺體，天與而然邪？特有幸不幸耳，未可以脱禍也。

三代之世，無九年之蓄爲不足，而後世常乏終歲之儲。非特敦本力田者少，而食者衆，亦酒醴以糜之耳。蓋健啖者一飯不過於二升，飲酒則有至於無算。前代以水旱資儲未豐，皆禁酤酒，至於飴糖亦然。今略舉以見：漢景帝中三年夏旱〔三五〕，禁酤酒，至後元年夏始得酤，凡五年。武帝天漢三年，榷酒酤。昭帝始元六年罷榷，升四錢。後漢和帝永元十六年〔三六〕，兗、豫、徐、冀四州，比年多雨，禁酤酒。不見開禁之日。順帝漢安二年，禁酤酒。蜀先主時，天旱禁酒。晉孝武太元八年，開酒禁。不見始禁之年。安帝隆安五年，歲饑禁酒。石勒以百姓始復業，資儲未豐，於是重制禁釀，郊祀宗廟皆以醴酒，行之數年，無復釀者。宋文帝元嘉十二年六月〔三七〕，禁酒，二十一年正月，復禁酒，卹饑也；二十二年八月，開酒禁，有年也。唐高宗咸亨元年，以穀貴禁酒。肅宗至德三載三月辛卯，以歲饑禁酤酒，俟麥熟依常式。德宗大曆十四年，罷榷酤，建中三年復榷。宋明帝時，歲旱人饑，顔峻上言禁餳一月〔三八〕，息米近萬斛。紹興初，穀貴，酒價不足以償米麴之直。余嘗獻議，欲以穀代俸錢而禁酤酒，時以爲訝。

宗室子櫟，字夢援〔三九〕，宣和中以進韓文、杜詩二譜，爲本朝除從官之始。然必欲次敍作文歲月先後，頗多穿鑿。又喜吟詩，每對客使其甥諷誦，源源不已。嘗作杜鵑詩誇於人，謂雖李、杜思索所不至。其首句云「杜鵑不是蜀天子，前身定是陶淵明。」聞者笑不能忍。至「夜棋三百子，曉髮一千梳」，「髮爲干戈白，心於社稷丹」，亦其工者。

臨安府城中有寶積山，車駕駐蹕時，御史中丞辛炳、殿中侍御史常同、監察御史魏矼〔四〇〕、明槖、周綱，皆居其上，人遂呼爲「五臺山」。

車駕駐蹕臨安，以府廨爲行宮。紹興四年，大饗明堂，更修射殿以爲饗所。其基卽錢氏時握髮殿，吳人語訛，乃云「惡發殿」，謂錢王怒卽升此殿也。時殿柱大者，每條二百四十千足，總木價六萬五千餘貫，則壯麗可見。言者屢及，而不能止。

校勘記

〔一〕「不救肅王廢舒王」，「救」原作「取」，據涵本改。

〔二〕「金人連年以深秋弓勁馬肥入寇」，「寇」原作「塞」，據四庫本及涵本改。

〔三〕「老瘦男子廋詞謂之饒把火」，「廋」原作「庾」，據四庫本及董氏校本改。

〔四〕「泛舟已到桐廬」，「廬」原作「盧」，據董氏校本及四庫本改。

〔五〕「同行數十舟」，「數」原作「敷」，據董氏校本改。

〔六〕「北人遣劉六符來索故地」，「人」原作「方」，據四庫本改。

〔七〕「而郎中王寓」，「寓」原作「寓」，據四庫本及涵本改。

〔八〕「敬王四十一年四月己丑日薨」，「四十一年」原作「二十一年」，據涵本及左傳魯哀公十六年所記事改。

〔九〕「後漢和帝改褒亭侯」，「漢和帝」原作「漢明帝」，據後漢書卷七九孔僖傳改。

〔一〇〕「魏文帝改宗聖侯」，「宗」原作「崇」，據三國志魏書卷二文帝紀改。

〔一一〕「除諸位外」，「位」原作「住」，據四庫本及涵本改。

〔一二〕「所請書諸國史」，「請」原作「謂」，據四庫本及涵本改。
〔一三〕「以襲玄元」，「玄元」原作「美玄」，據四庫本及涵本改。
〔一四〕「朱紱霞暎」，「霞」原作「電」，據文苑英華卷三九九改。
〔一五〕「其内有三十六室」，「室」原作「寶」，百川學海本龍城録「寶」作「室」，據改。
〔一六〕「戴巾」，「戴」原作「帶」，據四庫本及涵本改。
〔一七〕「彼中」，涵本作「夷人」，四庫本作「羌」。
〔一八〕「不如一鶚」，「鶚」原作「鴞」，據四庫本及後漢書卷五一改。
〔一九〕「東西距江海」，「海」原作「漢」，據董氏校本改。
〔二〇〕「會稽太守馬臻之所爲也」，「馬臻」原作「馬溱」，據四部叢刊本元豐類稿卷一三改。
〔二一〕「曹冀王彬靈壽人潘太師美魏人李文正公昉及竇尚書儀之昆弟真定人」，「王彬靈壽人潘太師美魏人李文正公昉及竇尚書儀之昆弟真定人」原脱，據琬琰集删存卷二太保惟忠墓表補。
〔二二〕「清池人」，「池」原作「平」，據宋史卷三一〇張知白傳改。
〔二三〕「而大河自積石行萬里出砥柱」，「出」字原脱，據琬琰集删存卷二補。
〔二四〕「又遣使持碼碯大杯賜酒」，「又」原作「六」，據説郛本改。
〔二五〕「子瞻辭疾不往」，「瞻」原作「贍」，據董氏校本改。

〔二六〕「因以自解焉」，「自」原作「解」，據四庫本、涵本改。
〔二七〕「凡係籍人子孫」，「籍人」原作「籍入」，據董氏校本改。
〔二八〕「又晁十二以道」，「以道」原作「之道」，據涵本改。
〔二九〕「自西京未央建章之殿」，「西」原作「南」，據文選卷一一王文考魯靈光殿賦及董氏校本改。
〔三〇〕「代有增葺」，說郛本作「無復葺治」。
〔三一〕「歧公長子仲修作詩慶之曰」，「歧」原作「祁」，據宋史卷三一二王珪傳改。
〔三二〕「於邯鄲爲近」，「鄲」字原脱，據説郛本補。
〔三三〕「旦有五色雲氣」，「雲」字原脱，據元抄本補。
〔三四〕「冉閔誅諸胡羯」，「胡羯」原作「部凡」，據涵本改。
〔三五〕「漢景帝中三年夏旱」，「中」字原脱，據漢書卷五景帝紀補。
〔三六〕「後漢和帝永元十六年」，「元」原作「光」，據後漢書卷四和帝紀改。
〔三七〕「宋文帝元嘉十二年六月」，「文」原作「元」，據宋書卷五文帝紀改。
〔三八〕「顔峻上言禁錫一月」，「竣」原作「峻」，據董氏校本及南史卷三四改。
〔三九〕「字夢授」，「夢授」原作「夢授」，據涵本改。
〔四〇〕「監察御史魏矼」，「矼」原作「硅」，據涵本改。

卷下

蜀人司馬先，元祐中爲滎州曹官。自云以温公之故，每監司到，彼獨後去而不得湯飲。蓋衆客旅進退，必特留問其家世。知非丞相昆弟，則不復延坐，遂趍而出也。

鷙禽來自海東，唯青鵁最嘉，故號「海東青」。兖守王仲儀龍圖，以五枚贈威敏孫公，皆皂纈鴉，不堪搏擊。公作詩戲之曰：「海東霜隼品仍多，萬里秋天數刻過。狡兔積年安茂草，弋人終日望滄波。青鵁獨擊歸林麓，皂纈群飛入網羅。爲謝文登賢太守，求方逐惡意如何。」後遼國求於女真，以致大亂，由此鳥也。

紹興四年，温州瑞安縣井鳴如鐘聲，繼而州中亦然。前史災異所未有。或云去歲閩中如此，遂有大水漂没之害。或云止如蚯蚓鳴，叩欄卽止，非井鳴也。

唐以鄭與鄭、豳與幽相類，文移差誤，故鄭去邑，豳爲邠。本朝景祐三年，知祥符縣郭輔之奏：「西川維州與京東濰州相去僅六十里，而遞角逃軍，轉遞差誤，乞改州名。」上取地圖觀之，以維州以威服西山八國，遂改爲威州焉。

歐陽脩爲河北都轉運使，上宰相書云：「自河北州府軍縣一百八十有七，主客之民七十萬五千七百户，官吏在職者一千二百餘員，廂禁軍馬義勇民兵共四十七萬七千人騎，歲支糧錢帛二千四百四十五萬。而非常之用不與焉。」尹洙息戍篇〔一〕曰：「國家割棄朔方，西師不出三十年。亭徼千里，環重兵以戍之。種落屢擾，卽時輯定。然屯戍之費，亦已甚矣。西戎爲寇，遠自周世。勞弊中國。東漢尤甚，費用常以億計。孝安世羌叛十四年〔二〕，用二百四十億。永和末，復經七年，用八十餘億。及段紀明出征，用纔五十四億，而翦滅殆盡。今西北四帥涇原、邠寧、秦、延。戍卒十餘萬，一卒歲給無慮二萬。率騎卒與冗兵，較其中者，總廩給之數。恩賞不在焉。以十萬衆較之，歲用二十億。」自靈武罷兵，計費六百餘億，方前世數倍矣。

皇祐中，右司諫錢彥遠乞置勸農司，云：「唐開元年有户口八百九十餘萬，定墾田二千四百三十餘萬頃。國家有户九百五十餘萬，定墾田一千二百一十五萬餘頃。其間逃廢之田，不下三十餘萬頃，不及開元三分之一。」是田疇不闢而遊手多矣。

宣和中，余深爲太宰，王黼爲少宰。是時上皇多微行，而司諫曹輔言之。一日，上皇獨留黼，問輔何自而知，對曰：「輔，南劍人，而余深門客乃輔兄弟，恐深與客言，而達於輔也。」上皇然之。卽下開封府捕深客，錮身押歸本貫。內外驚駭，莫知其由。而深患失，何敢與客語？又曹只同姓同郡，實非親也。未幾，王獨賜玉帶，余遂求罷，卽得請。黼遽攘其位焉〔三〕。

王琪，字君玉，其先本蜀人，從弟珪、瓘、玘、琉，皆以文章名世。世之言衣冠子弟，能力學取富貴，不藉父兄資蔭者，唯韓億諸子及王氏而已。時翰林學士彭乘不訓子弟，文學參軍范宗韓上啓責之曰：「王氏之琪、珪、瓘、玘，器盡璠璵；韓家之綜、絳、縝、維，才皆經緯。非蔭而得，由學而然云。」

王琪爲三司判官，景祐中，上言乞立義倉，曰：「謹按隋開皇五年，工部尚書長孫平建言〔四〕，諸州共立義倉於當社。唐貞觀初，尚書左丞戴胄議立條制，王公以下墾田，畝稅二升。至天寶八年，天下義倉，共六千三百八十七萬七千六百餘石。臣上此議，今十七年矣。若於夏秋正稅外，每二升別納一升，計一中郡，歲可得五千石，豈減天寶之多乎？」於是詔天下皆立義倉。惟廣南以納身丁米故，獨不輸。

賢良方正直言極諫科，始於前漢武帝，而文帝已嘗舉賢良文學之士。武帝五十四年中，一舉賢良，一舉茂材。孝元十六年間，一舉賢良，一舉茂材。成帝三十六年間，四舉方正直言。後漢光武三十二年，兩舉賢良。章帝十三年，兩舉直言。和帝十七年，一舉賢良。安帝、順帝各十九年〔五〕，皆兩舉賢良。

杭州遭方臘之亂，譙門州宇皆被焚。翁彥國壞佛寺以新之，乃求梁師成書寧海軍、大都督府二榜。「軍」字中心一筆上出，「督」下從日，時謂「督無目，軍出頭」。繼有叛卒陳通之變，乃取二牌焚之。

紹興之後，巨盜多命官招安，率以宣贊舍人寵之。時以此官爲耻，然清流者寄禄官下皆有兼字，至賊輩則無。又加遥郡者，盡以忠州處之。其徒亦稍有解者，甚非曠蕩欲安反側之意也。

車駕渡江，韓、劉諸軍皆征戍在外，獨張俊一軍常從行在〔六〕。擇卒之少壯長大者，自臀而下文刺至足，謂之「花腿」。京師舊日浮浪輩以此爲誇。今既效之，又不使之逃於他軍，用爲驗也。然既苦楚，又有費用，人皆怨之。加之營第宅房廊，作酒肆名太平樓，般運花石，皆役軍兵。衆卒謡曰：「張家寨裏没來由，使它花腿擡石頭。二聖猶自救不得，行在蓋起太平樓。」紹興四年夏，韓世忠自鎮江來朝，所領兵皆具裝，以銅爲面具。軍中戲曰：「韓太尉銅顔，張太尉鐵顔」。世謂無廉耻不畏人者爲「鐵顔」也。

世人名子，多連上下一字，或從偏傍。唯李復圭修撰兄弟三房名子，或曰執柔、襲譽、傳正，人莫曉其意義。乃以仄平、仄仄、平仄爲異也。永嘉林季仲懿成云，渠諸父五人，伯父首得子，即以八元名之。後諸房果得子八人，兩房遂絶。人謂數已讖於其始。然蔡子正樞密之子，以五行爲名，至第六子，名之曰穀，以應六府。晚年又得一子，遂命之爲修，亦豈在是也？河陽張望九子，皆連「立」字，令以「立門金石心」爲序。靖生閣，閣之女嫁鄭居中長子修年，而臺卿諸子，因更從「年」。慕勢而違祖訓，金石之心遂從革矣。

古所謂媵妾者，今世俗西北名曰「祗候人」，或云「左右人」，以其親近爲言，已極鄙陋。而浙人呼爲「貼身」，或曰「橫床」，江南又云「橫門」，尤爲可笑。

翟汝文公巽知越州，坐拒旨不敷買絹事削官，謝表云：「忍效秦人，坐視越人之瘠；既安劉氏，定知晁氏之危。」後拜參政，温人宋之方作啓賀之曰：「昔鎮藩維，已念越人之瘠；今居廊廟，永圖劉氏之安。」蓋用其語也。

紹興四年六月二十三日申未間，太白在日後晝見，臨安之人萬衆仰觀。迨暮，光芒數寸，照物有影。明日太史乃奏，云「太白自十七日晝見，天文官失於觀瞻。然行未道，非過午也。」但罰宿三十直而已。時謂有昏迷之罪，而免無赦之誅，人以爲恨。然行未道不爲經天，又不知何所據而言也。

建炎之後，除殿前馬步三師外，諸將兵統於御營使司。後分爲神武五軍，劉光世、韓世忠、張俊、王𤫉、楊沂中爲五帥。劉太傅一軍在池陽，月費錢二十六萬七千六百九十貫三百文，二十萬四千貫，係朝廷應副，餘仰漕司也。米二萬五千九百三十八石三斗，糧米七千九百六十六石八斗，草六萬四百八十束，料六千四十八石。而激賞回易之費不在焉。韓軍不知其實，但朝廷應副錢月二十一萬餘貫，則五軍可略見矣。至紹興中，吳玠一軍在蜀，歲用至四千萬。紹興八年，余在鄂州，見岳侯軍月用錢五十六萬緡，米七萬餘石，比劉軍又加倍矣。而馬芻秣不預焉。

前世謂「阿堵」，猶今諺云「兀底」，「寧馨」猶「恁地」也，皆不指一物一事之詞。故「阿堵」有錢目之異，「寧馨」有美惡之殊。而張謂詩云：「家無阿堵物，門有寧馨兒。」與款頭無異矣。

世以浙人孱懦，每指錢氏爲戲。云：俶時有宰相姓沈者，倚爲謀臣，號「沈念二相公」。方中朝加兵江湖，俶大恐，盡集群臣問計，云：「若移兵此來，誰可爲禦？」三問無敢應者。久之，沈相出班奏事。皆傾耳以爲必有奇謀。乃云：「臣是第一箇不敢去底。」朝廷渡江，時人呼諸將，皆以第行加於官稱：劉三、張七、韓五、王三十，皆神武五軍大將。王三十者名璞，官承宣帶四廂都使，人以「太尉」呼之。然所至輒負敗，未嘗成功。時謂「沈念二相公」二百年後始得「王三十太尉」，遂爲名對也。

從官門狀，參云「起居」，辭云「攀違，某官謹狀」，無「候裁台旨」之文，雖見執政亦然，亦無賀狀。雖無條式，相循以爲故事。李正民方叔侍郎謂「非以爲尊大侍從之臣，於同列難施候旨之辭也。」

二浙造酒，非用灰則不澄而易敗。故買灰官自破錢，如衢州歲用數千緡。凡僧寺灶灰，民皆斷撲。收買既久，以柴薪再燒，以驗美惡。以擲地散遠而浮颺者爲佳，以其輕滑煉之熟也。官得之尚再以柴煅方可用。醫方用冬灰，亦以其日日加火，久乃堪耳。如平江又用樸木，以煅石灰而並用之，又差異於浙東也。

章子厚爲相，靳侮朝士。常差一從官使高麗，其人陳情，力辭再三，不允，遂往都堂懇之。章云：「以公所陳不誠，故未相允。」其人云：「某之所陳，莫非情實。」章笑云：「公何不道自揣臣心，誠難過海？」

錢諗以郎官作張俊隨軍轉運，自請乞超借服色，既得之，遂誇於衆云：「方患簡佩未有，而富樞以笏相贈，范相亦惠以金魚。」趙叔問在坐，戲之曰：「可以一聯爲慶：所謂手持樞府之圭，臀打相公之袋。」坐客莫不絶倒。

張子厚知太常禮院〔七〕，定龍女衣冠，以其封善濟夫人，故依夫人品。程正叔以爲不然，曰：「龍既不當被人衣冠。矧大河之塞，本上天降祐，宗社之靈，朝廷之德，吏士之勞，龍何功之有？又聞龍女有五十三廟，皆三娘子。一龍邪？五十三龍耶？一龍則不應有五十三廟，五十三龍則不應盡爲三娘子也。」子厚默然。

韓世忠輕薄儒士，常目之爲「子曰」。主上聞之，因登對問曰：「聞卿呼文士爲『子曰』，是否？」世忠應曰：「臣今已改。」上喜，以爲其能崇儒。乃曰：「今呼爲『萌兒』矣。」上爲之一笑。後鎮江帥沈晦因敵退錫宴，自爲致詞，其末云：「飲罷三軍應擊楫，渡江金鼓響如雷。」韓聞之卽悟其旨，云：「給事。世忠非不敢過淮。」已而自起，以大觥勸之；繼而使諸將競獻。沈不勝杯酌，屢致嘔吐。後至參佐僚屬，斟既不滿，又容其傾瀉。韓怒曰：「萌兒輩終是相護。」又戲沈云：「向道教給事休引惹邊事。」蓋指其詞爲引惹也。

吉州江水之東有二山，其一皆松杉筠篠，草木經冬不凋，號曰青原，卽七祖思可妙應真寂大師道場。今寺名靖居，有顏魯公書碑，又有卓錫、虎跑、雷踴、天竺四泉。其一不生草木，號曰黃原，正在州東。故古語讖云：「最好黃原天卯山，此方盜賊起應難。」自建炎己酉歲，忽洪水發於兩山，土人謂之「山笑」，青原飄屋六十餘楹，而山不摧圮，黃原山遂破裂。自是諸縣相繼爲賊殘毀，經六年猶未息。丙辰歲，青、黄二原又發洪水，衝決尤甚。是冬，敵人破永豐、吉水，傅州城，入太和、萬安，至丁巳春始定。

虔州本漢贛縣，屬豫章郡。高祖六年置，使灌嬰屯兵以扼尉它。隋開皇九年，始曰虔州，以虔化水爲名。本十二縣，遠者去州七百餘里。本朝淳化中，分二縣，以置南安軍。州城，梁徙於章、貢二水間。貢水在東，章水在西，夾城北流一里許，合流爲贛江。江中巨石森聳如筍，水湍激，歷十八灘，凡三百里，始入吉州萬安縣界爲安流。州之四傍皆連山，與庾嶺、循、梅相接。故其人凶悍，喜爲盜賊，犯上冒禁，不畏誅殺。建炎初，太后携六宮避寇至彼，而陳大五長者首爲狂悖。自後十餘年，十縣處處盜起，招來捕戮，終莫能禁。余嘗至彼，去州五十里宿於南田，吏卒告以持錢市物不售，問市人何故，則云「宣和、政和是上皇無道錢〔八〕，此中不使。」竟不肯用。其無禮不循法度，蓋天性，亦山水風氣致然也。

紹興四年十二月二十九日、三十日，洪州連大雷電，雨雪沍寒，雖立春數日，然於候爲早，老杜詩載「十月荆南雷怒號」，亦以爲異。趙正之都運云：「渠在蜀中，十月聞雷，土人相慶，以爲豐年之兆。」蓋四方遠俗，未可以一理論也。

王摩詰畫其所居輞川，有輞水、華子崗、孟城坳、輞口莊、文杏館、斤竹嶺、木蘭柴、茱萸沜、宮槐陌、鹿柴、北垞、欹湖、臨湖亭、欒家瀨、金屑泉、南垞、白石灘、竹里館、辛夷塢、漆園、椒園，凡二十一所。與裴迪賦詩，以紀諸景。唐人記云「後表所居爲鹿莊寺」，而長安志乃云清源寺，未知志何所據。舊史載本宋之問别墅，而新史略之。杜子美詩「宋公舊池館，零落首陽阿」。則又非西都藍田之墅也。杜有和裴迪三詩。裴事業未見其它，想非碌碌俗士耳。

安鼎爲御史，論本朝歲斷大辟人數：天聖中，一歲二千三百餘人，當時患其數多，大議改制。元豐歲率二千三百餘人。元祐元年、二年、四年，各四千餘人；三年，三千人已上。按國朝會要，淳化初置詳覆官〔九〕，專閲天下奏到已斷案牘。熙寧中，始罷聞奏之法，止申刑部。元豐中，又罷申省，獨委提刑司詳覆，刑部但抽摘審核。元祐初，始復刑部詳覆司，然不專任官屬，又有摘取二分之限，乞依祖宗法，專委刑部郎官三兩員通明法律者，不限分數，盡覆天下之案。庶令内外官司知所畏懼，而盡心於刑獄焉。

元祐六年五月，吏部待闕官：尚書左選一百六十二員，侍郎右選八百餘員，並使一年以上，至二年兩季闕。尚書右選二百八十三員，侍郎左選五百三十七員，並候一年一季已上，至二年三季闕。四選宗室已未有差遣，共一千四百八十餘員。

黄魯直在衆會作一酒令，云：「虱去乁爲虽，添几卻是風，風暖鳥聲碎，日高花影重。」坐客莫能答。他日，人以告東坡，坡應聲曰：「江去水爲工，添糸卽是紅。紅旗開向日，白馬驟迎風。」雖創意爲妙，而敏捷過之。蘇公嘗會孫賁公素，孫畏内殊甚，有官妓善商謎，蘇卽云：「蒯通勸韓信反，韓信不肯反。」其人思久之曰：「未知中否，然不敢道。」孫迫之使言〔一〇〕，乃曰：「此怕負漢也。」蘇大喜，厚賞之。

朱希亮，潁川人，爲鄧州教官。有喬世賢者，恃才輕忽，偶與朱相值，遽問之云：「君名希亮，謂希何亮？」朱報云：「何世無賢？今未問君名，姓將何出？」喬愕然不能答。蓋古惟有橋姓，而省木莫知其由。至唐始有彝及知之。或云匈奴貴姓也。

余家故書，有呂縉叔夏卿文集，載淮陰節婦傳云：婦年少，美色，事姑甚謹。夫爲商，與里人共財出販，深相親好，至通家往來。其里人悅婦之美，因同江行，會傍無人，卽排其夫水中。夫指水泡曰：「他日此當爲證。」既溺，里人大呼求救，得其尸，已死，卽號慟，爲之制服如兄弟，厚爲棺斂，送終之禮甚備。録其行槖，一毫不私。至所販貨得利，亦均分著籍。既歸，盡舉以付其母，爲擇地卜葬。日至其家，奉其母如己親，若是者累年。婦以姑老，亦不忍去，皆感里人之恩，人亦喜其義也。姑以婦尚少，里人未娶，視之猶子，故以婦嫁之。夫婦尤歡睦，後有兒女數人。一日大雨，里人者獨坐檐下，視庭中積水竊笑。婦問其故，不肯告，愈疑之，叩之不已。里人以婦相歡，又有數子，待己必厚，故以誠語之曰：「吾以愛汝之故，害汝前夫。其死時指水泡爲證，今見水泡，竟何能爲？此其所以笑也。」婦亦笑而已。後伺里人之出，卽訴於官，鞫實其罪，而行法焉。婦慟哭曰：「以吾之色而殺二夫，亦何以生爲？」遂赴淮而死。此書呂氏既無，而余家者亦散於兵火。姓氏皆不能記，姑敘其大略而已。

筆談載「呂縉叔臨終，身縮才數尺」。洛人范季平子婦，病瘵累年，浸亦短縮，紹興六年春，卒於臨川，才如六七歲兒。亦可怪也。

江南人謂社日有霜必雨。丙辰春社，繁霜覆瓦，次日果大雨。

洪州之北四十里，地名辟邪，以江邊有此石獸，故以爲名。余過彼得破甓，上有隸書「開皇九年」四字，竟不知墓爲何人。又洪、撫之間，地名清遠，有淨居院。余又得一磚，四傍皆印「開皇十六年」字。寺後山上有壽章亭，亭前樟木圍三尋，多題詩，云三經霹靂，中有巨蛇也。東坡葬汝州，其墓甓皆印東坡二字，洛人王壽卿所篆。余在襄陽，得隸書宋昇明三年韋長史墓磚，考之叡之父也〔一二〕。餘六百年矣，堅實可作硯。避地亦棄於陽翟善財寺中。

韓昷知剛，福州長樂人，嘗監建溪茶場，云茶樹高丈餘者，極難得。其大樹二月初，因雷迸出白芽，肥大長半寸許，採之浸水中，俟及半斤，方剥去外包，取其心如針細，僅可蒸研以成一胯，故謂之「水芽」。然須十胯中入去歲舊「水芽」兩胯，方能有味。初進止二十胯，謂之「貢新」。一歲如此者，不過可得一百二十胯而已。其剥下者，雜用於「龍團」之中。採茶工匠幾千人，日支錢七十足。舊米價賤，「水芽」一胯猶費五千。如紹興六年，一胯十二千足尚未能造也，歲費常萬緡。官焙有緊慢火候，慢火養數十日，故官茶色多紫。民間無力養火，故茶雖好而色亦青黑。宣和中，臘用貢，或以小株用硫黄之類發於蔭中，或以茶子浸使生芽，十胯中八分舊者，止微取新香之氣而已。入香龍茶，每斤不過用腦子一錢，而香氣久不歇，以二物相宜，故能停蓄也。

「曆日中治水龍數，乃自元日之後，逢辰爲支，即是。得寅卯在六日，爲豐年之兆。」李舍人璆西美云。李善三命術，於陰陽書多通。

吕丞相元直以使相領宫祠，卜居天台，作堂名退老，每誦少陵「窮老真無事，江山已定居」之句以自況。時賦詩者百數。李伯紀職大觀文、官銀青、帥福唐，亦寄題二篇，其末章云：「片帆雲海無多地，嘆息何由厠末賓。」時謂二公「窮老」、「末賓」，何言之謙也。

晉史温嶠傳：司隸命爲都官從事。庾顗有重名，而頗聚斂，嶠舉奏之，京都振肅。顗傳云：「温嶠奏之，顗更器嶠，目嶠森森如千丈松，雖磊砢多節，施之大廈，有棟梁之用。」而和嶠傳亦云：「太傅從事中郎庾顗〔一二〕見而嘆曰：『嶠森森如千丈松，雖磥砢多節目，施之大廈，有棟梁之用。』」則二嶠傳皆載，未知孰爲是也。

楚州有賣魚人姓孫，頗前知人災福，時呼「孫賣魚」。宣和間，上皇聞之，召至京師，館於寶籙宮道院〔一三〕。一日懷蒸餅一枚，坐一小殿中。已而，上皇駕至，遍詣諸殿燒香，末乃至小殿。時日高，拜跪既久，上覺微餒。孫見之，即出懷中蒸餅云：「可以點心。」上皇雖訝其異，然未肯接。孫云：「後來此亦難得食也。」時莫悟其言，明年，遂有沙漠之行，人始解其讖〔一四〕。

建炎三年己酉，金人至浙東，破四明，明年退去。時呂源知吉州，葺築州城，役夫於城脚發地，得銅鐘一枚，下覆瓷缶，意其中有金璧之物，竟往發之，乃枯骨而已。衆忿其勞力，盡投於江中。視銅鐘之上有刻文，云「唐興元初，仲春中巳日，吾季愛子役築於廬陵，隕於西壘之巔。吾時司天文，昭政令晦明。康定之始，末欲塋於它山〔一五〕，就瘞於西壘之垠。吾卜兹土，後當火德，五九之間，世衰道微。浙、梁相繼喪亂之時，章、貢康昌之日，復工是壘，吾亦復出是邦。東平梟工決，使吾愛子之骨，得同河伯聽命於水府矣。京兆逸翁深甫記。」按唐興元元年甲子歲，朱泚、李懷光僭叛，德宗自奉天移幸梁州之歲。二月十二日甲子，李懷光反，中巳蓋十七日己巳也。康定之始，則六月甲辰，泚始伏誅，七月壬午至自興元之時也，迨建炎四年庚戌，三百四十七年矣。如火德浙、梁相繼康昌，東平、水府之讖，莫不皆符。但五九之數未解，而復出是邦，未知爲誰。則逸翁之術，亦可謂精矣。

崇寧中，李誡編營造法式云，舊例以圍三徑一、方五斜七爲據，疏略頗多。今按九章算經：圓徑七，其圍二十有二。方一百，其斜一百四十有一。八稜徑六十，每面二十五，其斜六十有五。六稜徑八十有七，每面五十，其斜一百。圓徑内取方，一百中得七十有一。方内取圓，徑一得一，六稜八稜，取圓准此。又載名物之異曰：牆名五。牆、墉、垣、繚、壁。柱礎名六。礎、礩、碣、磌、墄、磉。今謂之石碇，音頂。材名三。章、材、方桁。栱名六。閞、槉、薄、曲枅、奕、栱。飛昂名五。櫼〔一六〕、飛昂、英昂、斜角、下昂。爵頭名四。爵頭、耍頭、胡孫頭、蜉蜒頭。枓名五。楶、櫍、櫨、楷、壁枓。平坐名五。閣道、墱道〔一七〕、飛陛、平坐、鼓坐。梁名三。梁、宋廇、欐。柱名三。桓、楹、柱。陽馬名五。觚稜、陽馬、闕角、角梁、梁抹。侏儒柱名六。棁、侏儒柱、浮柱、棳、上楹、蜀柱。斜柱名五。斜柱、梧、迕、枝撐、叉手。棟名九。棟、桴、檼、棼、甍、極、搏、摽、櫋。搏風名二。榮、搏風。柎名三。柎、複棟、替木。椽名四。桷、椽、榱、橑〔一八〕。短椽名二。棟、禁楄。檐名十四。檐、宇、樀、楣、屋垂、梠、櫺、聯櫋、橝、房、廡、槾、㮰、庮。舉折名四〔一九〕。陠、峻、陠峭、舉折。烏頭門名三。烏頭大門、表楬、閥閱。今呼爲櫺星門。

平基名三。平機、平橑、平基。俗謂之平起，以方椽施素版者謂之平闇。鬬八藻井名三。藻井、圜泉、方井。今謂之鬬八藻井〔二〇〕。鉤蘭名八。欞檻、軒檻、櫳、梐牢、欄楯、柃、階檻、鉤蘭。拒馬叉子名四。梐、枑、梐枑、桁馬。屏風名四。皇邸、後板、扆、屏風。露籬名五。樔、柵、據、藩、落。今謂之露籬〔二一〕。塗名四。塓、墐、塗、泥。階名四。階、陛、陔、墒。瓦名二。瓦、甍。磚名四。甓、瓴甋、㲉、甗甎。又云，史記居千章之萩。注：章，材也。説文栔。注：栔，櫼也，音至。按構屋之法，皆以材爲祖。祖有八等，度屋之大小，因而用之。凡屋之高深，名物之長短，曲直舉折之勢，規矩繩墨之宜，皆以所用材之分以爲制度。材上加栔者，謂之足材，其規矩制度〔二二〕，皆以章栔爲祖。今人以舉止失措者，謂之失章失栔，蓋謂此也。宋祁筆録：「今造屋有曲折者，謂之庯峻。齊、魏間以人有儀矩可觀者，謂之庯峭。」蓋庯峻也，今俗謂之舉折。

陶隱居注本草云：「大寒凝海而酒不冰，明其性熱，獨冠群物。」余官原州時，官庫慶錦堂酒，取數絶少，醇旨最於一路，而怪其成冰。及見司馬温公苦寒行，云：「并州從來號慘裂，今日乃信非虚名。誰言醇醪能獨立，壺腹迸裂無由傾。」則塞上之寒，隱居生於東南，蓋未之見耳。

蘇子瞻與劉孝叔、李公擇、陳令舉、楊公素，會於吴興，時張子野在坐，作定風波詞以咏六客，卒章云：「盡道賢人聚吴分，試問，也應旁有老人星。」後十五年，蘇公再至吴興，則五人者皆已亡矣。時張仲謀、張秉道、蘇伯固、曹子方、劉景文爲坐客，仲謀請作後六客詞云：「月滿苕溪照夜堂，五星一老鬬光芒。十五年間真夢裏，何事？長庚對月獨淒涼。緑髪蒼顔同一醉，還是，六人吟笑水雲鄉。賓主談鋒誰得似？看取，劉曹今對兩蘇張。」

程俱致道，以外氏蔭入官，少有文稱，車駕在錢塘，不試而除正字。其謝表云：「以權德輿之器業，李衛公之才猷，宋綬之該通，韓維之方悟，乃始不由科第，自致清華。若楊大年之一世英豪，歐陽修之諸儒領袖，安石之經術，蘇軾之文章，故皆不待試言，徑司辭命。如臣何者，濫繼前修。」蓋自唐以來，才十數人，亦可謂榮矣。然自是率多不試，人反以爲濫也。

吴幵正仲家蓄唐以來墨，諸李所製皆有之。云無出廷珪之右者，其堅利可以削木。渠書華嚴經一部，半用廷珪，才研一寸。其下四秩，用承晏墨，遂至二寸，則膠法可知矣。王彦若墨説云：「趙韓王從太祖至洛，行故宫，見架間一篋，取視之，皆李氏父子所製墨也。因盡以賜王。後王之子婦蓐中血運危甚，醫求古墨爲藥，因取一枚，投烈火中，研末酒服卽愈。諸子欲各備産乳之用，乃盡取墨煅而分之。自是李氏墨世益少得云。」余嘗和吳觀墨詩云：「賴召陳玄典籍傳，肯教邊腹擅便便。竟誇削木真餘事，卻笑磨人得永年。三友不居毛穎後，五車仍在楮生前。祇愁公子從醫説，火煅生分不直錢。」

吳幵正仲著漫堂集載，唐顧況老失子作詩云：「老人哭愛子，淚下皆成血。老人年七十，不作多時别。」每誦詩哭之哀甚。未幾，復生子非熊，能道前世事，云在冥中聞其父哭并詩，不勝其哀，懇於冥官，復爲況子。非熊仕至起居舍人。朱明發晉叔，紹興辛亥十月末，在蒼梧失子。其子未病時，書窗壁皆作十月十日字。既卒，夢於其母：「且復爲子。」壬子十月十日，於五羊果復得子。其事頗與非熊類，可謂異矣。晉叔賢厚，是宜有子者。余亦識晉叔，宋城人，丁巳歲爲浙西提舉市舶，其室王氏，亦睢陽人，景融之女，同老之孫也。

吉州萬安縣至虔州，陸路二百六十里，由贛水經十八灘三百八十里，去虔州六十里，始出贛石，惶恐灘在縣南五里。東坡貶嶺南，有初入贛詩云：「七千里外二毛人，十八灘頭一葉身。山憶喜歡勞遠夢，地名惶恐泣孤臣。」注云：「蜀道有錯喜歡鋪，入贛有大小惶恐灘，天設此對也。」其北歸云：「予發虔州，江水清漲丈餘，贛石三百里無一見者。惶恐之南，次名漂城、延津、大蓼、小蓼、武朔、崑崙、梁口、横石、清洲、銅盤、落瀨、大湖、狗脚、小湖、砮機、天注、鱉口，凡十八灘，自梁口灘屬虔州界。又有錫州、大小湖、李大王四洲。水漲或落，皆可行，惟石投水不深爲可畏也。」

蔡確持正始爲京兆府司理參軍，會韓子華建節出鎮，初到設燕，蔡作口號，有「儒苑昔推唐吏部，將壇今拜漢將軍」之句，公喜薦之，改京秩。元豐中，致位宰相。元祐初，責知安州，後圃有浮雲樓，樓下臨溳河，嘗賦十詩，有「葉底出巢黄口鬧，溪邊逐隊小魚忙」之句。又一絶云：「矯矯名臣郝甑山，忠言直節上元間。釣臺蕪没知何處，嘆息斯公撫碧灣。」時宣仁聖烈皇后聽政，知漢陽軍吴處厚皆注釋以進，坐謗訕貶新州而死。其始終盛衰皆以詩句，亦可異也。然元祐黨人之禍自此而起，幾與牛李之策相類。

太史公作伯夷傳，但云「伯夷、叔齊，孤竹君之二子也。」而論語音注引春秋少陽篇，謂「伯夷姓墨，名允，一名元，字公信；叔齊名智，字公達。夷、齊謚也。」陸德明取之。不知少陽篇何人所著，今世猶有此書否。如趙岐謂孟軻「字則未聞」，而李翰注蒙求引史記，云「字子輿」，今觀史記則未嘗有。劉孝標亦云「子輿困臧倉之訴」，五臣注：「爲孟軻字也。」

蔡中愍既以詩得罪，遂以言爲戒。其往新州，止携一愛妾，號「琵琶姐」；又蓄一鸚鵡，甚慧。每呼其妾，亦不言，止擊小鐘，鸚鵡聞之，卽傳呼「琵琶姐」。未幾，其妾瘴癘而死，自是不復擊鐘。一日，因聖節開啓，遂服冠裳，而帶尾誤擊鐘有聲，鸚鵡遂呼「琵琶姐」，公大感愴，因賦詩云：「鸚鵡聲猶在，琵琶事已非。堪傷江漢水，同去不同歸。」自是鬱鬱成病，以致不起。

沈存中筆談載雷火鎔寶劍而鞘不焚，與王冰注素問謂龍火得水而熾，投火而滅，皆非世情可料。余守南雄州，紹興丙辰八月二十四日視事。是日大雷，破樹者數處，而福慧寺普賢像亦裂，其所乘獅子，凡金所飾與像面皆銷釋，而其餘采色如故。與沈所書，蓋相符也。

淵聖皇帝以星變責躬詔云：「常膳百品十減其七，放滅宮女凡六千餘人。」則道君朝蓋以萬計矣。見吳幵承旨摛文集。

茈胡，本草音柴，而劉禹錫集音紫。按廣韻茈字有二音，茈胡則音柴，茈草、茈薑，則音紫。按少陵詩云「省郎憂病士，書信有柴胡」，正用柴字，則劉集音恐誤也。又仙靈脾，柳子厚作毗字，宜當從柳。本草木部鹽麩子，云樹葉如椿，子秋熟，有穗粒如小豆，上有鹽，食之酸鹹止渴，一名叛奴鹽。而五倍子生此木葉下，本一物也。乃載於草部。按玉篇𣙷音皮秘、平秘二切，云木名，出蜀中，八月中吐穗如鹽狀，可食，味酸美，卽鹽麩子也。本草云生吳、蜀山谷。五倍子疑爲吳𣙷子，語訛而然耳。又豬苓，一名猳猪屎，陶隱居云：「舊云是楓樹苓，其皮至黑，作塊似猪屎，故以名之。」按通俗文猪屎曰鯺，音靈，恐當用𩰲字。

東坡居士云：「嶺南地暖，百卉造作無時。」南雄州在大庾嶺下纔數十里，與江南未相遠也，而氣候頓異。二月半，梨花已謝，緑葉皆成陰矣。如石榴四時開花，橘已實仍蕊，或發於大本之上，卻無枝葉，此尤可怪。然花發不數日輒謝，香氣亦薄，蓋其津脉漏泄者多故也。退之詩云：「二年流竄出嶺外，所見草木多異同。冬寒不嚴地怕泄，陽氣發亂無全功。浮花浪蕊鎮長有，纔開還落瘴霧中。」又其開發先在西北枝，而北嚮常盛者，緣日行非南至之極，則猶在其北故爾。

高適調封丘尉，不得志，去客河西節度使哥舒翰，奏爲右驍衛兵曹參軍掌書記，杜子美有詩送之云：「脱身簿尉中，始與捶楚辭。」韓退之作荆南法曹，與張籍詩云：「判司卑官不堪説，未免捶楚塵埃間。」杜牧之亦有寄小姪阿宜詩云：「參軍與縣尉，塵土驚劻勷。一語不中治，笞箠身滿瘡。」則唐世掾曹簿尉，皆未免於鞭扑，而史不載。所以責官〔二三〕，多使爲之，欲重爲困辱也。

熙寧初，有士子上書迎合時宰，遂得堂除。蘇長公以俚語戲之曰：「有甚意頭求富貴，没些巴鼻便奸邪。」而其後禪林釋子趍利諛佞，又有甚焉。懶散楊峒續成一絶云：「當時選調出常調，今日僧家勝俗家。」

曆日中有載除手足甲，又有除手足爪。甲爪之異，必自有説，而未有能辨之者。或謂附肉爲甲，則甲何可除也？廣南俚俗多撰字畫，以𡘙爲恩，𡙇爲穩，𡚁爲矮，如此甚衆。又呼舅爲官，姑爲家，竹輿爲逍遥子，女婿作駙馬，皆中州所不敢言。而歲除爆竹，軍民環聚，大呼「萬歲」，尤可駭者。

顔延年咏阮始平云：「屢薦不入官，一麾乃出守。」五臣注云：山濤薦咸爲吏部郎，三上武帝，帝不能用。荀勖性自矜，因事左遷咸爲始平太守。麾，指麾也。按，麾字古亦用爲揮斥之字。而杜牧之將赴吴興登樂游原絶句云：「欲把一麾江海去，樂游原上望昭陵。」後人由此遂專作旌麾，以對五馬，爲太守故事。而牧之黄州即事云：「莫笑一麾東下計，滿江秋浪碧參差。」乃在吴興之前，時無「把」字，不知訓麾爲何義也。

南安軍上猶縣北七十里，石門保小邏村出堅石，堪作茶磨，其佳者號「掌中金」。小邏之東南三十里，地名童子保大塘村，其石亦可用，蓋其次也。其小邏村所出，亦有美惡。須石在水中色如角者爲上。其磨茶，四周皆匀如雪片，齒雖久更開斷。去虔州百餘里，價直五千足，亦頗艱得。世多稱耒陽爲上，或謂不若上猶之堅小而快也。

韶州有漢隸書周府君功勳記銘云：「諱璟，字君光，下邳人。熹平二年爲桂陽守，開昌樂瀧，爲舟人之利，廟食連州。」而碑在曲江郊外，爲風日所剥，紹興七年，始遷於城中。其後刊太和九年云云，字作今體。按太和之號，乃魏明、晉廢、後魏孝文、石勒、李勢皆常以名年，而四非其正朔所及。晉太和之歲數未常至九。疑唐文宗太和重刊之碑也。自熹平二年至太和九年，已六百六十三歲矣。又至紹興丁巳，凡九百三十五年。若其本刻，字畫不能如是之完也。

劉伯龍欲謀什一而爲鬼揶揄，則貧富固有定分，非智力所能移也。潁昌士人馬磐，能文有行義，受業之徒多中科第，獨未嘗得預鄉薦，其貧幾無壁立。有女年長，無資以適人，衆爲斂錢以嫁。未幾歸寧，感寒疾，數日而卒。夫家在外邑，方暑，不可待其至，又丐貸以殮。既闔棺，聞其呼聲，云「復生」，釘不可發，破木以出。視其殮衣，皆使脱去，遂若平人。其家既喜且倦，皆酣寢。是夕，盜者盡偷衣衾之屬，莫有覺者。至明，方申官捕賊，則其女復死矣。天之窮人，其巧如此。

天下之事，有不學而能者，儒家則謂之天性，釋氏則以爲宿習，其事甚衆。唐以文稱如白樂天，七月而識「之無」二字。權德輿三歲知變四聲，四歲能爲詩。韓退之自云「七歲讀書，十三而能文」。杜子美亦自謂「七齡思卽壯，開口咏鳳凰。九齡書大字，有作成一囊」。若李泌之賦方圓動靜，劉晏之正「朋」字，豈學之所能至哉？以羊祜識庾環之處推之〔二四〕，則宿習之言，信矣〔二五〕。

章誼宜叟爲户部尚書，閉門謝客，雖交舊亦莫之接。有輕薄子一日留刺閽者，多與之錢，囑其必達。章視其銜，乃崖州司户參軍薛柳也，遂解門者至臨安府，人益以爲笑。又有太守寺丞華某，上留守吕丞相書，於紙尾圖男女之狀，又與中丞周子武書，於其銜下云「男愚兒上周某」，皆一時異事也。

吴幵正仲云，渠爲從官，與數同列往見蔡京，坐於後閣。京諭女童使焚香，久之不至，坐客皆竊怪之。已而，報云香滿，蔡使卷簾，則見香氣自宅室而出，靄若雲霧，濛濛滿坐，幾不相睹，而無煙火之烈。既歸，衣冠芳馥，數日不歇。計非數十兩，不能如是之濃也。其奢侈大抵如此。

宗室熙寧之前，不以服屬，皆賜名補環衛官。嘗有同時賜名爲叔揔、叔是、叔渾、叔齡之隱詆，因以致訟。後雖不敢，然親昆弟有名不邇、不邇者，訖不知改。後祖免之外，皆父祖命名。有伯珙者，輒爲抱券人誤寫作「琳」，遂仍其謬。既而試進士中第，自范致虚唱名誤呼甄姓，後皆令自注姓名音切，而求之廣韻、玉篇，凡字書中皆無玉旁作恭字音，乃止以居悚切注之。衆皆不悟，遂形誥勅。後世當又增此一字，亦可笑也。

江州廬山西林乾明寺經藏壁間，有唐戊辰歲樵人王翰畫須菩提像，世以王爲與杜子美卜鄰者。按文苑傳：「翰字子羽，并州晉陽人。少豪健恃才，及進士第，然喜蒱酒。」

開元十一年，張説輔政，「召爲秘書正字，擢通事舍人，駕部員外郎。家蓄聲伎，目使頤令，自視王侯，人莫不惡之」。十四年，「説罷宰相，翰出爲汝州長史，徙仙州别駕，日與才士豪俠飲樂遊畋，伐鼓窮歡，坐貶道州司馬，卒」。則西林所畫，蓋自仙州貶營道時過九江也。筆墨簡古，非畫工所能。自開元十六年戊辰，逮紹興九年己未，四百一十二年矣。今獨石刻存焉。

廣南可耕之地少，民多種柑橘以圖利。常患小蟲損食其實。惟樹多蟻，則蟲不能生，故園户之家，買蟻於人。遂有收蟻而販者，用豬羊脬盛脂其中，張口置蟻穴傍，竢蟻入中，則持之而去，謂之「養柑蟻」。

藝祖皇帝以開寶九年十月二十日癸丑上仙，其夕有雲物之異。自是每歲忌辰，必有雨雪風冽之變。至紹興九年，凡一百六十五年，威靈如在。視唐文皇玉衣之舉，鐵馬之汗，蓋過之遠矣。其神異之事，已載於國史。方潛隱時，自鳳翔道過原州，嘗息棠木之陰，日已轉而蔭不移。至今其木枝條皆有龍角之狀，其所寢之地，草獨不生。此實録之所遺者。余作倅臨涇，嘗親至其下，爲築垣以護。

惠州博、羅二山，羅山傍海，博山祠並又在海中，形圓而尖，今博山香爐取其狀類也。羅山又名羅浮，云在海中浮而至。山下有延祥寺，嘗有柑一株，太平興國中，有中人取其實以進，愛其味美，因移植苑中。故世貴之，竟傳「羅浮柑」。今山中更不復有，而其名不泯。

呂惠卿吉甫，自負高才，久排擯在外，大觀中，始召至京師，爲太一宫使。時年八十歲矣。視宰輔貴臣皆晚進出己下者，意氣頗自得。一日，延見衆客，有道士亦在其間，自稱宗人，禮數簡易。呂視之不平，因問其所能，曰「能詩」。呂顧空中有紙鳶，卽使賦之。道人應聲曰：「因風相激在雲端，擾擾兒童仰面看。莫爲絲多便高放，也防風緊卻收難。」呂知其譏己，有慚色，方顧他客，已失所在。其風骨如世之畫呂洞賓，人皆疑其是也。

紹興九年，歲在己未，秋冬之間，湖北牛馬皆疫，牛死者十八九，而鄂州界麞、鹿、野豬、虎、狼皆死，至於蛇虺，亦僵於路傍。此傳記所未嘗載者。若以惡獸毒螫之物自斃爲可喜，而牛馬亦被其災，是未可解也。

東坡在惠州作梅詞，云：「玉骨那愁煙瘴，冰姿自有仙風。海仙時遣探芳叢，倒掛緑毛幺鳳。素面嘗嫌粉污，洗妝不退脣紅。高情易逐海雲空，不與梨花同夢。」廣南有緑羽丹觜禽，其大如雀，狀類鸚䳇，棲集皆倒懸於枝上，土人呼爲「倒掛子」。而梅花葉四周皆紅，故有「洗妝」之句。二事皆北人所未知者。

李文定公族孝博之子倢，字全夫，喜食糟蟹，自造一大罌，凡數百枚，食之止餘一枚，取出置器中，忽起行，逐之不可及，遂失所在。孫威敏公夫人邊氏，喜食鱠。須目見割鮮者，食之方美。一日，親視庖人將生魚已斷成臠，忽有睡思，遂就枕，令覆魚於器，俟覺而切。乃夢器中放大光明，有觀音菩薩坐其内，遽起視魚，諸臠皆動，因棄於水中，自是終身蔬食。余在順昌，見同官二人，年六十餘，以無子戒不食魚，未幾皆有子。遂刻文以勸人，亦自不食。建炎三年，在平江之常熟，家人謂鮭魚出水即死，食之非殺。亦斷爲臠，至暮欲再烹而動。此皆與唐文宗食蛤蜊之事相同。若無善緣，剛強不可化者，亦不復見此事也。

唐李賀父名晉肅，而賀不敢應進士舉，韓愈作諱辯〔二六〕，以譏避之爲非。紹興中，范漴知鄂州，以父名崿辭，不聽。而唐馮宿父名子華，及出爲華州刺史，乃以避諱不拜。賈曾景雲二年授中書舍人，以父名忠固辭〔二七〕，拜諫議大夫。開元初，復拜中書舍人，又固辭。議者以中書是曹司名，又與曾父音同而字别，於禮無嫌，乃就職。此字同而音異，與字異而音同，事蓋相類。又二名偏諱，皆所不當避者，而唐世法乃聽之，與今條令蓋少異矣。宗室令時德麟，父名世曼，及除提舉萬壽觀，雖字有古今之殊，比之子華，則若可避，而朝廷亦不許。法謂府號、官稱犯父祖名者皆合避，而馬隲父名安仁，紹興八年知衡州，以縣有安仁乞避，則遂聽其辭。雖不應令，而推之人情，亦近厚之一端也。

本草載：白花蛇，一名褰鼻蛇，生南地及蜀郡諸山中，九月十日採捕之。圖經云：「其文作方勝白花，喜螫人足。黔人被螫者，皆立斷之。其骨刺傷人，與生螫無異。」今醫家所用，惟取蘄州蘄陽鎮山中者。去鎮五六里有靈峰寺，寺後有洞，洞中皆此蛇，而極難得，得之者以充貢。洞内外所産，雖枯兩目猶明。至黄梅諸縣，雖隣境，枯則止一目明。其舒州宿松縣又與黄梅爲隣，間亦有之，枯則兩目皆不明矣。市者視此爲驗。以輕小者爲佳，四兩者可直十千足。土人冬月尋其蟄處而撅取之。夏月食蓋盆子者，治疾尤有功。採者置食竹筒中，作繩網以擊其首，剖腹乃死。入藥以酒浸炙，去首與鱗，骨三兩可得肉一兩用也。

孫真人備急千金要方大醫精誠篇云，自古名賢治病，多用生命以濟危急。雖曰賤畜貴人，至於愛命，人畜一也。損彼益己，物情同患。夫殺生求生，去生更遠。吾今此方，所以不用生命爲藥者，良以此也。其虻蟲水蛭之類，市有先死者，則市而用之。只如鷄卵一物，以其混沌未分，必有大段要急之處，不得已隱忍而用之。能不用者，斯爲大哲，亦所不及也。至後有用鷄子者，則云用先破者有力。於婦人白薇丸方云，三月摘食時，可食牛肝及心，不可故殺，令子短壽。鯉魚湯與治水方皆云勿用生魚。論諸毒螫則云，凡見一切毒螫之物，必不得起惡心向之，亦不得殺。若輒殺者，後必遭螫，治亦難差。小兒狗齧方云，勿令狗主打狗。於毒螫傷人之物，尚不忍生心而加箠，況其他乎？其仁慈可謂至矣。而新校治婦人妊娠諸方皆用烏鷄之類，割頸取血以煎藥，乃高保衡、孫奇、林億以崔氏纂要等方所增加也，不特失真人之用心，又慮後世更疑不用生命以爲虛語。故余於本草蒙求注中已辨其事，今更載於此，以釋來者之惑云。

廬山記載：「錦綉谷三四月間，紅紫匝地，如被錦綉。故以为名。今山間幽房小檻，往往種瑞香，太平觀、東林寺爲盛。其花紫而香烈，非群芳之比〔二八〕。始野生深林草莽中，山人聞其香，尋而得之，栽培數年則大茂。今移賈幾遍天下，蓋出此山云。」余嘗在京口僧舍，有高五六尺者，云已栽三十年。而澧州使園有瑞香亭，刻石爲記，云其高丈餘。大觀中余官於彼，亭記雖存而花不復見。東都貴人之家有高尺餘者，已爲珍木，置於陰室，溉以佳茗〔二九〕。而鄧州人家園圃中作畦種之，至連大枝採斫，不甚愛惜。花有子，歲取以種。其初蓋亦得於山中，不獨江南有也。

韓信傳：淮陰屠中少年有侮信者，曰：「信能死，刺我；不能死，出袴下。」後云召辱己少年令出胯下者，以爲楚中尉。徐廣注云：「袴，一作胯。胯，股也，音同。」又云漢書作跨，同耳。」按玉篇：袴音苦故切。胯，股也。音與袴同。跨，苦化切，跨越也，又兩股問也。胯，兩股間也。音與跨同。胯、跨字相類，而音韻不同。今學者亦未嘗分別，前讀胯爲庫音，世必笑之。諸書有如此者甚衆，聊舉其一焉。

會稽士人有錢唐休者，頗有聲於時。趙丞相當國，人薦之者，方議除擢。會有邊報小警，視奏目中適見其姓名，趙不悦曰：「錢唐遂休乎？」因置不用。後趙引折彦質爲樞密，其院中奏牘書名相次，人有譖之者，謂「趙鼎折」爲不祥，乃與錢事相類。古今以讖語而爲禍福者多矣，雖有幸不幸，蓋亦數使之然也。可勝歎哉。

余寓居上饒，數問信州之得名於邦人，莫有知者。後觀圖經，載弋陽縣有信義港，以地極肥饒，人多信厚而得名。疑州之爲稱，或以是也。而夔州其先亦名信州，子美詩云「俱客古信州」者，蓋謂夔州。亦未究其得名之故。

新州城中甚隘，居人多茅竹之屋。有士子於附郭治花圃，創爲一堂，前後兩廡，頗極爽麗。每延過客遊宴，屢乞堂名而未得。一日，夢一貴人坐其堂上，士子從之遊，亦若平日，懇以名堂，顧視久之曰：「可以二相名之。」即寤而覺，殊不曉命名之旨。未幾，蔡持正坐譏訕貶新州，既至，無宅可居，遂求堂以處，士子欣然納之，意其再入，而竟死於彼。蔡之貶，人謂劉莘老爲有力。至紹聖初，劉既坐責，當路者故以新處之。其至方暑，尤急於問舍，又欲假堂爲館，士子以「二相」爲不祥不許。而劉請甚堅，不得已，以夢告之。

劉以蒸濕不堪，又以其言爲未信，竟借以居，亦終於堂中。則「二相」之名，蓋預定於數矣。與靈公之爲靈，何以異哉？

杜少陵新婚别云「鷄狗亦得將」，世謂諺云「嫁得鷄，逐鷄飛；嫁得狗，逐狗走」之語也。而陳無己詩亦多用一時俚語，如「昔日剜瘡今補肉。百孔千窗容一罅。拆東補西裳作帶。人窮令智短。百巧千窮只短檠。起倒不供聊應俗。經事長一智。稱家豐儉不求餘。卒行好步不兩得」。皆全用四字。「巧手莫爲無麪餅。巧媳婦做不得無麪飦飥。不應遠水救近渴。誰能留渴須遠井。遠水不救近渴。瓶懸甏間終一碎。瓦罐終須井上破。急行寧小緩。急行趕過慢行遲。早作千年調。一生也作千年調。人作千年調，鬼見拍手笑。拙勤終不補。將勤補拙。斧斫仍手摩。大斧斫了手摩娑〔三〇〕。鷩鷄透籬犬升屋。鷄飛狗上屋。割白鷺股何足難。鷺鷥腿上割股。薦賢仍賭命。」而東坡亦有「三杯軟飽後，一枕黑甜餘」，皆世俗語。如「賭命」、「軟飽」猶可解，而「黑甜」後世不知其爲睡矣〔三一〕。如詩之「串夷載路」，書云「弔由靈」，安知非當時之常談也？

西北人生子，其儕輩卽科其父，首使作會宴客而後已，謂之「捋帽會」。江、浙人家生女多者，俟畢嫁，亦大會親賓，謂之「倒箱會」。廣南富家生女，卽蓄酒藏之田中，至嫁方取飲，名曰「女酒」。貧家終身布衣，惟娶婦服絹三日，謂爲「郎衣」。此皆可爲對者。蜀人每食之餘，不論何物，皆投於一器中，過三月方取食，謂之「百日漿」，極貴重之，非至親至家，不得而享也。江南、閩中，公私醞釀皆紅麯酒，至秋盡食紅糟，蔬菜魚肉率以拌和，更不食醋。信州冬月又以紅糟煮鯪鯉肉賣，鯪鯉乃穿山甲也。

富季申樞密奉祠居婺州〔三二〕，忽夢行道上，憩大木下，有人止岐路云：「此入閩中路也。」未幾，除守泉南，行至江山道中，時方秋暑，從者疲苶，果憩於大木之下，有過之者曰：「此入閩中路也。」宛如夢中所見。乃太息曰：「雖欲不來，其可得也？」

劉岑季高閑居湖州，夢廖用中云：「剛與鄭顧道卻是同年。」時廖爲中丞，鄭望之侍郎領宮祠居上饒。後數月，劉得信州。到未久，廖以宮觀罷歸南劍，道由信上，鄭往謁之。初未相識，問之，乃同榜登第。是日，用中赴州會，方坐，即云：「鄭顧道在此，某與之卻是同年。」與夢中所聞，略無少異。則出處升沈，動靜語默，悉皆前定也。

靖康之後，時方用兵，急於人才，故士大夫多奪哀起復。自是凡軍假攝，有不待朝命而行者。已而，雖非軍旅及藉材幹，多以急祿而起。李將仕東云：在興國軍，有通山縣尉以喪母在告，既而出參，人皆駭愕而不敢問。數日之後，同僚見其巾用縞素，問其所以，云「先妣不幸」。曰：「如此何故參告？」云：「某已於几筵前拈香起復矣。」禮義之喪，一至於此。是可嘆也。

宣和中，濟南州宅中有鬼爲美婦人，以媚太守。其後林震成材司業出守是州。初到，乃雜於官奴中，黔衣淺色無妝飾，頎長而美，頗異於衆。林儒者，雖心怪之，未欲詢究。後屢閲公宴，竟不見此人，乃問之隊長，告以服飾狀貌，衆皆云無，林方惑之。次日，遂徑入堂室，林遂親愛之。自是與家人雜處，無相忤也。一日，二小女兒戲於堂上，婦人過而衣裾誤拂兒面。其人詬之，婦人笑而回，以手捧兒面捩之，面遂視背，不能回轉。舉家大異，始知妖異。時何執中爲丞相。林乃其壻，奏聞徽宗，至遣法師以符籙驅治，終莫能逐。乃移林知汝州，未幾，林竟卒。

吕洞賓嘗遊宿州天慶觀，道士不納，乃宿於三門下，採柏葉而食，踰月方去。臨行，以石榴皮書於道士門扉上云：「手傳丹篆千年術，口誦黄庭兩卷經。」字皆入木極深。後人有疾病者，刮其字以水服之皆愈。今刮取門木皆穿透矣。又楚州紫極宫門楣壁上，亦有題詩云：「宫門一閑人，臨水凭欄立。無人知我來，朱頂鶴聲急。」人取字，土亦皆穴也。

建炎初，車駕自維揚渡江。金人分兵逼壽春，衆刼太守馬識遠使投拜。馬拒之，率兵城守，卒能保全。及敵退，其嘗欲降者反不自安，乃謀殺太守以掩前失，曰：「守若存，我輩終不得全。」幕官王大節曰：「彼有家屬，如何？」於是盡殺，推大節權領州事，以太守首先投降，及兵退尚不肯用建炎年號，具奏朝廷，乃擢大節通判、權州事。紹興二年，大節與徐兢明叔俱在孟庾幕中。一日，大節與徐論禪，曰：「罪福之事，報應有無？」徐云：「未了還須償宿債。」大節曰：「如何可脱？」徐曰：「法心覺了無一物。趙州和尚道『放得下時，都没事』。若放不下，冤債到來，何由彈免？」王面發赤。次日，具飯邀徐，密告壽春之事，曰：「還可脱免否？」明叔曰：「如趙州言，放得下始得。」王曰：「如何放得下？」明叔曰：「惟覺能了。」翌日，徐與同官王昌俱訪大節，忽言「病來」，又曰：「了不得。了不得。且救我。」遂倒仆。二公取艾灸其臍中，方三四壯，矍然而起，曰：「知罪過。知罪過。」又曰：「且放寬我。」語言紛紜，莫能悉記。二公驚出，但聞哀祈之聲，久之，竟死。孟與徐皆能道其事。

齊志道在洪州。一日，忽病，狀如傷寒發熱，已而手足厥冷。湯劑不能下，昏昏熟睡，但微喘息。迫暮，忽大呼索湯餅，家人急奉之，乃以手取麪摶成塊齕齧之。家人驚異，乃曰：「朝議才省來，且慢吃。」遂怒目曰：「那得朝議來？我是密州高安縣販邵武軍客人，被爾朝議在吉州權縣，將我六個平人，悉做大辟殺了，今來取命。爾朝議已去久矣。」家人聽其聲，乃東人語音，狀怒可畏，但涕泣而已，少頃遂仆。徐明叔與齊鄉人，知其不妄。

孫延直德中云，渠在官時，有尉李修，以捕盜賞改承務郎。而盜中一名乃逃軍，李以拒捕殺之。受命之日，家中置酒爲慶。明日，五口皆生瘰癧，數月之間，死者四人。惟妻平日不爲夫所禮，乃獨存。李臨終癧透腦，腦髓流出，數日方死。又一同官，性嚴酷，訊囚多過數，晚年苦兩足浮腫，醫療莫効，久之肉爛指落，浸淫潰至半脛而死。不可不戒也。

陳寺丞寶之，徐州彭城人，慶曆元年，以外舅龐潁公籍任爲太廟齋郎。後爲雍丘縣主簿。薦改官者凡十七人廷見，仁宗怪其多。時潁公爲樞密使，仁宗務抑勢家，特不與改〔三三〕。再授忠武軍節度推官，既罷，舉者亦十餘人，乃止以五名應格。比引對，其一舉者不可用，亦不果改京秩，又射冀州支使〔三四〕，至治平二年，方遷大理寺丞。世徒知以多而報罷，不知後以少而失。信乎爲有命也。其子師道無己作先君事狀，亦載此。

信州弋陽縣海棠滿山，村人至并花伐以爲薪。廣南以棖啖豬，處州龍泉以筍亦然。温州四時有蘭，各是一種。衡州耒陽縣有桃一株，結子而穰不甚實。廣州有無核枇杷，海南有無核荔支一株。嚴州通判廳下有花數種，而合爲一樹，云見於唐杜牧詩中。宣和間欲移取屢矣，卒以盤根不可徙而止。然其花終無能名者。

仙茅一名婆羅門參，出南雄州大庾嶺上，以路北雲封寺後者爲佳。切以竹刀，洗暴通白。其寺南及他處者，卽心有黑暈，以此爲別。

婺州義烏縣有葉鍊師者，本蓓蕾村田家女。隨嫂浣紗於溪中，見一巨桃流於水上，乃取以遺嫂。時方仲冬，嫂以其非時，又若食餘，因棄不取。女乃啖之，歸遂絶粒。踰年之後，性極通慧，初不識字，便乃能操筆，書有楷法。徽宗聞之，召至都下，引入禁中，賜號「鍊師」。

孫延壽嚮仲云，渠知餘杭縣日，有臨安鐵塔院僧志添，來爲縣人作水陸齋。時周常仲修侍郎居烏墩，有二弟元賓、元輔在餘杭，添見元賓曰：「侍郎安否？承務可急往見之。昨夜水陸會中，卻見侍郎來赴也。」周信之，亟買舟而去，至則仲修已不幸矣。又嘗謂周邠開祖曰：「公何故來看水陸？且宜將息。」未幾，周亦卒。添作水陸齋極嚴潔，多見亡者，道其形貌語言，甚異，人歸向之。黄魯直爲之寫草菴歌，刻石傳於世。

廖剛爲中丞，建議令兩制舉士拔擢超用。時李光自江西帥作參政，有機宜呂廣問，欲加引用，廖與給事中劉一止、中書舍人周葵遂通薦之。李又求於秦相，欲置之文館，雖已許之，久而未上。乃以呂賀其執政啓以示秦，其中有云：「屈己以講和，而和未決；傾國以養兵，而兵愈驕。」丞相固已不樂；至「四方屬意，固異於前後碌碌無聞之人；百辟承風，尤在於朝夕赫赫有爲之際。」秦意愈怒，訖不與之，至爭辯於上前。李由是罷，廖與周、劉亦被逐，及其門人又成一黨。

宗人趙舜輔希元，自負詩文，每以東坡爲標準，居處齋室，皆取其言以爲名。嘗種芍藥於亭下，以蘇詩有「亭下殿餘春」之句，遂榜曰「殿春亭」，作横牌書之。同列有惡之者，乃謂其家有「亭春殿」，由是出爲衢州兵官。時趙令衿表之寓居西安，亦好吟咏，每相譏評。後表之除浙西憲，舜輔疏其短，引嫌乞避。遂移嚴州，而憲亦罷焉。

鄭範季洪，信州貴溪人，登第久不仕。嘗獻書五十篇，言當世之務，號芻堯論，朝廷止除充嚴州教授而已。其論相篇云：「臣觀漢有天下三百年，其爲輔相者四十有七人，獨前稱蕭、曹，後稱丙、魏。唐有天下三百年，其爲輔相者三百六十有九人，獨前稱房、杜，後稱姚、宋。漢、唐歷年相若，而命相多寡幾十倍之差，疑漢有所遺，而後世任相，亦不專於前古也。」又災異篇云：「春秋二百四十年，日食三十六。西漢二百一十二年，日食五十二。唐二百八十九年，日食九十三。春秋地震五，西漢載於史者亦五，東漢四十九，唐七十有四。則災異亦浸多於古。」余在紹聖間，見東京相國寺慧林禪院長老佛陀禪師德遜，云：「少時嘗以平歲秋成粟穗，量其短長，數其粒數。至中年已後，數量較之漸不及前。至其晚年，豐歲反不逮少時之凶年。信釋氏入末刼之説爲然。」則災異之多，疑與遜之言亦相符也。至於人之壽福，亦安得如前人乎？

誕日禁屠宰，始於隋文帝爲先帝先后追福，其後不見於史。唐玄宗開元十七年八月五日，爲千秋節，王公已下，獻鏡及承露囊，天下諸州，咸令宴樂，休假三日，仍編於令，從之。文宗長慶四年十月十日慶成節〔三五〕，詔「自今宴會蔬食任陳脯，常爲永例」。武宗開成五年，以二月十五日玄元皇帝降生日爲降聖節，六月十二日，皇帝載誕之辰爲慶陽節。懿宗七月四日爲延慶節，昭宗二月二十二日爲嘉會節，哀帝九月三日爲乾和節，餘不盡見。皆三教入殿講論，於寺觀設齋，不得宰殺。然初卽位，未便立節名，惟昭、哀改元已立。此見於唐舊史，而新史又止載千秋節名，後世遂爲盛禮，天下宴飲，公私勞費，雖禁屠宰，而殺害物命甚多。崇寧中，始有獻議，令宴設止用羊豕。余在靖康間，嘗乞廢罷，獻諛已久，訖莫肯從。

唐劉思禮，少嘗學相術於許州張憬藏，相己必歷刺史，位至太師。及爲箕州刺史，益自喜，以爲太師之職，位極人臣，非佐命無以致之，乃與綦連耀謀反被誅。憬藏以善相在方伎傳。然其所載，但言所中者耳，如相思禮之謬，蓋不少也。

王介甫作韓魏公挽詩云：「木稼嘗云達官怕，山摧今見哲人萎。」時華山崩，京師木冰，極爲中的。人多不見「木稼」出處。按舊唐書五行志：「開元二十九年十一月二十二日，雨木冰，凝寒凍冽，而數日不解。寧王見而嘆曰：『諺云樹稼達官怕，必有大臣當之。』其月王蕘。」

「窟礧子亦云魁礧子，作偶人以嬉戲歌舞，本喪家樂也，漢末始用之於嘉會。齊後主高緯尤所好，高麗亦有之。」見舊唐音樂志。今字作「傀儡子」。又：「笛，漢武帝樂工丘仲所造，云其元出於羌中。篳篥，本名悲篥，出於邊地，其聲悲。亦云邊人吹之〔三六〕，以驚中國馬云。琵琶，四絃，漢樂也。初，秦長城之役，有絃鼗而鼓之者。及漢武帝嫁宗女於烏孫，乃藏琴爲馬上樂，以慰其鄉國之思。推而遠之曰琵，引而近之曰琶，言其便於事也。」

張易之，行成之族孫，則天臨朝，太平公主引其弟昌宗入侍；昌宗薦易之「器用過臣」，即令召見，俱承辟陽之寵。右補闕朱敬則諫曰：「臣聞志不可滿，樂不可極。嗜慾之情，愚智皆同。賢者能節之不使過度，則前聖格言也。陛下内寵，已有薛懷義、張昌宗、易之，固應足矣。近聞尚食奉御柳模自言子良賓潔白美鬚眉，左監門衛長史侯祥云陽道壯偉，過於薛懷義，爭欲自進，堪充奉宸内供奉。無禮無義，溢於朝聽。臣愚，職在諫諍，不敢不奏。」則天勞之曰：「非卿直言，朕不知此。」賜綵百段。唐之舊書，詳載斯語。父子兄弟君臣，薦進獻納如此，亦可謂之穢史矣。

王珪自謂：「激濁揚清，嫉惡好善，臣於數子，亦有一日之長。」此事世皆知之。李大亮爲劍南道巡省大使，激濁揚清，甚獲當時之譽，此亦舊史之文。今若用「激濁揚清爲大亮」，則人多以爲怪矣。若不記萬卷書，未可輕議人文章也。

唐舊史云永王「璘生於宮中，不更人事，其子襄城王偒〔三七〕，又勇而有力，遇兵權，爲左右眩惑，遂謀狂悖。璘雖有窺江左之心，而未露其事。吳郡採訪李希言乃平牒璘，大署其名，璘遂激怒，牒報曰：『寡人，上皇天屬，皇帝友于，地尊侯王，禮絶僚品。柬書來往，應有常儀。今乃平牒抗威，落筆署字，漢儀墮紊，一至於斯。』乃使渾惟明取希言，希言在丹陽，令元景曜等以兵拒之。」則李太白初從其行，蓋璘未露其跡。不然，豈肯從其爲逆者也？而李希言署名平牒，故欲激之，亦可罪矣。今新書皆略而不載，不特璘之本謀便爲犯順，至於翰林之貶，猶爲輕典矣。

喬大觀，維揚人，紹興中仕宦於朝。嘗有人戲之曰：「公可與鄭元和對。」喬云「某豈有遺行若彼邪」？曰：「非爲此也。特以名同年號，世未見其比耳。」又葉三省景參，嚴州人，嘗仕起居舍人，姓名與字，皆有兩呼，亦所鮮有。

古人坐席，故以伸足爲箕倨。今世坐榻，乃以垂足爲禮，蓋相反矣。蓋在唐朝，猶未若此。按舊史敬羽傳：羽爲御史中丞，太子少傅、宗正卿，鄭國公李遵爲宗子若冰告其贓私〔三八〕，詔羽按之。羽延遵各危坐於小床。羽小瘦，遵豐碩，頃間，遵即倒。請垂足，羽曰：「尚書下獄是囚，羽禮延坐，何得慢耶？」遵絶倒者數四。則唐世尚有坐席之遺風，今僧徒猶爲古耳。

易正義釋朵頤云，朵是動義，如手之捉物，謂之朵也。今世俗以手引小兒學行謂之多，莫知其義。以此觀之，乃用手捉，則當爲朵也。

世俗簡牘中，多用老草，如云草略之義。余問於博洽者，皆莫能知其所出。後因檢禮部韻略恅字注云：「悼恅，心亂也。」疑本出此，傳用之訛，故去「心」耳。

徽宗嘗問近臣：「七夕何以無假？」時王黼爲相，對云「古今無假」。徽宗喜甚，還語近侍，以黼奏對有格制。蓋柳永七夕詞云：「須知此景，古今無價。」而俗謂事之得體者，爲有格致也。

真宗不豫，寇萊公與内侍周懷政密請於上，欲傳位皇太子，上許之。皇后令軍校楊崇勳告萊公謀廢上，遂誅懷政，萊公貶海康以死。仁宗即位，賜謚忠愍，命知制誥丁度爲詞曰：「夫殉義保躬，賢哲罕兼其致；原心觀行，褒沮得伸其公。惟節惠之舊章，實經世之明勸。不有正議，孰旌遺烈？故開府儀同三司、太子太傅、上柱國、萊國公寇準，器資莊重，風猷簡貴，感會先聖，綢繆上司。明心若丹，直道如矢。逮余主鬯之日，實乃秉鈞之秋。圖惟協恭，罔有二事。遘盜言之噂沓，挾危法以中傷。白璧易污，貝錦難辯，再罹遐謫，遂及云亡。終悲零露之歸，徒軫幽泉之痛。間雖洊伸澄雪，追賁寵嘉；而誄切易名，尚缺恩禮。沈謀秘畫〔三九〕，淪於疑論。逝者莫愬，朕甚閔之。謚法有危身奉上曰忠，佐國遭憂曰愍。』合是休典，慰其營魂，宜特賜謚曰忠愍。」今公安縣〔四〇〕、道州、鄧州皆有生祠，鄧州後賜名忠烈廟，道州刊公詩二百四十篇，州宅有樓號「寇公」。而公安插竹掛紙錢以焚祭公，今生成林，尤爲異也。

校勘記

〔一〕「尹洙息戍篇」，「息」上原衍「敘」字，據宋史卷二九五，尹洙著有敘燕、息戍，從刪。

〔二〕「孝安世羌叛十四年」，「羌」原作「屢」，據河南先生集卷二及宋史卷二九五改。

〔三〕「黼遽攘其位焉」，「攘」原作「讓」，據涵本改。

〔四〕「工部尚書長孫平建言」，「長」字原脱，據四庫本及涵本補。隋書卷四六有長孫平傳。

〔五〕「安帝順帝各十九年」，「十九」原作「十七」。據後漢書，安帝、順帝在位各十九年，從改。

〔六〕「獨張俊一軍常從行在」，「張俊」原作「張浚」，據董氏校本及四庫本改。

〔七〕「張子厚知太常禮院」，依上下文「張子厚」當爲「章子厚」。

〔八〕「則云宣和政和是上皇無道錢」，「宣和」原作「宣政」，據琳琅秘室叢書胡珽校改。

〔九〕「淳化初置詳覆官」，「詳」原作「祥」，據董氏校本改。
〔一〇〕「孫迫之使言」，「孫」原作「遜」，據董氏校本及四庫本改。
〔一一〕「考之叡之父也」，「叡」原作「睿」，據南史卷五八改。
〔一二〕「太傅從事中郎庾顗」，「庾顗」原作「庾敳」，據涵本改。
〔一三〕「館於寶籙宫道院」，「寶」原作「實」，據四庫本改。
〔一四〕「人始解其識」，「識」原作「識」，據董氏校本改。
〔一五〕「未欲塋於它山」，「塋」原作「營」，據四庫本改。
〔一六〕「櫼」，「櫼」原作「懺」，據董氏校本及涵本改。
〔一七〕「墱道」，「墱」原作「燈」，據董氏校本及涵本改。
〔一八〕「棖撩」，「棖」原作「欀」，據董氏校本及涵本改。
〔一九〕「舉折名四」，「四」原作「三」，據涵本改。
〔二〇〕「今謂之鬭八藻井」，「鬭八藻井」原脱，據涵本補。
〔二一〕「露籬」，原脱，據涵本補。
〔二二〕「其規矩制度」，「矩」原作「短」，據董氏校本改。
〔二三〕「所以責官」，「責」原作「貴」，據四庫本及涵本改。
〔二四〕「以羊祜識庾環之處推之」，「庾」原作「庾」，據四庫本及董氏校本改。

〔二五〕「則宿習之言信矣」，「之」原作「爲」，據董氏校本改。

〔二六〕「韓愈作諱辯」，「諱」原作「韓」，據四庫本改。

〔二七〕「以父名忠固辭」，原作「以父名忠言因辭」，據舊唐書卷一九〇删「言」字。「因」作「固」，從改。

〔二八〕「非群芳之比」，「比」原作「此」，據四庫本及董氏校本改。

〔二九〕「溉以佳茗」，「溉」原作「旣」，據四庫本改。

〔三〇〕「大斧斫了手摩娑」，「娑」原作「婆」，據四庫本改。

〔三一〕「而黑甜後世不知其爲睡矣」，「睡」原作「誰」，據四庫本改。

〔三二〕「富季申樞密奉祠居婺州」，「樞密」後原衍一「院」字，據上下文從删。

〔三三〕「特不與改」，「特」原作「時」，據四庫本改。

〔三四〕「又射冀州支使」，蕭氏校本認爲「射」當爲「謝」之誤。董氏校本亦云：「射字有誤，未詳。」

〔三五〕「文宗長慶四年十月十日慶成節」，此句有誤。據舊唐書卷一七，文宗年號爲大和、開成，所記爲大和七年事。

〔三六〕「亦云邊人吹之」，「云」原作「然」，據涵本改。

〔三七〕「其子襄城王傷」，「傷」原作「瑒」，據舊唐書卷一〇七改。

〔三八〕「爲宗子若冰告其贓私」，「冰」原作「水」，據四庫本改。

〔三九〕「沈謀秘畫」，「畫」原作「書」，據四庫本改。

〔四〇〕「今公安縣」，「安」原作「宗」，據四庫本改。

四朝聞見録

整理説明

四朝聞見録，共五集，南宋葉紹翁撰。

一、葉紹翁生平

葉紹翁字嗣宗，號靖逸。紹翁祖父爲宣教郎知余姚縣李穎士，光州固始人，徙居福建路建寧府浦城縣，後又遷處州龍泉縣（今屬浙江）。徽宗政和五年（一一一五），登進士第。高宗建炎三年（一一二九），趙構南下，自越州將至明州，李穎士迅卽做好接待準備。金兵渡錢塘江追高宗，李穎士緊急招募鄉兵數千，列旗幟以捍拒之，金人不敢追擊。因護駕之功，李穎士紹興年間爲越州通判、大理寺丞、刑部郎中。後因御史中丞趙鼎事被貶，家業中衰。紹翁少時卽出繼龍泉葉氏爲子。

紹翁生平事迹，宋史無傳，可供瞭解的資料不多，歷官始末無考。目前能知曉的一些情況大多是從四朝聞見録中推測而得。

四朝聞見録戊集之蒲城鄉校芝草之瑞曾經提到：「慶元間，予爲兒時，父兄常攜入鄉校，觀大成殿第二第三級有芝二本甚异。」「慶元」是宋寧宗年號，從文意看，紹翁還未正式入鄉校讀書，估計年齡最多爲六七歲。由于光宗「紹熙」年號共五年（一一九〇—一一九四），因此可以推測葉紹翁出生于紹熙前期，或者是之前的孝宗淳熙末年。另，戊集遺事記載：「開禧初降詔興師，李公壁草起句云：『天道好還，蓋中國有必伸之理；人心助順，雖匹夫無不報之讎。』累詞殆將數百。予侍叔父貢士泳，自浦城行至都之玉津園前，售摹詔而讀之。叔父曰：『以中國而對匹夫，氣弱矣。其能勝乎？』已而兵果大敗。」開禧初年能侍叔父到臨安，估計葉紹翁此時年達十四五歲，因而他出生在淳熙末年至紹熙初年的推斷是能够成立的。

從書中記録的内容來看，大體上也是可以推知葉紹翁生活的年代。書中記載了韓侂胄的很多事迹，如得幸、排斥异己和被誅，整個過程十分詳盡，可知葉紹翁對發生在寧宗開禧年間的朝廷大事，感觸較深，使用的資料十分豐富。清朝周中孚鄭堂讀書記卷六四談到葉紹翁的生平時説：「其歷官始末無考，觀其所記庚辰京城灾，周端朝諷其論事及與真德秀私校殿試卷一條，則似嘗入朝爲官，其所居何職則不可詳矣。」他推測既然記録這段資料十分詳細，葉紹翁就有可能曾經擔任過朝官。四朝聞見録丁集慶元丞相記載：「紹翁前所載憲聖册立寧皇事，與頤正所載略不少同。頤正外臣也，不知當時宫闈事，當以紹翁得之吳氏者爲詳可信。」這裏，葉紹翁稱呼龔頤正爲外臣，潛臺詞自然是表示吳琚爲「内臣」。從記載的口氣看，他也是以内臣自居的，應該是一位京朝官。具體擔任什麽官職，并非十分清楚，但在丙集注脚端明中談到時任著作郎的危稹，「嘗居著庭，倩紹翁草札送之，因命書史寫『判府端明相公』。危以筆塗去二字，謂：『此豈可輕以稱謂？』」顯然葉紹翁是危稹的下屬。

葉紹翁提到的周端朝，據宋史卷四五五記載，慶元初趙汝愚爲人所攻而罷相，端朝時爲太學生，與同舍生楊宏中等六人上疏救之，遂受禍。周端朝嘉定三年（一二一〇）禮部試第一，理宗端平元年（一二三四）官終禮部侍郎兼侍講。四朝聞見録甲集詞學等條中，多次提到的真德秀，出生于孝宗淳熙五年（一一七八），寧宗慶元五年（一一九九）登進士乙科，授南劍州軍事通判官，開禧元年（一二〇五）中博學宏詞科。此後爲太學正、禮部點檢試卷官兼學士院權直。理宗端平二年卒。從四朝聞見録記載的主要内容在理宗以前，而對于這幾個帝王的政事、人物往往記載特别集中來看，他聚焦的主要是這一時期的政壇，應該是和周端朝、真德秀爲同時代人，而且很有可能是同在朝廷爲官。

葉紹翁的卒年，目前無法明確判斷。四朝聞見録很少記載理宗之後的事情，這是因爲體例所限，并不能説明他卒于理宗朝前期。理宗端平元年（一二三四），岳珂編成鄂國金佗續編，在卷二八百氏昭忠録中，收録建安葉紹翁題西湖謁鄂王廟詩，推測葉紹翁可能仍然生活在這一時期。

葉紹翁崇奉程、朱理學。宋寧宗即位後，由于宰相趙汝愚的大力推薦，朱熹被徵召入宫爲帝師，不久由于黨爭，被韓侂胄找借口趕出朝廷，但理學已成爲人們思想的主流。宋元學案談到葉紹翁「其學出于水心，而西山真氏與之最厚」，可知葉紹翁思想上師承葉适，與真德秀相交甚密。書中記録他與真德秀、危稹等交往密切，有詩文唱酬。此外書中有不少關于理學的内容，記録了一些理學家對于學術的不同看法并進行辯論，如甲集中的慈湖疑太學、考亭解中庸、考亭和乙集中的洛學等，是他對理學的真實思想感受。

紹翁喜遊玩，鍾愛名勝古跡，甲集中有多條談到他曾踏訪寺廟、山丘等風景。他是江湖派詩人，以七言絶句最佳，如「春色滿園關不住，一枝紅杏出墻來」，歷來爲人們吟咏。他詩作主要是寫江南水鄉和田家生活，數量不多，佳句不斷，有詩集靖逸小稿一卷，共載詩四十三首，收于南宋群賢小集。

二、體裁和内容

四朝聞見録成書的時間，可能是在寧宗嘉定中後期或稍後。因爲記録了南宋前四朝的政治風雲變幻，特别是大臣趙汝愚與外戚韓侂胄聯手操作的光宗禪讓、寧宗即位後趙汝愚與韓侂胄之間的爭鬥、開禧初韓侂胄北伐失利被誅、嘉定初宋金和議。這些記載都十分詳細，但此後的史事不做詳細記録，因此可以推測四朝聞見録約成書于寧宗嘉定中後期或稍後。

雖然葉紹翁没有進入國家政治的核心層，但他出身官宦之家，擔任朝中官職，與很多官員關係密切，書中的很多記録是自己的親身經歷，史料可信度較高。全書分甲、乙、丙、丁、戊五集，共二百零九條，每條各有標題，不分門類，也不以時間先後爲序，但丁集獨記寧宗一朝事。各卷内容博雜，散亂無章，長短不一，但每一條都是緊緊圍繞一個主題展開，内容包括史事、國政、軼聞、制度、名勝、詩文、人物等。每一集中，大部分的條目都短小精悍，但部分記録史事的篇幅較長，有時兩條相關連内容的條目前後相繼。體例上，這是一本雜記類的筆記，但有很多條目與歷史事件有關，葉紹翁寫作時比較謹慎，内容接近雜史。

宋室南渡後，李心傳的建炎以來系年要録和建炎以來朝野雜記主要記載高宗朝的史事，而南宋中後期的史料記載十分缺乏。由于葉紹翁生活在宋光宗末年到寧宗年間，因而四朝聞見録擴充了上述二書的記録範圍，對高宗、孝宗、光宗、寧宗四朝的朝章國政，尤其對寧宗受禪、慶元黨禁、韓侂胄由受寵專權到被誅的緣由經過、岳侯追封、開禧北伐及吴曦降金等，描述十分詳備，是研究南宋中後期歷史的重要參考資料。四庫全書總目提要認爲「南渡以後，諸野史足補史傳之闕者，惟李心傳之建炎以來朝野雜記號爲精核，次則紹翁是書」，認爲是研究南宋史中第二重要的資料。

南宋前期四朝的政治，主要以帝王、官員治國以及權力交替的事迹最爲豐富。如關于慶元党爭以及寧宗卽位的紹熙内禪，書中多次提及。宋光宗在立儲問題上，與父親孝宗意見産生嚴重分歧。孝宗駕崩，光宗病重，紹熙五年（一一九四）七月，太皇太后吴氏及趙汝愚、韓侂胄等人宣布光宗禪位，擁立嘉王登基，是爲寧宗。對于宋寧宗繼位這段歷史，葉紹翁的描寫非常生動詳實。乙集憲聖擁立中對于禪讓有詳細的記載，吴雲壑中也詳細叙述了韓侂胄説服憲聖主持大局的過程。

本書關於南宋幾個帝王、後妃的記載十分豐富，關於大臣和名士的活動描寫也較多。書中記述了慶元六君子、韓侂胄、趙汝愚以及劉德秀、胡紘、毛自知、劉克莊、陳自強、留元剛、彭龜年等人，對他們在政治事件中的表現有生動的描述。對朱熹、楊簡、吕祖謙、陳傅良等理學家的治學、觀點和師承、軼事，也有很多介紹。

此外還有不少是關于南宋的科舉和學術、史實制度和名物的考訂。帝王對科舉制的重視以及對文人的選拔、禮遇，也有很多條目涉及。如甲集談到宋高宗親臨太學，對學生十分關心。甲集天子獄、布衣入館，乙集光皇策士中，談到了政府鼓勵士人參加科舉考試的一些做法。

書中記載了相當一部分帝王君臣的逸聞軼事，如甲集的賜宴滁爵、乙集的烏髭藥。也記載了不少社會風俗，如乙集的胡桃文鵓鴿色炭和丙集的宫鴉、田鶏等。文中還不時使用一些當時的習語，爲研究南宋社會風俗提供了寶貴的一手資料。

書中還保存了不少南宋文人的詩文作品，如戊集閲古南園中收録了陸游寫的南園記。也有許多學者的學術思想，如甲集東萊南軒書説記載了吕祖謙用比喻説明儒、佛兩家的關係，甲集考亭、考亭解中庸、慈湖疑太學，丙集二元等，談到了南宋名儒代表人物朱熹的思想。

三、資料價值和缺陷

由于是當代人記載當代史事，四朝聞見録中的内容具有極高的可信度，是研究南宋史的重要著作，爲歷代史家看重。時人程公許曾稱：「記載詳博……他日足以備史官補放失，非細故也。」今天來看，的確如此。

元人編宋史韓侂胄傳時，曾大量采用本書。如關于韓侂胄得幸，主要采自乙集吳雲壑；韓侂胄被殺，采自丙集虎符；韓侂胄死後被金人要求取其頭顱的記載，采自乙集函韓首；韓侂胄將理學打成「僞學」，排除异己，采自丁集慶元黨。宋史中没有收録當時大臣關于韓侂胄的奏章原文，這些都保存在戊集裏。宋史陳亮傳中的材料，也有很多采自本書。

引用或著録四朝聞見録記載内容的史書有很多，從南宋末年就已出現，黄震的黄氏日抄之讀本朝諸儒理學書中便引用了葉紹翁關于理學的相關記述。周密齊東野語卷一〇黄子由夫人談到高文虎作記，四朝聞見録戊集西湖放生記也有相似内容，同一件事在兩書中都有記録，可以相互參閲。元代董鼎書傳輯録纂注和方回的桐江續集，都引用了該書。明代田汝成西湖遊覽志中，在談到杭州「武林山」時，直接采信了乙集武林對「虎林」與「武林」的考辨。而杭州的一些方志，涉及南宋的部分，大量引用本書。如杭州府志卷三〇談到錢塘縣，引用四朝聞見録甲集之壽星寺寒碧軒詩、武林舊事、易安齋梅岩亭以及南屏興教磨崖等；卷一六九談到人物，引用乙集洛學；卷三九談到吳越家墓時，引用丙集孝宗禦制賜吳益；卷二三談到錢塘縣山水時，引用甲集鳳凰泉、夏執中扁牓等；卷二九談到錢塘仁和附郭，引用乙集吳雲壑。一些關于杭州的地理書和方志，像翟均廉海塘録、梁詩正西湖志纂、厲鶚東城雜記，還有嵇曾筠等浙江通志之類，都直接引用葉紹翁書中對杭州地理的記載。

當然，書中亦存在一些缺陷。南宋周密齊東野語曾經就書中的一些記載提出過嚴厲批評，如關于韓侂胄的記叙，有一些虛妄不實之言，使後人對他的評價在一些方面有失公允。四朝聞見録甲集憲聖擁立中，記載了光宗内禪時，慈懿皇后從臥室中取出國璽給寧宗，周密認爲這件事的記述不可信，「御璽重寶，安得卽位後方取？兼璽玉各有職掌，安得置之于臥内？恐非是實」。書中有些詩詞記載有疏漏之處，如甲集恭孝儀王大節中，把劉禹錫的甘棠館詩誤以爲是趙仲湜的遊天竺。四庫館臣指出：「是書陳郁藏一話腴嘗摘其誤，以劉禹錫題壽安甘棠驛詩爲趙仲湜遊天竺詩一條。周密齊東野語嘗摘其光宗内禪，慈懿于臥内取璽一條，又摘其函韓侂胄首求和，誤稱由章良能建議一條，又摘其南園香山一條。」清人王士禎在居易録卷八認爲書中内容「亦纂述南渡事迹，其間頗有涉煩碎者，不及李氏朝野雜記，二書皆鈔本」。認爲是小説家的記載，史料價值比不上李心傳的書。不過這些并不影響全書的價值，四庫全書總目提要卷一四一認爲「蓋小小詭异，記載家均所不免，不以是廢其書也」。

四、版本流傳

四朝聞見録編成後，在多位宋人的著作中有提及，説明此書在宋代是有流傳的，但宋朝的幾本目録學著作和宋史中均没有提及。目前最早的版本爲元代的説郛本，不過只選編爲一卷，共十條。清代，見於記録的有清初抄本，乾隆時鮑廷博知不足齋叢書本就是以這個抄本作爲底本校刊而成。丁丙善本書室藏書志卷二一提到有一舊抄本，不知是否就是同一個抄本。此外尚有據江蘇巡撫采進本抄寫的四庫全書本、嘉慶時祝昌泰留香室刻浦城遺書本、南林張氏據舊抄本翻刻本、叢書集成初編本等。今人整理本有中華書局沈錫麟、馮惠民標點本和上海古籍出版社宋元筆記小説大觀的尚成標點本。近年來新出的由我們標點的全宋筆記整理本，將其列入第六編，以知不足齋叢書本爲底本，鮑氏的校記及所加附録王大令保母帖題跋仍然保留，同時以四庫全書本作爲對校本。

本次整理，我們仍然是以知不足齋叢書本爲底本，以四庫全書本作爲對校本，參閱核實了更多的相關史書，同時吸收了學術界對四朝聞見録文字的研究成果，根據出版社的要求重新進行了整理。本次標點工作和校勘記寫作主要由張瑩完成，張劍光進行了審閲，並撰寫了整理説明。標校過程中難免有所不當，敬請學界批評指正。

恭孝儀王大節

恭孝儀王，諱仲湜。王之生也，有紫光照室，及視則肉塊。以刃剖塊，遂得嬰兒。先兩月，母夢文殊而孕動。二帝北狩，六軍欲推王而立之，仗劍以卻黄袍，曉其徒曰：「自有真主。」其徒猶未退，則以所仗劍自斷其髮。其徒又未退，則欲自伏劍以死。六軍與王約，以踰月而真主不出，則王當即大位。王陽許，而陰實款其期。未幾，高宗即位於應天。王間關渡南，上屢嘉歎。王祭濮園，嘗自贊其容曰：「熙寧六載，歲在癸丑，月當孟夏，二十有九，予乃始生，濮祖之後。性比山麋，貌同野叟，隨圓就方，似無惟有，惟忠惟孝，不污不苟。皓月清風，良朋益友，湛然靈臺，確乎不朽。」「不污不苟」，蓋自敘其推戴事也。嘗遊天竺，有「山禽忽驚起，衝落半巖花」之句。按二句是劉禹錫甘棠館詩。葬西湖顯明寺。子孫視諸邸最爲繁衍，蓋恭孝之報云。

潘閬不與先賢祠

潘閬居錢塘，今太學前有潘閬巷。原注：俗呼爲潘郎。閬工唐風，歸自富春，有「漁浦風波惡，錢塘燈火微」一作「漁浦風浪急，龍山燈火微」。之句，識者稱之。唯落魄不檢，爲秦王記室參軍。王坐罪下獄，捕閬急甚，閬自髡其髮，易緇衣，持磬出南薰門。上怒既息，有爲閬説上者曰：「閬不南走粤，則北走胡爾，惟上招安之。」上旋悟。時閬已再入京，敕授四門助教。閬以老嬾不任朝謁爲辭，自封還敕命。時文法疎簡猶若此。未幾，論者謂閬終秦黨，語多怨望，編置信上。至信上，勺道旁聖泉，題詩柱上曰：「炎天□□熱如焚，恰恨都無一點雲。不得此泉□□□，幾乎渴殺老參軍。」按後村詩話云：「信州道旁有泉一泓，甚清〔一〕，有詩牌云：『炎炎亭午暑如焚，却恨都無一點雲。六月騎驢來到晚〔二〕。幾乎渴殺老參軍。』潘逍遥詩也。」能改齋漫録云：「潘閬題資福院石井：『炎炎畏日樹將焚，卻恨都無一點雲。强跨蹇驢來到得，皆疑渴殺老參軍。』詩俱小異。○又按宋刻咸淳臨安志引此條，潘詩亦脱五字，知此書在當時已無善本矣。猶稱記室舊銜也。先是盧多遜與潘善，故有四門之命。多遜譖趙普不行，普相，多遜罷，故閬終不免。嘉定間，臨安守建先賢祠一作「堂」。於西湖，欲祀閬於列。有風不宜預者，遂黜閬。事見祠記。原注：進德行而退文藝，先節義而後功名。

東萊南軒書説

考亭先生嘗觀書説，語門人曰：「伯恭原注：東萊字。直是説得書好，但周誥中有解説不通處，只須闕疑，熹亦不敢強解，伯恭却一向解去，故微有尖巧之病也。是伯恭天資高處，却是太高，所以不肯闕疑。」又謂：「南軒酒誥一段解天降命、天降威處，誠千百年儒者所不及。」今備載南軒之説：酒之爲物，本以奉祭祀、供賓客，此卽天之降命也。而人以酒之故，至於失德喪身，卽天之降威也。釋氏本惡天降威者，乃併與天之降命者去之。吾儒則不然，去其降威者而已。降威者去，而天之降命者自在。如飲食而至於暴殄天物，釋氏惡之，而必欲食蔬茹；吾儒則不至於暴殄而已。衣服而至於窮極奢侈，釋氏惡之，必欲衣壞色之衣；吾儒則去其奢侈而已。至於惡淫慝而絶夫婦，吾儒則去其淫慝而已。釋氏本惡人欲，併與天理之公者而去之；吾儒去人欲，所謂天理者昭然矣。譬如水焉，釋氏惡其泥沙之濁，而窒之以土，不知土既窒則無水可飲矣；吾儒不然，澄其沙泥〔三〕，而水之澄清者可酌。此儒、釋之分也。

考亭解中庸

考亭解中庸「天命之謂性，率性之謂道，修道之謂教」，曰：「命猶令也，性即理也。天以陰陽五行化生萬物，氣以成形，而理亦賦焉，猶命令也。於是人物之生，因各得其所賦之理，以爲健順五常之德，所謂性也。率，循也。道，猶路也。人物各循其性之自然，則其日用事物之間，莫不各有當行之路，是則所謂道也。修，品節之也。性道雖同，而氣稟或異，故不能無過不及之差。聖人因人物之當行者而品節之，以爲法於天下，則謂之教，若禮樂刑政之屬是也。蓋人之所以爲人，道之所以爲道，聖人之所以爲教，原其所自，無一不本於天而備載一無「載」字。於我矣。」真文忠公原注：德秀。觀考亭之解，以爲：「生我者太極也，成我者先生也，原注：謂考亭。吾其敢忘先生乎！」考亭之門人劉黻，字季文，號靜春，與文忠爲友而輩行過之，乃大不取其師之説。其自爲論，則曰：「維天之命，於穆不已，惟人受天地之中以生，故謂之性，而貴于物焉。湯誥曰：『惟皇上帝，降衷于下民，若有常性。』吾夫子曰：『天地之性，人爲貴。』是則人之性，豈物之所得而儗哉？或疑萬物通謂之性，奚獨人？愚曰：是固然矣。然此既曰性，則有氣質矣，又安可合人物而言，以自汩亂其本原也！凡混人物而爲一者，必非識性者也。今皆不取。至如孟子道性善，亦只謂人而已。」文忠公與靜春辯，各主其説。或當燕飲旅酬之頃，靜春必與公辨極而爭起，公引觴命靜春曰：「某竊笑漢儒聚訟，吾儕豈可又爲後世所笑？姑各行所學而已。」劉猶力持其説不已，著爲就正録，云：「昔子思作中庸，篇端有曰：『天命之謂性，率性之謂道。』是專言乎人，而不雜乎物也，其發明性命，開悟天下後世至矣。而或者必曰此兩句兼人物而言，嗟夫，言之似是而差也〔四〕！嘗考古先聖賢，凡言性命，有兼人物而言者，有專以人言而不雜乎物者。易之乾彖曰『各正性命』，樂記亦曰『則性命不同矣』，是乃兼人物而言。然既曰各有不同，則人物之分亦自昭昭。假如『天命之謂性，率性之謂道』，或兼人物而言，則犬之性猶牛之性，牛之性猶人之性，當如告子之見。告子，孟子之高弟，彼其杞柳、湍水之喻，食色無善無不善之説，縱横繆戾，固無足取。至於生之謂性，孟子辨焉而未詳，得無近是而猶有可取者耶？」善乎朱文公闢之曰：「告子徒知知覺運動之蠢然者，人與物同；而不知仁義禮智之粹然者，人與物異。」此其一言破千古之惑，我文公真有大功於性善如此。文忠已不及登文公之門，聞而知之者也，其讀中庸，默與文公合。靜春見而知之者，乃終不以先生之説中庸爲是，何歟？予嘗聞陸象山門人彭原注：不記名。謂予曰：「告子不是孟子弟子，弟子俱姓名之。告子獨稱子者，亦是與孟子同時著書之人。」象山于告子之説，亦未嘗深非之，而或有省處。象山之學雜乎禪，考亭謂陸子靜滿腔子都是禪，蓋以此。然告子決非孟子門人，嘗風靜春去「高弟」二字。

慈湖疑大學

考亭先生解大學誠意章曰：「意者，心之所發也。實其心之所發，欲一於善而毋自欺也。一有私欲實乎其中，而爲善去惡或有未實，則心爲所累，雖欲勉強以正之，亦不可得。故正心者必誠其意。」慈湖楊氏讀論語，有「毋意」之説，以爲夫子本欲「毋意」，而大學乃欲「誠意」，深疑大學出於子思子之自爲，非夫子之本旨。此朱、陸之學所以分也。然夫子之傳，子思之論，考亭先生之解，是已于「意」上添一「誠」字，是正慮意之爲心累也。楊氏應接門人，著撰碑誌，俱欲去意，其慮意之爲心累者，無異于夫子、子思、考亭先生，而欲盡去意則不可。心不可無，則意不容去。故考亭先生謂：「意者，心之所發。實其心之所發，欲一于善而已。」既曰「誠意」矣，則與論語之「毋意」者相爲發明，又何疑於大學之書也？故考亭先生以陸學都是禪，頭領俱差〔五〕，而陸氏則謂考亭先生失之支離。鵝湖之會，考亭有詩，其略云：「舊學商量加邃密，新知培養轉深沈。」陸復齋云：「留情傳註翻荆棘，著意精微轉陸沈。」象山云：「易簡工夫終久大，支離事業轉浮沈。」蓋二氏之學可見矣。慈湖第進士，主富陽簿，象山陸氏猶以舉子上南宫，舟泊富陽。楊宿聞其名，至舟次迎之，留廳舍。晨起。揖象山而出，攝治邑事。象山於□□有自信處否〔六〕？按文義，此處脱落似不止二字。學者曰：「只是信幾個『子曰』。」象山徐語之曰：「漢儒幾个杜撰『子曰』，足下信得過否？」學者不能對，却問象山曰：「先生所信者，信個什麽？」象山曰：「九淵只是信此心。」驪塘謂予曰：「那學子應得也自好，只是象山又高一著。此老極是機辨，然亦禪也。慈湖又改周子太極圖爲ꝏ，以爲周子之説詳。簡之説易，其意盖不取無極之説，以爲道始于太極而已，亦源流于象山云。

賜宴滌爵

賜酒群臣，無滌爵之文。孝宗錫宴内朝，丞相王淮涕流於酒，已則復縮涕入鼻。時吳公琚兄弟亦預宴〔七〕，上見其飲酒輒有難色，微扣左右，知其故，後有詔滁爵。滁爵自淮始。

大臣衩衣見百官

大臣見百官，主賓皆用朝服。時伏暑甚，丞相淮體弱不能勝，至悶絶。上亟召醫，疾有間。復有詔，許百官以衩衣見丞相，自淮始。

慶元六君子

趙忠定横遭遷謫，去國之日，天爲雨血。京城人以盆盎貯之，殷殷然。太學諸生上封事，叩麗正甚急，侂胄欲斬其爲首者，寧皇只從聽讀。當時同銜上者六人，世號爲「六君子」，曰周端朝，曰張衟〔八〕，曰徐範，曰蔣傅、林仲麟、楊宏中。皆併出，惟周受禍略備。原注：後至不能嗣，韓亦慘矣。初自廷尉聽讀衢州，已次半道，有旨再赴廷尉，周始自分必死〔九〕。時憲聖在上，韓猶不敢殺士，故欲以計殺之。周竟不死，復聽讀永州，杜門教授生徒。後以韓誅放還，復籍于學，爲南宫第一人，自外入爲國子録。以女妻富陽令李氏子，親迎之夕，有老兵持諸生刺以入，周曰：「正用此時來見耶？爲我傳語，來日相見於崇化堂矣。」諸生不肯退，曰：「我爲國録身上事來，有書在此。」書入，乃備述李爲史氏云云，恐他時先生官職騣騣，天下以爲出于李氏。」周愕甚，入則已奏樂行酒。周亟起，告女以故，女以疾遽，冀展日定情，李氏子惘然登車去。富陽令大怒，訴于臺，因劾周去。復入爲太學博士。自文忠公去國，時猶有樓公、昉。危公、稹。蕭公、舜咨。陳公、處。絜齋袁公、燮。慈湖楊公簡。相與直言于朝，俱以次引去。周由進士〔一〇〕，不十年至從列。庚辰，京城災，論事者衆，周語予曰：「子可以披腹呈琅玕矣。」予戲對之曰：「先生在，紹翁何敢言？」

衛魁廷尉〔一一〕

衛公涇，字清叔，吴門石浦人。先五世俱第進士，至公爲廷唱第一人。策中力陳添差贅員之弊，上敇授添差州僉幕公。卽入劄廟堂，以爲「身自言而自爲可乎」？有旨待詔與僉幕正闕。公已赴越任，間會親友玩牡丹，謂「第一花人尚貴之，吾亦宜自貴重可也」。先是，廷唱一人任僉幕垂滿，必通書宰相爲謝，然後遇次榜廷唱放召命，以某日降旨入修門。公以通書宰相非是，唯任其遲速可也。時王淮當國，殊以不通書爲訝。雖已降召命，而不與降入國門，引入見指揮。公翱翔于江上六合塔下，幾三月不得見。適鄭公僑以吏郎召，與公遇塔下。鄭寒暄畢，即問曰：「清叔何爲在此？」公語之故。鄭引見畢，即直詣都省門面詰丞相。丞相情見詞屈，曰：「某幾乎忘了。」翌日，降旨趣公見。公既俱史相誅韓，旋用故智又欲去史。史爲景憲太子舊學，太子知其謀于內，遂以告史。御史中丞章良能彈公。良能，公所厚也。疏入猶未報，章用臺吏語，緘副疏以示公。公車至太廟下，得章所緘語，謂使云：「傳語中丞，我今即出北關矣。」史以公宿望，不敢貶置，唯秩以大閫，不復召矣。錢召文象祖以史故〔一二〕，于廣坐中及公云：「初謂衛清叔一世人望，身爲大臣，顧售韓侂胄螺鈿髹器。」然則公之罪亦微矣。其客于有成嘗授經于公，初于猶爲士時，公已罷政，提舉洞霄宮，遺于以書，外緘題「書拜上省元」，下惟具銜，至幅內則稱拜覆不備，題曰「省元學士先生」，蓋得前輩體。又客曰迂齋樓公昉，往往代公箋啓。又客曰輔漢卿，嘗陪公閒話，亦及道學。又客曰王大受，迹頗疎于三客，亦未嘗遊公之燕閤。良能既逐公去，因及其四客。于後位至司業。樓位至宗簿，封事輪對有直諒聲。輔嘗從考亭先生遊，晚以弁服終。王以忤攻媿樓公，故得罪，後謫邵武終焉。有易齋詩，水心先生爲之序，稱許過于「四靈」。衛公垂殁，乞勿田澱湖一疏，真體國大臣也。

布衣入館

震澤王蘋，少師事龜山。高宗宿聞其名，又以諸郎官力薦，駕幸吴門，起召賜對，以布衣賜進士出身，正字中秘。制曰：「朕於一時人才，苟得其名目，稍有自見，往往至于一無「于」字。屢試，而治不加進。于是從而求所未試者，至於巖穴之士，庶幾有稱意焉。爾學有師承，親聞道要，藴櫝既久，聲實自彰，行誼克修，溢于朕聽。延見訪問，辭約而指深。師友淵源，朕所嘉尚，賜之高第，職是校讎。豈特爲儒者一時之榮，盖將使國人皆有所矜式。勉行而志，毋負師言。」上意盖謂龜山也。王既入館，猶子誼年方十四歲，於書塾拈紙做御批，曰：「可斬秦檜，以謝天下。」爲僕所持，索千金，王之父不能從。族子謂之曰：「予金則返批，批返而後別議僕罪，千金可返也。」其父亦不能從，僕遂持以告有司。有司懼檜耳目，不敢隱，驛聞于朝。詔赴廷尉，獄具，伏罪當誅。檜閲其牘，審知年十四，翌日言之上。上赦其幼，編置象臺。能詩文，聚徒貶所。檜死得歸，治生産有緒。

蘋本將階大用，以猶子故，旋以他事爲言者所列，坐廢于家云。

光堯幸徑山

光堯幸徑山，憩于萬木之陰，顧問僧曰：「木何者爲王？」僧對曰：「大者爲王。」光堯曰：「直者爲王。」有杉小而直，因封之。光堯爲龍君炷香，有五色蜥蜴出于塑像下，從光堯左肩直下，遂登右肩，旋聖體者數四，又拱而朝亦數四。光堯注視久之。蜥蜴復循憲聖聖體之半，拱而不數。時貴妃張氏亦綴憲聖，覬蜥蜴旋繞。僧至，諷經嗾之，憲聖亦祝曰：「菩薩如何不登貴妃身？」蜥蜴終不肯，竟入塑像下。妃慚沮，不復有私利。徑山有二事，東坡宿齋扉，夜有叩門者云「放天燈人歸」，則天燈之僞不待辨。蜥蜴亦僧徒以缶貯殿中，施利者至，則嗾蜥蜴旋繞。天燈之事，僧徒本爲利，既爲利，則必嗾蜥蜴登妃身，彼視君后妾爲何事？語似有脱誤。龍山間語有脱誤。移天目，從礎下小石竅往來。又有龍君借地之説，至不敢聲鐘鼓。皆疑其徒附會，故不書。

憲聖擁立

憲聖既擁立光皇，光皇以疾不能喪，憲聖至自爲臨奠〔一三〕。攻媿樓公草立嘉王詔云：「雖喪紀自行于宮中，然禮文難示于天下。」盖攻媿之詞，憲聖之意也，天下稱之。先是吴琚奏東朝云：「某人傳道聖語『敢不控竭』。竊觀今日事體，莫如早決大策，以安人心。垂簾之事，止可行之旬浹，久則不可。願聖意察之。」憲聖曰：「是吾心也。」翌日，並召嘉王暨吴興入。憲聖大慟不能聲，先諭吴興曰：「外議皆曰立爾，我思量萬事當從長。嘉王長也，且教他做。他做了你却做，自有祖宗例。」吴興色變，拜而出。嘉王聞命，驚惶欲走，憲聖已令知閤門事韓侂冑掖持，使不得出。嘉王連稱：「告大媽媽，原注：憲聖。臣做不得，做不得。」憲聖命侂冑：「取黄袍來，我自與他著。」王遂掣侂冑肘環殿柱。憲聖叱王立侍，因責王以「我見你公公，又見你大爹爹，見你爺，今又却見你」。言訖，泣數行下。侂冑從旁力以天命爲勸。王知憲聖聖意堅且怒，遂衣黄袍，亟拜不知數，口中猶微道「做不得」。侂冑遂掖王出宮，唤百官班，宣諭宿内前諸軍以嘉王嗣皇帝已卽位，且草賀。驩聲如雷，人心始安。先是，皇太子卽位於内，則市人排舊邸以入，爭持所遺，謂之「掃閣」。故必先爲之備。時吳興爲備，獨嘉王已治任判福州，絶不爲備，故市人席捲而去。王既即位，翌日，侂胄侍上詣光皇問起居。光皇疾有間，問：「是誰？」侂胄對曰：「嗣皇帝。」光宗瞪目視之，曰：「吾兒耶？」又問侂胄曰：「爾爲誰？」侂胄對：「知閤門事臣韓侂胄。」光宗遂轉聖躬面内。時惟傳國璽猶在上側，堅不可取。侂胄以白慈懿，慈懿曰：「既是我兒子做了，我自取付之。」即光宗臥内挈璽。寧皇之立，憲聖之大造也，三十六年清靜之治，憲聖之大明也，琚亦有助焉。文忠真公跋琚奏稿于忠宣堂，云：「觀少保吳公密奏遺稿，其盡忠王室，可以對越天地而無愧，歎仰久之。丙子夏至，富沙真德秀書。」侂胄陰忌琚，以憲聖故，故不敢行忠定、德謙事。賞花命酒，每極歡劇，間語吳曰：「肯爲成都行乎？」吳對以更萬里遠亦不辭。韓笑謂曰：「只恐太母不肯放兄遠去。」然猶偏帥，判一作「明」，似誤。荆、襄、鄂，再判金陵，終于外云。韓誅，趙氏訟冤于朝，公之子鋼亦以公密奏稿進。時相疑吳爲韓氏至姻，故伸趙而不録吳云。

光皇命駕北内

布衣謝岳甫，閩士也。當光宗久缺問安，群臣苦諫，至比上爲夏、商末造，上益不悦。岳甫伏闕奏書，謂：「父子至親，天理固在。自有感悟開明之日，何俟群臣苦諫？徒以快近習離間之意。但太上春秋已高，太上之愛陛下者，如陛下之愛嘉王。萬一太上萬歲之後，陛下何以見天下？」書奏，上爲動，降旨翌日過宮。當是之時，岳甫名震于京，同姓宰相有欲竢上已駕卽薦以代己者。止齋陳氏傅良，時爲中書舍人，於百官班中顒竢上出。上已出御屏，慈懿挽上入，曰：「天色冷，官家且進一杯酒。」却上輦，百僚暨侍衛俱失色。傅良引上裾，請毋入，已至御屏後，慈懿叱之曰：「這裏甚去處？你秀才門要斫了驢頭！」傅良遂大慟于殿下。慈懿遣人問之曰：「此何理也？」傅良對以「子諫父不聽，則號泣而隨之」。后益怒。傅良去，謝遂報罷。先是，岳甫嘗上書孝宗請恢復，不報。謝娶孫氏，孫已死，謝發其線篋，乃謝所上書副本也。謝嘗以副本納要路，不知孫氏何自致之，謝益感愴。閩士林自知觀過，與謝同遊于京學，以詩一絶爲紀其事，末二句云：「漢皇未下復讎詔，奈此匹夫匹婦何？」林已賦詩，同舍莫有能繼者。林號爲名儒，仕至史館校勘、糧料院，終于官。

止齋陳氏

止齋陳氏傅良，字君舉，永嘉人〔一四〕。早以春秋應舉，俱門人蔡幼學行之遊太學，以蔡治春秋浸出己右，遂用詞賦取科第。詞賦與進士詩爲中興冠，然工巧特甚，稍失三元衡鑒正體，故今舉子詞賦之失自陳始也。奏疏洞達其衷，經義敷暢厥旨，尤長于春秋周禮。考亭視爲畏友，嘗謂門人曰：「以伯恭、君舉、陳同父合做一個，方纔是好。」猶不及水心先生，蓋水心輩行不侔，而學業未能如晚年之大成。故考亭先生特謂其强記博聞，未見其便止。考亭先生見其止也，嘗與三子並稱，而且有所優劣矣。考亭先生晚註毛詩，盡去序文，以彤管爲淫奔之具，以城闕爲偷期之所。止齋得其説而病之，謂「以千七百年女史之彤管，與三代之學校，以爲淫奔之具、偷期之所，私竊有所未安」。獨藏其説，不與考亭先生辨。考亭微知其然，嘗移書求其詩説。止齋答以「公近與陸子靜鬬辨無極，又與陳同父爭論王霸矣。且某未嘗注詩，所以説詩者不過與門人學子講義，一云「與門人爲舉子講義」。今皆毁棄之矣」。蓋不欲佐陸、陳之辨也。今止齋詩傳方行於世云。

建安袁氏申儒爲公門人，序其傳末：「止齋實爲寧王舊學，上嘗思之，語韓侂冑曰：『陳某今何在？却是好人。』侂冑對上曰：『臺諫曾論其心術不正，恐不是好人。』上曰：『心術不正，便不是好人耶！』遂不復召用。」止齋立朝，大節俱無愧于師友，至光皇以疾缺北宮禮，其諫諍有古風烈。嘉王之立，止齋以舊學亦有贊策功。阨於韓氏，遂不果大拜云。

宏而不博博而不宏

真文忠公、留公元剛字茂潛，俱以宏博應選。時李公大異校其卷，於文忠卷首批云「宏而不博」，于留卷首批云「博而不宏」，申都臺取旨。時陳自強居廟堂，因文忠妻父善相，識文忠爲遠器，力贊韓氏二人俱寘異等。是歲，毛君自知爲進士第一人，對策中及「朝廷設宏博以取士，今謂之『宏而不博』、『博而不宏』，非所以示天下，然猶寘異等，何耶？」至文忠立朝，時御史發其廷對日力從臾恢復事，且其父閱卷，遂駁寘五甲，勒授監當，後廟堂授以江東幹幕。終文忠之立朝，言者論之不已，後終不得起。南岳劉君克莊潛夫，以詩悼其亡云：「至尊殿上主文衡，豈集作「誰」。料臺中有異評。後集作「垂」。

二十年纔入幕，隔集作「後」。三四牓盡登瀛。白頭親痛終天訣，丹穴雛方隔歲生。策比諸儒無愧色〔一五〕，只集作「自」。緣命不到公卿。」毛策力主恢復，故劉寓微詞云。劉詩「登瀛」之句，謂袁蒙齋也。毛流泊以死，真公卒爲名卿。留以使酒任氣，爲言者屢以聞。然該敏貫洽，近代相門子弟未有也。文忠初甚與之契，中年對客語留，則愀然不悦。先是，永嘉劉錫祖父掩據義之墨池且百年，後爲世僕所發，公斷其廬，得池于劉臥内，劉氏遂衰。其臨政操斷皆類是，故謗者亦不恕。嘗得方巖王公簡復士人周儀甫書云：「納去茂潛書，雖儀甫不待老夫之囑。茂潛永嘉之政，若干將、莫邪新發于硎，切不可干之以私。」又云：「近來墨池事最偉。」

胡紘李沐

初，紘試宰還謁忠定。同時見者，忠定同郡人某，亦趙氏。趙知忠定不事修飾，故易敝巾、垢衫、敗屣以見，且能昌誦忠定大廷對策。忠定於稠人中首與之語，且恨同姓同郡而曾未之識。次至紘進，自敘科第嘗階上遊，冀歸裏列。忠定愀然曰：「若廟堂盡以前名用士，則或非前名與不由科第者何由進？」神色不接。紘未謁忠定，嘗迂道謁考亭先生于武夷精舍。先生待學子惟脱粟飯，至茄熟，則用薑醢浸三四枚共食。胡之至，考亭先生遇禮不能殊。胡不悦，退而語人曰：「此非人情，隻鷄樽酒，山中未爲乏也。」道出衢，從太守覓舟，客次偶與水心先生遇，時猶未第。紘氣勢凌忽，若宿與之不合者，厲聲問先生曰：「高姓仙里？」先生應之曰：「永嘉葉適。」紘又詰之曰：「足下何幹至此？」先生對曰：「親病求醫。」紘笑，以手自摇紫窄帶，歎曰：「此所謂親病在牀，入山採藥。」先生憮然莫知其所以見訝者。會太守素稔先生名，遂命典謁語胡小竢，先請葉學士。原注：即水心。胡尤不平。沐爲名臣李公士穎子〔一六〕。李公閒居龜溪，去都最近。沐以大臣子試二令，適從忠定謁告爲親壽，會上亦當遣中使賜藥茗。忠定欲榮沐，諭以就持歸以賜〔一七〕。沐對以「遣使，舊禮也，恐不可以沐人子之榮而廢遣使」。忠定不樂，頗以語侵沐。韓侂胄欲圖忠定，而莫有助之者，謀之于某官。某語侂胄曰：「公留某則可圖趙。」韓遂于上前力留之，後竟拜相。某官既爲韓留，則力薦紘、沐。沐遂誣忠定爲不軌。紘代擊考亭先生，誣以歐陽公被謗事，又斥其輒廢校舍爲宅，論水心先生所著進策君德論以爲無君。紘文逼柳柳州。沐詩文洒脱，晚一無「晚」字。著易頗契奥旨，其初未必盡出于媚韓也。其積忿嫉者已久，臨大議頃，不能平心耳。鞏栗齋豐亦以舍選前列，謁丞相京鏜，自敘其事。京對鞏者，無異于忠定對紘。鞏，賢者也，嘗歎京言之是，未嘗怨尤，惜其不得紘位。近時林一作「淩」。次英以甲科第四人偃蹇半世〔一八〕，始得掌故都司，聶善之面戒之云：「翌日君謝丞相，但須遜謝垂晚得禄，切不可一字及科第。」居今之世，爲士大夫者，亦不可不知此。

制科詞賦三經宏博

本朝廷對取士，用賦而不示其所自出。原注：省試命題亦然。真宗以「卮言日出」試士于廷，孫何等不究厥旨，賦莫能就，遂昧死攀殿陛而上，請所出與大意。真宗不以爲罪〔一九〕，揭示所出及大意，謂「卮，潤也」。是歲，以何爲狀頭。其後諸生上請有司揭示，皆始于此。王安石以三經取士，遂罷詞賦，廷對始用策。先是，葉祖洽夢神人許之爲狀頭，惟指庭下竹一束，謂之曰：「用此則爲狀元。」葉不解其意。及用策取士，葉果爲首，竹一束乃策，原注：又夢中神爲設狗肉片爲「狀」字。定數如此。葉因鄉人黄裳勸神宗講，知上意深喜孟子，嘗以語葉，故葉對策始終援孟子以爲説。先是，荆國王安石嘗賦詩試闈中云：「當時賜帛倡优等，今日掄才將相中。」蓋已嫉詞賦之弊。後因蘇子由策專攻上身，安石比之谷永，又因孔常父用策力抵新法，安石遂有罷制科之意。哲宗策士，因語近臣曰：「進士試策，文理有過于制科者。」大臣皆熙寧黨，遂力主罷制科議。制科詞賦既罷，而士之所習者皆三經。所謂三經者，又非聖人之意，惟用安石之説以增廣之，各有套括。於是士皆不知故典，亦不能應制誥、駢儷選。蔡京患之，又不欲更熙寧之制，於是始設詞學科，試以制、表，取其能駢儷；試以銘、序，取其記故典。自南渡以後，始復詞賦，孝宗始復制策，而詞學亦不廢。

詞學

洪氏遵試克敵弓銘，未知所出。有老兵持硯水，密謂洪曰：「卽神臂弓也。」凡制度、輕重、長短，無不語洪。有司以爲神。洪獨不記太祖卽位之三年作神臂弓以威天下，何耶？寧皇試宏博之士于類試所，時徐鳳少監與今宗簿劉澹然俱試。徐訪知主司有欲出唐歷八變序者，合用一行禪師山河兩界歷以爲據。時鮑明法華字澥之爲廷評，明于歷學，且朝廷方用以修歷。鮑爲劉里人，徐謂劉曰：「君盍訪鮑借兩界歷？吾二人共之。」劉唯唯。翌日，訪鮑得兩界歷，具知其詳，不復與徐共。及試已迫，徐自訪鮑借歷，鮑語徐曰：「只有一草本，從周原注：劉字。持去數日矣。」及試之日，果出歷序，劉甚得意，自以爲卽神臂弓比。徐于叙末但略云：「亦有一行兩界歷，以非正史所載，故不書。」時秘書陳璧閲卷，陳素不習詞學，閲劉卷，方以獨用山河歷事爲疑，又閲徐卷謂「非正史所載」，批劉卷首云：「六篇精博，文氣亦作者，但不必用山河兩界事，似失之贅。」是歲，劉、徐俱黜。其後徐又試，六篇俱精詣。代嗣王謝賜玉帶表用禮記「孚尹」二字，以「尹」爲平聲。凡用經釋音，當以首釋爲証；用史釋音，當以末釋爲証。徐用第二音，故主司疑其平側失律。然徐非失黏，但用于隔聯上一句四字内，亦何傷于音律？主司過矣，公論屈之。余嘗訪真文忠公，席間偶叩以今歲詞學有幾人，文忠答以：「試者二十人，皆曾來相訪。昨某問敎人謄得貢院草卷本出來，内一卷佳甚，且自純瑩〔二〇〕。此人如何不來見某？且如謝賜金水滴硯尺，破題便用「品」字，如此之類，某在試闈考校必是圈出。蓋不特此，自是六篇純瑩，天下固有人才。」予謂文忠曰：「莫是徐子儀原注：徐字。卷？」文忠曰：「文字相似，恐子儀未到這般純瑩處。」揭示，則徐卷也。徐試三家星經序，備記甘公、巫咸、石中夫歲星順逆，與今紅黃黑所圈，主司驚異，已寘異等，而末篇贅用周禮巫原注：音筮。咸爲証，遂申都臺付國子監看詳。徐、真本共習此科，且同硯席，文忠已中異等，爲玉堂寓直，徐三試有司始中。文忠立朝，徐猶爲親奉祠，反爲冷官。真出漕江東，徐始得掌故。徐後亦寓直玉堂，官至列監，遲速皆命也。徐奉祖母，孝稱于鄉，惜乎不及文忠之榮親云。

武林山

予嘗考晉書地理志，錢塘有武林山。舊圖經云：「在縣西十五里，高九十二丈，周迴一十二里，又名曰靈隱。」錢塘令劉道真錢塘記、太子文學陸羽靈隱記、夏竦靈隱寺捨田記、翰林院學士胡宿武林寺記，皆云武林山卽靈隱山。舊圖經云：「武林山，在錢塘縣舊治之北半里，今錢塘門裏太一宫道院高士堂後土阜是也。」新圖經云：「或云錢塘門裏太一宫道院後虎林山，一名武林山，然典籍無所考據。」予嘗竊笑舊圖經既云有武林山，又名靈隱矣，又云「錢塘門裏有虎林山」，則是武林自爲一山，虎林又爲一山，城裏是虎林，城外是武林。著爲圖經者，未嘗知武林避唐諱也。又云「西湖，其源出于武林山」，則正合攻媿「武林山出武林水」矣，不應今城中太一宫有泉通西湖也。舊圖經皆近之，但以不考避唐諱，未免疑武林、虎林爲二山矣。詳見于下卷。原注：其事無關于世，固似不必辨。蓋太一爲聖駕款謁之所，以此資備顧問者。

高宗幸太學

紹興十四年三月乙巳，高宗祗謁先聖。止輦大成殿門外，降登步趨，執爵奠拜，視貌像翼翼欽慕。復幸太學，御崇化堂，頒示手詔，示樂育詳延之誠意。命國子司業臣等閱講周易泰卦，賜群臣諸生坐聽講説，上首肯者再。復還玉趾，俯臨養正、持志二齋，顧瞻生徒肄業之所，徘徊久之。上之幸齋也，本幸養正齋。養正齋與持志齋相鄰，齋生正倖恩典，遂力邀駕幸持志，上憐其意而幸之。自後未幸學之先，上欲幸齋，必預敕齋名，摒截唯謹，恐其復邀駕覬恩也。

中和堂御製詩

中和堂在郡治，建炎三年四月壬戌，高宗幸焉。御製詩云〔二〕：「六龍轉淮海，萬騎臨吳津。王者本無外，駕言蘇遠民。瞻彼草木秀，感此瘡痍新。登堂望稽山，懷哉夏禹勤。神功既盛大，後世蒙其仁。願同越句踐，焦思先吾身。艱難務遵養，聖賢有屈伸。

高風動君子，屬意種、蠡臣。」堂北又有清風亭，御書其楹云：「斯堂特偉之觀，無愧上都。薰風南來〔二二〕，我意雖快，願與庶人共之。」後因改爲偉觀。聖意駐蹕，決于此詩。

請斬喬相

文忠真公奉使金廷，道梗不得進，止于盱眙。奉幣反命，力陳奏疏，謂敵既據吾汴，則幣可以絶。朝紳三學主真議甚多，史相未知所決。喬公行簡爲淮西漕，上書廟堂云云，謂：「強韃漸興，其勢已足以亡金。金，昔吾之讎也，今吾之蔽也。古人脣亡齒寒之轍可覆，宜姑與幣，使得拒韃。」史相以爲行簡之爲慮甚深，欲予幣猶未遣。太學諸生黄自然、黄洪、周大同、家槙、徐士龍等同伏麗正門，請斬行簡以謝天下。

三文忠

歐陽子謚文忠，京丞相鏜以善事韓，亦謚文忠。後以公論，謂不宜以謚歐陽者謚鏜，改謚文穆。無名子作詩曰：「一在廬陵一豫章，文忠、文穆兩相望。大家飛上梧桐樹，自有旁人説短長。」真文忠初謚也，謚議未上，有疑其太過者，欲以王梅溪之謚謚公。公之子志道以「政府祭公文，皆謂公無愧于歐陽，未嘗比予父以梅溪也」，政府無復辨，用初謚云。鎧後以論者併文穆去之。

天子獄

永康之俗，固號珥筆，而亦數十年必有大獄。龍川陳亮既以書御孝宗，爲大臣所沮，報罷居里，落魄醉酒，與邑之狂士甲命妓飲于蕭寺，目妓爲妃。旁有客曰乙，欲陷陳罪，則謂甲曰：「既册妃矣，孰爲相？」甲謂乙曰：「陳亮爲左。」乙又謂甲曰：「何以處我？」曰：「爾爲右。吾用二相，大事其濟矣。」乙遂請甲位于僧之高座。二相奏事訖，降階拜甲，甲穆然端委而受。妃遂捧觴，歌降黄龍爲壽。妃與二相俱以次呼「萬歲」，盖戲也。先是，亮試南宮，何澹校其文而黜之。亮不能平，遍語朝之故舊曰：「亮老矣，反爲小子所辱〔一三〕。」澹聞而銜亮，未有閒。時澹已爲刑部侍郎，乙探知其事，遂不復告之縣若州，亟走刑部上首狀。澹卽繳狀以奏，事下廷尉。廷尉，刑部屬也，笞亮無全膚，誣服爲不軌。案具，聞于孝宗。上固知爲亮，又嘗陰遣左右往永康，廉知其事。大臣奏入取旨，上曰：「秀才醉了胡説亂道，何罪之有？」以御筆畫其牘于地。亮與甲俱掉臂出獄。居無幾，亮又以家僮殺人于境外，適被殺者嘗辱亮父，其家以爲亮實以威力用僮。有司笞搒，僮氣絶復苏者屢矣，不服。讎家寘亮父于州圄，又囑中執法論亮情重，下廷尉。時王丞相淮知上欲活亮，以亮款所供嘗訟僮于縣而杖之矣。讎家以此尤亮之素計，持之愈急，王亦不能決。稼軒辛公與相堉素善，亮將就逮，亟走書告辛。辛公北客也，故不以在亡爲解，援之甚至，亮遂得不死。時考亭先生、水心先生、止齋陳氏俱與亮交，莫有救亮迹。亮與辛書，有「君舉吾兄，正則吾弟，竟成空言」云。驪塘危公嘗語余曰：「羅樞密點自西府歸里，有里人從容叩羅公曰：『吾有疑于公者，蓄而不敢白者有年。公今容某白其疑，可乎？』羅公曰：『言之何傷？』其人曰：『以某觀公，平生未嘗妄行一步。公爲從官時，天夜大雪，某醉歸，見公以鐵拄杖撥雪，戴温公帽，丁屐微有聲，吾醉不敢與公揖。後有蒼奴佩篋，蒼奴亦吾所識，爲公奴。吾固醉，以爲誤認公則不可。』公笑曰：『子之言與所見，是未嘗醉也。陳同父原注：亮字。獄事急，吾未嘗識之，憐其才援之吏手，篋内皆白金也。同父死矣，吾故因子問而發之。』」

華子西

華岳，字子西，右庠諸生，以武策擢第。爲人輕財好俠〔二四〕，未第時以言語爲韓氏所貶，寘建寧圜土中。投啓建守傅公伯成〔二五〕，一作「誠」。公憐之，命出入毋繫。又以抵觸李守伯珍，原注：名大異。復寘圜土。有詩自號翠微南征集。韓誅，華放還，復籍于學，因擢第爲殿前司官屬。華鬱然不得志，有動摇大臣意。史命殿前卒圍其屋，逮岳，猶呼岳至庭下，曰：「我與爾有何怨尤，而欲相謀？」岳但對未嘗有是。史命拽之赴京兆獄。獄具，坐議大臣當死。史持牘奏寧皇。上知岳名，欲活之。丞相進而告上曰：「是欲殺臣者。」上曰：「教他去海南走一遭便了。」初以斬罪定刑，史對上曰：「如此則與減一等。」上不悟，以爲減死一等，故可其奏。岳竟杖死于東市。岳倜儻似陳亮，惜乎不善用也。獄事稍涉袁公蒙齋，史不問。

劉三傑扶陛

劉三傑，衢人也，與韓氏有故。用爲太守，朝辭寧皇，劉有疣疾，傴僂扶陛檻以下。上目之震怒，手自批出：「劉三傑無君，可議遠竄。」韓爲上前救解，竟免所居郡，斥三秩云。

請斬秦檜

胡忠簡公銓，以樞掾「請誅秦檜以謝天下，請竿王倫之首以謝檜，斬臣以謝陛下」。原注：奏稿本。高宗震怒，以爲訐特〔二六〕，欲正典刑。諫者以陳東啓上，上怒爲霽，遂貶胡儋耳。胡之州里，競傳公以誅死，獨有一卜者謂公命當階政府，必不死。又揭牓通衢，以驗他日，人皆目爲狂生。先是，敵入中原，朝廷議割四鎮不決。敵騎奄至，欽宗亟引從臣入内問計，倫遂竄名綴從臣入直前，乞上早戒嚴。上驚問曰：「爾爲誰？」倫對上以「臣乃咸平宰相王旦孫」。上知爲旦孫，故寘不問。忠肅劉公珙以其才薦之高宗，故用以奉使。銓疾其從敵人貶號之議，故請斬之，非疾和議也。胡公南歸，孝宗嘉歎，置之經筵，欲大用之，惜其已老。□□□□□□□□□□□□□□公封事未達金廷，間者募以千金。及金得副本，爲之動色，益知本朝之有人，由是和議堅矣。按此條諸本俱缺二十一字。

請斬趙忠定

忠定去國，藥局趙師劭上書寧皇，請斬忠定以謝天下，蓋欲媚韓也。忠定之事既白，後溪劉左史一作「司」。光祖適帥荆、襄，辟公之子崇模爲機幕。劉公未知師劭事，先辟其弟某。崇模與危公稹爲同年，囑危草牋以謝劉公云云：「今聞其弟之當來，欲使爲寮而並處。念交游之讎不同國，而况天倫？無羞惡之心則非人，是乖風教。故勝母之里不可入，迫人之驛不可居。豈容同堂合席之至懽，乃有操戈入室之遺類？縱罪不相及，然水中之蟹且將避之；倘機或未忘，則海上之鷗不當下矣。竊謂父子之間，寧間于存沒；賓主之際，則在于從違。且昔辱甄收，本見齒忠臣之後；若今惟苟合，是玷名惡子之中。得士如斯，在公焉用？」劉公得崇模牋，愕寘几上，即草檄勒回師劭弟。請斬忠定，師劭也，其弟固不預，崇模義不得與之同游。顔氏家訓述盧氏事，子弟固能累父兄，父兄亦能累子弟也。

九里松用金字

或問予曰：「今九里松一字門扁，吴説所書也，字何以用金？」予謂之曰：「高宗聖駕幸天竺，由九里松以入，顧瞻有扁，翌日取入，欲自爲御書，黼黻湖山。命筆研書數十番，歎息曰：『無以易説所書也。』止命匠就以金填其字，復揭之于一字門云。」

壽星寺寒碧軒詩

東坡既賦寒碧之句，吴説能草聖，行書尤妙，嘗書坡句于寺之髹壁。高宗命使詔僧借入宫中，留玩者數日，復命還賜本寺。説字畫遇際聖君如此。

夏執中扁牓

今南山慈雲嶺下，地名方家峪，有劉婕妤寺。原注：後贈賢妃。泉自鳳山而下，注爲方池，味甚甘美。上揭「鳳凰泉」三字，乃于湖張紫微孝祥所書。夏執中爲后兄，俗呼爲「夏國舅」，偶至寺中，謂于湖所書未工，遂以己俸刊所自書三字易之。孝宗已嘗幸寺中，識孝祥所書矣，心實敬之。及駕一無「駕」字。再幸〔二七〕，見于湖之扁已去，所易者乃執中所書，上不復他語，但詔左右以斧劈爲薪。幸寺僧藏于湖字故在，詔仍用孝祥書。原注：今復揭執中字。

三省

嘉定重修都臺既成，旨許士民入視，凡三日。驪塘危公積時爲秘書，約予俱入。既出，則問客曰：「凡廳治皆南面，惟都臺則宰相坐東面，參樞皆西面，此何典也？」坐客有言太宗嘗爲中書令，既已廟坐，後人遂不敢專席者。又謂三省舊在內中，不敢上儗南面者。又謂宰相廟坐，則參樞不宜列坐者。危公以其無據，出于臆説，不大釋然。余年最卑，公視余曰：「賢良獨不聞一作「言」。乎？」予謝其問而對曰：「熙寧官制既改，三省長官皆視事南面，餘官遂從兩列，恐當以此爲據。」危公謂予曰：「子得之矣。」

南屏興教磨崖

原注：又有小南屏山與南屏軒。○按「軒」疑「對」字之誤。

今南屏山興教寺磨崖家人卦、中庸、大學篇，司馬公書，新圖經不載。錢塘自五季以來，無干戈之禍，其民富麗，多淫靡之尚，其于齊家之道或缺焉。故司馬書此以助風教，非偶然爲之也。今南屏遂爲焚櫬之場，莫有登山摩挲苔石者。

天竺觀音

孝宗卽位之初，出内府寶玉三品寘于天竺寺觀音道場。明年，御製贊曰：「猗歟大士，本自圓通。示有言説，爲世之宗。明照無二，等觀以慈。隨感卽應，妙不可思。」上之博通内典如此。

易安齋梅巖亭

光堯親祀南郊，時紹興二十五年也。御書於郊壇易安齋之梅一有「巖」字。亭，曰「謁款泰壇」。因過易安齋，愛其去城不遠，巖石幽邃，得天成自然之趣，爲賦梅巖云：「怪石蒼巖映翠霞，梅梢疎瘦正橫斜。得因祀事來尋勝，試探春風第一花。」孝宗時在潛邸，恭和聖作云：「秀色環亭擁霽霞，脩□原注：今上嫌諱。○案當作「筠」字。冰豔數枝斜。東君欲奉天顏喜，故遣融和放早花。」此真古今所未見，巖石何其幸歟！光堯嘗問主僧曰：「此梅喚作甚梅？」主僧對曰：「青蔕梅。」又問曰：「巖邊有藤，喚作甚藤？」對曰：「萬歲藤。」稱旨，賜僧階。上嘗拂石而坐，至今謂「御坐石」。

五丈觀音

觀音高五丈，本日本國僧轉智所雕，蓋建隆元年秋也。轉智不御煙火，止食芹蓼，不衣絲綿，常服紙衣，號「紙衣和尚」。高宗偕憲聖嘗幸觀音所，憲聖歸，卽製金縷衣以賜之，及挂體，僅至其半。憲聖遂遣使相其體，再製衣以賜。

柳洲五龍王廟

出涌金門入柳洲，上有龍王祠。開禧中，帥臣趙師羼重塑五王像，冕旒珪服畢具。其中三像，一模韓侂胄像，一模陳自強像，一模師羼一作「蘇師旦」。像。時韓、陳猶在，臺臣攻師羼一作「師旦」。者，唯於疏中及師羼一作師旦。自貌其像，不敢斥韓、陳云。至今猶存，未有易之者。過此皆不識三人者，恐未必以予言爲信而易之然。師羼一作「師旦」。論疏可考也。

張司封廟

廟號昭貺，卽景祐中尚書兵部郎張公夏也。原注：或作「兵部史」，碑又作「太常」，祠典作「工部員外」，俗呼「司封」。夏字伯起，景祐中出爲兩浙轉運使。杭州江岸率用薪土，潮水衝擊，不過三歲輒壞。夏令作石隄一十二里，以防江潮之害。既成，州人感夏之功，慶曆中立廟于隄上。嘉祐六年十月〔一八〕，贈太常少卿。政和二年八月，封寧江侯，改封安濟公，併賜今額。紹興十四年增「靈感」字，紹興三十年增「順濟」字。予以本末考之，初無神怪之事。今臨安相傳以伯起治潮三年，莫得其要領，不勝悁憤，盡抱所書牘自赴于江，上訴于帝，後寓于夢，繼是修江者方得其説，隄成而潮亦退，蓋真野人語也。江之所恃者隄，安有伯起不知以石代薪之便，功未及成，效匹夫溝瀆之爲？此身不存而憑虚忽之夢以告來者，萬一不用其夢，患當何如？是尚得生名之智，歿謂之神乎？沿江十二里，要是上至六和塔，下至東青門，正昭晛所築。今顧諉之錢王，則尤繆矣。

忠勇廟

廟在九里松，祀故步軍司前軍統制張玘。紹興三十二年，從張子蓋解海州圍，玘用命戰歿。奉旨贈清遠軍承宣使，仍于本寨門首建廟，賜號「忠勇」。乾道元年，步帥戚方所建。

忠清廟制詞

顯仁太后龍輴將渡會稽，上聖孝出于天性，預恐風濤爲孽，遥于宫中默禱忠清廟。及篙御既戒，浪平如席，上命詞臣行制詞以封之，曰：「追惟文母，將祔裕陵。閟殿告成，容車將發。奈以大江之阻，具形群辟之憂；既竭予誠，亟孚神聽。某王一節甚偉，千古如存。帖然風濤，既賴幽冥之相；焕乎天寵，用昭崇極之恩。尚綏予四方之民，以綿爾百世之祀。可特封忠壯英烈威顯王。」盖于舊號四字上加「忠壯」二字。

徑山大慧

大慧名妙喜。張公九成字子韶，自爲士時已耽釋學，嘗與妙喜往來，然不過爲世外交。張公自以直言忤秦檜，檜既竄斥張公，廉知其素所往來者，所善獨妙喜，遂杖妙喜背，刺爲卒于南海，妙喜色未嘗動。後檜死，孝宗果放還，復居徑山。有勸之去其墨者，妙喜笑拒不答。孝宗憐而敬之，寵眷尤厚，賜金鉢、一作「鈸」，似誤。袈裟，輿前用青盖，賜號「大慧」。言者列其寵遇太過。高宗既御北内，得以遊幸山間，以妙喜故，賜吴郡田萬畝。駕幸越二年，始建龍遊閣。

宏詞

嘉定間未嘗詔罷詞學，有司望風承意太過，每遇郡一作「群」。試，必摘其微疵，僅從中省，予載之詳矣。水心先生著爲進卷外稿，其論宏詞曰：「宏詞之興，其最貴者四六之文，然其文最爲陋而無用。士大夫以對偶親切、用事精的相夸，至有以一聯之工而遂擅終身之官爵者，此風熾而不可遏七八十年矣。前後居卿相顯人，祖父子孫相望于要地者，率詞科之人也。既已爲詞科，則其人已自絶于道德性命之本統，以爲天下之所能者盡于區區之曲藝，則其患又不止于舉朝廷高爵厚禄以予之而已。蓋進士等科，其法猶有可議而損益之，至宏詞，則直罷之而已矣。」先生外稿蓋草于淳熙自姑蘇入都之時，是書流傳則盛于嘉定間。雖先生本無意于嫉視詞科，亦異于望風承意者，然適值其時，若有所爲。文忠真公亦素不喜先生之文，蓋得于里人張彦清一作「青」。之説，以先生之文失之支離。文忠得先生習學記言觀之，謂：「此非記言，乃放言也。豈有激歟？」水心先生之文，精詣處有韓、柳所不及，可謂集本朝文之大成者矣。文忠四六，近世所未見，如史相服闋加官制詞云：「素冠欒欒，方畢三年之制；赤舄几几，爰新百揆之瞻。」又謂史相云：「陳平之智有餘，蕭相之功第一。」戒詞云：「天難諶斯，當毋忘惟幾惟康之戒；民亦勞止，其共圖既庶既富之功。」撫諭江西寇曲赦詔其中一、二聯云：「自有乾坤至于今日，未聞盜賊可以全軀。」又曰：「弄潢池之兵，諒非爾志；焚崑岡之玉，亦豈予心。」又行永陽郡王制詞云：「若時懿屬，可限彝章。其登公朝位棘之尊，仍疏王社苴茅之賞。」蓋文忠既入劉廟堂，謂二恩恐不可得而兼，故致微詞云。

文忠答趙履常

文忠真公嘗與趙公汝談一作「汝愚」。相晤，趙公啓文忠曰：「當思所以謀當路者，毋徒議之而已。」文忠答以「公爲宗臣，一作「國」。固當思所以謀。如某不過朝廷一議事一作「論」。之臣爾。」趙公自失。予以謂此亦文忠本心。嘉定初，文忠語余曰：「他年某極力只做得田君貺人物，若范文正公，則非所敢望矣。至中年而後，則又以文正自任。」先是，嘉定初與予論理學，則曰：「某與兄言，只是論得个皮膚，如劉静春却論到骨髓。侯某得山林静坐十年，然後却與公論骨髓。」其後，公閒居僅十年，而朝夕反覆議論者，獨有静春乃大不合。豈公之學力，已異于嘉定之初耶？

徐竹隱草皇子制

寧皇立皇子洵，時上春秋猶盛。竹隱徐似道行制，詞内二句云：「爰建神明之胄，以觀天地之心。」真學士也，其意味悠長矣。

昆命于元龜 按此事載齊東野語第十六卷，較此尤詳。

寧皇嘉定初拜右相制麻，史彌遠。翰林權直陳晦偶用「昆命于元龜」事。時倪文節公思帥福閫，即束裝奏疏，謂：「哀帝拜董賢爲大司馬，有『允執其中』之詞，當時父老流涕，謂漢帝將禪位大司馬。」寧宗得思疏甚駭，宣示右相。右相拜表，以爲：「臣一時恭聽王言，不暇指摘。乞下思疏以示晦。」晦翌日除御史，遂上章遍舉本朝自趙普而下，凡拜相麻詞用元龜事至六七，且謂：「臣嘗詞科放思，一作「臣嘗學詞科于思」。思非不記，此特出于一旦私憤，遂忘故典。以藩臣而議王制，不懲無以示後。」文節遂不復敢再辯，免所居官。陳與真文忠最厚，盖辨明故典，頗質于文忠云。

考亭

考亭先生賦武夷大隱屏詩云：「甕牖前頭大隱屏，晚來相對静儀形。浮雲一任閒舒卷，萬古青山只麼青。」五峰胡氏得其詩而誦之，謂南軒張敬夫曰：「佳則佳矣，惜其有體而無用。」遂自爲詩以遺考亭先生，曰：「幽人偏愛青山好，爲是青山青不老。山中出雲雨太虚，一洗塵埃青更好。」胡公銓以詩薦先生于孝宗，召除武學博士，先生不拜。盖先生之意，以爲胡公特知其詩而已。門人以「考亭」號先生，世少知其然者。亭爲陳氏所造，本以寘其父之櫬，葬畢，因以爲祀塋之所，故曰「考亭」〔二九〕。其後亭歸于先生，以「考亭」於己無所預，遂因陳姓易名曰「聚星」，參取漢史、世説陳元方事，事爲一段，段爲一圖，揭之於亭。而門人稱「考亭」之號已久，終不能遽易。故今稱先生皆以晦菴、晦翁，而考亭之稱亦並行云。先是，先生本字元晦，後自以爲元者乾，四德之首也，懼不足當，自易爲仲晦。然天下稱元晦已久，至今未有稱仲晦者。文忠真公字景元，攻媿從容叩公曰：「何以謂之景元？」公對以「慕元德秀，故曰景元。」攻媿曰：「誤矣。」取毛詩「高山仰止，景行行止」註文以示公，曰：「景，明也。詩人以明行對高山，則景不可以訓慕。」遂爲公易曰「希元」，然天下稱「景元」已久，至今亦未有稱爲「希元」者。文中子弟績字無功，子曰：「神人無功，非爾所及也。」終身名之。考亭先生不敢以「元」爲字，蓋本于此。

洪景盧

洪忠宣公以蘇武節爲秦檜所忌，孝宗憐之。其子邁以宏博中選，歷官清顯。孝宗有意大用，廉知其子弟不能遵父兄之教，恐居政府則非所以示天下，故特遲之。洪公每勸上早諭莊文，上爲首肯。間因左右物色洪公子政飲娼樓，上亟命快行宣諭洪公云：「也請學士原注：時洪爲知制誥。教子。」快行言訖，無他詔。洪驚愕，莫知其端，但對使唯唯奉詔。退而研其子所如往，方悟上旨，遂抗章謝罪求去。歸番陽，與兄丞相适酬唱觴詠于林壑甚適。偶得史氏瓊花，種之別墅，名曰「瓊野」，「野」疑「墅」。樓曰「瓊樓」，圃曰「瓊圃」。史氏欲祈公異姓恩澤，不從。史氏遂訐公以「瓊瑶者，天子之所居，非臣子所宜稱」。公不爲動，則伏闕進詞，詣臺訴事，因爲言者所列。文人稍欲吟詠題品，而小人卽毁之，至不復遷政府，亦命矣。

趙忠定掄才

忠定季子崇實，間因與予商確駢儷，以爲：「此最不可忽，先公居政地〔三〇〕，間以此觀人，至尺牘小簡亦然，盖不特駢儷。或謂先公曰：『或出于他人之手，則難于知人矣。』先公曰：『不然，彼能倩人做好文字，其人亦不碌碌矣。』此先公掄才報國之一端也。」崇實爲相家賢胄，遊京幕爲元僚，有隽聲，而誠實出于天性，真稱其名。惜乎天不假年云。

太學諸生寘綾紙

鄭昭先爲臺臣，倏當言事月，謂之月課。昭先純謹人也，不敢妄有指議，奏疏謂京輦下勿用青盖，惟大臣用以引車，旨從之。太學諸生以爲既不許用青盖，則用皂絹爲短簷纖〔三二〕，如都下買冰水一無「水」字。擔上所用，人已共嗤笑。邏者猶以爲首犯禁條，用繩繫持蓋僕，併蓋赴京兆。時程覃實尹京，遂杖持蓋僕。翌日，諸生群起伏光範，訴京兆，時相戒閽者或受謁。諸生至詣闕訴覃，覃亦白堂及臺自辨。諸生攻之愈急，至作爲覃傳云：「程覃，字會元，一字不識，湖、徽人也。」「湖、徽」者，覃本徽出，寓居于湖。俗諺以中無所有而敢于強聒，謂之「胡揮」。時相以爲「前京兆趙師羼既因櫝楚齋生罷去，亦諸生所訴也。既罷一京兆矣，其可再乎？且撻僕與撻生徒孰重孰輕？諸生得無太恣横！」堅持其議，不以諸生章白上。諸生計既屈，遂治任盡出太學，寘綾卷于崇化堂，皆望闕遥拜而去。雲散霧裂，學爲之空。觀者驚惻，以爲百年所未嘗有。會永陽郡王楊次山本右庠經武諸生，偶遺餽舊同舍，介者寂無所睹，復持以歸，白王以兩學俱空。王遣二子往廉其事，具得實，因慈明啓于上。上卽御批令學官宣諭諸生，亟就齋事，一無「事」字。免覃所居官，仍爲農卿。諸生奉詔唯唯。一作「唯謹」。先是，時相惡其動以掃學要朝廷，遂誦言：「諸郡庠生有職事者，或白首不敢望太學一飯，此極可念。若諸生納綾卷而去，當以諸郡庠職事補其缺。」生徒聞其説而止。史相雖以計定諸生，未必真出于此。以余觀諸郡庠，極有遺才，三年大比，當令州郡薦其絶出者于太學云。覃于宦業無顯過，盖善人也。皂盖一事合申廟堂，當來臺臣只乞禁青盖，今諸生用短簷皂繖，未知合與不合，更乞朝廷明降指揮，以憑遵守。若朝廷有旨亦不許用皂盖，而諸生猶故用之，則宜移文司成議諸生罪，則爲善于處置矣。時卽有輕薄子故爲一絶落韻詩云：「冠盖如雲自古傳，易青爲皂且從權。中原多少黄羅繖，何不多多出賞錢。」

心之精神是謂聖

慈湖楊公簡，參象山學猶未大悟，忽讀孔叢子，至「心之精神是謂聖」一句，豁然頓解。自此酬酢門人、敘述碑記、講説經義，未嘗舍心以立説。慈湖嘗爲館職，同列率多譏玩之，亦有見其誠實而不忍欺之者。

鄭節使酒過

臣寮論列鄭節使興裔使酒尚氣，政事鹵莽。光宗諭言者曰：「臺諫之職固在風聞，然亦須得其髣髴。興裔戚里，朕向在東宫屢與之同侍内宴，涓酒不能受，聞酒氣輒嘔，安在其爲使酒也！」言者慚懼而退，隨有旨予外。

史越王表

越王自草表，中自序云：「逡巡歲月，七十有三。」而未得所對。有客以今余大參父原注：不記名。能四六爲薦者，越王召見，試以表中語，俾爲屬對。余應聲曰：「此甚易，以『補報乾坤，萬分無一』爲對足矣。」越王大加賞識。今四六話中載越王表語而不及余，非越王不揜一作「没」。人善之意也。原注：或云與吕申公遺表同。

楊和王相字

楊王沂中閒居郊外，一作「微行」。遇相字者。相者以筆與札進，楊王拒之，但以所執拄杖大書地作一畫。相者作而再拜曰：「閣下何爲微行至此？宜自愛重。」楊愕而詰其所以，則又拜曰：「土上做一畫，乃王字也。公爲王者無疑。」楊笑，遽用先所進紙批緡錢五百萬，仍用嘗所押字，命相者翌日詣司帑者徵取。相者翌日持王批自言于司帑云：「王授吾券，徵錢五百萬。」司帑老于事王者，持券熟視久之，曰：「爾何人？乃敢作我王癟押來脱吾錢！吾當執汝詣有司。」相者初謂司帑者調弄之，至久色不變，相者始具言本末，且以爲：「真王所書，吾安敢僞？」司帑堅謂：「我主押字，我豈不認得？」相者至聲屈，冀動王聽。王居渠渠然，聲不達。王之司謁與司帑同列者，醵金五十緡與相者。相者持金大慟，痛罵司帑者而去，王間因簽押支用歷，既簽押，司帑者乘間白王曰：「恩王前日曾批押予相字者錢五百萬，有之乎？」王曰：「是，是。這人是神相，汝已支與他了？」司帑進曰：「某以非恩王押字拒之，衆人打合五十千與之去矣。」王驚曰：「汝何故？」司帑曰：「不可。他今日説是王者，來日又胡説增添，則王之謗厚矣。且恩王已開社矣，何所復用相？」王起而撫其背，曰：「爾説得是，爾説得是〔三二〕。」就以予相者錢五百萬旌之。

朱趙謚法原注：忠定遺集，其家欲以慶元丞相集爲目，以慶元不一相，故未定。

本朝士大一無「大」字。夫以忠節致死者，俱于謚法有「愍」字。趙忠定當謚「愍」，其家子弟自列于朝，謂「愍」之一字實不忍聞，遂易謚「定」字。考亭先生太常初謚「文正」按丁集「初謚文忠」，此云「文正」，或傳寫之誤。考功劉公彌正覆謚，謂先生當繼唐韓文公，又嘗著韓文考異一書，宜特謚曰「文」，且謂：「本朝前楊億，後王安石，雖謚曰『文』，文乎？文乎？豈是之謂乎？」旨從之。自後議諸賢謚，自周元公以下，俱用一字矣，如程正公、吕成公之類。

校勘記

〔一〕「甚清」，「甚」原空缺，據後村詩話卷五補。

〔二〕「來到晚」，「晚」，後村詩話卷五作「此」。

〔三〕「澄其沙泥」，「沙泥」，四庫全書本作「泥沙」。

〔四〕「言之似是而差也」，「言之似是」，四庫全書本作「言似也」。

〔五〕「頭領俱差」，「俱」，四庫全書本作「既」。

〔六〕「象山于□□有自信處否」，四庫全書本此句作「象山其有自信處否」。

〔七〕「時吴公琚兄弟亦預宴」，「時」，四庫全書本作「觀」。

〔八〕「曰張銜」，「銜」原作「衡」，據建炎以來朝野雜記甲集卷六學黨五十九人姓名及宋史卷三九二趙汝愚傳、卷四五五楊宏中傳、卷四七四韓侂冑傳改。

〔九〕「周始自分必死」，注文「後至不能嗣韓亦慘矣」，四庫全書本作爲正文，列於本句之後。

〔一〇〕「周由進士」，「進士」原作「博士」，據四庫全書本及鶴林集卷三四改。

〔一一〕「衛魁廷尉」，「尉」，四庫全書本作「對」。

〔一二〕「錢召文象祖以史故」，「錢召文」，宋宰輔編年録卷二〇及宋史卷二一三宰輔表作「錢觀文」，應是。

〔一三〕「自爲臨奠」，四庫全書本作「自臨爲奠」。

〔一四〕「永嘉人」，按水心文集卷一六寶謨閣待制中書舍人陳公墓誌銘及宋史卷四三四陳傅良傳，陳傅良實爲溫州瑞安人。溫州又叫永嘉郡，永嘉爲溫州的别名。

〔一五〕「策比諸儒無愧色」，此句四庫全書本作「莫怪才人多困頓」。

〔一六〕「沐爲名臣李公士穎子」，「士穎」，宋史卷三八六李彦穎傳、宋史資料萃編第三輯紹興十八年同年小録及宋宰輔編年録校補卷一〇八孝宗淳熙元年甲午均作「彦穎」，應是。

〔一七〕「歸以賜」，「賜」上四庫全書本有一「謝」字。

〔一八〕「近時林次英……偃蹇半世」，「林次英」，四庫全書本及至元嘉禾志卷一〇五宋登科題名、宋登科記考卷一〇二寧宗慶元五年條均作「淩次英」，應是。

〔一九〕「真宗以卮言日出……真宗不以爲罪」，據續資治通鑑長編卷三三及宋史卷三〇六孫何傳，兩處「真宗」均作「太宗」，應是。

〔二〇〕「且自純瑩」，「自」，四庫全書本作「是」。

〔二一〕「御制詩云」，「制」後四庫全書本有「所爲」兩字。
〔二二〕「薰風南來」，「南來」，四庫全書本作「來南」。
〔二三〕「反爲小子所辱」，「爲」後四庫全書本有一「是」字。
〔二四〕「輕財好俠」，「俠」原作「狹」，據四庫全書本改。
〔二五〕「建守傳公伯成」，「成」原作「誠」，據宋史卷四五五華嶽傳、卷四一五傳伯成傳及後村先生大全集卷一六七傳公行狀改。
〔二六〕「以为許特」，「許特」，四庫全書本作「許持」，據三朝北盟會編卷一八八及建炎以來系年要録卷一二四，疑是。
〔二七〕「及駕再幸」，四庫全書本作「及再駕幸」。
〔二八〕「嘉祐六年十月」，「六」，原空缺，據續資治通鑒長編卷一九五、咸淳臨安志卷七二補。
〔二九〕「故曰考亭」，「故」，四庫全書本作「題」。
〔三〇〕「先公居政地」，「地」四庫全書本作「府」。
〔三一〕「則用皂絹爲短簷繖」，「皂」原作「早」，據後文及四庫全書本改。
〔三二〕「爾説得是爾説得是」，四庫全書本作「爾説得是説得是説得是」。

四朝聞見録乙集

高宗駐蹕

高宗六龍未知所駐〔一〕，嘗幸楚、幸吴、幸越，俱不契聖慮。暨觀錢塘表裏江湖之勝，則歎曰：「吾舍此何適！」時呂公頤浩提師于外，以書御帝曰：「敵人專以聖躬爲言，今駐蹕錢塘，足以避其鋒，伐其謀。」近名公謂士大夫溺于湖山歌舞之娱，皆秦檜之罪。檜之罪在于誅名將，竄善類，從臾貶號，遣逐北人。若奠都之計，蓋決于帝，而贊成于頤浩也。或謂徽宗嘗寤錢王而誕高宗，蓋因定都從而附會云。

武林

武林本曰虎林，唐避帝諱，故曰武林，如以「元虎」爲「元武」之類。山自天目而來，爲靈隱後山，頓伏至儀王墓後，若虎昂首，額下石隱隱有斧鑿痕。故老相傳以爲太祖，又以爲徽宗，用望氣者之言，鑿去虎額。又謂高宗嘗占夢爲虎所驚，因鑿焉，未知孰是。今竹宮「竹宮」，一本誤作「行宮」，按甲集作「太一宮」。有小山曰武林，道士作亭其上，環以花竹，蓋因一小土阜爲之，非武林也。道士易如剛因攻媿樓公齋宿〔二〕，丐詩以詠其亭。詩中用事最爲精博，曰：「武林山出武林水，靈隱後山毋乃是。此山亦復用此名，細考其來真有以。」蓋靈隱之山，即武林之山，冷泉之水，即武林之水。謂「此山亦復用此名」，則竹宮培塿之土，非武林明矣。老筆殊使人畏也。末章乃謂錢氏鑿井，建緇黄廬以厭王氣，疑此山爲武林餘脉。是又收拾人情之論，當以前章爲正云。

武林

考亭先生得友人蔡元定，原注：字季通，號西山。而後大明天地之數，精詣鐘律之學，又緯之以陰陽風水之書。先生信用蔡説，上書建議，乞以武林山爲孝宗皇堂，且謂會稽之穴淺㯶而不利，願博訪草澤以決大議。其後言者謂先生陰援元定，元定亦因是得謫云。辨正在丁集黨議。

錢塘

龍川陳氏亮，字同甫，天下士也。嘗圜視錢塘，喟然而歎曰：「城可灌爾。」盖以城中地勢下于西湖也。亮奏書孝宗，謂：「吳蜀，天地之偏氣也；錢塘，又吳之一隅也。一隅之地，本不足以容萬乘，鎮壓且五十年，山川之氣發泄而無餘，故穀粟、桑麻、絲枲之利，歲耗于一歲；禽獸、魚鱉、草木之生，日微于一日，而上下不以爲異。」力請孝宗移都建鄴，且建行宮于武昌，以用荆襄，以制中原。上韙其議，使宰臣王淮召至都省問下手處。陳與考亭先生遊，王素不喜考亭，故併陳而嫉之。陳至都省，不肯盡言，度縱言亦未必盡復于上。翌日，上問以亮所欲言者，王對上曰：「秀才説話耳。」上方鄙遠俗儒，遂不復召見。時兩學猶用秦檜禁，不許上書言事。陳嘗遊太學，故特棄去，用鄉舉名伏麗正門下。按宋刻咸淳臨安志有「主人」二字。王又短之，以爲欺君。故遷都之議，爲世迂笑。至于今日，亮得以迂笑議己者于地下矣。

洛學

淳熙間，考亭以行部劾台守唐氏，上將寘唐于理。王與唐爲姻，乃以唐自辯疏與考亭章俱取旨，未知其孰是。王但微笑，上固問之，乃以「朱程學，唐蘇學」爲對，上笑而緩唐罪。時上方崇厲蘇氏，未遑表章程氏也，故王探上之意以爲解。考亭上書力辯，以謂至以臣得力于師友之學以中傷，不報。故終王之居相位，屢召不拜。考亭之子在，趨媚時好，遂階法從，視其父忤淮者異矣。予嘗與閩士同舟，相與歎息在之弗紹，且謂在盡根盡骨賣了武夷山。閩士謂予曰：「子之鄉蠹，只是賣了一座武夷山。我之鄉蠹，却賣了三座山。」三座山，盖指三山。鄉蠹，謂梁成大也。程源爲伊川嫡孫，無聊殊甚，嘗鬻米于臨安新門之草橋，後有教之以干當路者。著爲道學正統圖，自考亭之後勦入當路姓名，遂特授初品，因除二令。又以輪對改合入官，遷寺監丞。伊川、考亭掃地矣。諸學子孫惟呂氏未墜，成公猶子康年甲戌廷對，真文忠欲寘之狀頭。同列以其言中書之務未清，恐觸時政，文忠固爭不從，遂自甲寘乙。文忠嘗出其副示予，相與歎息。公輟俸，命書市刻之。

吳雲壑

四明高氏似孫，號疎寮，由校中秘書授徽倅。道出金陵，投留守吳公琚原注：吳雲壑，字居父。以詩，曰：「四朝渥遇鬢微絲，多少恩榮世少知。長樂花深春侍宴，重華香暖夕論詩。黃金篇滿無心愛，古錦囊歸有字奇。一笑難陪珠履客，看臨古帖對梅枝。」公之客曰儲用、項安世、周師稷、劉翰、王輝、王明清，晚得王大受，輟子姪官授之。凡遊從皆極一時之彦。公無他嗜好，居近城，與東樓平，光皇爲書扁以賜，不名其名而名其官。樓下設維摩榻。尤愛古梅，日臨鍾、王帖以爲課。非其所心交者〔三〕，跡不至此。高氏獨知其詳，故落句及之，亦精于所聞矣。公所居，予舊遊也，自廳事側梯東樓，樓下以半植鎮安旌節，半爲燕坐處。樓相直有亭，僅著賓主四人，因城疊石曰「南麓」。麓後高數級，登汲于甕，泄之以管，淙淙環佩聲入方池。池方四五尺，畫䷚於扁。自麓之後，登城爲嘯臺。下有堂依城南，榜曰「讀書臺」，有級可下。又自臺入洞門，依雉堞有平地可壇，圜植碧桃，有石可棋而一作「與」。坐。疑是「可坐而棋」。自西行，有徑亭曰「物表」，亦光皇賜扁，面直吳山。又曲折旁轉，入荼蘼洞，茅頂而圓，內揭以鏡，曰「定庵」，與僧智彬語達摩學則至。大抵地僅尋丈，而藤蔓聯絡，花竹映帶，鳥啼鶴唳，寂如山林。公野服麈斧，二字疑誤。大條蒲履，徜徉其間，望之者疑爲仙云。公爲憲聖猶子，以詞翰被遇孝宗。憲聖殿洛花盛開，必召諸子姪入侍。孝宗萬幾之暇，即命中使召公論詩作字而罷。故疎寮頷聯及之。原注：時琚已爲直學，趙欲待以真學士，吴亦不難之。○按此注當在後「亦豈無以處吴者」句下。憲聖既御簾政，趙公汝愚爲相，欲公出入通宫禁廟堂之意。公冀重體貌，求慈福宫使，又求提舉中秘書，趙公俱難之。趙旋一作「潛」。物色韓侂胄，憲聖表孫也。侂胄奉趙命惟謹，雖一秩不以請。趙公喜其奔走小忠，不知墮其計，反浸疎公。侂胄知上之信用王德謙也，陽與之爲義兄弟，相得懽甚。一日謂德謙曰：「哥哥有大勳勞，宜建節鉞。」王曰：「我閹官也，有此例乎？弟弟毋誤我。」侂胄曰：「已奏之上，行且宣麻矣。」王唯唯，以爲疑。何澹時爲中丞，侂胄密諭之曰：「德謙苦要節鉞，上重違之，已草制。中丞宜卷班以出〔四〕。」翌日廷播，何悉如所教，繼即合臺疏德謙罪，乞行竄殛。德謙猶持侂胄袖以泣，曰：「弟弟誤我。」侂胄徐謂曰：「哥哥放心，略出北關數里，便有詔追，只俟罷了何中丞耳。」德謙猶信其説，拜而囑之，竟死貶所。何遂遷政府，侂胄蓋嘗許之也。德謙既逐，自此内批皆侂胄自爲之矣。諫議大夫李沭誣趙不軌，韓實嗾之。李初未知所決，謀之倪公思。公曰：「莫若併趙、韓俱論之。」李爲韓姪婿，故特論趙。貶趙制詞，乃傅伯壽所草，韓亦先啗之以美官。詞曰：「屈氂與廣利妄議，武帝戮之于事聞之初；林甫輔明皇不忠，肅宗誅之于論定之後。一無二「于」字。是皆宗室之爲相，卒蹈譴呵而寘刑。」蓋竊東坡懼呂惠卿之故智也。趙聽制，手持象簡不知輕重云。制中又有「謀動干戈而未已」，與「外欲生事強隣而開邊境之釁〔五〕」，蓋秦檜欲脅君固寵金人，又藉之以堅和好，盟書所載，不許以無罪去首相，故誣以侮兵云。趙偕猶子崇龢赴貶，自辭家，在途垂歿，悔不用吳。蓋吳舊交者，石湖范公、三山凌公、止齋陳公，惜名畏義出于天性，必不出于侂胄所爲。趙公舍宮使提省之職，亦豈無以處吳者？前注宜在此句下。予聞吳氏之説猶未之悉，及會餘干趙氏于真西山粤岩書院，西山之子娶趙氏，趙氏之説皆與吳合，其家至今猶追悔前事。嗚呼，天將成忠定之名耶！予得疎寮真蹟，至今藏之。時吳公已爲開府，而疎寮詩卷首稱之曰「儀同」。予編官制無此，又恐其考古必有據，及遇其子歷，乃知其曾祖諱開。以祖諱而改官稱，可乎？懼此詩他時流落，或者以高氏爲信。按文義未足，似有脱文。

趙忠定

先是考亭先生嘗勸忠定，既已用韓，當厚禮陳謝之，意欲忠定處以節鉞，居之國門外。忠定猶豫未決而禍作。先生對門人曰：「韓，吾鄉乳母也，宜早陳謝之。」建俗用乳母乳其子，初不爲券，兒去乳，即以首飾羔幣厚遺之〔六〕，故謂之陳謝。韓後聞其説，笑建俗而心肯之，故禍公者差輕。嘉定初號爲更化，先生之子在，乃謂公嘗草數千言攻韓之惡，疏未上，門人蔡元定持蓍以入，卜得遁卦，力止先生勿上。同時楊公誠齋之子長孺謂其父因韓用兵憂憤殊甚，遺書數千言，至以稿上。楊公既致爲臣而歸，雖不言事可也。誠有所論，何爲中輟？非二父之志也。元定盖先生友，亦非門人云。

吳雲壑

憲聖既御簾政，則戒公曰：「垂簾非我志也，不比大哥在時。原注：謂孝宗。汝輩自此少出入，庶免干預内廷之謗。」其嚴待家人如此，謂之以「聖」宜哉。

又

孝宗篤眷公，情均兄弟。自論詩、作字、擊毬之外，未嘗訪以外事，咨以國政，問以人才，公亦未嘗對上及之也。君臣之間兩得之。

高宗御書石經

高宗御書六經，嘗以賜國子監及石本于諸州庠。上親御翰墨，稍倦，即命憲聖續書，至今皆莫能辯。

光皇御製

孝宗崇憲聖母弟之恩，故稱琚兄弟皆以位曰「哥」。至光宗體孝宗之意，故稱琚兄弟曰「舅」。琚尤聖眷，後苑安榴盛開，光皇以廣團扇自題聖作一句，曰：「細疊輕綃色倍醲，晚霞猶在綠陰中。」命琚足之，公再拜，援筆即書，曰：「春歸百卉今無幾，獨立清微殿閣風。」上稱歎者久之。憲聖于二王中獨導孝宗以光皇爲儲位，故公落句有獨立之詠，寄意深矣。團扇猶藏其家，又有石刻，火後俱不存云。

三王得

三王得，不知何許人，亦無姓名。帶杭音，額角中無「中」字。有刺字，意揀罷軍員也。頭蓬面垢，或數日不食，莫迹其止宿。包道成嘗與之共衾，謂其體壯熱如傷寒，道成汗而異衾。人卽之，或咄咄嘰罵，至以瓦礫詬群兒。予嘗呼之，但正目以視，邈無所言。光宗始開王社，位爲第三，孝宗儲副之位，未知孰授。一日，三王得于道中前邀王車，衛者拽之。王問爲誰，但連稱「三王得，三王得」，王悟其兆，縱使去。既卽大位，命入中禁賜命，不拜而出。道遇與之錢者，亦無所謝云。

清湖陳仙

今所請仙，蓋小陳也。光皇爲儲副日久，遣黄門召其父以入。上著白絹汗衫，繫小紅絛，見陳入，避之。徐遣召陳，黄門設香案，金屈卮酒，金楪貯生果三飣，炷香焚所問狀。仙遂降于箕，書光皇以某年某月日卽大位。黄門持以入，出則就以酒勞陳，且贈金帛遣出，戒以歸勿語。後果如所定。光皇又遣使召陳，陳以近日仙不降爲辭，恐蹈罔上之罪。不期年，光皇得疾，蓋陳已前知于仙矣。陳兄弟能致仙，有奇驗，類皆如此，特不靈于予。他事不繫于國，故不書。

烏髭藥

光皇春秋已富，又自東宫尹天府入侍重華，從容啓上曰：「有贈臣以烏髭藥者，臣未敢用。」上語光皇曰：「正欲示老成于天下，何以此爲？」蓋重華方奉德壽，重惜兩宫之費，故至德壽登假而後，卽授光皇以大位。其脱屣萬乘，蓋有待也。

光拙菴

孝宗晚慕達摩學，嘗召問住静慈僧光曰：「佛入山修道六年，所成何事？」光对曰：「臣將謂陛下忘却。」頗稱旨。光意盖以孝宗卽佛，又焉用問。禪門葛藤亦有可笑者。東坡嘗謂「其徒善設坑穽以陷人，當其欲設，卽先與他塞了」。此語最得其要。陸象山兄弟早亦與光老遊，故考亭先生謂象山滿肚皮是禪。陸將以刪定面對，爲王信所一誤作「聽」。格而去，使遇孝宗，必起見晚之歎。

萬年國清

孝宗喜占對。宋之瑞面對，上問以所居，之瑞對曰：「臣家于天台。」上又曰：「聞彼多名山勝刹，孰爲之冠？」之瑞對曰：「唯是萬年、國清。」上大加賞歎，之瑞遂階兩制云。三衢毛澤民以薦者面對徽宗，上問以所居江郎山高可幾許，澤民姑大言曰：「五千尺。」上質何以驗之也，毛對曰：「臣目斜視景。」上喜其捷。

皇甫真人

皇甫真人號爲有道術，善風鑑。高宗間因大雪中召入，以手提其所衣繒絮至數襲，謂皇甫曰：「先生何一作「亦」。怕冷耶？」皇甫從容對曰：「臣聞順天者昌。」時逆亮謀南寇，故皇甫以對，上大悦。後又自出山來見，上叩其所以來，則曰：「做媒來。臣爲陛下尋得個好孫息婦。」上問爲誰，則以慈懿皇后大將之子，生于營中，生之日有黑鳳儀于營前大黑石上。人謂鳳，實鸑鷟，石則元王。一作「皇」。慈懿小字鳳娘，盖本于此。后既爲太子妃，至訴太子左右于高、孝兩宫，高宗不懌，謂憲聖曰：「終是將種，吾爲皇甫所誤。」孝宗屢訓妃：「宜法大媽媽原注：即憲聖。螽斯之行。汝只管與太子爭，吾寧廢汝。」上欲懼之，未嘗真欲廢之也。因鷙憤，疑其説出于憲聖。會光宗即位，大惡近習，忽手批付内侍省，取其尤黠者首級。原注：或謂即陳源。其黨亟一作「即」。奔訴于重華，迨有敎曰〔七〕：「吾兒息怒。」光皇雖即奉旨，而詞色加怒，意欲他日盡誅此曹。由是宦者相懼，而謀所以間三宫者。光皇適感心疾，久缺定省，重華憂之，得草澤良藥爲一大丸，疾可立愈。欲宣賜，恐爲后所沮，俟光皇問安，即面授之。宦官因間慈懿云：「太上只等官家過宮，便賜藥。」后使覘北宮，果有藥，后遂持嘉王泣而訴之上，上由此堅不肯詣太上。先是，上之未疾也，嘗獨幸聚景，兩制俱扈從，惟吳琚待制以疾在告。上將進酒于荼蘼花下，言者飛章交至，謂太上每出幸外苑，必恭請光堯。上方怒言者，遂以重華亦有不曾恭請光堯之時以語從臣。適太上命黃門持玉卮暨宣勸以賜，會上怒未怠，以手顫誤觸卮于地。黃門歸奏，遂隱言者之事，但云：「官家纔見太上傳宣，卽大怒碎卮矣。」每太上遊幸，上必進勸，會太上奉憲聖幸東園閲市，而上偶不記，太上左右陰颺鷄數十，故使捉之不獲，乃相與大呼，曰：「今日捉鷄不著。」蓋臨安以倿人飲食爲「捉鷄」，故以此激太上怒。太上陽若不聞，而玉色微變。自上以疾不詣北宮，至孝宗大漸，終勿克執喪，與憲聖垂殁而莫有嘗藥，皆后爲宦官所誤云。

孝宗召周益公

孝宗聖性簡儉，雖古帝王未有也。周必大時直宿禁林，夜召周以入，謂必大曰：「多時不與卿説話。」賜必大坐。上耳語黃門，黃門出，則奉金缶貯酒，瀉入金屈卮，玉小楪貯棗，用金緑青窑器承以玳瑁托子，中浸羊絃線，一作「肱絲」。○「絃」一又作「肱」。清可鑒。酒僅一再行，上曰：「未及款曲。」必大歸語其家，歎上之簡儉。翌日遂拜政地云。

孝宗恢復

上每侍光堯，必力陳恢復大計以取旨。光堯至曰：「大哥，俟老者百歲後，爾却議之。」上自此不復敢言。光堯每以張浚誤大計爲辭，謂上「毋信其虚名，浚專把國家名器、錢物做人情。浚有一册子，纔遇士大夫來見，必問其爵里書之，若心許其他日薦用者。又鎔金盌飲兵將官，卽以予之。不知官職是誰底，金盌是誰底」。或者謂必有近習譖浚于太上云。

秦檜王繼先

臺臣有論列二人者，上曰：「檜，國之司命；繼先，朕之司命。」自此言者遂沮。

楊沂中穴西湖

言者疏奏沂中擅灌西湖水入私第，上徐曉言者曰：「朕南渡之初，敵人退而群盜起，朕重困赤子，遂用議者羈縻之策，刻印盡封群盜，大者郡王，小亦節鉞〔八〕。朕所自有者，惟淮、浙數郡，計猶豫未決。會諸將盡平群盜，朕已發願除地土之外，凡府庫金帛，俱寘不問。沂中故有餘力以給泉池，若以諸將平盜之功，雖盡以西湖賜之，曾不爲過。沂中此事，唯卿容之。」言者惶恐而退。

普安

上有所聞于張説，以質于秦檜。檜至，固要上以所言之人，上倉卒不敢以説語檜，度其無如普安郡王何，漫以語檜。檜銜之，未有間，會普安丁本生戚，遂嗾言者請上令普安解官持服。原注：或云説所言乃建康盜事。

楮券

孝宗方造券以便民用，金華陳天祐時爲侍從〔九〕，力抗疏以爲不及五十年，必大壞極敝而不可收拾。水心葉先生進策，亦謂不數年間將交執空券而無所售。時上意士論，猶未信其然，至于今日驗矣。先是，每券以八百售，至石首時，則價又踴，愚民至指乘輿以造券不多爲苦。又有太守自蜀來，對以「道間目擊，楮踴爲患」，上皆笑而不以爲罪云。

憲聖不妒忌之行

憲聖初不以色幸，自渡南以來，以至爲天下母，率多遇魚貫以進，即以疾辭。思陵念其勤勞之久，每欲正六宮之位，而屬以太后遠在沙漠，不敢舉行。上嘗語憲聖曰：「極知汝相同勞苦，反與後進者齒，朕甚有愧。俟姐姐歸，原注：謂太后。爾其選已。」憲聖再拜對曰：「大姐姐遠處北方，臣妾缺于定省。每遇天日清美，侍上宴集，纔一思之，肚裏淚下。臣妾誠夢不到此。」上爲泣下數行，愈以后爲賢。暨太后既旋鑾馭，以向嘗與憲聖均爲徽宗左右，徽宗遂以憲聖賜高宗，太后恐憲聖記其微時事，故無援立意。上侍太后，拜而有請曰：「德妃吴氏服勞滋久，外廷之議謂其宜主中饋，更合取自姐姐旨。」太后陽語上云「這事由在爾」，而陰實不欲。上遂批付外廷曰「朕奉太母一作「后」。之命」云云，「德妃吴氏」云云，「可立爲后」，后遂開擁祐三朝之功云。

光皇策士

周南，吴中人。遊太學，有時名，然頗任俠。與水心先生善，晚號爲善類。南嘗與鄭湜遊，湜有奏疏未報，南嘗見之。會廷對，策中微諷上以未報鄭之意。有司已第南爲第一，光皇讀其策，顧謂大臣曰：「湜之疏入纔六日爾，南何自知之？」遂就南卷首批云：「鄭湜無削稿愛君之忠，周南顯非山林恬退之士，可降爲第一甲十五人。」水心先生爲周述墓，則以周南廷對策論皇極人才數百言冠之誌首。蓋周自爲教官，至給札中秘書，皆未嘗見之行事，故水心特序所對策以表之。近時真文忠公撰徐玉堂鳳墓碣，亦詳述其給札時言山東事，蓋祖水心文法也。先是，吴中號爲何蓑衣者，頗能道人禍福，至聞于上。上屢遣使問之，皆有異，遂召之至京，一無「京」字。親洒宸翰，扁通神菴。州郡以上所賜，迎拜奔走。南居里中，見而嫉之，對策中謂：「雲漢昭回，至施之閭閻乞丐之小夫。」光皇惡其訐〔一〇〕，故因湜疏以發之。葛丞相邲時在位，南疑其贊上，邲之去，南有力焉。光皇以違豫闕定省禮，南亦以此諷諸公云。

又

龍川陳亮奏書阜陵，幾至大用，阨于卿相，流泊有年。光皇賜對，問以禮樂刑政之要，亮舉君道、師道以爲對。時諸賢以光皇久闕問安，更進迭諫，亮獨于末篇有「豈在一月四朝爲禮」之説，光皇以爲善處父子之間，故親擢爲第一。及發卷，首得亮，上大喜曰：「天下英才，爲朕所得。」命詞臣行亮制曰：「往贊侯藩，姑循近比。朕之待爾，豈止是哉！」蓋有意于大用也。亮謝阜陵表云：「昔者論天下大計之小臣，亦嘗勸聖人隱憂之良會，一時排擯，十五載之多奇；末路遭逢，四百人之自見。共幸奮身于今日，獨知回首于當年。」末聯云：「設科取士，雖舊貫之相仍；陳力復讎，亦大義之難廢。」〔一一〕阜陵稱獎。水心先生序龍川之文乃謂：「同父使不以進士第一人及第，則誠狼疾人矣。」龍川獄事，蓋爲父也，天意佑之，而諸公競全活之，水心先生不當以是冠篇首。龍川雖不爲進士第一人，其所上皋陵三書，詎可泯乎？或謂水心先生微時，蓋亦頓挫流滯，故因龍川之序而自道耳。水心，進士第二人也。驪塘危公稹嘗以龍川書氣振、對策氣索，蓋是要做狀元也。水心本爲第一人，皋陵覽其策，發有「聖君行弊政，庸君行善政」之説，上微笑曰：「即是聖君，行弊政耶？即是庸君，行善政耶？」有司遂以爲亞。

佑聖觀

古篆無「佑」，「佑」即「右」。賜佑聖扁，篆者爲「右」。羽流固爭，以爲觀中無人，何以自立？至訴之禮部，旨從之，非篆古也。識者謂既從「佑」字，即不當用篆。觀爲孝宗潛邸，先自有神三見于雲端〔一二〕，孝宗爲之拜跪。既即大位，賜邸爲觀，蓋龍潛初志也。真聖殿，潛邸正寢也，寢旁規小室，若今小學，有「富貴必從勤苦得，男兒須讀五車書」二句刻于石，蓋宸翰也。上自訓莊文讀書之地，故書此以勵之。

莊文致疾

士固號爲草茅，謂其能言天下事而無所忌，非懵不識禮義之謂也。陳丞相俊卿，阜陵相也，國忌引百官班詣原廟。是日，適值補試士子入貢院，陳相多智，班退即命從者由旁徑以歸。貢院路原廟所出也，莊文之歸，正與群試者會。試者橫截莊文車不得前，執金吾杖呵止之，群士遂即而折其杖，圍車發喊雷動。莊文驚愕，得疾薨，上甚痛之。歲當大比，有姓黄士人率其徒詣闕乞試，同文館不報。黄以其徒伏德壽宫門，祈哀太上，覬宣諭孝宗。德壽以閒人不管閒事卻其奏，黄遂與其徒向宫門大慟，且所服白紵袍也。孝宗震怒，敕有司杖黄背，黥隸海島。黄因竄入高麗國，主用爲相。後以使事至闕，見于孝宗。及其主倦政，遂授以國云。

寧皇二屏

寧皇用二小黄門〔一三〕，常背二小屏前導，隨其所至，即面之。屏書戒曰：「少飲酒，怕吐。少食生冷，怕痛。」析二事爲二屏，以白楮糊，緣以青楮。所幸後苑，有苦進上以酒及勸上以生冷者，指二屏以示之，故每飲不過三爵。宮中動卻呵衛，黄衣至不之避。自以補革舄、浣紬衣爲便。左右至以語激上，則應以「毋作聰明亂舊章」。蓋舊學于永嘉陳氏傅良，嘗導上以此，故終身不忘。大臣進擬，不過畫可，謂之「請批依」。龍顏隆準，相者謂真老龍形云。

陸放翁

陸游，字務觀，山陰人。名游，字當從觀，原注：平聲。○按此當注去聲。至今謂觀。原注：去聲。○按此當注平聲。又此處似有脱文。蓋母氏夢秦少游而生公，故以秦名爲字，而字其名。或曰公慕少游者也。其祖名佃，字農師。新學行，有詩説傳于世，大率祖半山，後以新法浸異。公紹興間已爲浙漕鎖廳第一，有司竟首秦熺，寘公于末。及南宮一人，又以秦檜所諷見黜，蓋疾其喜論恢復。紹興末，始賜第。學詩于茶山曾文清公，其後冰寒于水云。嘗從索巖張公遊，具知西北事。天資慷慨，喜任俠，常以踞鞍草檄自任，且好結中原豪傑以滅敵。自商賈、仙釋、詩人、劍客，無不遍交游。宦劍南，作爲歌詩，皆寄意恢復。書肆流傳，或得之以御孝宗。上乙其處而韙之，旋除删定官。原注：賜第時得簿。或疑其交遊非類，爲論者所斥。上憐其才，旋即復用。未内禪，一日上手批以出，陸游除禮部郎。上之除目，自公而止，其得上眷如此。公早求退，往來若耶、雲門，留賓款洽，以觴詠自娱。官已階中大夫，遂致其仕，誓不復出。韓侂胄固欲其出，落致仕，除次對，公勉爲之出。韓喜陸附己，至出所愛四夫人擘阮琴起舞，索公爲詞，有「飛上錦裀紅縐」之語。又命公勺青衣泉，旁有唐開成道士題名。韓求陸記，記極精古，且以坐客皆不能盡一瓢，惟游盡勺。且謂挂冠復出，不惟有愧于斯泉，且有愧于開成道士云。先是，慈福賜韓以南園，韓求記于公，公記云：「天下知公之功，而不知公之志；知上之倚公，而不知公之自處。公之自處與上之倚公，本自不侔〔一四〕。」蓋寓微詞也。又云：「游老謝事山陰澤中，公以手書來，曰『子爲我作南園記』，豈取其無諛言，無侈辭，足以導公之志歟！」公已賜丙第，人謂公探孝宗恢復之志，故作爲歌詩，以恢復自期。至公之終，猶留詩以示其家，云：「王師剋復中原日，家祭毋忘告乃翁。」則公之心〔一五〕，方暴白于易簀之時矣。又有鄭棫者，嘗第進士，自作南園記併礱石以獻，韓以陸記爲重，仆鄭石瘞之地。後韓敗，鄭竟免。莆陽陳讜，文人也，輸靈璧以壽韓，至刻金字于石，稱之曰「我王」。又有某人，以錫字分題，如錫福、錫爵一作「壽」。之類，爲詩以獻。韓敗，有爲陳瘞石于地者，會搜地窖，鏗然有聲，則陳石也，遂爲言者所彈。陳留題吳山三茅觀梅亭詩，有「竹密不知雲欲雨，山高盡見水朝宗」之句，繼是未有能和者。翰墨本於顔、蔡，世以不得其字爲憾，獨附韓一節爲可恨。官職自有定命，特諸人自信不過耳。

熊子復

熊克，字子復，建寧人。早歲嘗與謝明伯東上禮闈，道出衢之江郎廟，遂與謝憩于廟下客邸。神號知進士科級事，謝邀熊同宿廟宮謁夢。子復曰：「克倦矣。明伯自詣可也。」謝盥手濯足畢，服紫窄，持瓣香以入宿。翌朝就邸，熊迎謝，笑語之曰：「定夢見做狀元也。」謝正色謂熊曰：「却與子復得佳夢。」熊又笑謂之曰：「夢亦分惠耶？」謝曰：「不則劇。」熊試叩之，則謂初入一朱門，仰視金扁，則右文之殿。自東廡入，與主人揖，則子復也。子復揖而入，其位有扁在，楣書曰「校書郎」。扁懸風中摇摇然，壁堵飾猶濕。與熊笑語甚歡，酌謝酒至五爵。謝語熊曰：「此處儒流清選也，子復自此升矣。」熊與敘舊極款。茗畢，即送謝出右文，則猶目謝。熊信其説，亦頗自負。後熊與謝累上南宫不利，熊後收科歲，謝再試南廊，不入等。熊調銓闕，遣僕就邸，偶與中秘書對，熊恐已應夢，賦詩以自解。暨調餘姚尉，史越王嘗爲是官，適以舊學召入相，道出餘姚，熊携行卷詣王舟上謁，王讀其文而器之。會上賜曲宴，語王以兩制艱其選，王遂亟以熊薦，旋進所投行卷。上卽召克詣都省，旋給札中秘，序轉校書郎。時明伯甫授文學，部胥語以法須京朝官保識。謝熟思良久，語僕曰：「熊校書，吾故人也。」遂叩熊官舍。會熊直未下，往來廊廡間。熊嘗與謝通家，内子自廳事後窺見謝，亟令小史傳語謝新恩：「校書偶入局，孺人不得相見。校書曾説謝新恩來，可使人隨至秘書省，要説話。」謝至秘書所，與熊酬酢，與前夢無毫髮差。熊已不記江郎事，謝遂語熊，相與太息。因問扁壁，熊對以：「校書久不除官，以位貯炭。某叨冒恩除，甫懸扁飾壁。」謝赴省時，猶未識中秘書。越王識熊于百寮邸，至以應詔，熊竟至法從。謝憔悴以老，神之戲謝，亦劇矣。熊不與謝入俱謁夢，定力過人矣。山谷謂鬼神百般弄人，信哉！

越王陪位

祖宗盛時，故相或居輦下，時召入問事，間遇朝會則立舊班之下。國有大議亦得可否，郊禋則陪，無所嫌也。阜陵慶上皇八袠，參用故典，召故相陳福國、史越王陪位。陳力以疾辭，史聞命，絶江祠。「祠」字疑誤。既竣事，以史舊學，曲爲勉留。時相疑其迫己，風言者去之。陳聞史入，謂客曰：「史直翁只好莫去。」陳之多智，此其一也。史聞，于燕居太息語子弟曰：「吾與陳福公並相，朝廷施行稍合公論，則人皆相與曰：『此陳丞相所爲。』稍咈公論，則人又曰：『此史某所爲。』吾命招謗，昔爲布衣，術者云爾。」

高宗知命

高宗自能推步星命，或臣下不能始終仰副聖眷，則曰：「吾奴僕宫星陷故也。」

憲聖擁立

憲聖既贊高宗立普安，遂定大統之寄。高宗登遐，憲聖獨處北宫，春秋浸高，孝宗以不得日侍定省爲歉。及内禪光皇，實憲聖所命，孝宗遂得日奉長樂宫，一無「宫」字。極天下之養，盡人子之歡。宫去東園最近，旬浹間卽恭請憲聖臨幸。屬芙蓉臨池秀發，遂白憲聖，請登龍舟，撤去欄幕，臥看尤佳。憲聖欣然從之。先是高宗經始東園，蓋恐頻幸湖山，重爲國費，故園去東門百步而遥〔一六〕，落成之頃，俱憲聖駕幸。有一門徑通小東園，多柏。上與憲聖相視而泣，連稱「相似，相似」。時幸園中，「時」字上宜有「後」字。獨不至此。左右疑與故京宮苑有適似者，故重爲之感傷。

攻媿樓公

攻媿樓公天性豁達，與物無忤。初嘗與韓侂胄善，獨因草制，以天下公論不予韓，故寧罷去。韓心敬之，亦不以憾也。攻媿久廢，韓亦迫于公論，欲起而用之，風公之親戚，諭公之子弟，但求寒暄一紙書，即召矣。親戚具道韓意于公之子弟，從容以白，公欣然命具紙札。子弟又以白，公曰：「已具矣。」公引紙大書顔氏家訓子弟累父兄事，子弟自此不復敢言通韓書矣。

翁中丞

中丞名彦國，建之崇安人。二帝北狩，僞楚張邦昌僭帝號。邦昌欲迎康王，計猶豫未決。公自鄉郡受「受」字疑衍，或改作「爰」。提兵勤王，道中得邦昌書。其外書書示翁，其書中有「忍死權就大事」之詞。翁密視，遂答邦昌書，大稱邦昌以「太宰閤下」。其略曰：「愕視封題，不敢拆視，幸先爲道路所發。今相公謂有其迹而無其事不可也，謂有其事而無其志不可也。且謂迎延福宫之文，雖微示人以意，安知不爲新都之漸？力請貶去僭號，早迎康王。不然，勤兵十萬，見公于端闈，不得施東閣之恭矣。」邦昌懼外兵浸入，遂決迎康王策，府庫皆稱「臣邦昌謹封」。公爲李丞相綱姻亞，李之用公，本以才選。李既罷政，浮溪汪氏行制詞醜詆李公，目爲「群小之宗」，至行翁制，亦謂「汝本茶山駔儈之徒」。先是，翁已六世收科，非駔儈也。茶山，翁所居百里而遥。浮溪汪氏本爲秦檜所知，李公得政，不甚薦用汪，汪疑爲翁所譖〔一七〕，故極力詆之。建炎兵事倥偬，石林葉公夢得留守金陵，已創經總制額。翁適承其後，又奉密旨，大興行闕之費，故未免調度繁擾。水心先生進卷外稿議公推剥，盖未知此。其子進士翁謙之嘗詣朝，乞禁公史，當路未能從。不知秀巖李氏修四朝正史，筆削曾及翁否？翁葬所名祥雉窠。又百年而孫孟熚補上庠生，遊邊得官，死于定海之訟。次孟桂，登辛丑第。又次孟寅，嘗首臨安鄉書。

張于湖

高宗酷嗜翰墨。于湖張氏孝祥廷對之頃，宿酲猶未解，濡毫答聖問，立就萬言，未嘗加點。上訝一卷紙高軸大，試取閲之。讀其卷首，大加稱獎，而又字畫遒勁，卓然顔、魯，上疑其爲謫仙，親擢首選。臚唱賦詩，上尤雋永。按此句似有脱文。張正謝畢，遂謁秦檜。檜語之曰：「上不惟喜狀元策，又且喜狀元詩與字，可謂三絶。」又叩以詩何所本，字何所法，張正色以對：「本杜詩，法顔字。」檜笑曰：「天下好事，君家都占斷〔一八〕。」盖嫉之也。張廷對時，天下猶未盡許之。按此下似有脱文。務能參問前儒，汲揚後學，詞翰愈工。天性倜儻，輕財好施，勇于爲義，爲政平易，民咸思之。唯嗜酒好色，不修細行。高宗嘗問以「人言卿贓濫」，孝祥拱笏再拜以對曰：「臣誠不敢欺君。臣濫誠有之，贓之一字不敢奉詔。」上笑而寘之。人以爲誠非欺君者。真文忠公嘗語余曰：「于湖生平雖跌宕，至於大綱大節處，直是不放過。」張，烏江人，寓居蕪湖。捐己田百畝，匯而爲池，圜種芙蕖、楊柳，鷺鷗出没，煙雨變態，扁堂曰「歸去來」。蕪湖未有第進士者，陰陽者流謂必于湖水與縣治接，而後英才出。張方欲鑿而通之，則已殁矣。嘗舟過洞庭，月照龍堆，金沙盪射，公得意命酒，唱歌所自製詞，呼群吏而酧之，曰：「亦人子也。」其坦率皆類此。嘗慕東坡，每作爲詩文，必問門人曰：「比東坡何如？」門人以「過東坡」稱之。雖失太過，然亦天下奇男子也。惜其資稟太高，浸淫詩酒，旣與南軒、考亭先生爲輩行友，而不能與之相琢磨，以上續伊、洛之統。而今世好神怪者，以公爲紫府仙，惜夫！

真文忠居玉堂

慈明太后兄次山，除少保、永寧郡王。文忠與許公奕給事甚相好，共謂恩典太重，欲予其一則一作「而」。捐其一，許遂封還制書。文忠以官卑，且攝職玉堂，但具劄白之廟堂。時相不以文忠劄繳進，而許之奏已入。慈明震怒，遂斥許，而文忠獨留。或惜文忠不用富文忠居玉堂故事。

又

公當制，除吳環一作「瓌」。少師致仕，贈永安郡王。公以孟忠厚，乃隆祐親弟，又號勳舊，吳爲憲聖猶子，恐難用孟例，亦用劄申廟堂。時相嫌其由中旨以出，遂亟以劄繳入。從之，祇命草致仕制。末篇二句云：「今其往矣，寧不盡然。」先以制示攻媿樓公，公稱善，但以筆易「往」字爲「歸」，「盡」字爲「惓」。文忠親出示予云：「吳蓋致仕也，不應用『往』與『盡』字，前輩一字不苟如此。」攻媿嘗問文忠：「近看誰四六以益？」公對攻媿曰：「渠只會説大話，如『奄有萬方，君臨兆姓』爾。」蓋王言只當作「多方庶姓」，與臣下表語不同。

甲戌進士

袁蒙齋甫，甲戌進士第一人也。文忠實閲其卷于殿闈，出則以前三人副卷示予，而亂其次序，没其姓名。余讀其一，謂文忠曰：「此卷雖盡用老師宿儒遺論，必是一作者。」公未答。予又讀其一，以國論國事爲説。國事謂廟堂之用事者，國論謂議論于朝廷者，其意以國論爲空言，以國事爲實用，欲任國事者必參國論，持國論者必體國事。文忠問：「如何？」予對以「理無兩是，似不如前卷。然其説出于調停，恐是狀元也」。文忠起而撫予背曰：「説得著，説得著。」蓋先卷乃李公晦原注：方子。所對，而後卷卽蒙齋也。文忠欲寘李首選，而同列謂李之策不如袁策之合時宜。又欲寘呂永年甲科，亦不果。同年進士徐清叟亦幾中首選，亦以議中書之務未清，又用藝祖問趙普天下何物最大，普對以惟道理最大事，有司亦疑其稍涉時政，僅寘第四。徐既爲御史，彈袁文亦及其策，併與其父絜齋燮學于象山者爲異端，謂不宜寘經帷。

函韓首

韓侂冑欲遣使議和而難其人，欲用吳門王大受。大受謂敵人以首謀爲言，通軍前書，宜勿用平章銜，以丞相代之，原注：謂陳自強。敵問首謀，則答以今已避位，盖至計也。韓疑其建明漸廣，不能從。用薦者言，召蕭山縣丞方信孺假檢詳出使。信孺途間具知金欲先遣使于我，此其力已困，與敵反覆論辯，凡稱謂、歲幣、土地一如舊。敵多爲術以困方，然欲遂和，不敢殺也。方恐我急于賣和，别遣使命，過有所許，誑敵以「歸報所索可否，而後復來」。敵許而津之。韓懼方遲留，果議别遣使。方歸語韓，韓欲再遣。方謂韓曰：「信孺既爲朝廷萬里行矣，初不憚死。今具得敵要領，即再往，亦決不死。惟稍一作「少」。遲信孺行，敵必遣使來報且一作「具」。議。平章聽愚計。」韓疑其重于再往，遂用大受里人王柟以代方。柟詣金庭，惟貶號、割地不從其説。及再往，韓已誅，凡函韓首與易弟爲姪、增幣重寶，皆從之。故金遣諭成使來。先是，有旨百官詣朝堂集議韓首事，樞密章良能建議，以爲奸凶已斃之首，又何足惜。時王忠簡公介抗議，以韓首固不足惜，而國體爲可惜。章以語侵公，公奮起曰：「今日敵要韓首，固不足惜。明日敵要吾輩首，亦不足惜耶？」會文節倪公思亦謂：「一侂胄臭頭顱，何必諸公爭？」王議遂不勝。章竟呼省吏伸黄紙〔一九〕，揭于象魏曰：「今據禮部侍郎倪思議到，奸凶已斃之首，又何足惜。」遂竟函韓首送金。諜者謂金既受韓首，謚之曰「忠繆侯」。方之在敵中也，金元帥責我失信，擅起兵端。方折之曰：「爾失信，故我失信。」敵曰：「我何爲失信？」方徐謂曰：「我之用兵在某月日，爾之誘逆曦在某月日。以日月先後計之，是爾先誘我叛臣也。」敵服其探伺精的類若此，故語塞。金元帥頗能詩，索方聯句。敵以失蜀調方云：「儀、秦雖舌辨，隴、蜀已唇亡。」方卽應之曰：「天已分南北，時難比晉、唐。」金元帥又謂方曰：「前詩非劇，爾國有州軍幾？今一擲已失五十四州，吾爲爾國危矣。」方聲色弗撓，對以「銜命在此，固未知失蜀本末。大元帥間諜素明，猶未知我之所以立國乎？象犀珠玉之富，俱出于二廣。江東、西則茶桑之陸海也，淮東、西則銅鹺之藪澤也，浙西十四郡爾，蘇、湖熟，天下足，元帥之所知也。而况生齒日繁，增墾者衆，葦蕭歲闢，圩圍浸廣，雖不熟亦足以支數年矣。浙東魚鹽之富，海藏山積，食之雖衆，生之無窮。閩自爲東南一大都會，其支郡有六，又且兼一有「浙」字。江、淮之所入。故吾國之餘波常及于大國者，以其力之有餘也。彼蜀之爲蜀，號爲州五十四，其財賦擅吾國者百不十一，然而僅足以爲五十四州軍民之用。一有菜色，或轉餽焉。白石、饒風之捷，必不爲他人有者，凡以爲民而已」。金元帥嘉其辯而憐之，故有儀、秦之許方。敵要吾以貶號、割地，方則「則」一作「是以」。有晉、唐之對。方之未見知于朝也。廬陵布衣劉過亦任俠能辯，時留崑山妻舍。韓頗聞其名，諭錢參政象祖風崑山令以禮羈縻劉，勿使去。令輕於奉行，遂親持圓狀見劉，目之以奉使，別設供帳精舍以俟之。劉素號揮喝，喜不勝情，竭奩資以結譽。後朝廷旣用方、王，令小官也，不復敢叩錢。劉賓客盡落，竟鬱鬱以終云。

胡桃文鵓鴿色炭

予方修宣和沈腦燭事，適讀王竹西侍郎奏劄，又知當時御爐炭樣，方廣皆有尺寸，炭紋必如胡桃文，鵓鴿色。王公諱剛中，號竹西，字居正。嘗守婺，一有「女」字。適當漕司封降色樣，奏之上，曰：「臣向者備官行朝，目睹陛下宮室卑陋，乘輿服御之物一切苟簡，雖異時達官大姓之家，有過于今日者。陛下悼國步之艱，猶有謙抑不皇之色。此必有司之過舉，諒非陛下之本心。臣輒將所降炭樣封送有司收掌，更不行下屬縣科買，而聞之旁郡。」蓋不勝其擾矣。

王竹西駁論黄潛善汪伯彦

陳東、歐陽澈原注：先贈朝奉郎、秘閣修撰。當建炎初政論事，指摘上躬，貶議大臣，蓋宣政以來所未有也。大臣惡其訐己，陰用上手批，寘二子于法。予嘗得東將臨刑家書手蹟，時猶在神霄宮，墨行整整，區處家事皆有條理。自知頃卽受戮，略無慘戚戰慄之意，一作「狀」。蓋東漢人物也。上大悔悟，贈東諫議、澈延閣，賜田以旌其後，且下詔自責。時大臣蓋黄潛善、汪伯彦，潛善已先死，伯彦猶在。竹西王公代言西掖，會上追贈東、澈，遂因極論二人「不學無術，恥過遂非，使人主蒙拒諫之謗，朝廷汙殺士之名，此而不誅，何以爲政？若潛善魂魄有知，猶思延頸就戮；而伯彦軀幹固在，不識何施面目」。伯彦遂落職，潛善永不追復。王遂草贈東、澈詞及伯彦落職制，其略曰：「古之人願爲良臣，不願爲忠臣」原注：用出處。云云，「惟爾東爾澈，其殆有意於爲忠臣乎？雖然爾不失爲忠臣，而天下後世，顧謂朕何如主也？八年于兹，一食三歎，通階美職，豈足爲恩？以塞予哀，以彰予過。使天下後世，考古之飾非拒諫之主，殆不如是。」伯彦制曰：「朕痛念建炎之初政，實虧從諫之令名。俯仰八年，寤寐永歎。比下責躬之詔，敢爲歸咎之文。而論者謂汝專宥密之司，實任仰成之寄。汝言汝聽，汝弼汝從。宜思廣朕之聰明，何卹庶人之議政。使人主蒙拒諫之謗，而朝廷污殺士之名，仰覿君親，何施面目？朕覽人言而惕若，撫往事以何追？罪固在于朕躬，誼難寬于爾責。」盖東、澈書顓攻黄、汪，爲黄、汪者正當上震怒未解，宜叩頭請免二子。上倘不從，以去爲期，則二子必不至東市矣。當時諫臣，亦有不容不與汪、黄分其責者。王公本以三舍法爲大比第二人，公應舉時已罷詞賦，故士不服習駢儷。崇、觀雖設詞學，所以救罷詞科之失，而公已不復業此，故力辭玉堂表云：「臣幼值朝廷以王氏父子議學取士，汩没心術，耗敝精神。晚而知悔，始從師友，妄意窮經。其于雕鎸緝綴之文，未嘗經意。惟自昔國朝外制，初無定體，故臣得值。「值」疑「直」。以陛下意志廣著之訓詞〔二〇〕，求之近俗，固已非是。若夫内制之謹嚴，不容率意而有作。」帖黄又申述司馬公辭制誥事，竊慕其不欺君之誼。上嘉歎，詔從之。嘉定中，未嘗詔罷科目，凡以宏博應選者，有司承意，不敢以名聞。嘗用余嶸爲中書舍人，余素不習此，余表姪應子和鏞嘗試曾學有司，亦僅與申省文，得典誥體，時爲安吉宰。安吉去行都三日可達，余之草制，皆取之安吉。省吏趣請詞頭，余之左右必曉之曰：「安吉人未回。」余不習此，宜如王公力辭可也。然能取之安吉，亦善矣。陳正甫諱貴誼，以詞學中等。嘗考潘子高詞卷，六篇俱精博，惟集賢院記偶不用李林甫註六典書目事，陳以此爲疑而黜之，然心服其文。當其寓直玉堂，凡常行詞，皆屬潘擬稿。潘性至密，惟予知之。陳索潘文，晷刻不差，且遣皂衣立門以俟。陳每餽潘酒富甚，嘗與予共酌于糧料院之雲根云。

吕成公編文鑑

東萊吕成公祖謙，集皇朝文鑑既成，孝宗錫名文鑑，除公直秘閣，暨賜御府金帛。成公謝表云：「既叨中秘清切之除，復拜御府便蕃之賜。」陳騤時爲中書舍人，執奏以爲此特編類之勞，恐賞太厚，上不悦陳。成公遂力辭帖職，上不從。文鑑之成，考亭先生見之，謂公去取未善。如得潘某人詩數篇已寘選中，後有語公以潘佳處甚多，恐不止如所選，公遂併去之。

洪景盧編唐絶句

孝宗從容清燕，洪公邁侍。上語以「宮中無事，則編唐人絶句以自娱，今已得六百餘首」。公對曰：「以臣記憶，恐不止此。」上問以有幾，公以五千首對。上大驚曰：「若是多耶？煩卿爲朕編集。」洪歸，搜閲凡踰年，僅得十之一二。至于稗官小説、神仙怪鬼、一作「詭」。婦人女子之詩，皆括而湊之，迺以進御。上固知不逭所對數，然頗嘉其敏贍，亦轉秩賜金帛。

秦小相黄葛衫

秦檜權傾天下，然頗謹小嫌，故思陵眷之。雖檜死，猶不釋。小相熺嘗衣黄葛衫侍檜側，檜目之曰：「換了來。」熺未諭，復易黄葛，檜瞪目視之曰：「可換白葛。」熺因請以爲「葛黄乃貴賤所通用〔三〕」。檜曰：「我與爾却不可用。」盖以色之逼上。

秦夫人淮青魚

憲聖召檜夫人入禁中賜宴，進淮青魚。憲聖顧問夫人：「曾食此否？」夫人對以「食此已久。又魚視此更大且多，容臣妾翌日供進」。夫人歸，亟以語檜，檜恚之，曰：「夫人不曉事。」翌日，遂易糟鯶魚大者數十枚以進。憲聖笑曰：「我便道是無許多青魚，夫人誤耳。」

高宗好緣桐

高宗自康邸已屬意緣桐，時有僧曰輝、曰仙，嘗召入，以是被知。上既南巡吳會，二僧亦自京師來欲見，上未有問。會上幸天竺，二僧遂隨其徒迎駕起居。上感昔，至揮涕記之。還宫，卽命黄門召入，黄門對以須令習儀，上曰：「朕舊所識，縱疎野何害？僧徒固宜疎野。」黄門復奏，以爲入夕非宣召僧徒之時。上曰：「此却是〔三三〕。」翌朝，召二僧入，道京師事與渡南崎嶇，上甚悲且喜，由是宣召無時。二僧冀規靈隱蔬地劚菴以老，其徒不能從。上至遣使諭靈隱僧，僧猶豫未奉命。上降黄幟，任二僧所欲爲界。靈隱僧懼而縱二僧自營，今額爲天申圓覺寺。上既倦勤，退處北宫，間乘小藤團龍肩輿憩其廬。重華脱屣萬乘，亦修思陵故事，有御製二詩，其徒摹雲章于壁石云。

黄振以琴被遇

琴師黄震，後易名振，以琴召入。思陵悦其音，命待詔御前，日給以黄金一兩。後黄教子，乃以他藝人。詔：「以爾子不足進于琴耶？」黄喟然歎曰：「幾年幾世，又遇這一個官家！」黄死，遂絶絃云。

倪文節請以諫議大夫入閣〔一三〕

嘉定初，倪公思以禮部侍郎上疏，乞以諫議大夫隨宰相班奏事，上手答甚寵，且許之。時相疑其爲僞，歸咎奏邸報吏妄撰聖旨，杖背而黥之。時山東歸附者衆，荆、襄帥臣列強弩射之使還。慈湖楊公簡手疏其事以白上，謂此非仁術，且失中原心，以少緡錢賂銀臺通進司吏繳進，上至以楊公疏宣諭。時相以「容臣契勘」復於上，遂止劄下。契勘銀臺不應受餘官奏，惟從官可也，仍用治邸吏法治臺吏。盖舊典獨許從官繳奏自銀臺入，時銀臺盖已不復用典，雖從官亦納劄廟堂。真文忠已居玉堂，終以官非正從，當制有所可否，亦止入劄乞敷奏。楊公急于發上之聰明，故不暇用典也。

去左右二字

韓南澗元吉雖襲門蔭，而學問遠過于進士。孝宗謂：「兩制之選，能者爲之，顧何擇于進士、任子？」嘗除韓權中書舍人，族以稱職爲真，自以門蔭力辭。然恥于右之一字，微諷臺臣請進士去左，任子去右。上從之，至今著令云。時有士人朱游，頗任俠多記，間因謁入語韓云：「中書誤了，以任子位中書，顧不榮于進士乎？削左右字，則混然無别矣。」韓愕而悔其事云。

宣政宮燭

予既修王竹西封還宮中降炭様如胡桃文、鵓鴿色，盖宣、政事，建炎、紹興猶襲用未改，故竹西力陳請罷去。其宣、政盛時〔二四〕，宮中以河陽花蠟燭無香爲恨，遂用龍涎、沈腦屑灌蠟燭，列兩行數百枝〔二五〕，焰明而香滃，鈞天之所無也。建炎、紹興久不能一無「能」字。進此，惟太后旋鑾沙漠，復值稱壽，上極天下之養，故用宣、政故事，然僅列十數炬。太后陽若不聞。上至，奉巵白太后以「燭頗愜聖意否」。太后謂上曰：「你爹爹每夜常設數百枝，諸人閤分亦然。」上因太后起更衣，微謂憲聖曰：「如何比得爹爹富貴？」

柔福帝姬

柔福帝姬先自金間道奔歸，自言于上，上泣而具記其事，遂命高士㒟尚主〔二六〕。一時寵渥，莫之前比。盖徽宗僅有一女存，上待之，故不忍薄也。及韋太后歸自北方，持高宗袂泣未已，遽曰：「哥被番人笑説，錯買了顔子帝姬。柔福死已久，生與吾共臥起，吾視其斂，且寘骨。」上以太母之命，寘姬于理，獄具，誅之東市。或謂太后與柔福俱處北方，恐其訐己之故，文之以僞，上奉母命，則固不得與之辯也。然柔福自聞太后將還鑾馭，卽以病告。嘗以尼師自隨，或謂此尼曾事真帝姬，故備知疇昔帝姬俱上在宫中事。僞帝姬引見之頃，呼上小字，尼師之教也。京師顔家巷髹器物不堅實，故至今謂之「顔子生活」。

技術不遇

思陵時，百工技藝咸精其能，故挾技術者率多遇，而亦有命焉。吳郡王益嘗以相士薦於上，上以王故召見。見上則曰：「陛下堯眉舜目，禹背湯肩。」上卽駕興曰：「到處鑾將來。」王又爲李世英進墨，每一圭墨重十兩。上曰：「恁麼大，將如何把？」王偶致棋客，關西人，精悍短小。王試命與國手敵，俱出其右。王因侍上奕言之，翌日宣喚。國手夜以大白浮之，出處子，極妍靚。曰：「此吾女也，我今用妻爾。但來日於御前饒我第一局，我第二局却又饒爾。我與爾永爲翁壻，都在御前。不信吾説，吾豈以女輕許人？」

國手實未嘗有女，女盖教坊妓也。關西樸而性直，翌日上詔與國手奕，上與王視第一局，關西陽遜國手。上拂衣起，命王且酌酒，曰：「終是外道人，如何敵得國手？」關西纔出，知爲所賣，鬱悶不食而死。

劉錡邊報

高宗得劉錡奏，逆亮將戒日渡江，上以爲憂。劉貴妃適侍，進曰：「劉錡妄傳邊事，教官家煩惱。」上正色責妃曰：「爾婦人女子，如何曉得？必有教爾欺我者。」斥妃出，不復召，今葬西湖之曲。憲聖嘗從上航海，倏敵騎數十輩掩至，欲拏御舟。后徐發一矢，其一應弦而倒，餘悉引去。高宗重于視師之役，后苦諫，必往，至跪奏曰：「若臣妾裹尺五皂紗，必須一往。」妃不逮聖后矣。

陸石室

陸凝之，字永仲，號石室，餘杭人。丰神雋拔，論議倜儻，尤好爲詩。少年以計偕入汴郡，法從見之，疑其爲仙。邀陸雜坐，命相者某道人視之。道人于群官中指陸曰：「這官人只是秀才。」諸公因叩以科第，則曰：「且還山修讀。」陸大不得意。道人臨別，揖贈以粒丹，曰：「緩急幸用之。」陸亦異其人，寘丹襦帶中。果報罷，垂翅南歸，舟循汴，風急浪怒，舟不能勝，亟抽帶中丹投舟外，風浪始帖息。陸舉手謝天，幸不葬魚腹。汴上有呼其姓名者，則道人也。丹粒炯然已在道人掌中〔二七〕，曰：「吾丹欲濟子之身，非濟舟用也。」陸方從道人再覓丹，汴流急，不得語，陸惘然而已。歸用其説，隱于大滌洞天之石室，人因以「石室」稱之。居踰歲，又有一道人訪陸，形貌不類疇昔，以紳纏雙髽垂背，紳上繪八卦，手持惜氣，揖陸曰：「貧道今夜宿山中，分秀才半榻可否？」陸難之。道人又曰：「可借一凳，宿于石門之外竹林中否？」陸欣然予凳。既得凳，卽視雲漢仰臥，唱歌韻，以惜氣間做步虛聲，音節宛轉，響應山谷，林鶴爲之旋舞，陸寢自若也。迨曉，道人持凳謝陸，長揖而別。陸回首，道人登室前天柱峰如飛，頃已在霄漢，陸撫膺懲悔未已。頃又有紗巾白紵袍道人問：「大滌道人宿此，今安在？」陸語以早已去。道人曰：「君不識鍾離公也？」或謂後至者卽洞仙，陸猶不悟。光堯退處北宮，思大滌雙逕之勝，先幸大滌，道流清宮以竢，時憲聖亦侍。羽流結亭起居光堯于駕，上詔以「今是閒人，不須這禮數」。道流進天目水、洞霄茶，光堯俱憲聖意甚適〔二八〕，宣賜其徒金帛有差。

進主觀者，問以「山中頗有能詩客否」？觀師素憐陸，乃一作「亟」。以陸對，進陸行卷。太上讀數首，太息曰：「布衣入翰林可也，歸當語大哥。」原注：孝宗。憲聖從旁贊曰：「太上只好休。既是山林隱士，必不要人知，他要官職做甚？看引得大哥定要他出山，却是苦他。」太上深以爲然，遂不以語孝宗。凡陸所四遇道人，或以爲神仙，固不可測。而一日之頃，不遇三宮，亦命矣夫。陸竟終于石室云。

開禧兵端

韓侂胄亟欲興師北伐，先因生辰使張嗣古原注：時爲左史。假尚書入敵中，因伺虛實。張卽韓之甥也，使事告旋，引見未畢，韓已使人候之。引見畢，不容張歸，卽邀至第，亟問張以敵事。張曰：「以某計之，敵未可伐，幸太師勿輕信人言。」韓默然，風國信所奏嗣古詣金廷幾乎墜笏，免所居官。韓敗，張未嘗以語人也。韓後又遣李壁因使事往伺。壁歸，力以「敵中赤地千里，斗米萬錢，與韃爲讎，且有內變」。韓大喜，壁遂以是居政府。予嘗觀巽巖李公燾題名金山云：「眉山李燾攜子垕、壁、塾、埴來。」可謂名父子矣，惜其仲子未熟顏氏家訓爾〔二九〕。

校勘記

〔一〕「高宗六龍未知所駐」，「六龍」，四庫全書本作「六飛」。
〔二〕「易如剛因攻媿樓公齋宿」，四庫全書本「因」上有一「間」字。
〔三〕「非其所心交者」，「者」，四庫全書本作「足」。
〔四〕「中丞宜卷班以出」，四庫全書本「中」前有一「宣」字。
〔五〕「外欲生事強隣而開邊境之釁」，「強隣」，四庫全書本作「外裔」。
〔六〕「首飾羔幣厚遺之」，「羔幣」，四庫全書本作「金幣」。
〔七〕「迨有教曰」，「迨」，四庫全書本作「急」。
〔八〕「小亦節鉞」，「節鉞」，四庫全書本作「節制」。
〔九〕「金華陳天祐時爲侍從」，「陳天祐」，據建炎以來朝野雜記甲集卷一六東南會子及宋史卷三八陳良祐傳，疑應作「陳良祐」。
〔一〇〕「光皇惡其訐」，「訐」，四庫全書本作「奸」。
〔一一〕「亦大義之難廢」，「廢」，四庫全書本作「昧」。
〔一二〕「先自有神三見于雲端」，「自」，四庫全書本作「是」。
〔一三〕「寧皇用二小黄門」，「用」，四庫全書本作「命」。
〔一四〕「本自不侔」，四庫全書本作「本不相侔」。

〔一五〕「則公之心」，「心」，四庫全書本作「志」。
〔一六〕「故園去東門百步而遥」，「東門」，四庫全書本作「宫門」。
〔一七〕「汪疑爲翁所譖」，四庫全書本作「汪疑翁爲李所薦」。
〔一八〕「君家都占斷」，「斷」，四庫全書本作「盡」。
〔一九〕「章竟呼省吏伸黄紙」，「竟」，四庫全書本作「徑」。
〔二〇〕「以陛下意志廣著之訓詞」，「意」上四庫全書本有一「得」字。
〔二一〕「熺因請以爲葛黄乃貴賤所通用」，「因」，四庫全書本作「固」。
〔二二〕「此却是」，「却」，四庫全書本作「卽」。
〔二三〕「倪文節」，「節」，四庫全書本作「昌」。
〔二四〕「其宣政盛時」，「其宣政」，四庫全書本作「宣政其」。
〔二五〕「遂用龍涎沈腦屑灌蠟燭列兩行數百枝」，「用」，四庫全書本作「加」；「列」上四庫全書本有一「陳」字。
〔二六〕「遂命高士褭尚主」，「高士褭」，據建炎以來系年要録卷一四六、建炎以来朝野雜記甲集卷一僞親王公主、鶴林玉露乙編卷五柔福帝姬及宋史卷二四八公主傳作「高世榮」，應是。
〔二七〕「丹粒炯然已在道人掌中」，「炯」，四庫全書本作「宛」。

〔二八〕「光堯俱憲聖意甚適」，「俱」，四庫全書本作「與」。

〔二九〕「惜其仲子未熟顏氏家訓爾」，「仲子」，據周益國文忠公集平園續稿卷二六李文簡公神道碑、全蜀藝文志卷三〇作「六子」，應是，爲原文有誤。

四朝聞見録丙集

褒贈伊川

紹興元年九月二日，敕通直郎程頤：「朕惟周衰，聖人之道不得其傳，世之學者違道以趨利，舍己以爲人。其欲聞仁義道德之説，孰從而聽之，亦孰從而求之？間有老師大儒不事章句，不習訓傳，能自得於正心誠意之妙，則曲學阿世者又從而排陷之，卒使流離顛躓，無所爲而死，其禍賊於斯文者亦甚矣。爾潛心大業，無待而興者也。方退居洛師，則子弟從之者孝弟忠信。及進侍講帷，則拂心逆指，務引其君於當道。由其外以察其内，以其所已爲逆其所未爲，則高明自得之學，可信而無疑。而浮僞之徒，自知學問文采不足以表見於世，乃竊借其名以爲身售〔一〕。外示恬默，中實躁競；外示質魯，中實奸滑。遂使士聞見而疾之，是重不幸焉爾。朕錫以贊書，寵以延閣，以震耀褒表之者，深明上之所予，在此而不在彼也。尚其靈明，知享此哉！可特贈直龍圖閣。」先是，工部侍郎韓肖胄嘗密啓上追褒元祐諸臣，乃有是詔。中興本末作八月，家傳贈告作九月，贈典當是八月，至九月誥下爾。是月癸未，秦檜相矣。紹翁竊考當時程俱、林遹爲中書舍人，當草制詞，然其詞皆度越常法。嘉定十七年四月聖旨：「伊川程頤紹明道學，爲世儒宗。雖屢褒崇而世禄弗及，未足以稱崇奬儒先之意。令尚書省訪求其後，特與録用。」當路知其孫源居池州，故有是命。尚書省旋據池州所申「故侍講程頤直下兩位子孫具到。宗枝圖内程觀之長，年七十四。其次源，年三十九。程源係伊川頤嫡長孫，合議指揮」。四月五日奉旨：「觀之特與補不理選限登仕郎，仍差充池州州學學賓，令本州於上供錢内月支錢二十貫、米二石，俾奉祭祀。源令赴部銓量。」得旨，源補迪功郎，自是銓中，除二令監丞矣。初，源實往來於都云。元祐初，起伊川誥詞云：「敕鄉貢進士程頤：孔子曰：『舉逸民，天下之民歸心焉。』吾思起草茅巖穴，以粉澤太平，而大臣以爾好學篤行薦於朝，願得試用。故加以爵命，起爾爲洛人矜式，此故事也。盛名之下，尚謹處哉！」嘉定庚辰，徐公僑爲江東倉，跋前後二制詞曰：「右伊川先生舉逸民追贈之誥詞也。昔先生居洛，以道自任。元祐初始應詔，未幾以間去。中興首明黨議，而先生下世矣。先生之孫源，將以二詞劖諸石。先生之道雖不行於時，此抑以見我朝崇儒重道之意。二月朔，東陽徐某謹書。」紹翁竊疑元祐諸人薦伊川先生者甚力，至謂其有「經天緯地之才，尊主庇民之術」，至是以通直郎判西京國子監，原注：按官制，其實教授。制詞何其寂寥簡短若是？蓋中書舍人黄震一作王震。所草，黄非知伊川者。紹翁又詳慶元丞相趙公汝愚去國，侂胄始專政，欲以黨去天下之正人，必詆以「僞學」，雖劉德秀從臾爲是説，然「僞」之一字，已見於紹興制詞矣。先是，孔文仲、劉摯、顧臨亦嘗以「僞」詆先生云。

虎符

虎符半在禁中，半在殿巖。開禧間，慈明陰贊寧皇誅韓侂胄，出御批三：其一以授錢象祖、衛涇、史彌遠，其一以授張鎡，又其一以授李孝純。二批俱未發，獨象祖亟授殿巖夏震。震初聞欲誅韓，有難色，及視御批，則曰：「君命也，震當效死。」翌日，震遂遣其帳下鄭發、王斌，邀韓車於六部橋，徑出玉津園夾牆，用鐵鞭中韓陰乃死。原注：韓裹軟纏，故難中。地名磨刀坑。鎡始預史議誅韓，史以韓爲大臣且近戚，未有以處。張謂史曰：「殺之足矣。」史退而謂錢、衛曰：「鎡真將種也。」心固忌之。至是鎡齎伐自言，史昌言於朝：「臣子當爲之事，何爲言功？」遂諷言者貶鎡於霅，自是不復有言誅韓之功者矣。御批云：「已降御筆付三省，韓侂胄已與在外宮觀，日下出國門，仰殿前司差兵士三十人防護，不許疎失。」後有虎符印蓋牙章也，文曰「如律令」，本漢制云。震以御筆建爲巨閹，刻之樂石，命其屬爲之記。初時御筆皆侂胄矯爲，及是皆慈明所書。發、斌排韓車，語以「有御筆押平章出國門」，韓倉忙曰：「御筆我所爲也。」行至玉津，許鄭發以節度使，鄭不從。又曰：「我當出北關門，原注：韓第在於湖州。如何出候潮門？」又曰：「我何罪？」又語發以「何得無禮大臣」？鄭叱以國賊而鞭之，歸報震，震直趨省中。時錢象祖、陳自強猶在省，震至，錢不覺起而問之曰：「了事否？」震曰：「已了事。」象祖始誦言韓已誅，陳作而再拜錢，且辭象祖，乞以同寅故，保全末路，象祖許之。後衛涇又以同謀誅韓忌史，史故黜涇，事在甲集。鎡後以旨放還，因史變柏法〔二〕，又欲謀史，故貶置象臺。先是，有告御批之謀於韓者，韓答以當以死報國。及告之者甚苦，原注：告者卽周均。侂胄始與自強謀。自強薦林行可爲諫議大夫，欲於誅韓日上殿，一網盡掃象祖以下出國門，韓居中應之。幸韓不得入内，若韓用私人小車徑自和寧門入，斌、發必不覺，則謀韓者虀粉矣。然誅韓之計甚疎，王大受、趙汝談皆預始謀，至書所欲施行之事於掌，一有「記」字。幸不敗爾，敗則慈明、景憲殆哉。時寧皇聞韓出玉津園，亟用箋批殿司：「前往追回韓太師。」慈明持箋泣，且對上以「他要廢我與兒子」，又以「殺兩國百萬生靈，若欲追回他，我請先死」。寧皇收淚而止〔三〕，慈明遂□箋云。

逆曦僞服印

開禧逆曦既誅，僞内史安公丙函其首與僞服、宮號來。上以首付棘寺，僞服與印付臨安府軍資庫。時吳鋼爲倅，吏胥未以入庫，急持來示，紹翁亦因以識其物。袍僭黄，領㲉（四）；袍僭赭，領㲉黄。宮號用黄絹折角爲四，文曰「出入殿門」。金授以印，鑄用今文，曰「蜀王之印」。僅如今文思院給降式。曦自鑄塗金印，文云「蜀國制敕之印」。

萬弩營

紹興末，孝宗命張浚置御前萬弩營於鎮江。癸未戍泗州，甲申與敵鬭，皆有功。原注：水心錢表臣墓誌。

來子儀

來子儀與周洪道實布衣交。洪道既爲樞使，子儀入都訪洪道。洪道館於嘉會門外表忠觀，欲因間薦之於上，特奏假。原注：大臣出門訪親，舊必奏。上問以爲何，洪道奏上以訪子儀。上首肯，不復問子儀爲誰。洪道與子儀置酒極歡，道故舊外，示以近詩。子儀盡卷，則笑曰：「周樞使詩也，非周洪道詩也。」洪道問所以然，子儀曰：「昔徐師川少年工詩，晚位樞府，浸以不逮於昔〔五〕。人以爲向來自是徐師川詩，後來自是徐樞密詩。」洪道笑而容之。

朱希真

希真有詞名，以隱德著。思陵必欲見之，累詔始至。上面授以鴻臚卿，希真下殿拜訖，亟請致其仕，上改容而許之。

寧皇進藥

寧皇每命尚醫止進一藥，戒以不用分作三四帖。蓋醫家初無的見，以衆藥嘗試人之疾，寧皇知其然。王大受之父克明，號名醫，遇病雖數証，亦只下一藥，曰：「此病之本也，本除而餘病去矣。」原注：王克明事，出水心先生爲墓銘。

秦檜待金使

紹興，金國使持盟書，要玉輅以載，百官朝服迎於麗正。檜使人諭以玉輅非祀天不用，且非可載書。輅雖不用，金使必欲百官迎拜，檜許之。翌日，命省吏雜以緋紫，迎拜於麗正，班如儀。金使造庭，訝百官已立班上。既受書畢，百官呵殿綴金使以出。金使見向之緋紫諸吏，猶立於門，始悟秦計。又使人至庭，必欲上興躬下殿受書，左右相顧，莫敢孰何。時王汴在班内，起而語使曰：「爾實有書無書？」使遂出書示之，汴奪書而進。使計屈，歸其國，以生事被誅云。紹翁據勾龍如淵退朝録，紹興八年十二月二十七日已殁，上召王倫入，責以取書事。既晚，倫見金使于館，以二策動之，金使皇恐，遂許明日上。詔宰職就館見金使〔六〕，受書納入，人情始安。或曰：「秦檜未有以處，給事中樓炤舉諒陰三年之説以語檜，檜悟。於是上不出，而檜攝冢宰卽館受書以歸。金始知朝廷有人。」紹翁嘗疑省吏及奪書一節得於所聞，未敢遽載。如淵之論，有據甚明。若就館授書，則省吏與奪書之説，真齊東云。

真文忠公謚議

紹翁甲集載真文忠謚事，後以呈示紫微程公許。公惠紹翁以尺牘，曰：「聞見録二帙併沐示教，記載詳博，事得實而詞旨微婉，他日足以備史官補放失，非細故也。靖逸抱才，蓄學含章，退處著書，以待來世，當於古人中求之。聞見録所記西山謚議一段，是時公許待罪奉常，爲博士，所訂『文忠』二字，實參考公論，與長官同僚商訂累日，而後敢落筆。間有一二公以爲太過，然予此謚者，上下無異詞，故議下考功覆議，亦以爲當。當時卻不聞其家子弟與政府辨論一節，架閣公原注：卽西山嗣，名志道。後入朝亦未嘗一訪。但建安諸賢及嘗登西山之門者，頗相稱尚。當候稍間，搜索副墨，録以求教。」紹翁適感奇疾，不及從公求副墨，公已去守袁州。原注：程公嘗歷兩制，世號爲滄洲先生〔七〕。

悼趙忠定詩

慶元初，韓侂胄既逐趙忠定，太學諸生敖陶孫賦詩於三元樓，云：「左手旋乾右轉坤，如何群小恣流言。原注：又曰「群邪相煽動謡言」。狼胡無地居一作「歸」。姬旦，魚腹終天吊一作「葬」。屈原。一死固知公所欠，孤忠幸有史長存。九原若遇韓忠獻，休説如今有末孫。」原注：又曰「休説渠家末世孫」。陶孫方書於樓之木壁，酒一再行，壁已不復存。陶孫知詩必已爲韓所廉，則捕者必至，急更行酒者衣，持煖酒具下。捕者與交臂，問以「敖上舍在否」？敖對以「若問太學秀才耶？飲方酣」。陶孫即亡命歸走閩〔八〕。捕者入閩，逮之入都。至都，以書祈哀於韓，謂詩非己作，韓笑而命有司復其貫。陶孫旋中乙丑第，由此得詩名，江湖集中詩最多。予嘗以其卷示杜忠可，杜謂典實。其詩率多效陸務觀用事，終不肯效唐風。初識南岳劉克莊，得其詩卷，曰：「所欠典實爾。」南岳集中詩率用事，蓋取其説。後得南岳刻詩于士人陳宗之，喜而語宗之曰：「且喜潛夫原注：克莊字。已成正覺。」陶孫字器之，號臞翁，福唐人。

鵓鴿詩

東南之俗，以養鵓鴿爲樂，群數十百，望之如錦。灰褐色爲下，純黑者爲貴。内侍畜之尤甚，粟之既，則寓金鈴於尾〔九〕，飛而颺空，風力振鈴，鏗如雲間之珮，或起從鳳山。紹興中有賦詩者曰：「鐵勒金狨似錦鋪，暮收朝放費工夫。爭如養取南來雁，沙漠能傳二帝書。」

宫鴉

紹興初，高宗建行闕於鳳山，山中林木蓊如，鴉以千萬。朝則相呼鼓翼以出，啄粟於近郊諸倉，昏則整陣而入，噪鳴聒天。高宗故在汴邸，汴無山，故未嘗聞此，至則大駭。又以敵人之逼，聖思遂不悦，命内臣張去爲領修内司諸兒聚彈射，而驅之臨平赤岸間，盖去闕十有五六里。未幾，鴉復如初。彈者技窮，宫中亦習以爲常。唐人詩多用宫鴉，盖唐宫闕依山云。

田鷄

杭人嗜田鷄如炙，卽蛙也。舊以其能食害稼者有禁，憲聖渡南，以其酷似人形，力贊高宗申嚴禁止之。今都人習此味不能止，售者至刳冬瓜以實之，寘諸食蛙者之門，謂之「送冬瓜」。黄公度帥閩，以閩號爲多進士，未必諳貫宿，戒庖兵市坐魚三斤。庖兵不曉所名，遍問諸生莫能喻。時林執善爲州學録，或語庖人以執善多記，庖人拜而問焉，執善語以可供田鷄三斤，庖人如教納入。黄公度笑而進庖人曰：「誰教汝？」庖以執善告，黄公遂館林於賓閣云。執善記博而瓌奇，爲南宫第一。試聖人備道全美論，至今舉子誦之。有林省元文衡事鑑行於世。驪塘危先生稹弟蟾塘和與之同年，視其手如龍爪而毛，蓋林氏之家與廟相直，其母誕執善之夕嘗與神遇，終爲閩名儒云。惜乎强售人婦以爲妾，其夫怨言執善，爲有司杖之，此句有訛。抑鬱而死，執善其後亦亟死云。吁，士之不可不自愛也久矣！

史越王青詞

前載史越王辭免太傅表，得之聞見，以爲出於余公天錫之父。暨儲行之孫沐録示，則非辭免表，蓋青詞云。「反本狐丘，寓誠獺祭。念此闔門之多指，迫於投老之一身」云云，欲用「侵尋歲月，八十有三」，未有其對。訥齋馮端方在坐，應曰：「補報乾坤，萬分無一。」王稱賞久之。四六話中亦載，謂其本於古人之聯，未知前今所載孰是。吳門友人之子胡□北訪余公天錫之弟天任於四明，因舉聞見所載，余公天任曰：「是也，蓋先伯所對。但『歲月』二字非是，其易爲『甲子』。」天任與余公天錫爲同氣，後繼其季父云。

司馬武子忠節

中原既陷敵，忠義之士欲圖其國，挈而南向本朝者甚多。蓋祖宗之澤，時猶未泯也。謹按韓太監玉所記云：「初，司馬池之後朴，字文秀，借兵部侍郎使金。金丞相、燕國王完顏宗幹見而異之，因授以尚書右丞。朴不屈，然猶縱其出入敵中，生子名通國，字武子，蓋本蘇武之義。通國有大志，嘗結北方之豪韓玉舉事，皆未得要領。紹興初，玉挈家以南，授京秩江淮都督府計議軍事，其兄璘猶在敵中，以弟故與通國善。癸未九月，都督魏公遣張虬、侯澤往大梁伺璘〔一〇〕。璘因以扇贈玉詩云：『雝雝鳴雁落江濱，夢裏年來相見頻。吟盡楚詞招不得，夕陽愁殺倚樓人。』魏公見此詩於甲申歲春，復遣侯澤往大梁諷通國、璘等，行至亳州，爲邏者所獲。通國、璘與嘗所與交聶山三百餘口，同日遇害，是歲三月十六日也。先是，金主完顏褒之皇太子以都元帥留守大梁，乘十六傳而至，以是月十一日交事。澤與通國、璘、山謀率壯士百人，袴縛短兵，畢趨留守所庭劫之。如得留守，則大事可就。時留守左右與通國結盟者三萬餘人，而澤敗於初十日。皇太子得其圖籍與券，立焚之，獨罪首事。時魏公開督府於丹陽，蓋以右相出使巡邊回也，聞之盛歎云：『某入見上，當白其事而旌之。』會魏公中道罷去，玉亦竄責嶺表。」通國之姪孫振自序其事曰：「昔李翰作張巡傳，而不爲許遠立傳。韓昌黎歎許遠之忠節未能盡白於世，遂叙於巡傳之後，使後之人知遠之不屈於賊如此。夫爲士而知逆順之理，殞其身而全其節，此固人臣分内之事，其無後之人以發揚之，則忠肝義膽將遂泯没，豈不痛哉！吾祖尚書，靖康間奉使金國，辭氣激烈，謀略深遠，雖不能遏其方張之勢，而亦足以起其敬畏之心。及扈從北狩，不以利動，不以死懼。高宗加謚忠潔，褒崇之典極於一時。繼又采擇著之國史，吾祖之節無遺憾矣。若季父武子埋迹異邦，一心本朝，起義未成，遽遭屠戮。後韓太監紀其詳，王尚書希呂書其略，雖未能載諸史册，而節義之名，庶幾不至磨滅。韓昌黎以張、許二家子弟才智卑下，不能通知先志爲羞。今季父節義未能彰彰於世，振若不能有以永其傳，則是亦張、許二家之子弟也。敬以王、韓二記刊諸琬琰，以備異時高義君子發其潛德云。」王公希呂爲之序曰：「昔予居鄉，有陜右林虎臣者，自西而東，至符離家焉。其家鄰居數月稍熟，因詢以西事。林因辟人曰：『去年敵人傾國犯淮南，吾鄉之豪共千餘人倡義而起，有司馬通國者主其盟，將爲批亢擣虚計，不幸事未成而機已露，司馬氏之家數百指殲焉。俄其徒已變姓名，携妻子，因得出關，以至於此。』予因歎曰：忠孝之節，其萃於司馬氏乎！昔我先正溫國文正公迨事四朝，惟忠惟孝。忠潔公繼之，今通國又繼之，皆以忠義憤發，效死金庭。事雖未成，亦可謂是以似之。惜乎時予在敵中，不能爲作傳，姑記其略，以俟詢訪。王希呂記。」紹翁竊謂通國受魏公之間，欲掩襲大梁以相應，敵知豪傑必出於此，故遣其子乘十六傳而來，亦神矣。通國知其志，宜息謀可也，爲忠義功名所激，顧出於此，惜夫！紹翁謹按：韓太監所載謂魏公於甲申歲春見璘詩，因遣張虬、侯澤，盖隆興二年也。隆興元年癸未歲，魏公開督府，次年甲申兵敗，王汴之和議遂成。通國敗於三月，魏公罷於四月，相去一月事耳。原注：浚，少保，保信軍節度使、判福州。

張史和戰異議

自金人渝盟，兵革不得休息，民之瘡痍日甚。會天子新立，謂：「我家有不共戴天之讐，朕不及身圖之，將誰任其責？」乃奮志於恢復。由是天下之鋭於功名者，皆扼腕言用兵矣。史公浩相時之宜，審天下之勢，以爲未可。上疏曰：「靖康之禍，孰不痛心疾首？悼二帝之蒙塵，六宮之遠役，境土未還，園陵未肅。此誠枕戈待旦、思報大恥之時也。然陛下初嗣位，不先自治，安可圖遠？矧内乏謀臣，外無名將，士卒既少而練習不精，而遽動干戈以攻大敵，能保其必勝乎？苟戰而捷，則一舉而空朔庭，豈不快吾所欲？若其不捷，則重辱社稷，以資外侮，陛下能安於九重乎？上皇能安於天下之養乎？此臣所以食不甘味，而寢不安席也。張浚老臣，豈其念不到此？而惑於幕下輕易之謀，眩於北人誑順之語，未遑精思熟慮，決策萬全，乃欲嘗試爲之，而徼幸其或成，臣竊以爲未便。上皇親覩禍亂，豈無報敵之志，當時以張、韓、劉、岳各領兵數十萬，皆西北勇士，燕、冀良馬，然與之角勝負於五六十載之間，猶不能復尺寸地。今而欲以李顯忠之輕率，邵宏淵之寡謀，而取全勝，豈不難哉！惟陛下少稽鋭志，以爲後圖，内修政事，外固疆圉，上收人才，下裕民力，乃選良將，練精卒，備器械，積資糧。十年之後，事力既備，苟有可乘之機，則一征無敵矣。」已而浚以樞密使都督江淮軍馬，請上幸建康，以成北伐之功。史公曰：「古人不以賊遺君父，必乘輿臨江而後成功，則都督安用？且上一誤作「陛下」。遠征，而上皇獨留，敵以一騎犯淮，則此城之人騷然奔遁，上皇何以安處乎？」浚又請以所部二十萬人進取山東，史公問：「留屯江淮幾何人也？」曰：「半之。」復與計其守舟、運糧之人，則各二萬，曰：「然則戰卒纔六萬耳，彼豈爲是懼耶？況淄、青、齊、鄆等郡雖盡克復，亦未傷於彼。彼或以重兵犯兩淮，荆、襄爲之牽制，則江上之危如累卵矣。都督于是在山東乎？在江上乎？」詰難於天子，凡五日。史公復勸浚曰：「明公以大讎未復，決意用兵，此實忠義之心。然不觀時審勢，而遽爲之，是徒慕復讎之名耳。誠欲建立功業，宜假以數年，先爲不可勝以待敵之可勝，一作「下」。乃上計也。明公四十年名望如此，一旦失利，明公當何如哉？」浚曰：「丞相之言是也。雖然，浚老矣。」史公曰：「晉滅吳，杜征南之力也。而當時歸功於羊太傅，以規模出於祜也。明公能先立規模，使後人藉是有成，則亦明公之功也，何必身爲之？」浚默然，乃見上曰：「史浩之意已不可奪，惟陛下英斷。」於是不由三省、樞密院而命將出師矣。其年五月，師渡淮。史公曰：「國之大事在戎，予以宰相兼樞密使而不獲與聞，將焉用相？」遂力請罷歸。歸未及家〔一一〕，師敗於符離，卒十有三萬，一夕而潰，死者不可勝數。資糧甲兵，捐棄殆盡。天子哀痛，下詔罪己。左相以議論詭隨待罪，而都督以師徒橈敗自劾矣。

寧皇登位

前載憲聖策立寧皇事，雖黄屋初非堯心，而天下皆謂宜立。光皇當勵精之初，薛公圭投北宮麗正書，言頗切至。蓋孝宗之意初主沂邸，光皇亦屬意焉。書略曰：「庶之亂嫡，自宮闈始。夫庶之亂嫡，則支之亂本之漸也。而支之亂本，則異姓之亂同姓之漸也。異姓之亂同姓，則又夷狄亂中國之漸也〔一二〕。」又曰：「陛下踐祚，今既五年，皇子嫡長已踰弱冠。玉册之命未布，而青宮之席尚虚。」又曰：「陛下不卽天下之安，而冒天下非常之危；不守天下之常，而覆天下不測之變。採之游言，殊有驚悸；採之國論，曾無建明。」又曰：「祖父互疑，天地幾變；子孫猜防，上下解體；支嫡交忌，臣民異心。臣始聞之，未敢遽信。今既日久，不容無惑。道路之言，喧傳百端，中外之心，憂疑萬狀。燕宫聞之，寧無懷貳；乘輿聞之，莫或改容；藩邸聞之，未免憂禍。此何等事也，而俾見於世？此何等議也，而俾聞於時？陛下原注：謂孝宗。盍亦自思其何以得此議？固宜自盡吾爲子爲父之道也。上原注：光宗。盍亦自思其何以得此議？固宜自盡吾爲祖爲父之道也。」又曰：「陛下曾知有竊議之人乎？否也。問之左右，問之在朝，盖有君也，不敢言矣。問之主上，盖有父也，不敢言矣。問之太子，盖有祖也，仍有父也，尤不敢言矣。爲臣之言不通於君，爲子之言不通於父，爲孫之言不通於祖，而微臣僭言之，死有餘地矣。如蒙聖恩，特垂天聽，君臣之情通。自臣言始；父子之情通，自臣言始；祖孫之情通，自臣言始。臣雖身首異處，而忠孝獲書於史册。雖瞑目於地下，將有辭以對越先朝十御皇帝在天之靈矣。」盖紹熙五年甲寅歲所上也，嘉熙壬寅，公主之里人陳貴明爲跋其書云：「懶菴趙蹈中載寧廟之立，實出於水心先生之建議。雖然水心之議特出於一時之危疑，蹈中所載寧廟堂「堂」字疑衍。登極之詔，遲下數月，「月」疑「日」。襄州之亂作矣，特以詔至而止。嗚呼，孰知有獻策於承平無事者哉！」初光宗疾不能喪，襄陽士人陳應詳陰連北方鄧州叛黨，欲殺守臣張定叟，用縞素代皇帝爲太上執喪，且舉襄以順北。適寧皇登極之詔甫三日而至，陳遂變色寢謀，旋爲其黨所訴。定叟臨閲場，問之曰：「朝廷負爾耶？太守負爾耶？」各命將士射之。先誌其箭，中其肝者有某賞，中其心者有某賞，中其體若肢者有某賞。發陳之篋，惟縞巾數千云。先是，趙蹈中具載水心贊嘉邸之語數十百，親筆其顛末，紹翁未之見也。薛君，永嘉士人，子夢桂嘗以其書稿示紹翁。當時陳議者恐不止一薛，然曲突徙薪之不賞，自昔然矣。

葉洪斥侂胄

洪字子大，爲紹翁鄉人。且年少負才不羈。慶元間，疾侂胄而未有間，洪館於韓氏，即侂胄族子，蓋騃兒也。以后戚預内宴，洪代爲之書，徑入御寧宗一云「徑入于御」。其最切至處云：「侂胄弄權不已，必至弄兵。」寧宗以示侂胄，侂胄迹所爲書則洪也，除名仕籍，編置邕管者十六年。嘉定初，盡復其官，并理編置年以爲實歷僉書邕管事。洪旋終於任。

景靈行香

百官赴景靈行香，僧道分爲兩序，用其威儀咒語。初，僧徒欲立道流右，且云僧而後道，至交訟久之。秦檜批其牘云：「景靈、太乙，實崇奉道教之所，道流宜居上。」至今定爲制云。紹翁以爲祖宗在天之靈，必不顧歆於異教，且市井髡簪之庸人，宜皆斥去。近者淳祐進書，例用僧道鐃鼓前導，朝廷有旨勿用，盖得之矣。惜未施於原廟。

王醫

王繼先以醫術際遇高宗。當高宗款謁郊宮〔一三〕，僅先期二日，有瘤隱於頂，將不勝其冠冕。上憂甚，詔草澤，繼先應詔而至。既視上，則笑曰：「無貽聖慮，來日愈矣。」既用藥，瘤自頂移於肩，隨卽消，若未嘗有，上遂郊見天地。上嘗以瀉疾召繼先，繼先至則奏曰：「臣渴甚，乞先宣賜瓜而後静心診御。」上急詔太官賜瓜。繼先先食之既，上覺其食瓜甘美，則問繼先：「朕可食此乎？」繼先曰：「臣死罪，索瓜固將以啓陛下食此也。」詔進瓜，上食之甚適，瀉亦隨止。左右驚，上亦疑，問繼先曰：「此何方也？」繼先曰：「上所患中暑，故瀉，瓜亦能消暑爾。」大率皆類此。其後久虛東宮，臺臣論繼先進藥無效，安置福州，因家焉。王涇亦頗宗繼先，術亦有奇驗，然用藥多孟浪。高宗居北宮，苦脾疾，涇誤用瀉藥，竟至大漸。孝宗欲戮之市朝，憲聖以爲恐自此醫者不敢進藥，止命天府杖其背，黥海山。涇先懷金箔以入，既杖，則以傅瘡，若未嘗受杖者。後放還，居天街，猶揭榜於門，曰：「四朝御診王防禦。」有輕薄子以小楮帖其旁，云：「本家兼施瀉藥。」王慙甚。寧皇患痢，召曾醫原注：不記名。入視。曾診御畢，方奏病證，未有所處。慈明立御榻後，有旨呼：「曾防禦，官家喫得感應丸否？」曾連稱「喫得，喫得」。慈明又諭：「須是多把與官家喫。」曾承教旨，對以須進二百丸。寧皇進藥如數，瀉旋定，又進二百丸，遂止。曾時坐韓黨被譴，上遂於其元降秩。上更增三秩。寧皇不豫滋久，謂左右曰：「惟曾某知我性。」急召入，診訖，嗚咽不勝。上曰：「想是脉兒不好也？」曾出，自診其脉，謂家曰：「我脉亦不好。」先寧皇一夕而逝。米南宮五世孫巨秀，亦善醫，嘗診史相脉，語未發。史謂之曰：「可服紅丸子否？」米對以「正欲用此」，亦卽愈。史病手足不能舉，朝謁遂廢，中書要務運之帷榻，米謂必得天地丹而後可。丹頭偶失去，歷年莫可訪尋。史病甚，召米於常州。至北關，登舟買飯，偶見有售拳石於肆者，頗異，米卽而玩之，卽天地丹頭也。問售者：「爾何自至此？」曰：「去年有人家一妳子持以售。」米因問厥值，售者漫索錢萬。米以三千酬值持歸，調劑以供史。史疑而未敢嘗。適有閽者亦病痿，試服卽能坐起。又以起步司田帥之疾，史始信而餌，身卽輕，遂内引。及史疾再殆，天地丹已盡，遂薨於賜第。

高士

孝宗聖性超詣，靡所弗究厥旨，尤精内景。時詔山林修養者入都，寘之高士寮，人因稱之曰「某高士」。皇甫高士，予既載其出入矣。又有謝高士，以從臣薦，講易於宫中，孝宗問以老、莊之學，謝對以「人主當以君國子民爲心，若老、莊之學，其誒之者歟」？易如剛最後灑掃高士堂，亦稱高士，去其徒無甚異，唯善於趨謁，以故史越王、尤錫山、楊誠齋、陸三山頗與之游。陸公嘗以齋宿竹宫，因叩其廬。有二蒼童對奕，微聞松風間有琴絲棋奕聲。陸公心羡，以爲是何異神仙之居。叩二蒼童，願見高士，童答以高士已出，去某御藥處。原注：中貴人也。陸公因歎息曰〔一四〕：「高士亦見御藥耶？」笑而出。宫本中貴人提舉，易所見者提舉也，陸公未之知爾。然高士見本宫提舉，亦非所以爲高士矣，宜發陸公之笑也。寧皇聖性多可，其徒率因左右乞先生號，天慶陳道士、三茅張道士，俱不由給舍得先生號。陳書於狀謁史相，史不悦，叱典謁改天慶觀主銜，始命入。因謂陳工於修創，若先生號，豈可輙當？因謂三茅亦然。遂於群從官前及此，以如剛嘗與越王諸公遊，奏之上，賜通妙葆真先生，敕由給舍下。先是，史於賜第齋醮罷，戲命如剛升高席，如浮屠問對説葛藤。如剛乏之辨，舉道士姚公邃代己説法。姚從容就席，有僧作禮而問曰：「伺候於公卿之門，奔走於形勢之途，足將進而趦趄，口將言而囁嚅，如何謂之『巖隱』？」原注：姚自號爲「巖隱」。姚卽對曰：「若以色見我，以音聲求我，是人行邪道，不能見巖隐。」僧屈伏，姚擲拂下座，史大加器賞。如剛後悔不自升席。史眷如剛浸異於姚，如剛譖姚於史不行，盖嘉定間事也。

蕭照畫

孤山涼堂，西湖奇絶處也。堂規模壯麗，下植梅數百株，以備游幸。堂成，中有素壁四堵，幾二丈。高宗翌日命聖駕，有中貴人相語曰：「官家所至，壁乃素耶？宜繪壁。」亟命御前蕭照往繪山水。照受命，卽乞上方酒四斗，昏出孤山，每一鼓卽飲一斗，盡一斗則一堵已成畫，若此者四，畫成蕭亦醉。聖駕至，則周行視壁間，爲之歎賞。知爲照畫，賜以金帛。蕭畫無他長，唯能使玩者精神如在名山勝水間，不知其爲畫爾。

慈明

慈明太后，越人也，善通經史，能小王書。母張夫人，以樂部被憲聖幸，後以病中一無「中」字。歸李氏，死葬西湖小麥嶺下，地名放馬場。憲聖常因樂部不協，顧左右曰：「我記得張家，今安在？」左右對曰：「已死矣，有女頗聰慧。」憲聖念張氏，故召后入，時年十一二。嘗寘憲聖側，宮中謂之「則劇孩兒」。及既長，寧皇侍宴長樂，目后有異，而重於自請。憲聖知其意，遂宴寧皇而賜之，曰：「做好看待，他日有福。」原注：憲聖精於五行。由此遂正六宮之位。慈明所以報憲聖者，既無不至，一云「無所不至」。閤子内揭帖圖則吳氏之宗枝也，居則指姓名以問左右，曰：「這箇有差遣也未？」每遣景獻諭時相，凡除授必先吳氏而後其家。先是，后葬其母於群宮人塚，閱歲浸久，至不知兄弟信。迨備六宮禮，始遣迎次姪、今永寧郡王於衢，或謂后父卽兄也。此句疑有誤字。葬張夫人處，蓋天造地設，非人力所及。山自南高峰爲岡阜，至夫人壟忽踊去，若龍昂首爲嶺。春陽發達，夫人壙有物若鍾乳結成甓，淵泉環繞，源出百里。其家克知詩禮，福禄未艾也。憲聖父爲宣靖王，先殯於金陵，暨憲聖備妃册，始敕葬於天竺石人嶺下。山自嚴陵來，爲戴青嶺，復蟠折百餘，形若袖展〔一五〕，爲葬王處。塋上有屋如堂，蓋垂簾后父舊制也。山接武林，匯爲泠泉，大江、西湖橫前，水口俱有奇峰截秀，宜其啓擁佑聽政之祥云。宣靖王，即今以爲京師珠子吳員外是也，以蠙珠爲業，累貲數百萬。王，長者也，間行閭巷，周知貧乏之者，每賨金與交鈔于橐，挾蒼頭奴，遇夜以出，雖家人莫知也。以下疑有脱文。王從橐探金鈔，則率家人羅拜，謂天所賜。王行之且三十年，迨蒼頭奴長，亦號「小員外」，爲王置白金器於肆，以氣與售金者爭，至呼以「乞兒」。售者不能平，遂持而問之曰：「我如何是乞兒？」蒼頭曰：「爾某年某月某日不得吳員外金與鈔，你如何不做乞兒？」其人亟釋蒼頭。翌日，率家人置禮拜謝王，王陽爲「未嘗有此」以謝之。王知陰德已泄，久則以他故逐奴去。王嘗有興造，有神立於百步外，王遥問曰：「爾何神也？」曰：「吾太歲也。君興造實犯我，故避於百步之外，由君有陰德也。」王篤生憲聖，宜哉！事異，不書於后傳。

節度

太祖罷節度，立權發遣與權知之類，故士大夫作郡，皆自稱曰「假守」，謂非真節度也。今節度亦非真名存爾，在權尚書上，正尚書下。鑄印畀節之外，給半俸，視尚書則有宣麻之異，與節堂使臣而已。宣麻外，若皇子則上必降敕，諭本軍官吏、軍民、僧道、父老。如高宗敕常德府官吏、軍民、僧道、耆老曰：「朕以爲國宗英，相予郊祀。克同寅而竣事，爰易鎮以增畬。眷惟常德之邦，邈在重湖之北。載更齋鉞，已錫言綸。凡爾軍民，迨夫吏士，聳聞成命，諒溢驩心。」此則紹興三十六年，高宗皇帝皇子普安郡王爲本軍節度使敕也。軍民、僧道拜敕訖，用紫綾背册，列官屬姓名并圖經，以禮狀申繳本官。原注：非皇子亦用此。若經從本鎮，則太守必櫜鞬道左，尉擁篲前導，官吏、軍民、僧道耆老迓於郊外，往往去本鎮甚遠，無復講此。惟楊節使沂中墳墓在鳳口。沂中實爲昭慶軍節度使，原注：今安吉州。間因上塚，知守臣而下欲用此禮，遂命從者一有「迓」字。出間道以避之。紹翁竊考本朝所以重節鉞，而不以輕授者，以使相故也。故相以禮而去，纔畀節度使判某郡。而所謂節度俸給，又復減半，而其位又在正尚書之下，則除授之際，正不必宣麻鎖院。原注：以宰相爲之，故宣鎖，後循用不改。惟宰相去國判郡除使相者，不妨帶宣，若他官特授者，正不必爾。況參預而下，等爲大臣，俱用制除，而視權尚書者，反得宣鎖，此皆制度因循，有合釐正者。節鉞輕授，甚至致仕亦有封駁者，有正授而中司一作「書」。卷班以出者，有繳真俸者，是以視權尚書爲重也。餘除權尚書、正尚書，設或未當，則封駁者絶少，未嘗有爭之如此力者，是可訝也。且正尚書一間卽爲政府，節度使自細轉檢校三少、太尉至於開府，尚有三四轉。且正尚書有不旬月致階兩地者，爲節度至開府，或十年纔一轉。況任子京秩與小使臣之不同，闊略於正尚書，纖悉於節度使，愚實未解。紹興十六年四月辛未，張澄以端明殿學士除慶遠軍節度使，衆皆榮之，俗謂之「文極換武」。或節鉞除儀同三司，則謂之「武極換文」。端明已視正尚書，節鉞反居正尚書之下，俗以爲榮，何也？

注脚端明

嘉定李大性伯和，以吏部尚書除端明殿學士，今俗謂「無注脚」。若有注脚，則降旨云：「某人除端明殿學士，恩例並同執政。」危公稹嘗居著庭，倩紹翁草札送之，因命書史寫「判府端明相公」。危以筆塗去二字，謂：「此豈可輕以稱謂？」吳公鑄以保康軍節度提舉萬壽觀，薛知院極稱之曰「節使觀使」，史相彌遠却稱曰「觀使節使相公」。二公世官，必各有據。

禿頭防禦

軍功内官雖授防、團，若未去階官，原注：謂上有左武大夫之類。但視遥郡。惟近邸不帶階官，非有功特轉，不許去階官，俗謂之「禿頭防禦」。使去横旁用圓狀，視從臣矣。

賢良

紹興二年三月，資政殿大學士王綯表：「臣昨任提舉萬壽觀兼侍讀，正月二十四日奏事殿中，乞以臣父、故宣德郎、贈太子太保先臣發，元祐中應賢良方正能直言極諫科目，所進策論十卷，凡五十篇，俟裝褾畢日，依臣見進故事例，詣通進司投進。」面奉聖旨依奏。綯旋得請提舉洞霄宫，繳進其父所爲五十篇之文，表略曰：「惟元祐之紀元，復制科而取士。維時司馬光之客，有若劉安世之賢，見所爲書，舉以應詔。因知己之遷謫，并薦士而棄捐，事與志違，言隨名寢。」蓋是安世既貶，發因不得召。東坡嘗得其詞業，致書謂「慮深詞達，非淺陋所及」。又曰：「秦少游未第，王賢良久困場屋是也。」揮麈録載：「張咸，漢州人。應制科，初出蜀，過夔州。郡將知名士也，一見遇之甚厚，因問曰：『四科優劣之差，見於何書？』張無以對。守曰：『載孟子注中。』因閲視之，且曰：『不可不牢攏之也。』張道中漫思索，著論成篇。至閣試，六題以此爲首。主文錢穆父覽而異之，爲過閣第一。」咸即浚父也，一賢良可謂有子矣。紹翁竊考揮麈所載，參以本朝六題之制，必先經題注疏而後子史，以孟子注爲首，殆恐不然。曾慥序李賢良原注：高廟諱。字泰伯詩云：「嘗試六題，已通其五，惟四科优劣之差，不記所出，曰：『吾於書無所不讀，惟平生不喜孟子，故不之讀，是必出孟子。』拂袖而出，人皆服其博。」泰伯自序其文曰「舉茂才罷歸，其明年慶曆癸未秋録所著文」云云，按旴江集中泰伯自序皇祐續稿云「覯慶曆癸未秋録所著」云云，無「舉茂才罷歸其明年」八字。則是張公咸與泰伯同試於慶曆壬午，張遂中選，李遂報罷。區區科目，亦有幸不幸焉。以揮麈録考之，則黜泰伯者，錢穆父也。南康祖無擇序泰伯之文曰：「天子舉茂才異等，得召第一。既而試於有司，有司黜之。嗚呼，豈有司之過耶？其泰伯之命耶？」無擇序其文〔一六〕，未嘗有不讀孟子之説。門人陳次翁爲撰墓銘，亦曰：「曾充茂才，有富國、安民、強兵三策，易、禮二論，合五十首，天下傳誦。及退居，爲周禮致太平論并序五十一首，其敵天命。按四字不解。今考陳次公撰墓志亦有此四字。又有潛書、慶曆民言、寄范富孫公四書、長江賦。初未嘗及不讀孟子之説，惟公盱江集中有常語、非孟子，其文意淺陋，且非序者所載，疑附會不讀孟子之説者爲之勦入，非泰伯之文明甚。按今所傳盱江集，祇有常語三卷，不載非孟子，或經後人删削矣。紹翁謹按：登科記慶曆二年壬午歲八月，固嘗召試才識兼茂科，時閣下六題，其一曰左氏義崇君父，二曰孝何以在德上，按原本衍一「下」字，今删。三曰王吉貢禹得失孰優，四曰經正庶民興，五曰有常德立武事，六曰序卦雜卦何以終不同。初無四科優劣一題，不知曾慥序泰伯之詩，何爲鑿空立爲此題。當時六題中，惟經正庶民興出孟子，此兒童之所知，泰伯縱不喜孟子，不應父生師教以來，即不許讀孟子，且非孟子註之文。按李泰伯不喜讀孟子之説，明楊升菴辨之極詳，附録于此。○小説家載李泰伯不喜孟子事，非也。泰伯未嘗不喜孟也，何以知之？曰：考其集知之。内治論引「仁政必自經界始」，明堂制引「明堂王者之堂」，刑禁論引「瞽叟殺人，舜竊負而逃」，富國策引「楊氏爲我，墨氏兼愛」，潛書引「萬取千焉，千取百焉」，廣潛書引「男女居室，人之大倫」，損欲論引「文王以民力爲臺爲沼，而民歡樂之」，本仁論引「以至仁伐至不仁」，延平集序以子思、孟軻並稱，送嚴介序稱章子得罪於父，出妻屏子，而孟子禮貌之，常語引孟子儉於百里之制，又詳説之。由是言之，泰伯盖深於孟子者也。古詩示兒云：「退當事奇偉，夙駕追雄軻。」則尊之亦至矣，故詳辨之。紹翁竊考本朝有司命題，不過六經本注與正義中出，或不出正義，未聞出子史注疏者。曾慥、揮麈恐決無所據。是歲慶曆二年壬午，中選者乃殿中丞錢明逸，實入第四等。而魏公之父咸實中選於紹聖元年，時爲劍南節度推官，則紹聖又與慶曆不同。本朝前後閣試，未嘗有四科優劣之題。惜乎紹聖六題獨缺不載，參合登科記、揮麈録之説，則泰伯所試乃經正庶民興，出孟子正文，實試於慶曆二年壬午八月。咸試四科優劣之差，實試於紹聖元年九月，同試者右通直郎吳儔、福州布衣陳暘。是歲，上以進士策有過於制科者，遂罷試。山臺趙汝讀常容況「容況」二字似有誤。問紹翁以四科優劣之題，卽答之以見於揮麈所載，實出於孟子大人天民之第二注末一句。云汝讀卽閱孟子得之，因歎「自父兄以來，尋此題不見。今乃得之於子」。因歸而著此，以釋一作「祛」。後人之惑。原註：猶有三則續刻。○按三則今本已載于後，此云續刻，當是初稿有此語，今仍之，以存其舊。

第一則

自紹興二年復置此科，士無應令者。至乾道七年十一月，始取賢良方正能直言極諫科一人，則眉山李垕也。自孝宗卽位十年，制科詔凡一再下。時科目久廢，士皆不能爲此學。乾道八年正月，翰林汪公以垕應詔，取其五十篇之文獻之於上。上屢對近臣稱奬，謂宜寘之優等，以徠多士。巽巖李公燾，其父也。尋攝右史，直前奏事，上面諭尤寵。

有司拘守令，持之久不下，迄用乾德、咸平、景德典故，亟令召試中書。垕嘗一辭不獲。

原註：蓋以東南士人，忌之者衆。九年夏四月，汪公出守平江，右丞相陳公出守福唐。五月，巽巖請補外。七月，得荆湖節。一增「度」字。垕以狀自列，乞侍親養，待命於外。上曰：「令秋八月，令中書引試。」時薦者汪公與王召大臣已去國，此句似有脱誤。垕懼爲當路所嫉，故懇辭再三，遂聽其侍親以行。十年，始召試中書，六論命題已稍異盛時之制：一曰人主有必治之道，二曰湯法三聖，三曰人者天地之心，四曰律曆更相治，五曰三家言經得失，六曰揚雄張衡孰優。六論合格，宰執持文卷以進御，玉色驩動，曰：「繼今其必有應書者矣。」上曰：「垕五題皆精記所出，雖湯法三聖不記所出，而能舉上下文數百字，可謂難矣。」蓋本朝六論四通，卽謂之合格，垕亦既通其五矣。宰執又同辭而進曰：「垕之弟塾，亦爲此學。」上曰：「盛事，盛事。」會召塾試，有司抶魏相傳内「堯、舜、湯、禹」四字以籠之，塾不能記，因賜帛報罷。輕薄子至作謔詞，其略云：「六論不知出處，寫得烏梅幾字。聖恩廣大如天，也賜束帛歸去。」世俗遂謂無真賢良，由是竊名應科者亦得以售其僞。且謂東坡猶不記六題出管子，子由同試，至以筆管敲試案方悟。此又齊東之語，與謂李泰伯不記四科之題，大略相似。按東坡所試題，一曰王者不治夷狄，二曰信禮義以成德，三曰劉愷丁鴻孰賢，四曰禮以養人爲本，五曰既醉備五福，六曰形勢莫

如德。五題皆精貫，惟形勢莫如德東坡誤認，以爲出於諸侯王表。子由知其出於吳起傳，而特不記其出於傳贊之束句。俗謂子由不記信禮義以成德出論語「樊遲請學稼」下注，東坡因老兵斟銅蟾溢硯，坡恚曰：「小人哉！」子由遂悟。雖六題有此，然其説亦不經，與所傳管子事一也。刑賞忠厚之至蓋省試論，非制科題云。

第二則

愧郯録載：大中祥符六年，言者謂漢舉賢良多因災變，今受瑞登封，不當復置此科，遂罷之。一有「故」字。天聖七年，復置此科。咸平四年四月，詔學士兩省御史五品以上、尚書省諸司四品以上、内外京朝官幕職、州縣及草澤，各舉賢良方正能直言極諫一人，已帖職者不舉。是年八月，及試賢良方正能直言極諫科。至景德二年，復置六科：一曰賢良方正能直言極諫，二曰博通墳典達於教化，三曰才識兼茂明於體用，四曰武足安邊，五曰洞明韜略運籌決勝，六曰軍謀宏遠才任邊寄。委中書試論，六首合格者親試，是謂六科。蓋前此止設賢良一科，今復唐六科。愧郯惜未精考，以爲初不見罷科之日，而有復科之詔，此乃復唐六科之詔故也。六題既命試，至制策則恕矣。愧郯又疑林陶學士院不合格，以爲前無此一試，不知乾德二年令吏部試策一道，已有舊比。今但不試吏部，試於學士院耳。

第三則

巽巖李公燾制科題目序：「閣試六題，論不出於經史正文，非制科本意也。盖將傲天下士以其所不知，先博習強記之餘功，後直言極諫之要務，抑亦重惜其事而艱難其選，使賢良方正望而去者歟？然而士終不以此故而少挫其進取之鋒，問之愈深，則對之愈密，歷數世未嘗有敗績失據之過。士真多能哉？斯執事優容之也。迨熙寧中，陳彥古始不識題，有司准試不考，而制科隨罷。君子謂彥古不達時變，宜其黜也。先是，孔文仲以直言極諫忤宰相意，駁高第，斥小官。彼佼佼焉，思縱其淫心以殘害典則，厭是科之不便於己也，欲亟去之而不果遂。亟去之而不果遂，則姑置焉，名存而實亡矣。凡所謂賢良方正者，尚肯復從其遊耶？彥古區區昧於一來，是必不敢高論切議也。殆揣摩當世，求合取容爾。傳註義疏之纖微，且不及知，矧爲國家之大體，渠能有所發明哉？而執事者猶惡其名，決壞之然後止，彥古之黜宜也。而使天下遂無得以賢良方正能直言極諫舉者，獨何心歟？至於元祐，僅復旋廢，其得失之迹，又可見矣。今天子明詔三下而士莫應，豈非猶懲於彥古故耶？蓋古之所謂賢良方正者，能直言極諫而已。今則惟博習強記也，直言極諫則置而不問，殆惡聞而諱聽之。逐其末而棄其本，乃至此甚乎？此士所以莫應也。余曾不自置，一云「余勇不自制」。妄有意於古人直言極諫之益，而性最疎放，勉從事於博習強記，終不近也。恐其幸而得從晁、董、公孫之後，曾是弗察，而猥承彥古之羞。乘此暇日，取五十餘家之文書，掇其可以發論者數十百題，具如別録。間竊顛倒句讀，竄伏首尾，乃類世之覆物謎言，雖若不可知，而要終不可欺。戲與朋友共占射之，賢於博奕云爾，實非制科之意也。」紹翁竊詳巽巖李公之序，謂熙寧中陳彥古始不識題，有司准式不考，而制科隨罷。先是孔文仲以直言極諫忤宰相意，駁高第，斥小官，其説有當考者。熙寧三年九月試制科二人〔一七〕：賢良方正能直言極諫科，太常博士王□，才識兼茂明於體用科，太廟齋郎張繪原注：皆成都人。時賢良方正台州司户參軍孔文仲對策，入第三等，詔以所對意尚流俗，毀薄時政，不足收録，以惑天下觀聽，令流內銓，告示還任。是歲，御試罷詩賦用策。七年，以進士試策，即與制舉無異。時政得失，已許人上封事，遂罷制科。此後彥古何緣又復召試，且特爲彥古一人不通閣題而罷此科？本朝閣試六題，俱載登科記，所缺者惟紹聖元年所出題爾。不知彥古所不通者何題，李公何不明載？文仲不失一台州司户亦無官可斥也。

高宗六飛航海

揮麈録第三録第一卷，載高宗六飛航海事：有宣教郎知餘姚縣李潁士者，募鄉兵數千，列其旗幟，以捍拒之。敵既不知其地勢，不測兵之多寡，爲之小卻，徬徨不敢進者一晝夜，由是大駕得以自定海登舟航海。事平，潁士遷兩官，擢通判州事。潁士字茂實，福州人，登進士第，紹興中爲刑部郎中。紹翁謹按：揮麈所載李某事迹皆當，蓋紹翁本生祖也。本生祖其先爲光州固始人，徙居建之浦城，非福州也。此下疑有脱文。下「秀巖」云云，似别爲一則，而缺其首，兹仍舊鈔，以俟善本訂正。秀巖李公心傳朝野僉載以真公德秀嘗以書義魁鄉舉，真公業詞賦，亦嘗爲魁。著述斯難矣，不知秀巖曾刊定否？

韋居士

紹興初，時宰有薦韋居士於高宗者。高宗諭之曰：「當今誰知有元祐人如韋許者？

又嘗賙急之，豈可以常人比哉！」命之以官。韋名許，字深道，世爲蕪湖人。從姑溪居士李之儀學，不事科舉。築室於溪上，榜曰「獨樂」，藏書數千卷。適黃魯直兄弟、蘇伯固父子來寓邑中，相與游從。許舊字邦任，魯直易之以深道，而爲之字説。元祐諸公之貶逐，士大夫畏禍，雖素所親亦不敢相見。一作「聞」。間一本無「間」字。有道江上者，公獨留連之，極力賙急，不顧其他，士大夫以此多之。了齋陳忠肅公爲作堂記，且爲頌贈別。政和中，都邑以名聞於朝，一時當路如建康帥盧襄給事、宣城守張叔夜、樞密李密大尚書，此句似有脱誤。合詞以薦。屬朝廷多事，命不果下。至是宰臣又薦之云。韋雖拜官，而邑人猶稱居士者，盖了齋嘗稱之曰「湖陰居士」，此一作「比」。載於蕪湖圖經。圖經盖韓果卿所撰，曰紹孫此三字疑有誤。嘗以居士墓銘示韓云。朱文公語門人：「貶逐正人，貧無以爲路費，居士率致白金以邀諸路。」然則韋之賙急，又不止一作「特」。元祐諸賢。紹翁謹按：紹興元年至「至」字疑衍。七月〔一八〕，宰相范宗尹。范罷，而後左相吕頤浩、右相秦檜。至二年八月秦罷後，然後朱勝非再相〔一九〕。圖經謂紹興初，時宰有薦韋於上者，恐非宗尹、檜，是必朱與吕耳。

九里松字

紹翁甲集載吴説所書九里松字詳矣，後閲揮麈後録六卷載吴傳朋説知信州，朝辭上殿，高宗云：「朕有一事，每以自歉。卿書九里松牌甚佳，向來朕亦嘗書之，終不逮卿。當復以卿書揭之。」説頓首稱謝。是日，有旨物色，説書猶藏天竺僧帑，遂復揭之松門。傳朋自云如此，但至今九里松字尚填以金，過者皆見，則紹翁甲集所載似是，而傳朋不以語揮麈，何也？以紹翁考之，蓋不特此。按續稽古録紹興二年六月，頒黄庭堅戒石銘於郡縣，亦用金書。聖人不没人之善如此。

王正道

甲集載胡公銓請斬檜事，因及王公倫，未暇詳也。揮麈餘録載王正道倫死於金。謂金人欲用爲留守，不從，殺之。紹翁按：前、後金使，於洪公皓、司馬公朴，金皆嘗以要職强之，皆不屈，然亦未嘗殺之，甚至縱其出入。倫以不屈，顧被禍如此。以王氏家一有

「傳」字。廟記原注：攻媿樓公文。○按攻媿集第一百卷有王節愍神道碑，非家廟記也。文與續吳下冢墓文所載亦小異。與揮麈所載絶異，蓋倫拘留金庭，密約宇文虛中刼敵反其地而南。謀泄，爲敵所害。自是待遇本朝使者，如嚴寇盜矣。

張通古

朝野僉載：紹興八年，北使張通古以行臺侍郎來聘，稍工詩。其還也，歸正燕人周襟與通古有舊，乞襟送至境上，通古爲詩贈别云云。紹翁竊謂金法至嚴，爲之使者豈敢乞歸正人至境？又云秦檜嘗示之以胡公銓封事，一覽卽皆誦，此僉載之過聽也。紹翁嘗考記載，胡公封事一出，金人購以千金得之。通古能成誦久矣，何待誦於檜乎？且檜爲大臣，何爲與行人相授以胡公封事？此皆當訂正而後以備史氏之闕。

史文惠薦士原注：張、史異論，已見前篇。

淳熙五年三月，史文惠浩旣再相，急於進賢如初。朱文公熹、呂公祖謙、張公栻、曾氏逢輩，皆薦召之。朱公熹不仕幾三十年，累徵不就，於是文惠勉以君臣之義，卽拜詔。惟張公栻不至，蓋以文惠與其父魏公浚淳熙初議不合也。君子立朝，議多不合，張公何慊而不至？蓋猶泥於本朝避嫌之制云。

孝宗御製賜吳益

孝宗以太母故，加眷吳郡王益。益，太母弟也。秋氣向清，聖意怡懌，至於手書御札一聯云：「稱此一天風月好，橘香酒熟待君來。」命近璫持此賜益。益入對，頓首稱謝。上笑曰：「聊復當折簡爾。」按此事齊東野語所載尤詳。「一天風月」作「一軒風月」。

閩人訛傳兆域

愧郯録六卷載：閩人訛傳皇祖兆域，可謂背治。至今閩人妄中起妄，謂朱信罪至拔舌。紹翁嘗疑本朝寬厚，必無是刑。且朱信爲本朝推本兆域，其事雖謬，其心不可謂之不忠。神宗故憐之，若非元豐俱有「赦後勿論」指揮，則閩人之妄未易破也。誤傳兆域在福州俱胝院靈石山〔二〇〕，愧郯誤以爲碎石山云。

天上台星

開禧用兵，鄧友龍、程松爲宣撫、宣諭使，板授其屬，謂之「宣幹」。時政府惟有陳自强居相位，民謡謂之「天上台星少，人間宣幹多。」或謂皇甫斌治於岳之城南，群優所萃也。其屬謡焉，又謂之「城南宣幹多」。又云：「宣威群下問〔二一〕，原注：宣威，卽斌也。恢復竟如何？」後有以節制金山討李全者，其屬猥衆。又有易前二句云：「塞上將軍少，城南節幹多。」卻掃編載：舊制諸路監司屬官曰「勾當公事」，建炎初避高宗嫌名，易爲「幹辦」。時軍興，屬公數倍平時，有題於傳舍云：「北去將軍少，南來幹辦多。」蓋始此。曹武惠以平江南功歸，詣閤門，自稱曰「勾當江南公事回」。今世借授白帖，輒自稱「某幹管」云。

洞仙歌

紹興間，有題洞仙歌於垂虹者，不系其姓名，龍蛇飛動，真若不烟火食者。時皆喧傳，以爲洞賓所爲書。浸達於高宗，天顔冁然而笑曰〔二二〕：「是福州秀才云爾。」左右請聖諭所以然，上曰：「以其用韻，蓋閩音云。」其詞曰：「飛梁壓水，虹影澄清曉。橘里漁村半煙草。今來古往，物是人非，天地裏，惟有江山不老。雨巾風帽，四海誰知我？一劍横空幾番過。按玉龍、嘶未斷，月冷波寒，歸去也，林屋洞天無鎖。認雲屏烟障，是吾廬，任滿地蒼苔，年年不掃。」久而知爲閩士林外所爲，聖見異矣。蓋林以巨舟仰而書於橋梁，水天渺然，旁無來跡，故世人益神之。

方奉使

乙集載莆陽方信孺出使事詳矣，今又得之楊開國圭。圭嘗與一作「典」。方始屬，句疑有誤。能言其與僞元帥辯難者甚至。方見元帥，元帥叱問之，曰：「前日何故稱兵？今日何故求和？」詞色俱厲。公從容對以「前日主上興兵復讎，爲社稷也；今日屈己求和，爲生民也。二者皆是也」。元帥笑而不復詰。開國乃文忠真公之外舅，嘗對真歎息云：「我輩更喫五十年飯，原注：時圭年五十。也不會如此應對。」開禧間，文忠爲學官，圭以三省樞密院酒官充書云。

草頭古

嘉定間禁止青蓋事，蓋起於鄭昭先無以塞月課，前録載其事。太學諸生與京兆辨，時相持之不下。薛會之極、胡仲方榘，皆史所任也。諸生伏闕言事，以民謠謂胡、薛爲「草頭古，天下苦」，象其姓也。謂「虐我生民，莫匪爾極」，象其名也。薛不安其位，力乞去。時相謂曰：「彌遠明日行，則尚書今日去。」薛不能不留。自侂冑得柄，事皆不隸之都司。初議於蘇師旦，後議之史邦卿，而都司失職。自時相用事，始專任都司。都司權居臺諫上，既未免以身任怨，故蒙天下之謗。時聶善之亦時相，所任大抵以袁絜齋〔一三〕、真西山、樓暘叔、蕭禹平、危逢吉、陳師虙輩，皆秀才之空言。善之帥蜀，道從金陵，逢吉之弟和爲江東帥屬，迎勞之於驛邸。聶因語之曰：「令兄也只是秀才議論。」應習於文法云。

祥不樂，按應祥前文未見，豈和字耶？竟不餞之，銜之終身。善之，士人也。薛、胡以儒家子

二元

朱文公熹，字元晦。中年自悔，以爲元爲乾，四德之長，愧不足以稱是，遂易曰仲晦。真文忠公名德秀，字景元。樓宣獻公嘗從容叩之以字義，真答以「慕元德秀之爲人，故曰景元」。樓公取詩注「景行行止」處示之，則景之義爲明，謂「高山仰止」對「明行行止」也。真遽易爲希元。盖「景元」乃「明元」，無謂也。二公州里則同，而文公又真公所聞而知之之師，且謚又同一字，而字義之誤，又皆能自知其非而易之。然當時至今但稱二公曰元晦、景元，而未嘗稱之曰仲晦、希元，盖其習稱已久，而不能以遽易也。文忠始於舉子，命字之義非得於師友，故始字曰實夫。後鄉曲有輕薄子曰：「只恐秀而不實。」故易曰景元。若文公則不然，其師友曰籍溪，曰延平，顧不能救其字之誤也，而必俟公之自悔，其亦異乎王通矣。通之弟曰績，字無功。通曰：「神人無功，非爾所及也。」故終身名之。按與甲集所載略同。

單夔知夔州

單夔以家貧祈郡，孝宗聖聽高遠，知其所至〔二四〕，四字未詳，疑有脱誤。從中大書御札云：「單夔知夔州。」後竟不赴，易守建寧。錢象祖嘗獻珠搭當於韓侂胄，迨其致仕，詞臣草詔進封珍國公。二事略相似也。

寧皇御舟

張巨濟，字宏圖，福清人。嘉泰間上書寧宗，以「慈懿欑陵今在湖曲，若陛下游幸，則未免張樂。此豈履霜露之義」？寧皇感悟其言，旌轉一秩，由此湖山遂無清蹕之聲，非特儉德云，此句上似有脱文。御鷁至沈於波臣。黄洪詩云：「龍舟太半没西湖，便是先皇節儉圖。三十二年安静裏〔二五〕，櫂歌一曲在康衢。」按寧宗於紹熙五年甲寅即位，崩於嘉定十七年甲申，凡在位三十一年，此云三十二年，疑傳寫之誤。

兩朝玉帶之祥

徽宗親解玉帶以授康邸，遂基火德中興之祥，事載國史諸書，此不復載。至高宗以常德爲孝宗潛藩，尤有足紀者。先是，常德有玉帶渠在城内，本名永泰渠。端拱初，或以水由坤入於城府最利，且避陵名，更名秀水。守臣龔穎篆秀水斗門以表之。熙寧元年，有異人號海蟾翁劉易者，寓天慶觀，謂所善魏道士曰：「此水，郡之玉帶，當有佩是者應之。」未幾，孝宗啓社。又流虹繞電之地，實曰秀州，亦秀水之讖云。

張公九成玉帶

張公九成自爲士時，嘗遇至人許以官爵，見玉帶則止。後張爲掄魁，又天下相望所屬，人謂至人之説且驗。會公與客共觀王欽若以計取上方解賜玉帶事，則撫掌大恚曰：「奸臣！奸臣！」聲漸微而公逝矣。

史彌遠玉帶按此條元本連上爲一則，以係兩事，特爲標目以別之。

嘉定間，寧皇賜史彌遠、趙師揆、楊次山等以玉帶，惟彌遠上所解賜，他皆取於内府。朝之仕者與四方之門生故吏，汎然啓賀。其賜帶，與趙、楊等混然無別。雖彌遠未嘗留意儷語，因覽衆啓畢，獨取一啓内「解賜」二字，曰：「此卻知彌遠是上解賜。」此啓紹翁爲人代作。

校勘記

〔一〕「乃竊借其名以爲身售」，「身」，四庫全書本作「自」。

〔二〕「因史變柏法」，「柏」，原空缺，據四庫全書本補。

〔三〕「寧皇收淚而止」，「收」，四庫全書本作「抆」。

〔四〕「領儗頳」，「頳」，四庫全書本作「赭」。

〔五〕「浸以不逮於昔」，「浸」前四庫全書本有一「詩」字，似是。

〔六〕「詔宰職就館見金使」，「職」，四庫全書本作「執」。

〔七〕「程公嘗歷兩制世號爲滄洲先生」，此句四庫全書本爲大字正文，「程公」上有「紫薇」兩字。

〔八〕「陶孫卽亡命歸走閩」，「卽」，四庫全書本作「亟」。

〔九〕「則寓金鈴於尾」，「尾」，四庫全書本作「腰」。

〔一〇〕「都督魏公遣張虬侯澤往大梁伺璘」，「遣」原作「遺」，據四庫全書本改。

〔一一〕「歸未及家」，「家」，原空缺，據四庫全書本補。

〔一二〕「則又夷狄亂中國之漸也」，「夷狄亂中國」五字，原脱，據四庫全書本及建炎以來朝野雜記甲集卷一補。

〔一三〕「當高宗款謁郊宫」，「款謁」，四庫全書本作「擬謁」。

〔一四〕「陸公因歎息曰」，「公」原無，據四庫全書本增；「因」，四庫全書本無。

〔一五〕「形若袖展」，「袖展」，四庫全書本作「展袖」，似是。

〔一六〕「無擇序其文」，「擇」原作「澤」，據四庫全書本改。

〔一七〕「熙寧三年九月試制科二人」，「二人」，續資治通鑑長編卷二一五作「五人」。

〔一八〕「紹興元年至七月」，據宋宰輔編年録卷一四、卷一五及宋史卷二一三宰輔表，此句疑應作「建炎四年五月至紹興元年七月」。

〔一九〕「秦罷後然後朱勝非再相」，「秦罷後」，四庫全書本作「秦罷」，似是。

〔二〇〕「俱胝院靈石山」，「胝」，四庫全書本作「胘」。
〔二一〕「宣威群下问」，「下」，四庫全書本作「不」。
〔二二〕「天颜䩄然而笑曰」，「䩄」原作「靦」，据四庫全書本改。
〔二三〕「大抵以袁絜齋」，「絜」原作「潔」，據本書甲集慶元六君子、乙集甲戌進士及宋史卷四〇〇改。
〔二四〕「知其所至」，「至」，四庫全書本作「志」。
〔二五〕「三十二年安靜裏」，「二」，四庫全書本及武林舊事卷三西湖遊幸作「六」。

四朝聞見録丁集

寧宗皇帝一朝詳具大事按别本無此一行。

寧皇卽位

寧宗皇帝，光宗第二子，母曰李皇后。乾道四年十月二十日生於恭邸〔一〕。原注：以其日爲瑞慶節。五年十一月除右千牛衛大將軍。淳熙五年十月封英國公，十二年三月進平陽郡王，十六年三月封嘉王。紹熙五年七月五日，奉太皇太后聖旨，就重華宮卽皇帝位。原注：年二十七。○按以下二十五行已見甲集。憲聖既擁立光皇，光皇以疾不能喪，憲聖至自爲臨奠。先是吳琚奏東朝云：「某人傳道聖語『敢不控竭』。竊觀今日事體，莫如早決大策，以安人心。垂簾之事，止可行之旬浹〔二〕，久則不可。願聖意察之。」憲聖曰：「是吾心也。」翌日，並召嘉王暨吴興入，憲聖大慟不能聲，先諭吴興曰：「外議皆謂立爾，我思量萬事當從長。嘉王長也，且教他做。他做了爾卻做，自有祖宗例。」吴興色變，拜而出。嘉王聞命，驚惶欲走。憲聖已令知閤門事韓侂胄掖持，使不得出。嘉王連稱：「告大媽媽，原注：憲聖。臣做不得，做不得。」憲聖命侂胄：「取黄袍來，我自與他著。」王遂掣侂胄肘環殿柱。憲聖叱王立侍，因責王以「我見爾公公，又見爾大爹爹，見爾爺，今又卻見爾。」言訖，淚數行下。侂胄從旁力以天命勸。王知憲聖聖意堅且怒，遂衣黄袍，亟拜不知數，口中猶微道「做不得」。侂胄遂掖王出，喚百官班，宣諭宿内前諸軍以嘉王嗣皇帝已卽位，且草賀。驩聲如雷，人心始安。先是，皇子卽位於内，則市人排舊邸以入，爭持所遺，謂之「掃閣」，故必先爲之備。時吴興爲備，獨嘉王已治任判福州，絶不爲備，故市人席卷而去。王既卽位，翌日，侂胄侍上詣光皇問起居。光皇疾有間，問：「是誰？」侂胄對曰：「嗣皇帝。」光皇瞪目視之，曰：「吾兒耶？」又問侂胄曰：「爾爲誰？」對曰：「知閤門事臣韓侂胄。」光皇遂轉聖躬面内。時惟傳國璽猶在上側，堅不可取。侂胄以白慈懿，慈懿曰：「既是我兒子做了，我自取付之。」卽光宗臥内掣甲集作「挐」。璽。寧皇之立，琚亦有助焉。文忠真公跋琚奏稿于忠宣堂云：「觀少保吴公密奏遺稿，其盡忠王室，可以對越天地而無愧，歎仰久之。丙子夏至，富沙真德秀書。」以下八行已見丙集。光宗疾不能喪，襄陽士人後又作「歸正人」陳應祥陰連北方鄧州叛黨，欲殺守臣張定叟，用縞素代皇帝爲太上執喪，且舉哀以順北。適寧皇登極之詔甫三日而至，陳遂變色寢謀，旋爲其黨所訴。定叟臨閲場問之曰：「朝廷負爾耶？太守負爾耶？」各命將士射之。先誌其箭，中其肝者有某賞，中其心者有某賞，中其體若肢者有某賞。發陳之篋，惟縞巾數千云。先是，趙蹈中具載水心贊嘉邸之語數十百，親筆其顛末，紹翁未之見也。

慶元丞相

嘉定初，趙忠定賜謚曰「忠愍」。大臣死非其罪，故以「愍」易名。其家上疏自列，以爲子孫所不忍聞，改「愍」爲「定」，原注：公爲侂胄所擠，至貶所服腦。然没其實矣。家集欲以「慶元丞相」爲名，又以慶元亦有他相，故但曰趙忠定集。其家又列於朝，乞毁龔頤正續稽古録。又以其録傳播四夷已久，乞特削其官，刊定正史。朝廷皆從之。頤正，布衣也，名家子。家於和州，號稱博洽。阜陵朝，嘗進元符元祐本末等書，上嘉歎，俾階官簿。慶元間，頤正一作「侁胄」，誤。爲太社令，嘗續司馬文正公稽古録，後又循至著廷修史，纂進寧皇登位事，與其録相表裏。頤正載忠定事於録，則曰：「知閤門事韓侂胄入奏太皇太后，得旨以諭趙汝愚等，來早太皇太后就梓宫前垂簾，引執政入班于几筵殿下。太常寺先引汝愚等赴梓宫燒香畢，次赴太皇太后簾前起居奏事。奉太皇太后聖旨：『皇帝以疾未能執喪，曾有御筆自欲投閒〔三〕，皇子嘉王可卽皇帝位』云云。按此句以「云云」二字，省去「尊皇帝爲太上皇帝」至「天下稱之」等二百四字，見後考異條内。是日，皇子嘉王卽皇帝位。於是趙汝愚、余端禮、陳騤等率百官如儀。」據頤正載於録者如此，初未嘗毁忠定也，疑載於正史必有異辭。又詳忠定子弟雪父冤、乞刊史之詞云：「頤正修史，以忠定有『只立趙家一塊肉便了』之詞，又有『白龍之夢』以此詆忠定。」紹翁惜不及拜覽國史，恐前後史臣削去已久。紹翁前所載憲聖册立寧皇事，與頤正所載略不少同。頤正外臣也，不知當時宫闈事，當以紹翁得之吴氏者爲詳可信。嘉定時，頤正已死。先是，紹翁未敢以吴氏之説爲信，嘗於西山書院會趙氏子弟，其説相符。趙氏以丞相女孫妻西山之子云。

考異

先是，趙公汝愚諭殿帥郭杲，以兵三百至延禧殿門祈請國璽，欲自都省迎寘於德壽宮。杲入，索璽於内璫羊駰、劉慶祖。二璫相語：「若璽入杲，或以他授，則大事去矣。况丞相有『趙家肉卽可做』，此自主張吳興，則璽尤不可輕授。」二璫遂設計，諭杲以祥曦殿門非殿前宜入，宜俟於門下。先付璽函，封甚秘，一作「密」。授於杲，杲奉函于都省。二璫徑以璽從間道馳詣德壽宮憲聖殿。先是，憲聖已召嘉王入德壽宮殿内，汝愚不知所奉者璽函耳，遂至宮門欲上璽。憲聖諭以「璽已寘善所，嘉王已卽位」，汝愚等惶恐稱賀，憲聖遂專擁立之功。紹翁竊詳前説，與吳、趙二氏既異，雖龔頤正稽古録志在詆趙，亦不及是。當缺所疑，備史氏采擇云。

考異按此條似有脱文，别本删去，今仍其舊。

副都知楊舜卿領兵。

考異

和州布衣龔敦頤者，元祐黨人原之孫也。嘗著符祐本末黨籍列傳等書數百卷。淳熙末，洪景盧領史院，奏官之後，避光宗名，改頤正。朝廷以其有史學，嘉泰元年七月賜出身，除實録院檢討官，蓋付以史事。未幾而頤正卒。原注：出李心傳朝野記。前載頤正事，出袁公説友跋頤正録。

考異

紹熙五年六月〔四〕，宰臣留正等入奏，乞早正嘉王儲位，以安人心，以建萬世無窮之基。甲寅，留正等兩具奏，乞立嘉王爲皇太子。是晚，出御批：「朕歷事歲久，念欲退閒。」壬戌，正復乞去，出國門。癸亥，知閤門事韓侂胄入奏太皇太后，得旨以諭汝愚等，來早太皇太后就梓宫前垂簾，引執政入班於几筵殿下。太常寺先引汝愚等赴梓宫前燒香畢，次赴太皇太后簾前起居奏事。奉太皇太后聖旨：「皇帝以疾至今未能執喪，曾有御筆欲自退閒，皇子嘉王可即皇帝位，尊皇帝爲太上皇帝，皇后爲太上皇后。」詔曰：「門下：朕承列聖之洪圖，受壽皇之内禪，撫有四海，于今六年。夫何菲凉，屢愆和豫，遽罹禍變，彌劇哀摧。雖喪紀自行於宫中，而禮文難示於天下。矧國事之重，久已倦勤；荷祖后之慈，曲加矜體。皇子嘉王，仁孝之德，中外所推，居恒小心〔五〕，未嘗違禮。嗣膺大寶，兹謂得人。朕退安燕頤，遂釋重負。何止循宅憂之志，抑將綿傳祚之休。皇子嘉王可即皇帝位，朕移御泰安宫。播告遠邇，咸使聞知。尚賴忠良，共思翼贊。」是詔蓋憲聖命樓公鑰所草，内云「雖喪紀自行於宫中，而禮文難示於天下」，天下稱之。是日，皇子嘉王即皇帝位，於是趙汝愚、余端禮、陳騤等率百官起居如儀。原注：續稽古。先是，甲寅六月丁未，宰執劄子奏：「皇子嘉王，仁孝夙成。學問日進，宜早正儲位，以安人心。」癸丑，再入劄子，御批云：「甚好。」乙卯，再擬指揮進入，乞付學士院。是晚批出八字，乃上所云也。留丞相得之始懼。丙辰，再擬入，御批「可，只今施行」。己未，宰執再奏，乞面奉處分。晚，付出封題稍異。丞相不啓封，付之内降房。七月庚申朔，汝愚趣啓封，丞相視牘尾，色憂，密爲去計。辛酉，朝臨，仆於地。是日，工部尚書趙彦逾見汝愚白事，汝愚微及與子意，彦逾大喜。汝愚乃俾彦逾馳告殿前都指揮使郭杲，許諾，議遂决。壬戌大祥，丞相以五更入奏致其仕，易肩輿出城去。汝愚欲奏太母〔六〕，而難其人。知閤門事韓侂胄，太母女弟之子也，與淄人蔡必勝同在閤門。必勝因其里人左司郎官徐誼、吏部員外郎葉適言於汝愚，遂令侂胄以内禪事附慈福宫内侍張宗尹入奏。太母素簡嚴，無他語，令諭汝愚耐煩而已。癸亥，侂胄再往，與重華宫内侍關禮遇。禮問知其謀，入白太母，言與淚俱下。太母蹙額久之，曰：「事順則可。」禮遂簡侂胄以「來日梓宫前垂簾，引執政」。日過午，汝愚乃以諭同列，關禮又使所親閤門宣贊舍人傳密旨，製黄袍。時上在嘉邸，殊不知，方以疾告。汝愚簡宫寮彭龜年云：「禫祭重事，王不可不入。」甲子，禫祭。杲與步帥閻仲先分兵衛南北面，太母垂簾，命關禮引王先入，次執政奏事。太母曰：「皇帝已有成命，相公當奉行。」汝愚出所擬太皇太后聖旨云：「皇帝以疾，至今未能執喪，曾有親筆自欲退閒。皇子嘉王可卽皇帝位，尊皇帝爲太上皇帝，皇后爲太上皇后。」太母覽畢，云：「甚好。」太母勸上卽位，上固辭，且顧汝愚曰：「某無罪，恐負不孝之名。」群臣力請，遂卽皇帝位於東楹之素幄，次行禫祭禮，人心始定。先是，京口諸軍訛言洶洶，襄陽歸正人一作「士人」。陳應祥亦謀爲變，舉事前一日，登極赦書至，遂敗。朱熹嘗謂上「前日未嘗有求位之志，今日未嘗忘思親之懷，盖行權而不失其正」云。慶元元年夏四月，始用校書郎李壁奏，命正緻御札八字付史館。

考異

甲集載吴琚贊策事，文忠真公德秀爲跋其密奏遺稿矣，其奏盖擬進於太上，乞太上宣布於外云：「予與皇帝之情，初無疑間，比以過宫稍希，臣僚勸請，反涉形迹。殊不知三宫聲問絡繹，豈在一月四朝方爲盡禮？今天氣向暑，過宫常禮宜免。如欲相見，當自招皇帝矣。乞謄降付留正等。」此紹翁親目於琚之子鋼，後又再索之於鋼之子。近閲水心先生葉公適題王大受拙齋詩稿則曰：「紹熙四年〔七〕，光宗疾不能朝重華，諫者傾朝，謗者盈市。憲聖后兄子琚最賢，大受因琚奏孝宗：『陛下惟一子，不審處利害，恣國人騰口，取名於家，計大不便。且群臣以父子禮故諍不敢止，陛下何不出手詔，云皇帝體不安，朕所深知，卿且勿言，須秋凉一有「朕」字。自當一無「當」字。擇日與皇帝相見也。』孝宗喜其策，會晏駕，不果用。」適以爲「余實親見」，不知二稿何爲略不相似。大受往來諸公間，自以爲預誅韓功。至是，鋼白其先志於朝，大受必以鋼如適所載其父稿，實大受所封，鋼猶豫未上，會攻媿樓公鑰憤其前與族兄鏞有間，按事見戊集曲水硯條內。且毀其文，力言之於史相，期以必竄大受。又嗣秀王師揆言於朝：「王大受一布衣，凡國之大議，須要討一作「封」。分。」此處疑有脱文。史遂命京兆去大受袍笏，編置邵武。鋼遂以其稿上，而削大受姓名。原注：事有已見甲、乙集者，今復詳具。

慶元黨

嘉定改元，真文忠公以太學博士輪對，奏劄曰：「慶元以來，柄臣顓制，立爲名字以沮天下之善者有二：曰好異，曰好名。士大夫志於爵禄，靡然從之，以慷慨敢言爲賣直，以清修自好爲不情。流弊之極，至於北伐舉朝趨和，而爭之者不數人。今既更化，當先破尚同之習。」二年春二月，除起居舍人。夏五月，直前奏事，略曰：「自權奸擅政，十有四年。始也朱熹、彭龜年以抗論逐，吕祖儉、周端朝以上書斥。其後吕祖泰之貶，則近臣已不敢言。又其後也，盜平章之名，起邊陲之釁，求如一祖泰者不可得矣。」文忠此疏，不特爲韓也。先是，紹熙五年六月庚寅，朱文公熹除寶文閣侍制，與州郡差遣。己亥，除知江陵府。初，寧皇之立，趙忠定不用吳琚，原注：事已載乙集。琚，慈福親姪。乃召韓侂胄原注：慈福表姪。而囑之。韓本不得通慈福宮籍，乃介內侍關禮入白慈福，至涕泣固請。慈福召韓入，遣諭忠定，其議始定。韓自以爲有定册之功，欲去忠定而未果。文公自長沙召入，聞之卽惕然以爲憂，因奏牘示微意。一作「因免牘寓微意」。及進對，指陳再三，又約吏部侍郎彭龜年白發其奸。彭護金使以出，韓益得志。時忠定方議召知名之士，海內引領，以觀新政，而事已多出於韓氏。文公既言於上，又數以手書遺其徒白忠定，欲處韓以節鉞，賜第於北關之外，以謝其勤，漸以禮疎之，忠定不能用。文公自長沙行至衢州，以書招其門人聘君蔡元定。元定不至，復書無他語，但勸其早歸。文公居頃，一作「未去頃」。韓諷伶優以木刻公像，爲峨冠大袖，於上前戲笑，以熒惑上聽。公猶留身講筵，乞再施行前奏，則予郡之批，已徑從中出。然韓猶以公當世重望，美其職名，而優以大藩。公既去國，彭公方護使歸，因奏：「陛下近日逐得朱熹太暴，臣亦欲陛下亟去侂胄。」未幾，彭亦以直批予郡。慶元元年，韓欲併逐忠定，誣以不軌，因以盡除天下之不附己者，名以僞學。而太府寺丞呂祖儉以爭論忠定貶韶州，而弟祖泰至黜一作「斥」。而竄。初，詞臣傅伯壽嘗從公於武夷，當公懇辭待制，草制詞云云，「逮茲累歲，始復有陳前受之是，今受之非，誰能無惑？大遜如慢，小遜如僞，夫豈其然？顧而務徇於名高，在我詎輕於爵馭。俾解禁嚴之直，復居論著之聯」云云。「噫，厭承明，勞侍從，既違持橐之班；歸鄉里，授生徒，往究專門之學。」遂授修撰之命。公嘗用郊恩奏其子京官，故傅有「累歲始陳」之誚。二年冬十二月癸丑，褫職罷祠。臺臣擊僞學，至榜朝堂。未幾，張貴謨指論太極圖説之非，而沈繼祖以追論伊川程正公爲察官。原注：此某所載爲胡紘〔八〕。今以文公年譜考之，蓋紘草而沈用之。而胡紘草公疏未上，會以遷去職，遂轉授繼祖〔九〕，故有是命。慶元三年丁巳春二月癸丑省劄：原注：蔡本作「二年十月」。「臣竊見朝奉大夫、秘閣修撰、提舉鴻慶宫朱熹，資本回邪，加以忮忍，初事豪俠，務爲武斷。自知聖世此術難售，尋變所習，剽張載、程頤之餘論，寓以喫菜事魔之妖術，以簧鼓後進，張浮駕誕。私立品題，收召四方無行義之徒以益其黨伍，相與餐粗食淡，衣褒帶博。或會徒於廣信鵝湖之寺，或呈身於長沙敬簡之堂，潛形匿影，如鬼如魅。士大夫之沽名嗜利、覬其爲助者，又從而譽之薦之。根株既固，肘腋既成，遂以匹夫竊人主之柄，而用之於私室。飛書走疏，所至響答，小者得利，大者得名。不惟其徒咸遂所欲，而熹亦富貴矣。臣竊謂熹有大罪者六〔一〇〕，而他惡又不與焉。人子之於親，當極甘旨之奉，熹也不天，惟母存焉。建寧米白，甲於閩中，而熹不以此供其母，乃日糴倉米以食之。其母不堪食，每以語人。嘗赴鄉鄰之招，歸謂熹曰：『彼亦人家也，有此好飯。』聞者憐之。昔茅容殺鷄食母而與客蔬飯，今熹欲餐粗釣名而不恤其母之不堪，無乃太戾乎？熹之不孝其親，大罪一也。熹於孝宗之朝屢被召命，偃蹇不行，及監司郡守或有招致，則趣駕以往。説者謂召命不至，盖將辭小而要大；命駕趣行，盖圖朝至而夕饋。其鄉有士人連其姓者，貽書痛責之，熹無以對。其後除郎，則又不肯入部供職，託足疾以要君，此一作「又」。見於侍郎林栗之章。熹之不敬於君，大罪二也。孝宗大行，舉國之論，禮合從葬於會稽。熹乃以私意倡爲異論，首入奏劄，乞召江西、福建草澤，别圖改卜。其意盖欲藉此以官其素所厚善之妖人蔡元定，附會趙汝愚改卜他處之説，不顧祖宗之典禮，不恤國家之利害。向非陛下聖明，朝論堅決，幾誤大事。熹之不忠於國，大罪三也。昨者汝愚秉政，謀爲不軌，欲藉熹虚名以招致奸黨，倚腹心羽翼驟升經筵，躐取次對。一誤「躐次取對」。熹既用一作「剽」。法從恩例封贈其父母，奏薦其子弟，换易其章服矣，乃忽上章佯爲辭免（二），豈有以職名而受恩數而卻辭職名？玩侮朝廷，莫此爲甚。此而可忍，孰不可忍？熹之大罪四也。汝愚既死，朝野交慶，熹乃率其徒百餘人哭之于野。熹雖懷卵翼之私恩，盍顧朝廷之大義？而乃猶爲死黨，不畏人言。至和儲用之詩，有『除是人間别有天』之句，原注：乃武夷九曲詩，非和儲也。人間豈容别有天耶？其言意何止怨望而已！熹之大罪五也。熹既信妖人蔡元定之邪説，謂建陽縣學風水有侯王之地，熹欲得之。儲用逢迎其意，以縣學不可爲私家之有，於是以護國寺爲縣學，原注：恐是政和以縣學爲護國寺。○一本誤作本文大字。○又按「政和」二字似誤。以爲熹異日可得之地。遂于農月伐山鑿石，曹牽伍拽，取捷爲路，所過騷動，破壞田畝，運而致之于縣下。方且移夫子于釋迦之殿，設機造械，用大木巨纜絞縛聖像，撼摇通衢闠市之内，而手足墮壞，觀者驚歎。邑人以夫子爲萬世仁義禮樂之宗主，忽遭對移之罰，一本有「禍」字。而又重以折肱傷股之患，其爲害于風教大矣。熹之大罪六也。以至欲報汝愚援引之恩，則爲其子崇憲執柯娶劉珙之女，而奄有其身後巨萬之財。又誘引尼姑二人以爲寵妾，每之官，則與之偕行，謂其能修身，可乎？冢婦不夫而自孕，諸子盜牛而宰殺，謂其能齊家，可乎？知南康軍，則妄配數人而復與之改正。帥長沙，則匿藏赦書而斷徒刑者甚多。守漳州，則搜古書而妄行經界，千里騷動，莫不被害。爲浙東提舉，則多發朝廷賑濟錢糧，盡與其徒而不及百姓，謂其能治民，可乎？又如據范染祖業之山以廣其居，而反加罪于其身；發掘崇安弓手父母之墳以葬其母，而不恤其暴露，謂之恕以及人，可乎？男女婚嫁，必擇富民，以利其奩聘之多；開門授徒，必引富室子弟，以責其束脩之厚；四方魄賂，鼎來踵至，一歲之間動以萬計，謂之廉以律己，可乎？夫廉也，恕也，修身也，齊家也，治民也，皆熹平日竊取中庸大學之書，以欺惑斯世者也。今其言如彼，其行乃如此，豈不爲大奸大憝也耶！昔少正卯言僞而辯，行僻而堅，夫子相魯七日而誅之。夫子，聖人之不得位者也，猶能亟去之如是，而況陛下居德政一作「得致」。之位，操可殺之勢，而熹有浮于少正卯之罪，其可不亟誅之乎？臣愚欲望聖慈特賜睿斷，將朱熹褫職罷祠，以爲欺君罔世之徒、污行盗名者之戒。仍將儲用鐫官，永不得與親民差遣。其蔡元定，乞行下建寧府追送別州編管。庶幾奸人知懼，王道復明。天下學者，自此以孔、孟爲師，而憸人小夫不敢假托憑藉，横行于清明之時，誠非小補。」公遂拜表稱謝曰：「罪多擢髮，分甘兩觀之誅；量極包荒，姑示片言之貶。迨復尋于白簡，始知麗于丹書。鐫延閣論撰之名〔一二〕，輟真祠香火之奉。兹爲輕典，永賴洪庥，一作「私」。捧戴奚勝，感藏曷喻！中謝。伏念臣草茅賤品，江海孤生，蚤值明時，已誤三朝之眷獎；晚逢興運，復叨上聖之深知。召自藩維，擢參經幄，略無可紀，足稱所蒙。既遠去于朝行，即永歸于農畝。然猶畀之秩禄，使庇身於卜祝之間；寘在清流，容廁迹于圖書之府。所宜恭恪，或逭悔尤。乃弗謹于彝章，遂自投于憲網。果煩臺劾，盡發陰私，上瀆宸嚴，下一作「交」。駭聞聽。凡厥大譴大呵之目，已皆不忠不孝之科。至于衆惡之交歸，亦乃群情之共棄。而臣瞶眊，初罔聞知，及此省循，甫深疑懼。豈謂乾坤之造，特回日月之光。略首從之常規既俾，但書于薄罰；稽眚終之明訓倘許，卒遂于餘生。是宜衰涕之易零，惟覺大恩之難報。此盖伏遇皇帝陛下堯仁廣覆，舜哲周知。謂表正于萬邦，已極忠邪之判；則曲全于一物，未傷黜陟之公。遂使頑蒙獲逃竄殛，臣敢不涵濡聖澤，刻厲愚衷？雖補過修身，無及桑榆之暮景；然在家憂國，未忘葵藿之心。」初，臺臣劾公，僅見省劄，而掖垣見不敢草謫詞云。以蔡、李所著二年譜考之，二年十月中書舍人闕官，三年丁巳春則高文虎實權中書舍人，三月真除，繼是則范公仲藝、陳公宗召當制。以年譜之所載二年三年不同，續當有考。初，元定前以錫山尤公袤、誠齋楊公萬里所薦，杜門著書，隱居不仕。臺臣以元定與公遊最久，謂公欲薦草澤易阜陵之卜，誣以爲公易置建陽鄉校基規爲葬地，故疏云云。元定謫道州羈管時，建陽令儲公用字行之，亦以劾罷，爲其從公命也。公復鄭公景實栗書云：「儲宰一日與邑中定議，而某亦預焉，其人原注：謂「元定」。則初不及知，而其地亦不堪以葬。他時經由，當自知之。」又答儲書云：「閒中讀書奉親，足以自樂。外物之來，聖賢所不能必，況吾人乎？但新學一旦措手而委之庸髡，數日前已遷像設，令人憤歎不已。」慶元六年，公終于正寢。郡守傅伯壽以黨禁不以聞于朝，猶遣人以賻至，其家辭焉。時故舊莫敢致哀，陸公游僅以文祭云：「某有捐百身起九原之心，傾長河注東海之淚，路脩齒耄，神往形留。公殁不忘，庶其歆饗。」僅此六句，詞有所避而意亦至矣。元定先公三年殁，以柩歸葬。公以文慟之，其詞曰：「竊聞亡友西山原注：元定號。先生羈旅之櫬，遠自舂陵來歸故里，謹以家饌隻鷄斗酒酬于靈一作「柩」。前。嗚呼，哀哉！」略無他辭。及其葬也，以病不能會，遣其子以文祭之，曰：「季通而至此耶，精詣之識，卓絶之才，不可屈之志，不可窮之辯，不復可得而見矣！天之生是人也，果何爲耶？西山之顛，君擇而居；西山之足，又卜而藏。而我于君之生，未及造其廬以遂半山之約。及其葬也，又不能扶曳病軀，以視君之反此真宅，而永訣以終天也。並游之好，同志之樂，已矣！」陸公之祭文公，文公之祭蔡君，俱不敢以一字誦其屈。盖當時權勢熏灼，諸賢至不敢出聲吐氣，惟以目相視而已。官薦書與士子家狀，俱以不係僞學爲保任。公與田子真帖云：「聞某頗居前列。」原注：姓名已載李秀巖朝野記，兹不復述。○按此下似有脱文。○帖載公大全續集三卷。又公與饒廷老書云：「中間道學二字，標榜不親切，又不曾經官審驗，多容僞濫。近蒙易以僞學，又責保任虚實，于是真贋始判矣。」帖載大全續集四卷。嘉泰二年壬戌，除華文閣待制，與一子恩澤。郡不以公殁聞于朝，故有生前之命。于是黨禍稍一作「始」。平，而不知其所自。盖吴公琚與儲公行之、項平甫游甚密，王大受又爲水心先生門人，而吴又嘗見止齋陳公執弟子禮。原注：陳集有回吴直閣書。初，徐誼以忠被遣，徙南安，勢洶洶未已，大受謀爲薄誼罪者。一日，侂胄女歸寧，忽致誼書。侂胄發函黯然，即移袁州。方議再移，會使臣蔡璉妄言牽引誼，衆爲懼，大受調護從容，竟得移袁州，尋歸故郡矣。于是，胡紘、劉德秀等多架造險語，且欲株陷良人，人人皇恐不自保。大受又請琚白太后，請外廷毋更論往事，大受力居六七。原注：水心先生題王大受拙齋稿。然事關宮闈，聯畹戚至秘，雖韓氏亦不知。吳公琚與大受所發，固非當時外廷與武夷弟子之所知。微水心先生發明之，則後之作史者安考？韓已漸疑琚陰援道學，至語其兄有「二哥原注：吳與韓爲中表，其位爲兄。只管引許多秀才上門」，吳由次對，遂乞郡以出。韓一日因賞花之會，戲謂琚曰：「二哥肯爲伲冑入蜀，爲萬里之行否？」琚對以「更萬里，琚亦不辭」。韓笑謂曰：「慈福豈容二哥遠去？前言固一作「相」。戲耳。」琚亦以他郡去。琚諡議云：「待制西清，陳義慷慨，無少一作「所」。回隱。至于誠心樂善，惓惓于當世之君子，而深識遠慮，疾私忿之害公，惡偏論之失平，有關于天下國家之大者，士大夫往往媿之。」嗚呼，若此者，世豈能盡知公哉！琚薨時，韓猶未敗，故諡議微及其事云。此太常之云耳，考功張嗣古是之，云：「深識遠慮，惓惓于當世之故，有非學士大夫之所及者。」嗣古爲韓甥，略不趨附。其使金一節，已載前録。又有譙公令憲者，偶閱朱文公論語，以韓邀會，介者促迫之登車，偶不省論語在袖中。至韓所，欲揖而論語落一作「墮」。地，韓爲一笑。原注：其後，令憲以江東部使劾公之子在，亦曰「臣嘗讀其父書」。當文公之嚮用也，其門人附之者衆。及黨議之興，士之清修者深入山林以避禍，而貪榮畏罪者至易衣巾、攜妓女于湖山都市之間以自別。雖文公之門人故交嘗過其門，凜不敢入。乙卯歲，麗水吳君棣獨躡蹻入武夷授四書，每日爲課，文公多所與可。公大書「思齊」二字以厲之，吳因以自名其齋云。文公之去國，寓西湖靈芝寺，送者漸少，惟平江木川李君杞，獨從容叩請，得窮理之學，有紫陽傳授行于世。嘉泰之間，爲公之類者已幡然而起。至嘉定間，偶出于一時之游從，或未嘗爲公之所知者，其迹相望于朝，俗謂「當路賣藥綿」。臨安售綿率非真，每用藥屑以重之，故云。夫誦師説而失其本真，雖孔氏之門不能免，而其不出而仕者，僅顔、曾二三子。利禄之移人，雖賢者不能忘。當文公武夷籍溪之時，與其師友門弟子析義理之精微，窮性命之隱奥，視風乎舞雩之樂，殆將過之。出而齟齬，于仕坎壈，其身幾陷入于深文。雖禍福決非公之所計，而士君子之出處，斯亦難矣。惟聖人備道全美，信夫！文忠猶及文公之時，時黨禁，莫之敢見。文忠已中乙科，以婦翁楊公圭勉之同謁鄉守傅伯壽，盡傳公之業。未幾中選，故不及門云，惜哉！

考異

劉德秀仲洪爲桂陽教官，考校長沙回，至衡山，遇湖南撫幹曾撙節夫，原注：南豐人。

亦自零陵考校回。曾，晦翁上足而劉之素厚善者也。同宿旅邸，相得甚歡。劉謂曾曰：「倉司下半年文字，聞君已覓之，信否？」曰：「不然。搏平生不就人求薦。」劉再三叩之，曾甚言所守端確，未嘗屈節于人。劉曰：「然則某欲得之，可乎？」曰：「君自取之，何與吾事？」劉至衡陽以告倉屬，一作「倉司」，似誤。倉屬曰：「長官已許曾節夫矣。」劉曰：「昨遇之于途，而曰未嘗覓文字于人。」倉屬曰：「不然。曾書可覆也。」取以示之，則詞極卑敬，無非乞憐之語。劉太息而去，曰：「此所以爲道學也歟〔一三〕！」及劉爲大理司直，會治山陵于紹興，朝議或欲他徙。丞相留公正會朝士議于其第，劉亦往焉。是早至相府，則太常少卿詹體仁元善、國子司業葉適正則先至矣。詹、葉亦晦翁之徒，而劉之同年也。二人方並席交談，攘臂笑語，劉至，顔色頓異。劉卽揖之，叙寒温，葉猶道卽日等數語，至詹則長揖而已。揖罷，二人離席默坐，凜然不可犯。劉知二人之不吾顧也，亦移席别坐。須臾，留相出，詹、葉相顧，厲聲而前一作「起」。曰：「宜力主張紹興非其地也。」乃升階力辯其非地。留相疑之曰：「孰能決此？」二人曰：「此有蔡元定者深于郭氏之學，識見議論無不精到，可決也。」劉知二人之意在蔡季通，則獨立階隅，默不發一語。留相忽顧之曰：「君意如何？」劉揖而進曰：「不問不敢對，小子何敢自隱？某少歷宦途，奔走東南湖、湘、閩、廣、江、浙之間，歷覽盡矣。山水之秀，無如越地，蓋甲于天下者也，宅梓宫爲甚宜。且遷易山陵，大事也，況國步多艱，經費百出，何以堪此？」公慨然曰：「君言是也。」諸公復向趙汝愚第議之。至客次，二人忽視劉曰：「年丈何必爾耶？」劉對曰：「愚見如此，非敢異也。」既而劉辨之如初，易地之議遂格。劉因自念曰：「變色而離席，彼自爲道學，而以吾爲不知臭味也，雖同年如不識矣。至樞府而呼年丈，未嘗不知也。矜己以傲人，彼自負所學矣，而求私援故舊，則雖遷易梓宫勿恤也。假山陵以行其私意，何其忍爲也！」曰曾，曰詹，曰葉，皆以道學自名，而其行事若此。皆僞徒也，謂之僞學何疑？」未幾，劉遷御史，于是悉劾朱氏之學者而盡逐之，僞學之名自此始。劉之帥長沙也，親爲昺言甚詳，所記其顛末如此。節夫亦嘗登葵軒之門，既而與王宣子辯其事，連上三書，言頗峻急，王帥以爲悖而按去之。其去也，先生遺之詩，有曰：「如何幕中辨，翻作暗投疑？」又曰：「反躬端得味，當復有餘師。」原注：昺字明遠，姓樂氏，湘中人。愚謂考亭先生建阜陵之議，本爲社稷宗廟萬年之計，天地鬼神實鑒臨之，顧豈私于一蔡氏？蔡氏曩以孝宗之召猶不至，亦既罷場屋而甘巖穴。文公嘗招之衢而不至，但曰「先生宜早歸」。前後名公巨儒所以有考于蔡氏者，至公也，一樂昺其可異耶？朝野雜記亦謂：「阜陵之議，或云晦翁之意似屬蔡季通也。」夫或之者，疑之也。秉史筆者，其可爲疑似之論耶？自文公以來，建之鄉貴率少薦鄉曲特起之彦，寧非懲此乎？

文公謚議

初謚文疑脱「忠」字。公，太常博士章徠議曰：「三才定位，非道無與立也。儒者之學，所以講明是一作「大」。道，正人事之綱常，而參天地之化育。故世之治亂，常視道之隆污，若飢者之食必以穀粟，寒者之衣必資桑麻，不可易也。自周衰，正學不明，道術分裂，急功利者昧本原，其流爲申、韓；尚清虚者忘實用，其弊爲莊、老。孔、孟生乎其時，躬履是道，既與其徒辨問講究，又著而爲書，使後世有傳焉。然轍環天下，詆毀困厄，至老而不用，身死而後其道始明。是何不能取信于當時，而乃獲伸于後世耶？蓋真僞之相奪，固不容以口舌勝，而枉己直人者，又聖賢之所不爲也。百年之後，愛憎泯而是非定，則謗毀熄而公議行矣〔一四〕。至漢之揚雄，隋之王通，唐之韓愈，學孔、孟者也。其出處通塞，大抵皆然。故待制侍講朱公，自少有志斯道，既仕而志愈篤，累辭召請祠，益得以涵養所學。其後辭不獲命，亦屢嘗列位于朝，分符持節于外，而類多齟齬不合。主上龍飛，擢侍經筵，未幾力排權臣而逐去，尋以論者詆爲僞學奪職，而公亦繼以下世矣。權臣既誅，聖化日新，乃還舊職，特命賜謚。以公之學，曾不究用于平生，而僅昭白于身後。豈非儒者之道，固不能以苟合，而亦不可以終泯？蓋異世而同符也。謹按謚法，道德博聞曰『文』，廉公方正曰『忠』。惟公躬履純誠，潛心問學，近承伊洛，遠接洙泗。自格物致知，閑邪存誠，以爲踐履之實，用功于不睹不聞之際，加省于日用常行之間。及行著而習察，德新而理明，然後發聖賢藴奥之旨，救一作「斥」。清談功利之偏。訓釋諸經，平實坦明，使後學有所依據。居鄉則信于朋友，而以講習爲功；居官則信于吏民，而以教化爲務。非『道德博聞』之謂乎？惟公以難進易退之節，存憂國愛君之誠。爲郡太守，則勤恤民隱，如恐傷之，奏減横賦，修舉荒政，爲民有請，不避煩瀆，必使實惠下究。任部使者，一無「者」字。則糾發吏奸，不撓權勢，雖忤時相，必得其職乃止。一作「已」。至于立朝，則從容奏對，極言無隱，剴切論疏，發于至誠。方權臣初得志，竊弄威福，知其漸不可長，禍且及天下，抗章極論，繼于講筵密奏，雖知取禍弗顧也。非『廉方公正』之謂乎？彼詞章製作兼備衆體，雄深雅健，追並古作，亦可以爲文矣，而未足爲『道德博聞』之文也。彼盡心獻納，隨事規諫，或抗直以揚名，或削稿而歸美，亦可以爲忠矣，而未必皆『廉方公正』之忠也。曰文與忠，惟公足以當之而無愧。合是二者以定公行，傳之天下與來世，庶乎久而益信。謹議。」

覆謚

考功郎官劉彌正議曰：「謚，古也；複謚，非古也。謚法曰：『謚生于行者也。』苟當于其行，一字足矣，奚複哉！故侍講朱公没，於爵未得謚，上以公道德可謚，下有司議所以謚。謹獻議曰：六經，聖人載道之文也。孔氏殁，獨子思、孟軻述遺言以傳于世，斯文以是未墜。漢諸儒于經，始采掇以資文墨，鄭司農、王輔嗣又老死訓詁，謂聖人之心，真在句讀而已。涉隋、唐間〔一五〕，河汾講學，已不造一作「涉」。聖賢閫域，最後韓愈氏出，或謂其文近道耳。蓋孔氏之道，賴子思、孟軻氏而明。子思、孟軻之死，此道幾熄。一本云「子思、孟軻之死，明者復晦，由漢而下闇如也」。及本朝而又明，濂溪、横渠、二程子發其微，程氏之徒闡其光，一本云「濂溪、横渠剖其幽，二程子宿其光，程氏之徒嘘其焰」。至公而聖道燦然矣。公持心甚嚴，不萌一毫非正之念。一本云「公之學，以誠持中，敬持外」，無「公持心甚嚴」二句。其于書，捨六籍則諸子曲説不得干其思。其于道，不敢深索也，恐入乎幽，不敢泛一作「過」。求也，恐汨其統。讀書初貫串百氏，終也蔽以聖人之格言，自近而入微，由博而歸約。原心于杪忽，析理于錙銖，采衆説之精而遺其粗，集諸儒之粹而去其駁。嗚呼，醇矣哉！孟氏以來可概見矣。一云「孟氏以來不多見也」。公中科第時猶少也，薄游徑隱，閉戶潛思，朝廷每以好官召，莫能屈。不得已而出，惟恐去之不早。晚出經筵，不能五十日，一本云「自官簿書考者九」，無「晚出經筵」二句。而閒居者四十餘年。山林之日長，講一作「問」。學之功深也。平居與其徒磨切講貫，皆道德性命之言、忠敬孝愛之事。由公之學者，必行己莊，於人信。居則安貧而樂道，仕則尊君而愛民。重名節而愛出處，合于古而背于時。一有「好」字。若此者，真公之學者也。嗚呼，師友道喪，人各自長。一作「是」。公力扶聖緒，本末閎闊，而弄筆墨小技者以爲迂；癯于山澤，與世無競，而汨沒朝市者以爲矯；自童至耄，動以禮法，而跅弛捐繩墨者姍笑以爲誕。世嘗以是病孔、孟矣，公何恨焉！初，太常議以『文忠』謚公，按公在朝之日無幾，「無幾」一作「淺」。正主庇民之學鬱而不施，而著書立言之功大暢于後，合『文』與『忠』謚公，似矣而非也〔一六〕。有功于斯文而謂之文，簡矣而未一無「未」字。實也。本朝歐、蘇不得謚『文』，而得之者乃楊大年、王介甫。介甫經學不得爲醇，「不得爲醇」一作「非醇也」。其事業亦有可恨。大年政復文士爾。文乎，文乎，豈是之謂乎！世多評韓愈爲文人，一無「人」字，有「而」字。非也。原道曰『軻之死不得其傳』，斯言也，程子取之。公晚爲韓文考異一書，豈其心亦有合與？請以韓子之謚謚公。謹議。」上從覆議，謚公曰「文」。原注：嘉定元年戊辰冬十月，詔賜謚與遺表恩澤，特謚曰「文」〇按公年譜，嘉定元年詔賜謚，其定謚曰「文」，則在二年也。

慶元二年戒飭場屋付葉翥以下御筆

「朕既舉一作『群』。天下秀彦試于春官，期得氣識一作『宇』。偉厚〔一七〕、議論平正之士，副異時公卿大夫之選。屬嬰哀疾，不能親策于庭。惟賴卿輩協意悉心，精加衡鑒，網羅實才。毋使浮夸輕躁者冒吾名器，則惟汝嘉。故茲詔示，想宜知悉。」蓋爲諒闇不能親策，事體至重，故加戒飭。自此襲以爲例，雖當親策，亦加戒飭云。

科舉爲黨議發策

按此行原本在「慶元二年戒飭場屋」標題之前，低本文一格。疑誤。今易置于此。

自制科名數之間既罷，原注：制科有明數，有暗數。李心傳載亦未詳。紹興嘗復而未盛，上之發策，下之對策，皆出于虛文。故士之知書日益少，而宏詞遂得以擅該洽之譽，甚至明經者不習故典，詞賦者不諳傳註。有司既奉上旨，遂發爲問目云。孔子作六經而王道備，漢儒傳六經而師説興。自武帝勸學，置博士弟子員，而傳業者浸盛，一經説至數萬言，衆至千餘人。班固贊儒林傳謂：「網羅遺失，兼而存之，是在其中。以經説之多，若取是而去其繆妄，經意自明，何必並存之乎？漢興，言易者本田何，言書者始伏生。考之藝文志□列施、孟、梁丘、歐陽、大小夏侯章句之篇數，而田何、伏生不著其名氏，豈以何無易傳而伏生口以傳授，承學者已廣，故不必著見于志耶？孟喜主趙賓之説，釋箕子謂萬物方荄兹」，何以爲明易？有守小夏侯説，文增師法，其言最多。説「曰若稽古」至三萬言，其果有益于經乎？詩有魯、齊、韓三家，獨申公以訓故爲教，不著解説，轅固、韓嬰皆謂之傳，咸非其本義。史氏謂魯最爲近之，説詩蓋不在多言矣。善爲頌者不通經，不害爲禮官，能記其鏗鏘鼓舞，而不能言其義，亦典樂。迨夫曹褒之在東都制定禮樂次序，其事爲百五十篇。肅宗乃以衆論不一，議禮之家名爲聚訟，遂寢不行。鄭康成注儀禮等記，書有駁有難，通人頗諷一作「譏」。其繁。是豈通其經、言其義者適所以爲病？武帝尊公羊，宣帝興穀梁，一時諸儒並論，或從公羊，或從穀梁。左氏最後出，劉歆遺書太常，欲以求助，乃反得訕。然則公、穀之立，左氏之難興，豈時君各有好尚，或諸儒之論黨同伐異，遂有去取之殊云云。發策詞賦之士如此，然猶可以臆對，蓋賦題出天子，大采朝日已爲不恕，蓋無復類書之可尋。故策問微恕，意欲使詞賦者稍知傳註之學，及首篇問目云。博物洽聞，儒者所尚已。防風專車之巨骨，肅慎氏楛矢之方，非聖人孰能辨之？對神雀五采之來集，有以鸑鷟在岐周爲証者；問建章千門之制度，有以能畫地成圖應答如流者。然則博物君子，何世無其人乎？故西都著作之庭，必聚聞見殫洽之彦。唐貞元取士之目，兼設博通墳、典之科，此有國者所賴以崇飾文治，其在是歟云云。今日韋布之士以科目應詔者，類多溺于虚誕之習，初無根柢之學，試歷考前代所謂博洽之儒有見于世者，與諸君共評之。漢高以馬上得天下，一時共成帝業者，皆武力功臣。而能安劉氏，乃在于厚重少文之人。是豈在上者未知崇儒，而博洽之士未之聞乎？及武帝之世，詳延文學，儒者以百數，班氏所稱博物洽聞、通達古今，不過數人而已。是時，制度多闕，諸儒議封禪之事，及得精于誦讀者，其制始定，而固獨以儒雅稱之。豈雅爲博洽之異名乎？東都之儒，有著周易、尚書、毛詩、儀禮、論語、孝經及毛詩諸駁，見稱洽熟，有撰歐陽、大小夏侯尚書古今同異，齊、魯、韓詩與毛氏異同，並周官解故行于世者，范曄不敢列于儒林。豈其博通經學，非以一藝自著，與專門名家不同而然與？唐貞觀開文學館，召名儒十八人與論天下事。開元相望，史學尤盛〔一八〕，有以功業顯著見者，未易枚舉。其間能辨古銅器知爲阮咸初作，請左氏春秋之疑，能言三家七穆之不差，亦可謂博古矣。

然考其人，或以類禮而作五難，或僅能論胡樂之亂雅，他無建明，豈所學不充所用耶？在唐之前，又有博學多通號爲「武庫」者，能處軍國之要計無遺矣，其智識爲何如？見謂書淫，堅守其志，不從辟召，而乃無意斯世，又果何所見耶？唐史臣品藻諸儒書，專于記習，他無大事業，則次爲儒學篇，乃舉天下一之于仁義歸于儒，爲宰輔所當爲者。則今日欲得實才，必當出于博洽者，其止于誦習而已乎？抑爲經史學乎？至第三問目，猶問左氏述虞人之箴，與蘭臺漆書之經，與金鑑序於貞觀，連屏作于元和，大訓、帝範、衡扆、君臣、刑政箴、太醫等箴，固已兼制科宏詞于問目，宜多士之不能涉筆也。中是選者，前二名莫子能、後作「子純」，未知孰是。鄒應龍。一作「乾」。莫已有官，易居鄒下。子純該洽之士，真足備制科宏詞之選已。是歲主司是翥以下〔一九〕，曰倪思、劉德秀，策問指安劉氏者乃重厚少文之人，蓋陰譽侂胄云。先是，臺臣一作「朝廷」。擊僞學，榜朝堂，未幾，張貴謨指論太極圖説之非，翥、思、德秀在省闈論文弊，復言僞學之魁以匹夫竊人主之柄，鼓動天下，故文風未能丕變，乞將語録之類並行除毁。是科取士稍涉義理者，悉見黜落。葉、劉俱附韓，策問非文節所爲也，文節于韓、趙皆無所附。翥爲長，當出首篇，士愕莫知對。子純以小紙帖所出于柱間，士皆感之。是時舉子不事記誦，專習于空虚之談。若射策中，至有「心心有主，喙喙爭鳴」之語，轉相換一作「模」。寫，世之識者固已患之。時適值黨議之興，而士之遭黜者往往以爲朝廷不取義理之文，得以藉口矣。當時場屋媚時好者，至攻排程氏，斥其名于策云。

嘉泰制詞

慶元黨論之興，中書舍人陳傅良追削家居。嘉泰會赦，復官予祠。制詞曰：「日者宗相當國，凶愎自用，論者指爲大奸似矣。盍亦考其所以然，盖一妄庸人耳。何物小子，敢名元惡？而一時士大夫一作「大夫士」。逐臭附炎，幾有二王、劉、李之號。朕甚憫之。」其詞盖皆順時好，指趙忠定汝愚也。愧郯一有「亦」字。云。

校勘記

〔一〕「乾道四年十月二十日生於恭邸」，「恭邸」，四庫全書本作「宮」。

〔二〕「止可行之旬浹」，「旬浹」，四庫全書本作「浹旬」。

〔三〕「曾有御筆自欲投閒」，「投閒」，四庫全書本及本集第四則考異條作「退閒」，應是。

〔四〕「紹熙五年六月」，「紹熙」原作「紹興」，據本條史實及干支紀年改。

〔五〕「居恒小心」，「恒」，原脱，據四庫全書本補。

〔六〕「汝愚欲奏太母」，「欲奏」，四庫全書本作「意欲躬詣」。

〔七〕「紹熙四年」，「紹熙」原作「紹興」，據四庫全書本改。

〔八〕「此某所載爲胡紘」，「此某」，四庫全書本作「某書」。

〔九〕「遂轉授繼祖」，「轉授」，四庫全書本作「以授」。

〔一〇〕「臣竊謂熹有大罪者六」，「謂」，四庫全書本作「觀」。

〔一一〕「乃忽上章佯爲辭免」，「佯」，四庫全書本作「力」。

〔一二〕「鐫延閣論撰之名」，「鐫延閣」，四庫全書本作「負鐫閣」。

〔一三〕「此所以爲道學也歟」，四庫全書本「所」上有一「其」字。

〔一四〕「則謗毀熄而公議行矣」，「謗毀」，四庫全書本作「毀譽」。

〔一五〕「直在句讀而已涉隋唐間」，「直」原作「真」，據四庫全書本改；「涉」，四庫全書本作「至」。

〔一六〕「似矣而非也」，「似矣」，四庫全書本作「似是」，應是。

〔一七〕「朕既舉天下秀彦試于春官期得氣識偉厚」，「舉」，四庫全書本作「萃」；「識」，四庫全書本作「量」。

〔一八〕「史學尤盛」，「史」，四庫全書本作「文」。

〔一九〕「是歲主司自翥以下」，「是」原作「自」，據四庫全書本改。

岳侯追封

「人主無私予奪，一歸萬世之公；天下有公是非，豈待百年而定？眷言名將，宿號藎臣，雖勳業不究於生前，而譽望益彰于身後。緬懷英概，申畀愍章，故追復少保、武勝軍節度使、武昌郡開國公、食邑六千户、食實封二千四百户〔一〕、贈太師、謚武穆岳飛，藴蓋世之才，負冠軍之勇，方略如霍嫖姚而志滅匈奴，意氣如祖豫州而誓清冀朔。屢執訊而獲醜，亦運籌而策勳。外攝威靈，内殫謨畫。屬時講好，將歸馬華山之陽；爾猶奮威，欲撫劍伊吾之北。遂致樊蠅之集，遽成市虎之疑。雖懷子儀貫日之忠，曾無其福；卒墮林甫偃月之計，孰拯其冤？迨國論之初明，果邦誣之自辨。中興之主，思念不忘；重華之君，追褒特厚。肆渺躬而在御，想風烈以如存。是用頒我絲綸，錫之王爵，錫熊紅之故壤，超敬德之舊封。蓋將慰九原之心，亦以作三軍之氣。於戲！修車備器，適當閒暇之時；顯忠遂良，罔間幽明之際。尚惟泉壤，歆此寵光，可特封鄂王，餘如故。」嘉定四年六月二十日，中書舍人李大異行。蓋韓氏興師恢復，故首封鄂王以爲張本，制中故有「作三軍之氣」與「修車備器」之詞。按制詞有與今本金陀粹編所載字句小異，附刊卷末。

考異

此制乃金陀粹編第二十七卷所載。金陀粹編乃王孫珂所載，決不致誤。而紀聞者以李公大異爲顏棫，其誤甚矣。嘉泰間，岳侯之死僅八十年，故有「天下有公是非，豈待百年而定」之語。謂必待百年而定，何也？蓋紀聞者治賦，若如所載，僅一無用韻語一作「原韻」。起句耳。恐史官誤采其說，故詳載云。

遺事

開禧初降詔興師，李公壁草起句云：「天道好還，蓋中國有必伸之理；人心助順，雖匹夫無不報之讎。」累詞殆將數百。予侍叔父貢士泳，自浦城行至都之玉津園前，售摹詔而讀之。叔父曰：「以中國而對匹夫，氣弱矣，其能勝乎？」已而兵果大敗。金因亦有僞詔詆韓侂胄云：「蠢爾殘昏巨迷〔二〕，此句疑有脱文。輒鼓兵端，首開邊隙。敗三朝七十年之盟好，驅兩國百萬衆之生靈。彼既逆謀，此宜順動。尚期決戰，同享升平。」

畢再遇

再遇，臨安西溪人。淳熙間以勇名于軍。精悍短小〔三〕，盖驍將也。開禧兵罷不支，再遇奮于行伍，年已六十，披髮戴兜鍪鐵鬼面，被金楮錢，建旗曰「畢將軍」。敵騎望其旗已，相顧愕視。再遇乘之，出入陣中，萬死莫敵。盖先是敵中有畢將軍廟甚靈異，其後浸以不靈，其形又絶肖，且登其號于旗，敵兵以爲本國之神。湖海賊作，再遇爲淮東招撫使，建治于揚州，雖殺戮過當，而賊亦旋定。嘗延客高會，取賊肝胃烹而薦酒。又擒其魁，用火尺烙其背，爲棋笛琴絲之類。再遇不善書，其弟再□頗能書，嘗爲其贊畫于内。朝命再遇釋印入覲，留都亭驛。其弟嘗污其寵妾，因酒大悖再遇。再遇不能忍，以鐵尺殺之，具奏聞于上待罪，且謂再□非同産，蓋義兄弟。有旨放罪。未幾，臺臣以其被召乃以軍容入國，且及其手殘同氣，有旨徙之霅川。繼而又論其在淮爲招撫日多縻金錢以饋過客，追十六萬緡寓於霅之軍帑。再遇以田券折納于有司，僅得十萬。守臣楊長儒一作「孺」。憐之，爲代納六萬云。原註：其詳見李常簿著謚議。

周虎

虎，平江人，今有武狀元坊，則其家也。黄公由以進士第一人，旌其坊爲「狀元」，故用「武」字以別之。虎倜儻有大將器，身兼文武。能賦詩，工大字。開禧間守和州，敵騎蔽野，居民官軍無以爲食，城欲下者屢矣。其母夫人自拔首飾奩具，巡城埤，遍犒軍，使盡力一戰。命虎同士卒甘苦，與之俱攻圍以出戰。士卒感其誠意，遂以血戰，敵騎幾殲。上守城功歸于母，朝命封以「和國」，賜冠帔云。虎之居吳也，言者以爲韓黨，坐安置信州〔四〕。虎既貧，不能將母以往。未幾，謫所聞訃號慟，誓不復仕。放還，杜門托躄疾，屢召不起。雖舊所部候之，亦堅不與接，但喏于庭而去。

田俊邁原註：事略見前集。

俊邁當開禧北伐，七日之間，攻破宿州，下靈璧、虹縣，先鋒甚鋭。郭杲兵敗，乞和于敵。敵曰：「我不要别物，但要俊邁。」杲縛俊邁往。其子訟父冤，杲坐是斬于丹陽市。賜俊邁謚，官其二子，賜宅一區。

開禧施行韓侂胄御批黄榜

開禧三年十一月三日聖旨：「韓侂胄久任國柄，粗罄勤勞，使南北生靈枉罹凶害，以至敵人專以首謀爲言。不令退避，無以繼好息民。可罷平章軍國事，與宮觀。陳自強專務阿諛，不恤國務。一作「事」。可罷右丞相，日下出國門。」前一日，錢象祖、衛涇、李壁以御批付殿前夏震，震至日遣其將鄭發截韓于六部橋，至玉津園，遂以鐵鞭擊死之矣。原註：誅韓本末，已載丙集。韓誅後三日，皇子威武軍節度使、開府儀同三司、榮王臣詢劄奏〔五〕：「輒瀝危衷，仰干天聽。臣竊伏自念至愚不肖，獲共子職。仰戴天地父母覆育之恩，蚤夜以思，未知報稱萬分之一。今日之事，有繫國家安危大計，勢甚可慮者，不敢不亟陳于君父之前。臣伏見韓侂胄久任國柄，粗罄勤勞，第以輕信妄爲，擅起兵端。蹂踐沿邊郡邑，室廬焚毁，衣食破蕩，父子、夫婦離散，不能相保，兵連禍結，蠹耗國用，疲困民力，生靈無辜殞于鋒鏑之下，不可勝計。死者冤痛，生者愁苦，海内之民無不切齒忿嫉，歸咎于侂胄，盖其權勢足以鉗天下之口而不敢言。臣而不言，死有餘罪。况今敵情叵測，專以首謀爲言，若不令其退避，使之循省誤國之愆，必致上危宗社，重累君父，臣此身亦何所容。是敢冒昧奏陳，欲望聖慈特發睿斷，罷侂胄平章軍國事，與在外宫觀，日下出國門。安邊繼好，保邦息民，實在此舉。宗社幸甚，天下幸甚！所有陳自强，專意阿附，備位無補，欲望並賜罷斥。如臣言可採，乞速付三省施行。干冒天威，臣無任云云。」十一月三日，三省同奉聖旨並依。

罷韓侂冑麻制

「門下：朕圖回機政，委用柄臣。遠至邇安，所賴經邦之益；力小任重，難逃誤國之誅。揆以群情，奮由獨斷，爰誕敭于免册，庸敷告于治朝〔六〕。太師、平原郡王韓侂冑，早以勳門，浸登顯路，久周旋于軒陛，適際會于風雲。服勞王家，意前人之是似；預聞國政，殆故事之所無。位極王公，職兼文武，宜思靡盬之義，用答非常之恩。而乃植黨擅權，邀功生事，不擇人而輕信，不量己而妄爲，敗累世之懽盟，致兩國之交惡，三軍暴骨，萬姓傷心。列聖有好生之德，爾則專于嗜殺；朕躬有悔過之實，爾則務爲飾非。公事誕謾，曾無顧忌，遂至敵人之未戢，專以首謀而爲言。臨機果見一作「料」。理明，既無半策；得君專行政久，徒積衆愆。倘令尚處以廟堂，何以遂安于社稷？欲存大體〔七〕，姑畀真祠。庸少慰于多方，以一新于庶政。於戲！威福惟辟，朕方親總于大權；明哲保身，爾尚自圖于終吉。往哉一作「其」。祗若，兹謂優容。可罷平章軍國事，依前太師、永興軍節度使、平原郡王，特授醴泉觀使，在外任便居住，食邑實封如故。」罷自強制云：「以道事君，所冀贊襄之益；朋奸罔上，乃辜委寄之隆。殊咈巖瞻，宜從策免。特進、右丞相兼樞密使、秦國公陳某起云云。□□□□□沈厚之略，亟用是宜；豈期胡廣無蹇諤之風，優禮何補？粤從言路，進秉國均，不思洗心之忠，徒附炙手之勢。以庸庸爲上策，以唯唯爲善謀。賄賂公行，廉恥俱喪。鐘鳴漏靜，一作「盡」。而行且勿止；鼎折餗覆，而任何以勝？暨權臣輕啓于釁端，與隣境頓乖于和好。内郡竭于糧餉，邊城疲于干戈。誰無憂時之思，獨爲保位之舉。擬而言，議而動，悉付括囊；危不持，顛不扶，殆成橈棟。尚不亟從于退黜，必將愈積于罪愆。爰解軍樞，俾奉香火，猶以股肱之舊，務全體貌之存。於戲！乞骸骨以避賢，已昧滿盈之戒；歸田里而思過，無忘循省之誠。往服寬恩，益祗明訓。可罷右丞相、樞密使，依舊秦國公、醴泉觀使，在外任便居住。」自強自出國門，每朝必朝服焚香，自云「從天乞一日之命」〔八〕。行至浦城，其族人陳政一作「正」。和爲宰，迎勞于郊。自強太息曰：「賢姪，賢姪，大丈夫切不可受人大恩。」雪涕而去。自強本太學諸生，嘗居韓氏館，實訓侂胄。憲聖女弟魏夫人，實侂胄母，見其舉止凝重，交遊不妄，嘗器重之，謂侂胄曰：「他日得志必用之。」陳登科，爲光澤丞，其年已六十矣。主簿張彦清登科最早，而其年方盛，嘗玩侮之。楊開國圭，彦清之友也，嘗訪彦清，因以識自強。每敬陳，不敢狎，因私語陳曰：「子姑自重，以相法論之，不十年爲宰相矣。」自強以爲彦清諷圭玩己，而又以圭平日無狎語，姑信之。及自強爲丞，去官調闕，知韓已得柄，漫往候之。剌入，侂胄約以來日從官來見，當延接〔九〕。自强不測其意，明日又漫往。侂胄于群從官中前設褥，拜自强云：「許多時先生在何處？」翌日，從官即交章特薦入臺，不期年遂拜相云。原註：圭事已載前集。自朝廷以岳侯賜第爲太學，有善司聽者聞鼓聲，謂學中永無火災，亦不出宰相。久之，自强破讖而相，自是以諸生致宰相者相望矣。陰陽拘忌之説，可信乎？彦清亦往候，自强憐其選調，欲薦之韓。其子語之曰：「爺不記光澤之事乎？」真文忠銘彦清墓，謂其不趨附自强，此殆過也。文忠中宏博，由劍南判官召入爲國録，寓于圭之酒官舍，即今之清風坊。彦清實于是年見自强，予所目睹一作「親目」。云。

臣寮雷孝友上言

「臣聞書曰：『惟辟作福，惟辟作威，惟辟玉食。臣無有作福作威。臣之有作福作威，害于其家，凶于其國，人用側頗僻，民用僭忒。』釋之者曰：『君臣之分，貴賤有常。政當一統，權不可分。「作福作威」，謂秉國之權，勇略震主者也。「人用側頗僻，民用僭忒」，謂在位小臣，見彼大臣威福由己，由此之故，皆附下罔上，亦有因此而僭差。』夫箕子告武王以洪範，陳天地之大法，而獨于此諄諄其嚴，凜乎其不可犯，真足以垂戒萬世。且以作福作威而害家凶國，禍己如彼。而況征伐自天子出，聖有明訓，人臣而可專之以貽禍天下哉！臣仰惟陛下，天資仁孝，身履恭儉，率循禮法，一作「率禮守法」。畏天愛民，未嘗有一過舉。以韓侂胄獲聯肺腑，久侍禁密，見其平時小心畏謹，故每事詢訪，覬有裨補。侂胄所宜銜一作「仰」。戴恩遇，勉自抑畏，密勿彌縫，圖報萬一。而席豐膏粱，不學無術，任重力小，輕躁自用。陛下少加假借，侈然驕肆，竊弄威福，恐人有欲議己者，乃首借臺諫以鉗制上下。除授之際，名爲密啓，實出己私。而奸險之徒，亦樂爲之鷹犬。臺諫之官，使誠出于天下之公選，人主之親擢，論議章奏，允叶人心，聽之可也。今專植私黨，任用匪人，凡有所言，無非一作「不」。陰授風旨，而每告陛下，必謂臺諫公論，不可不聽。自是威福日盛，無復忌憚。稍有異己，必加擯斥，以專擅朝政，干分敗常。自知其無所容，乃巧圖兵柄，以爲固末之策〔一〇〕。撰造間諜，輕絶和好，遽起兵端。逆曦之任殿巖，侂胄交通狎昵，蹤跡詭秘，人已竊議。當孝宗在位之日，以吳氏世掌兵權，聖慮高遠，吳挺之生逆曦，年甫弱冠，因其來覲，留之禁衛，以係人心。及挺之死，宜易以他將。逆曦在光宗朝，亦不過假守邊郡。侂胄既奏一作「薦」。爲殿巖，又納賂以縱其歸，復任西帥，付以全蜀，識者蓋已寒心。果挾強隣以畔，人尤不能無疑于侂胄，而侂胄亦何辭以自解？藉曰無他，而虎兕出柙，咎將誰歸？以致皇甫斌之敗于唐州，李汝翼敗于符離，商榮敗于東海，郭倪敗于儀真。郭倪之抱頭鼠竄，僅以身免。將不素擇，兵不素練，輕舉妄動，自取困衂，殆理勢之必然，而所以致此者，抑有由也。蘇師旦起于筆吏之賤，侂胄奔走之舊，薦進寵用，不三四年，駸駸通顯。凡武臣之建節，非近屬懿戚，元勳宿將，不以輕畀，乃舉而授之奴隸。昔秦檜居相位垂二十載，不爲不專，假寵使令，如賈瑱、丁禩不過武功大夫，未嘗處以朝廷職任。而師旦爲御帶，爲知閤門，爲樞密都丞，至秉旄鉞，此秦檜之所不敢爲而侂胄敢爲之。師旦何知？習利忘恥，固其常態。既爲侂胄所親信，遂招權納賄，其門如市。自三衙以至江上諸帥，首立定價，多至數十萬緡，少亦不下十萬。暨諸將致敗〔一二〕。案：此處脱文似不止二字。侂胄不得已，稍從黜責。諸將往往退有後言，謂吾債帥而責以戰將。途路籍籍，傳笑境外，遂益有輕視之心。師旦旋以敗露，削籍投荒，雖加之罪而心實不服。揚言于人，謂諸將賄賂，非所獨得，盖指侂胄而言。然則師旦之竄，非專于伸國憲，亦侂胄藉之以自文爾。抑侂胄之專擅，尤有大可罪者。臣聞國家有大興作，謀及卿士，謀及庶人。禮曰：『天子將出征，類乎上帝，宜乎社，造乎禰，禡於所征之地。受命于祖，受成于學。』豈非兵凶器，戰危事，故謹重如此。侂胄之舉事，上不取裁于君父，下不詢謀于縉紳，至于陛下侍從近臣有不得與聞，同列不能盡知者。

甚至密諭諸將出師之日，潛假御筆以行之，外廷曾不及見。已破泗州之後，曲爲之説，以罔聖聽，始諭詞臣降詔。迨沿邊連以敗報，悉皆蒙蔽，而密諭諸將第以捷聞。人情洶懼，幾不自保。幸祖宗德澤在人，逆曦授首，而敵亦以糧乏而自遁。然而三邊兵民死于鋒鏑，困于轉輸，淪于疫厲，室廬焚蕩，田業荒蕪，遺骸蔽地，哭聲震野。斯民何辜，而致此極！至于強敵頻年僉刷，皆吾中原赤子，彼惟重其族類，而虐用吾民。光化之戰，至驅僉軍及俘繫老弱幾數千人，填塞壕塹，以渡軍馬。河南之地，十室九空，而兩淮四十餘年生聚，遂成丘墟。是南北數十一作「百」。萬生靈之命，皆侂胄一人殺之也。皇天后土，能鑒陛下之心，雖敵人亦知其非出于陛下之意。是以督府每遣小使使敵帥，書問往復，必以首謀奸臣爲言。使侂胄本無邪謀，以輕信誤國〔一二〕，至此亦當審察事勢，束身請罪，退就貶削，猶有辭于天下。乃偃蹇居位，靡閒惟容，惟遇報稍希〔一三〕，輒爲大言。每執己見，則曰『有以國斃』，聞者縮首。夫國者，太祖、太宗、高宗之國，而縱侂胄斃之，可乎？方倚腹心以爲臺諫，文飾奸言，謂之『一人心，定國論』，以禁異議。怙終不悛，殆將罔測。夫侂胄本以庸闇無知〔一四〕，養成奸惡，得罪天地，得罪祖宗，得罪舉國兵民，納侮強隣，提孩孺子口皆能言〔一五〕，心無不怨。而刧于積威，曾無一人敢爲陛下言者。賴陛下覺悟出自英斷，特降御筆處分。且蒙聖恩，不以臣疎遠亡似，擢長憲府。臣雖見具辭免，而已入臺供職，亟舉其專權誤國之大者言之，其他罪惡擢髮不足以數，未暇枚舉。如陳自強者，昏老庸繆，本無寸長可取，徒以嘗假館于侂胄，由州縣小官數年間汲引拔擢。以致陛下過聽，用爲次相，附阿充位〔一六〕，不恤國事，不遵聖訓。中書機務，唯唯聽命，一無可否。侂胄曰『兵當用』，自強亦曰『當用』；侂胄曰『事可行』，自強亦曰『可行』。每對客言：『自強受恩深，只得從順。』然則從之者歟？自強之罪，亦不可勝誅矣。若其貪黷無藝，政以賄成，鄙猥之狀，言之幾污口舌，臣亦未暇悉論。伏望陛下詳覽臣奏，將侂胄、自強重賜貶竄，以答天人之願，以釋兵民之忿，以彰有國之典，以慰死者之寃。使敵國聞之，必諒陛下本心；使將士聞之，必爲陛下戮力；忠義聞之，必爲陛下奮發而起。宗社幸甚！天下幸甚！取進止。」貼黄：「臣切惟太皇盛德節儉，帑藏儲積甚豐。側聞嘗有遺旨，除供治園陵用度外，以助陛下軍國之費。有内臣王鎔者，實主其事，盜竊既多，潛以奉侂胄。又與李奭、楊榮顯、毛居實、李大謙等瓜分之。下至侂胄奴隸周筠、凌文彦、陳琮，亦皆盜取。當邊事未寧，用度極繁之時，豈應臣下因太后之喪遂以爲利？且有違慈訓。伏乞睿旨，令所屬拘回，以俟處分，實爲允當。其李奭等並究，見情犯輕重坐罪。伏乞睿照。」又小貼子：「照得蘇師旦因受結託，薦用庸繆，以致敗衂，上誤國事，雖已竄責，未正典刑。刀筆賤吏原其誤國之故，死有餘辜，一作「責」。乞賜處分。蘇師旦既逐之後，堂吏史達祖、耿檉、董如璧三名隨卽用事，言無不行，公受賄賂，共爲奸利。伏乞睿斷，將三名送大理寺根究，依法施行，實快士論。伏候敕旨。十一月十五日，三省同奉聖旨依。韓侂胄責授和州團練使，送郴州安置。陳自強追三官，送永州居住。內蘇師旦特決脊杖二十，配南昌化軍牢城收管，月具存亡申。王鎔等令臨安府究見情犯申三省樞密院。所合拘回錢物，併委本府施行。史達祖、耿檉、董如璧並送大理寺根究。

臣寮上言

「臣聞書載舜之事曰：『流共工于幽州，放驩兜于崇山，竄三苗于三危，殛鯀于羽山。四罪而天下咸服。』當舜之時，可謂至治，而流放竄殛之刑行焉。蓋天討有罪，有不容恕也。恭惟陛下光紹丕基，寅畏天命，寬仁恭儉之德，度越百王。凡在臣工，宜思盡忠以輔成治道。而韓侂胄夤緣肺腑，竊弄大權，蒙蔽聖明，擅作威福。首引群邪一作「枉」。分布要途；排阻忠臣，陷之大戮；賊害善類，斥逐無餘。凡陛下親信之臣，有不便于侂胄，則外挾言路以罔宸聽。私意既行，凶焰日熾。出入禁旅，恣爲欺罔；一作「奸欺」。侵盜貨財，遍滿私室；交通賂遺，奔走四方；鑿山爲園，下瞰宗廟；窮奢極侈，僭儗宮闈。十年之間，罪惡盈積。侂胄慮禍之及，思固其業，乃復設爲計謀，竊據平章軍國事。此乃祖宗所以待元老大臣，侂胄何人，乃以自處？安坐廊廟，紊亂紀綱，又于此時輕開邊釁，上不稟于陛下，旁不謀之在廷。盛夏出師，挑患召釁，使沿邊赤子骨肉流離，肝腦塗地，死于非命者不知幾萬人矣。昵比吳曦，利其厚賂，畀以節鉞，授之西兵。又使程松與之共事，取輕納侮，啓其奸心。自非宗社之靈，忠義興起，則全蜀之地，豈不重貽陛下之憂？侂胄罪狀著明，人怨神怒，而猶專愎自用，殊無悛心，以國事快己私，視民命如草芥。原其用意，欲以何爲？昔之所謂四凶，其罪復有大于此者乎？陳自強昏昧闒冗（一七），本無寸長，徒以侂胄私人驟加汲引，拔自選調，寘之清華。曾未數年，躐登宰輔。兵釁既開，邊鄙不寧，復以自強兼領樞密，幸其徇己，倚爲腹心。而自強憑藉其威，不知顧忌。日暮途遠，貪得無厭；援引朋邪，濁亂班列；呼吸群小，納賂賣官；請托公行，贓罪狼籍。訕笑譏罵，萬口一詞。社鼠城狐，蓋未有甚于此者也。仰惟陛下奮發英斷，斥此二奸。成命初傳，都人相慶。而猶畀以祠禄，未愜輿情。臣愚欲望聖明將韓侂胄明正典刑，以謝天下。仍將陳自強削奪官爵，竄之遠方。則舜除四凶之事，復見今日，可以壯國勢，可以正人心，可以開忠直之門，可以弭窺覦之患。海内幸甚！所有録黄，臣未敢書行，謹録奏聞，伏候敕旨。」十一月六日，三省樞密院同奉聖旨並依。韓侂胄送英德府安置，陳自強責武泰軍節度副使，依舊永州居住。

又臣寮上言

「臣至愚極陋，初乏寸長，陛下過聽，擢任言職。臣辭不獲命，黽勉就職。自量無以補報高一作「隆」。天厚地之恩，惟遇事盡言，始爲無負。一有「爾」字。臣今早立班恭聽麻制，竊見太師韓侂胄罷平章軍國事，特進陳自強罷右丞相，奸人去國，公道開明，天下幸甚！社稷幸甚！然二人之罪重于邱山，罰未傷其毫毛，雖曰朝廷欲存體貌之禮〔一八〕，而罪大罰輕，公論沸然。臣職在言責，既有所聞，豈容緘默？請詳爲陛下陳之。侂胄始以肺腑夤緣，置身閤職，典司賓贊之事，不過若此而已。光宗皇帝以父傳子，國朝之家法，陛下賢聖仁孝，親承大統，加以慈福太皇太后重幃一作「華」。之命，天命所歸，人心所向，臣子何功之有？侂胄乃以與聞内禪爲功，竊取大權。自是以後，無復顧忌，童奴濫授以節鉞，嬖妾一作「倖」。竄籍於宮庭。創造亭館，震驚太廟之山；宴樂笑語，徹聞神御之所。齒及路馬，禮所當誅；簡慢宗廟，罪宜萬死。其始也，朝廷施設，悉令稟命。其後託以臺諫大臣之薦，盡取軍國之權，決之于己。且如御前金一作「軍」。牌，祖宗專隸内侍省，而乃多自其私家發遣。至于調發人馬、軍期，並不奏知，此豈『征伐自天子出』之義？臺諫侍從，惟意自用，不恤公議；親黨姻婭，躐取美官，不問流品。名器僭濫，動違成法。竊弄威柄，妄開邊隙。兵端一啓，南北生靈，強者殞于鋒刃，弱者填于溝壑。流離凍餓，骨肉離散。荆、襄、兩淮之地，暴尸盈野，號啼震天。軍需百端，科斂州縣，海内騷然。迹其罪狀，人忿神怒〔一九〕，覆載之所不容，國人皆曰可殺。而況陛下卽位以來，以恭儉守己，一作「位」。以仁厚化一作「保」。民，無聲色玩好之娱，無燕游土木之費。凡可以裕民生、厚邦本者，無所不用其至。不惟人知之，天亦知之；不惟中國知之，四夷亦知之。自軍興以來，人情洶洶，物議沸騰。而侂胄鉗制中外，罔使陛下聞知。甚至宦官宫妾，亦其私人，莫敢爲陛下言者。至如西蜀吴氏，世掌重兵，頃緣吴挺之死，朝廷取其兵柄，改畀他將，此爲得策甚矣。侂胄與曦結爲死黨，假之節鉞，復授以全蜀兵權。曦之叛逆，罪將誰歸？使曦不死，侂胄未可知也。人皆謂侂胄心無有極，數年之間位極三台，一作「公」。列爵爲王。外則專制東西二府之權，内則窺伺宫禁之嚴，奸心逆節，具有顯狀。縱使侂胄身膏斧鉞，猶有餘罪。況邊釁未解，朝廷倘不明正典刑，則何以昭國法？何以示敵人？何以謝天下？今誠取侂胄肆諸市朝，戮一人而千萬人獲安其生。況比者小使之遣，金使嘗以侂胄首謀爲言，是金人亦知兵事之興，非出于陛下之意也。

使誅侂胄而敵不退聽，則我直而彼曲，我壯而彼老，自然人心振起，天意昭回。以此示敵，何敵不服？以此感人，何人不奮？臣尚慮議者謂國朝家法仁厚，大臣有罪，止于竄斥，未嘗誅戮。臣切謂侂胄非大臣比也〔二〇〕。祖宗之法，位至平章軍國者，皆東班也，元勳世臣而後得有此〔二一〕，未有如侂胄一介武弁，自環衛而知閤，自知閤而徑爲平章太師者。若此，則破壞祖宗成法自侂胄始，乃亂法之奸臣，非朝廷之大臣也。侂胄既有非常之罪，當伏非常之誅，詎可以常典論哉！又竊見右丞相陳自強素行污濁，志益貪鄙，徒以貧賤私交，自一縣丞超遷越授，徑登宰輔。不思圖報陛下之恩，惟侂胄之意是徇〔二二〕。侂胄始雖怙權，猶奉内祠〔二三〕，凡所設施，尚關廟堂；自強巧爲柔佞，上表力請平章軍國。侂胄驕心，乃貪榮而冒處；自強狡計，一作「訐」。因藉庇以營私。驅虎狼爲之前導，而狐狸舞于其後，自強之爲已深矣！姑以大者言之：用兵一事，舉國以爲不可，而自強曲爲附和，力援私黨，占據言路，以脅制天下之公議。至若縱容子弟，交通關節，饕餮無厭，皆臣所未暇言。獨其奸險附麗，黷亂國經，較其罪惡，與侂胄相去無幾。臣愚，伏望陛下奮發威斷，將侂胄顯行誅戮，以正元惡之罪。其自強亦乞追責遠竄，以爲爲臣不忠、朋奸誤國者之戒。謹録奏聞，伏候敕旨。」貼黃：「照得韓侂胄久專國政，一作「柄」。將朝廷府庫視同私帑，公肆竊取，莫敢誰何。見今邊鄙軍費方殷，欲乞睿斷，將侂胄應有一作「干」。家財産業，盡行籍没，拘入封樁庫，專備邊庭之用，仍不許諸處妄有支動。伏候敕旨。」十一月六日，三省同奉聖旨：「韓侂冑除名，送吉陽軍安置。陳自强改送韶州安置。餘依〔二四〕。」

給舍繳駁論疏

臣寮上言：「臣聞人臣之罪，莫大于植黨擅權，又莫大于稱兵首亂。有一于此，法不容誅。况乎兼有二罪，又稔衆惡，其在明時，豈宜容貸？臣伏念韓侂冑夤緣攀附，浸極顯榮，背負國恩，締結親黨，凶愎自用，鉗結人言。凡除擢要官，選用兵帥，皆取決厮役蘇師旦之口。交通賄賂，動以千萬。祖宗法令，肆爲紛更。軍政、財計、田制、鹽法，關國體之大者，率情變易，朝令暮改，人無適從。自知積失人心，中外交怨，乃爲始禍之計，蓄無君之心。謀動干戈，圖危社稷。横開邊隙，喪失師徒。征行者有戰鬭暴露之虞，轉輸者有流徙死亡之苦。荆、襄、兩淮生齒百萬，罹其凶害，遠近州縣科斂頻仍，雖深山窮谷之民，皆不安其生業。至如吴曦之叛、郭倪之敗，皆侂冑容養激成。所用鄧友龍之徒，喪師辱國，罪狀顯著，曲爲掩覆，止從輕典，俱置善地。原其用心，實不可測。天下之人切齒扼腕，恨不食其肉。如陳自強者，昏謬無恥，但知侂胄薦進之私恩，陰拱固位，聽其所爲，噤不出一語。如用兵之謀，不惟不能沮止，乃從而附和，曲意逢迎，貽害生民，恬不知恤。其他背公營私，貪鄙猥瑣之狀，雖小夫賤隸，亦所竊笑。仰惟陛下至明獨斷，雖行罷斥，尚亦優容，而侂胄等罪惡貫盈，公論未快。臣誤蒙親擢，置之封駁，祗命之初，不敢隱默。欲望聖慈特發英斷，將侂胄明正典刑，自強遠加貶竄，以慰天下之心，以正國家之法。所有録黄未敢書讀，謹録奏聞，伏候敕旨。」

尚書省榜

臣寮上言：「臣學問荒疎，器能淺薄，際遇陛下勵精敷化之初〔一二五〕，首蒙拔擢，俾職風憲。臣不自量度，願勉竭綿力，仰助陛下振舉紀綱，一新觀聽。連日拜疏奏論韓侂胄、陳自強罪惡，已蒙睿鑒一作「旨」。施行。然二凶同惡相濟，專務欺蔽，一作「蔽明」。一旦威斷震發，天日清明，中外欣快，咸願亟見二凶罪狀。欲望聖慈宣諭執政，檢會今來臺諫給舍章疏，及已施行次第，特降敕榜曉示，以慰人心，以昭國憲。不勝幸甚！取進止。」十一月六日，三省同奉聖旨並依。

因韓黨詔諭中外百官

開禧三年十一月，内有旨：「韓侂胄怙權擅朝，一作「怙據朝權」。殘民誤國，已行罷斥。緣其專政之久，中外縉紳洎于將帥，凡才望勳績之臣，應爲丞相之用者，彼乃指國名器，權爲私恩。朕方丕示至公，惟賢能是亟，咨爾有位，其各悉心盡忠，毋或不安，益修厥職，以副朕意。故兹劄示，宜體至懷。」是月，又降詔：「朕德不明，信任非人。韓侂胄懷奸擅權，一作「朝」。威福自己，劫制上下，首開兵端，以致兩國生靈肝腦塗地。興言及此，痛切于衷。矧復長惡罔悛，深負國恩，一云「負國彌甚」。疎忌忠讜，廢公徇私。氣焰所加，道路以目。今邊戍未解，怨毒孔滋。凡百縉紳，洎于將士，當念前日過舉，皆侂胄欺罔專恣，非朕本心。今既罷逐，一正權綱，各思勉旃，爲國宣力，飭兵謹備，以圖休息。稱朕此意焉。」

考異

韓誅死于玉津已三日，寧皇猶未悟其誤國也。史公彌遠陰僉書諷臺諫給舍，爲此當時之議，以爲既曰以御批付夏震誅之矣，自當顯言之。殊未知寧皇動法祖宗，每對左右，以爲臺諫者公論之自出，心嘗畏之。侂胄欲盡攻道學，故探上意，啖臺諫以一網去之。史蓋因其術而用之，天下未爲非者，以韓之所以施于善類者而反之云爾。

慶元嘉泰開禧年間事 一本無此行

侂胄師旦周筠等本末 按「筠」原本避理宗嫌諱作「均」，今改正。

初，蘇師旦本平江書吏，韓氏爲戎副，一作「副戎」。籍之于廳。韓用事，師旦實爲腹心。韓一有「爲」字。知閤門事，猶在韓側立侍。迨冒節鉞，韓則曰：「皆使相也。」始乃與之均席。由是海内趨朝一作「韓」。之士，欲造其一作「晏」。門而不得見。蘇林者，子由之孫也，師旦以微賤附之爲族，林遂以兄事之。師旦嘗以窘乏求金于韓，韓不知其受諸將賄動以億萬，每輟俸金與之，謂其出于真誠。及江上諸將致敗，而邱公密爲督視，廉知敗將之賂師旦尺牘往來具存，因作書以遺韓。韓大怒，遂竄師旦于海上。嘉定初，下所編郡取師旦首級，郡守召至客次，師旦以韓念己，必復召用。已而赴市，則曰：「太師亦如是忍耶？」蓋不知韓已誅矣。遂籍其家，得金箔金二萬九千二百五十片，金錢六十辦，馬蹄金一萬五千七百二十兩，瓜子金五斗，生金羅漢五百尊，各長二尺五寸，金酒器六千七百三十兩，釵釧金一百四十三片，金束帶十二條，他物稱是。初，侂胄欲使師旦爲節度使，密諭詞臣使草制。時秘書監陳峴兼直學士院，語人曰：「節鉞以待將臣之功高者。師旦何人，可辱斯授？以此見命，吾惟有去而已。」未幾，中貴人有以特旨躐遷遥郡者，公復論之。中貴人者，侂胄之所主也。御史探權相一作「臣」。意，遂假駁死獄事，劾公以免。公銘文曰：「或問公與熙寧三舍人之事孰難？曰：『李定之除，公朝顯行之令也；師旦之命，權臣密諭之旨也。方熙寧初，王安石雖用事，然詔令猶付之有司，故三舍人得以職爭之，其爲力也易至。侂胄有所欲爲，則陰使人諭以意指，一有違忤，遂假他罪逐之，不使得以守職言事去也。故在公拒之爲難。』」先是，峴召試學士院日，對策言帝王號令不可輕出，倘不經三省施行，從中徑下，外示獨斷，内啓倖門，禍患將伏于中而不自知。時侂胄已居中用事，假御筆以竊朝權，故峴及之。峴持身謹閎，權臣無得而窺其間，且寧皇以公爲先朝宏博第一選，故遷至中書。然在詞一作「禁」。掖不能一月也。峴知泉州，未上，韓誅，召除兵部侍郎兼學士院。賜詔，其略曰：「衆怒翼飛，儀鳳之翔何遠；洪流奔注，砥柱之立不移。」蓋嘉其疑脱「安」字。義命於權勢翕赫之日。制詞真文忠所草，銘文亦文忠所爲也。按齊東野語云：「蘇師旦將建節，學士顔棫、莫子純，皆莫肯當制。易祓彦章爲樞密院檢詳文字，師旦爲都承旨，與之昵，欣然願任責，遂以國子司業兼兩制，竟爲師旦草麻，極其諛佞」云云。則當日不肯草麻，不獨峴一人也。德壽宮門路梐枑闌入，凡持盖肩負者，皆由夾牆以入。有輿薪數十人闌入，司枑者呵止之〔二六〕。曰：「周總管柴。」呵者默而聽之，周筠原本避作「從竹從均」，今改。亦亞于師旦。自慶元以來，政出于韓，而師旦之門如市。宰相已爲具官，左右不復預事，曹吏號爲冷局。自趙忠定爲相之時，人從侂胄覓官者，韓猶答以當白之廟堂。自京鏜居相位，而韓猶答以當與丞相一作「宰相」。議之。自陳自強相，韓對客有請，直曰「當爲敷奏」而已。師旦既逐，韓爲平章事無決，專倚省吏史邦卿奉行文字，擬帖撰旨，俱出其手。權炙縉紳，侍從簡札，至用申呈。時有李其姓者，嘗與史游，于史几間大書云：「危哉邦卿，侍從申呈。」未幾致黥云。時又有李士謹者，亦用申呈。有乞兼職者，其詞甚哀，後果由兼職階相位。士謹家居白洋池田家橋側，相傳莫知名橋所自，芰荷渺然，鷗鷺雜集，號小水晶宫，其實近在北關門之内。開禧朝廷以賜田俊邁之子，蓋已有兆之於其先矣。按此條内自「遂籍其家」至「他物稱是」止八十一字，原本脱落。今從姜南蓉塘詩話補足。

韓勢敗笑鑒

富貴固有不可恃者，而况保之？爲城社者，謂足以自固，則尤可笑也。嘗偕京倅吴公鋼入天竺，聞侂胄功德寺之勝，甲于諸刹，相與游焉。主僧道號翠巖，法名湛，揖吴而入。茗畢，極口談前日爲某人求金者幾許，予亦惡其山林衲子〔二七〕，滿口言錢。吴爲見任通守，欲遍游其山，湛謝以老足近病，祇命知事相陪。其金碧晃耀，真天帝釋之所居。又南園，乃慈福所賜韓者，穽一作「穿」。幽極深，凡三日而後遍。而掌園者金其姓，皆武爵之近上者。聽其滿口皆稱曰「師」、「王」，師謂太師，王謂郡王。韓居太室三茅之旁，掃石壇以煅大丹，命余道人候火，人不得而見之，外疑其爲仙。迨韓既敗，湛者崎嶇由寺後越石人嶺以遯，幾墜崖，挺身渡江如飛，蓋未嘗病足。而掌園之人閉園門者三日夜，人不敢遺以水火，饑餓乞憐之聲達于隣曲，得旨始出，妻兒大慟而去。余道人者攜丹鈴從三茅山巔奔越以下〔二八〕，亦墜崖幾死。又于群婢放逐之時，韓門眷至有三數輩皆稱爲某一無「某」字。妾某人父母者，盖其宛轉而入皆爲父母。官中遂命願認爲父母者聽，除首飾衣服之外，不許以奩載出。金釵至滿頭，衣服至著數襲。市人利其物，而因可以轉貿其身，故相競相逐，願爲之父母。至有引群妾之裾，必欲其同歸者，亦足笑也，亦足爲鑒云。韓嘗招新安程有徽點校通鑑于石巖間，程經歲不與人接，雖朝士無知之者。本以進士第，久于選調。亦未嘗從韓祈官，嘗欲授以掌故，程不願也。韓敗，拂袖歸，人方知而憐之，不謂韓黨也。丙寅冬，又同吳倅復游韓寺，則佛像已輿他所〔二九〕，而金碧木石俱空。登其母魏國夫人冢，旁有蘆束，淺土半露，問之，乃韓之屍，其首已送之金也。

閱古南園

前所載臣寮論侂胄「鑿山爲園，下瞰宗廟，窮奢極侈，僭擬宮闈」，又云「創造亭館，驚震太廟之山；宴樂笑語，徹聞神御之所。齒及路馬，禮所當誅；簡慢宗廟，罪宜萬死」。盖自寧壽觀梅亭而至太室之後山，皆觀中地也。韓侂胄擅朝，舊居于太廟側，遂奄觀之山而有之，爲閱古堂，爲閱古泉，原註：舊名青衣，有青衣童子見泉上，故以名。爲流觴曲水。泉自青衣下注于池，十有二折，旁砌以瑪瑙。泉流而下，瀦于閱古堂，渾涵數畝，有桃坡十有二級。夜燕則殿巖用紅燈數百，出于桃坡之後以燭之。其雲巖之最奇者曰「雲岫」，韓命程有徽校通鑑于中。侂胄居之既久，歲累月積，剔奇抉勝。洗石而雲根出，刳土而泉脉見。危峰穩石，淺灣曲沼，窈窕渟深，疑爲洞天福地之居，不類其爲園亭也。因在天衢咫尺，有旨盡給還寧壽，命復爲禁地云。又慈福以南園賜侂胄，有香山十樣錦之勝，有奇石爲十洞，洞有亭，頂畫以文錦。香山本蜀守所獻，高至五丈，出于沙蝕濤激之餘，玲瓏壁立，在凌風閣下，皆記所不載。予已略具記于前集。近聞併閱古記不登于作記者之集，又碑已仆，懼後人無復考其詳，今并載二記云。閱古泉記云：「太師、平原王韓公府之西，繚山而上，五步一磴，十步一壑。崖如伏黿，徑如驚蛇。大石礧礧，或如地踊以立，或如翔空而下，或翩如將奮，或森如欲搏。名蔦汲古閣刻作「葩」。碩果，更出互見；壽藤怪蔓，羅絡蒙密。地多桂竹，秋而華敷，夏而籜解，至者應接不暇。及左顧而右盼，則呀然而江橫陳，豁然而湖自獻。天造地設，非人力所能爲者。其尤勝絶之地曰閱古泉，在溜玉泉汲古閣刻作「亭」。之西，繚以翠麓，覆以美蔭。又以其東向，故浴海之日，既望之月，泉輒先得之。袤三尺，深不知其幾也。霖雨不溢，久旱不涸。其甘飴蜜，其寒冰雪，其泓止明靜，可鑑鬚髮。汲古閣刻作「毛髮」。至一作「而」，汲古閣刻作「雖」。游塵墮葉，常若有神物呵護屏除者，朝暮雨暘，無時不鏡如也。泉上有小亭，亭中置瓢，案：「瓢」元本及他本俱作「瓟」，今依汲古閣本作「瓢」，下同。可飲可濯，尤於烹茗釀酒爲宜，他名汲古閣刻作「石」，誤。泉俱汲古閣刻作「皆」。莫逮。公嘗與客相羊泉上，酌以飲客。游年最老，獨盡一瓢。公顧而喜曰：『君爲我記此泉，使後世汲古閣刻脱「世」字。知吾輩之游，亦一勝一有「事」字。也。』游按泉之石汲古閣刻脱「石」字。壁有唐開成五年道士諸葛鑑元八分書題名，盖此泉潛汲古閣刻作「湮」。伏弗耀者幾四百年，公乃復發之。而汲古閣刻誤「時」。閲古盖先忠獻王以名堂者，則泉可謂遇汲古閣刻作「榮」。矣。游起於告老之後，視道士爲有愧，其視泉尤可汲古閣刻作「有」。愧也。幸旦暮得復歸故山，幅巾短褐，從公一酌此泉而行，尚能賦之。嘉泰三年四月乙巳，山陰陸游記。」

南園記云：「慶元三年二月丙午，慈福有旨，以別園賜今少師、平原郡王韓公，其地實武林之東麓，而西湖之水匯于其下。天造地設，極湖山汲古閣刻誤作「山湖」。之美。公既受命，乃以禄賜汲古閣刻作「入」。之餘，葺爲南園。因其自然，輔以雅趣。方公之始至也，前瞻卻視，左顧右盼，而規模定；因高就下，通窒去蔽，而物態別。「別」一作「列」，汲古閣刻作「物象列」。奇葩美木，爭效于前；清泉汲古閣刻作「流」。秀石，若顧若揖。于是飛觀傑閣，虛堂廣厦，汲古閣刻作「聽」。上足以陳俎豆，下足以奏金石者，莫不畢備。升而汲古閣刻脱「升而」二字。高明顯敞，如蜕塵垢；入而汲古閣刻誤作「而入」。窈窕邃深，疑于無窮。既成，悉取先侍中汲古閣刻云「悉取先得」，無「侍中」二字。魏忠獻王之詩句而名之。堂最大者曰許閒，上爲親御翰墨以榜其顔。其射廳曰和容，其臺曰寒碧，其門曰藏春，其閣汲古閣刻作「關」。曰凌風，其積石爲山曰西湖洞天。其瀦水藝稻，爲囷爲場，爲牧羊牛、畜雁鶩之地曰歸耕之莊。其他因其實而命之名。堂之名汲古閣刻脱「堂之名」三字。則曰夾一作「采」。芳，曰豁望，曰鮮一作「解」。霞，曰矜春，曰歲寒，曰忘機，曰照一作「眠」。香，曰堆錦，曰清芬，曰紅香。亭之名則曰遠塵，曰幽翠，曰多稼。自紹興以來，王公將相之園林相望，莫能及南園之仿佛者。然汲古閣刻脱「然」字。公之志，豈在于登臨游觀之美哉？始曰許閒，終曰歸耕，是公之志也。公之爲此名，皆取于忠獻王之詩，則公之志，忠獻王汲古閣刻無「王」字。之志也。與忠獻同時，功名富貴略相埒者，一作「備相將者」。似誤。豈無其人？今百四五十年，其後往往寂寥無聞，而汲古閣刻脱「而」字。韓氏子孫，功足以銘彝鼎、被絃歌者，獨相踵也。迄汲古閣刻作「逮」。至于公，勤勞王家，勳在社稷，復如忠獻之盛，而又謙恭抑畏，拳拳于汲古閣刻作「志」。忠獻之志，不忘如此。公之子孫，又將視汲古閣刻作「嗣」。公之志而不敢忘，則韓氏之昌，將與宋無極，雖周之齊、魯，尚何加焉！汲古閣刻作「哉」。或曰：『上方倚公，如濟大川之舟。公雖欲遂其志，其可得哉？』是不然。上之倚公，公之自處，本自不侔。惟有此志，然後足以當上之倚，而齊忠獻之功一無「功」字。名。天下汲古閣刻脱「上之倚公」至此計三十三字。知上之倚公，而不知公之自處；知公之勳業，而不知公之志，此南園之所以不可無述。游老病謝事，居山陰一有「大」字。澤中，公以手書來示，汲古閣刻無「示」字。曰：『子爲我作南園記。』游竊伏思公之門，才傑所萃也，而顧以屬游者，豈謂其愚且老，又已挂冠而去，汲古閣刻「冠」上有「衣」字。則庶幾其無諛詞、無侈言，而足以道公之志歟？此游所以承公之命而不獲辭也。中大夫、直華文閣致仕、賜紫金魚袋陸游謹記。」按二記，汲古閣毛氏刻于放翁逸稿中，小有异同，復多脱誤，並爲刊正。鎮安軍節度使、開府儀同三司、判建康軍府事、充江南東路安撫使兼行營留守吴琚謹書，並篆額。原注：額真大書南園記三字，非篆也。不用螭首，繪以芝鶴云。

南園記考異

武林，卽今靈隱寺山。南園之山，自淨慈而分脉，相去靈隱有南北之間。麓者山之趾，以南園爲靈隱山之趾，恐不其然，惟攻媿樓公賦武林之山甚明。園中有亭曰晚節香，一無「香」字。植菊二百種，亦取其祖詩句，記中不及云。

四夫人

侂胄所幸妾，同甘苦者爲三夫人，號「滿頭花」。新進者曰四夫人，至通宮籍，慈明嘗召入，貌賜坐以示優寵。四夫人者，卽與慈明偶席，盖騃也，慈明心銜之。迨韓爲鄭發所刺，諸婢皆遣還其父母，慈明特旨令京尹杖四夫人而遣之。

滿潮都是賊

韓用事歲久，人不能平，又所引用率多非類，天下大計不復白之上。有市井小人以片紙摹印烏賊出没于潮，一錢一本以售。兒童且誦言云：「滿潮都是賊，滿潮都是賊。」京尹廉而杖之。又有賣漿者，敲其盞以喚人曰：「冷底喫一盞，冷底喫一盞。」冷謂韓，盞謂斬也，亦遭杖。不三月而韓爲鄭發所刺，及籍其家，得所收真聖語，末一句云「遭他羅網禍非輕」，又一句云「遠竄遐荒始得平」。韓嘗怪其言。韓外有陳自強，内有周筠，啓韓有圖之者，韓猶以「一死報國」爲辭。周苦諫，韓遂與自強謀，用林行可爲諫議大夫，劉藻爲察官，一網盡謀韓之人。僅隔日未發，而錢、李、史三公亦有所聞，命夏震速下手。原注：事已載前集。震歸，遂命鄭發刺韓，震復刊御批于傑閣以記之。史惡之，旋以疽發于背而死于殿司。

逆曦歸蜀

逆曦既用，賂蘇師旦，遂舉全蜀以授之。其在殿巖也，嘗命工圖畫上乘輿、鹵簿卷軸甚詳。人問曰：「太尉何用此？」曦紿之曰：「把歸去，教孩兒男女看了消災滅一作「滅」。罪。」及出北關，遂焚香拜天于鵠首，云：「且得脱身歸去。」其反狀已萌於此矣。惟吳公琚嘗目曦以必反。何公澹既因韓致政府，亦以爲不可遣，忤韓，出知福州。

優伶戲語

韓侂胄用兵既敗，爲之鬚鬢俱白，困悶莫知所爲。優伶因上賜侂胄宴，設樊遲、樊噲，旁有一人曰樊惱。又設一人揖問遲：「誰與你取名？」對以「夫子所取」，則拜曰：「是聖門之高弟也。」又揖問噲曰：「爾誰名汝？」對曰：「漢高祖所命。」則拜曰：「真漢家之名將也。」又揖惱云：「誰名汝？」對以「樊惱自取」。又因郭倪、郭果敗，因賜宴以生菱進于桌。上命二人移桌，忽生菱墮地盡碎。其一人云：「苦，苦，苦，壞了許多生菱，一作「靈」。只因移果卓。」一無此五字。

侂胄助邊

開禧兵端既啓，國用浸虧。侂胄上表，自請以家藏先朝錫予金器六千兩上之。寧皇優詔獎諭，仍允其請。天下皆笑韓之欺君。

韓墩梨

姑蘇地名韓墩，産梨爲天下冠。比之諸梨，其香異焉，中都謂之「韓墩梨」。後因光皇御諱，改爲「韓村梨」。至侂胄專國，餽之者不敢謂「韓村」，直曰「韓梨」。因此皆謂「韓梨」矣，非侂胄意也。吳中平田有培塿，皆曰「墩」，後避諱，皆曰「坡」。而避村名猶甚于避廟諱，「菁村」至改曰「菁山」，「謝村」至改曰「謝溪」，一作「陵」。蓋中都人以外人爲村，故諱之。流傳浸失，圖牒易訛，故因韓事及之。

黄胖詩

韓以春日宴族人于西湖，用土爲偶，名曰「黄胖」。以綿繫其首，累至數十人。游人以爲土宜。韓售之以悦諸婢，令族黨仙胄賦之云云，「一朝線斷他人手，骨肉皆爲陌上塵」。侂胄大不悦。仙胄家于會稽，以侂胄故，有官不仕。韓敗，竟保其族云。

劉淮題韓氏第

劉淮見之，建陽人。賦詩雖爲韓而發，其實嘉定用事者良劑也。「寶蓮山下韓家府，鬱鬱沈沈深幾許？主人飛頭去和虜，緑户空牆歎風雨」〔三〇〕。「九世卿家一朝覆，太師宜誅魏公辱。後來不悟有前車，突兀眼中觀此屋。」

西湖放生池記

高文虎字炳如，號爲博洽名儒。疾程文浮誕，其爲少一作「小」。司成，專以藏頭策問試士，問目必曰有某人某事者。士不能應，但以「也」字對「者」字，士之憤高也久矣。會京尹趙師羼奏請盡以西湖爲祝聖池，禁捕魚者，作亭池上甚偉，穹碑摩雲〔三一〕。高實爲記，其文有曰：「鳥獸魚鱉咸若，商歷以興。」既以鐫之石，石本流傳，殆不可掩，改「商」爲「夏」，隱然猶有刊跡。無名子作爲詞以謔之云：「高文虎，稱伶俐，萬苦千辛作个放生亭記。從頭没一句説著朝廷，原注：一作「官家」。盡把師羼原注：一作「太保」。歸美。這老子忒無廉恥，不知潤筆能幾。夏王説不是商王，只怕伏生是你。」原注：一作「夏王事卻作商王，那鳥獸魚鱉是你」。然無名子之嘲，胡可深信？今詳載其記于後云。蓋「商」字特筆誤。而或者乘間而詆之耳。按此事亦載齊東野語第十卷，初指其誤者，黄子由夫人胡氏也。記曰：「皇帝踐祚之五年，乾坤清夷，瀛宇寧謐，施仁霈澤，損賦薄刑，所以養民本，迓天休，德至渥也。而又勵精圖政，綜賢經能，功亮績熙，大小咸舉。乃睠駐蹕，實惟錢塘，命尹神皋，聿嚴厥選。權尚書工部侍郎臣師睪，以才學猷力，宣聲一時。昨拜大農，兼治天府。凡厥董寮劭農，振兵束吏，至于簿書期會，金穀鉅筩，以及郊丘之供，宫庭之奉，百司庶府之須，紀綱規模〔三二〕，肅肅具叙。兹表治行，擢登從班。其在四年十月七日，師睪嘗奏曰：『臣仰稽聖代，龍唐舊因，卽杭西湖爲放生池者，天禧中太子太保、判杭州王欽若之請也。西湖利害難弛者五，放生之舊，蓋居其一者，元祐中龍圖閣學士、知杭州蘇軾之議也。紹興明詔，遹廣至恩，化育所覃，罟弋有禁。淳熙慶壽，申飭淵謨，蕃殖既昌，福應攸侈。方當奉三宫之康福，緜萬世之本支，所宜日長月滋，益介多祉。顧今穹碑混于草莽，條禁隳于奸豪，甚非所以奉寬大〔三三〕、勸首善也。謀以誕聖之期，同致華封之祝，在嚴戒令，務謹隄防。禦囿宫林，禁當並飭，富強挾貴，法所必行，庶迪帝心，用蕃國本。』制曰：『可。』於是相攸度阯，近接城闉，左介石函，右通涵制〔三四〕。按原本云「近接城闉，左涵右通」，今依咸淳臨安志改正。作亭五楹，前有軒榭，揭名德生，以侈上賜。又作亭三楹，俯納湖浸，祝網縱鱗所臨也。又作亭三楹，内儷山趾，舊刻新銘所峙也。植以華表，垂之嘉名，奉詢畫者，錢塘尉扈武也。亭成之日，都人聚觀，和氣懽聲，盤薄無際。祝皇之壽，與天並崇；祝皇之基，與地同久。推而達之天下，蓋自兹始。猗歟盛哉！臣竊惟宋受天命，列聖重光，一以寬仁，守爲家法。兵不輕用，刑不妄施，雨露所涵，舟車所至，滲漉亭育，潤澤豐美，况于萬物乎！然鳥獸魚鱉，咸若夏歷以興，以及鳥獸昆蟲，周家以盛。有天下者，發政施仁，未有不本諸此。師羼誠能推廣旨意，形于告猷，迄俾流恩，與宋無極。詩云：『天保定爾，以莫不興。如山如阜，如岡如陵。如川之方，至以莫不增。』維時有之。臣既書其事，復系以銘曰：天賜宋命，世世以仁。宋媚于天，武文聖神。維天曰生，皇矣昊旻。我其受之，代天牧人。刑不濫施，兵不妄陳。孰尸天府，永保乂民。皇帝明聖，膺圖闡珍。曰宋家法，仁厚如春。惟曰圖回，是憲是遵。慈薰惠洽，廣莫淵淪。孰尸天府，告猷有臣。謂昔有池，西湖之津。羅罭所窺，防禁勿申。廣上之德，封奏諄諄。師羼稽首，惟恭惟寅。皇帝曰嘻，汝其作新。用侈福澤，壽予君親〔三五〕。按「皇帝曰嘻」四句，原本脱落，今據咸淳臨安志補入。勒石湖阯，作亭湖濱。露囊金鑑，率時搢紳。與厥耆老，戾止轔轔。鳶飛魚躍，整翰膏鱗。天育海涵，賚取蕃轃。凡百都人，揉奸化醇。欽上之惠，捐罟棄緡。仁民之心，愛物是均。民物一致，天人之因。人頌皇帝，德冠群倫。奉承三宮，八千歲椿。子孫繩繩，子孫振振。」倘不備考以記，則後人必以無名子之言爲信矣。按此記傳鈔本多誤，且有錯簡。今依咸淳臨安志訂正。

犬吠村莊

韓侂胄嘗會從官于南園，京尹趙師䍦預焉。師䍦因撻右庠士，一學諸生群起伏闕，詣光範訴師䍦。時史相當國，不欲輕易京尹，施行稍緩。諸生鄭斗祥輩遂撰爲師䍦嘗學犬吠于南園之村莊，又舞齋郎以悦侂胄之四夫人，以是爲詩，以擠師䍦于臺諫。雖師䍦固附韓者也，亦豈至是？李秀巖心傳不諳東南事，非其所目擊，乃載其事于朝野雜記，諸生犬吠、齋郎之詩特詳焉。後之作史者當考。或謂有穿狗竇而入見韓者，亦非。按犬吠村莊及費士寅狗竇事，齊東野語亦辨其誣。

考異

韓敗，籍其家。臥内青紬帳後如用兵，用羅木自圍其寢，防刺也。惟所愛四夫人位最侈，臣寮所謂「僭擬宮闈」者是也。籍其奏章，至「陛下」二字，必提空一作「控」。唯謹。或以爲韓意叵測者，非也。忠獻之族得以全者，惟侂胄無是爾。喻吳曦書稿曰：「侂胄排群議，以節使能世其忠。今公此舉，侂胄何面目以見上與士大夫？是非節使負侂胄，乃侂胄負上與天下之士大夫也。書至日，卽宜舍逆從順，反邪歸正，閉三關以絶金，上僞璽于公朝。侂胄爲奏之上，封節使以真王，猶可以慰天下士大夫之望〔三六〕，而侂胄庶幾其有面目以見上與天下之士大夫矣。」

李季章使金詩

李季章壁，巽巖尚書之六子〔三八〕，盖賢良公垕之弟。開禧初，韓欲興兵未有間，既遣張公嗣古出使覘敵。嗣古使還，大拂韓旨，因復遣壁。壁還，與張異詞，階是遷政府，後又預誅韓之謀。壁使金詩云：「天連海岱壓中州，煖翠浮嵐夜不收。如此山河落人手，西風殘照嬾回頭。」前二句不知其指何地，既曰「煖翠浮嵐夜不收」，又曰「西風殘照嬾回頭」，意亦略相悖，一作「違」。恐傳者之誤也。季章所居，亦似「似」字疑衍。號石林。諸公賦詩甚多，惟王大受仲可有詩絶出，記句云：「君不見牛奇章與李衛公，二人平生不相容。門前冠盖互咿軋，惟有愛石心則同。」

慶元開禧雜事

淮民漿棗

紹興和議既堅，淮民始一作「咸」。知生聚之樂，桑麥大稔。福建號爲樂區，負戴而之者謂之「反淮南」。或士民一至其地，其淮民遇夏則先以漿餽之，入秋剥棗，則蒸以寘諸門，任南人食之，不取價。或遇父老烹牲于社，卽命同坐，有留鏹者，卽誚何爲留，堅卻不受。自開禧兵變，淮民稍徙入于浙、于閩，至閉肆窖飯以竢之。既歸而語故老，南人游淮者不復有壺漿剥棗之供矣。

浦城鄉校芝草之瑞

慶元間，予爲兒時，父兄常攜入鄉校，觀大成殿第二第三級有芝二本甚異，狀如今赤角蕈，一作「狀如金赤蕈」。大而重複，色而「色而」二字疑誤。加紫，旁緣以金。其一生于第三級正中，差大；其一生于第二級之側，差小，盖緣金微有缺處。陰陽者流以爲舊校與僧寺相直，且背溪山之秀，致鄉士累舉不利于南省，遂遷而與山相面，山形如月，而溪實朝其下。是歲，芝遂産于殿墀，而文忠真公遂登乙科，繼中宏博，而其婦翁開國楊圭亦同年第。文忠官至腰金，與婦翁所中科級略同，楊公亦至佩金。此未足道，而二公所植立，與芝亦相似，造物有以啓之矣。

臺臣用謡言

浙西有大臣許某者，以國恤親喪奏樂，又所居頗侵學宫，爲讎家飛謡于臺臣曰：「笙歌擁出畫堂來，原注：音離。國卹親喪總不知。府第更侵夫子廟，無君無父亦無師。」竟以是登于劾章。雖得于風聞，而許爲大臣，亦未必有是。然人言可畏，爲君子者亦盍謹諸。

好女兒花

金鳳花如鳳味飛舞，每種各具一色，聚開則五色成華，自夏至秋尤盛，謂之「金鳳花」。中都習宮闈娭語，謂「鳳兒花」。慈懿之生，有鸑鷟儀于墨民，原註：已載前録。○按「墨民」一本作「墨氏」，一本作「黑民」未知孰是。名曰鳳孃。迨正坤極，六宮避舊稱，曰「好女兒花」，今行在猶然。

秘書曲水硯

王大受號易齋，樓鏞號月湖，俱知名士也。王以吳公琚三郊異姓恩補官，樓以科第進。樓爲越錢清之煎鹽，以大受非他士比，至輟俸售青布袍以衣鹽亭煎夫，迓之越于常人。按樓之迓王，或由王將至越代樓故。後段章公燮榜客次，有「王煎鹽」之稱。此處叙次未明，疑有脱誤。大受忽見迓者入，則驚曰：「此必科亭户。」爲之具法謂贓，亟寘迓夫于仁和縣圄。遂以家奴攜一篋自隨，徑絶浙江，坐于鹽官之南向，鞭亭户而訊之。樓在屏後曰：「王大受，爾以口舌得官敢爾耶？」遂互申倉司。倉卽章公燮，燮不直大受，猶未有以發之。大受與韓侂胄壻顧熹善，陰諷臺臣平樓，至返其已舉五削。二句似誤。「平」或改作「抨」，「返」或「反」字之訛。時鄭捐爲熹屬，亦白其事于燮，燮尤不能平。大受詣臺持諫官書，或謂程公出，又申以顧熹之書，燮怒其書此句似誤。道：「爾足矣！何脅我以再三耶？」擲其書，叱大受，命典謁者掖大受下墀。大受以爲士可死不可辱，欲委官而去。鄭以好語調停之，章榜客次：「王煎鹽，自今不許相見。」然爲鏞者，未有以白于韓也。偶有僧洪老得小曲水硯于越山墓甓間，乃獻之殉乳母葬物也。記文末一句云：「庶七百年後，知爲余之乳母也。」僧亟以白攻媿。攻媿証據其事，洪因入都以獻韓。韓知其與攻媿遊，曰：「近無恙否？久不得攻媿書。」洪因及鏞事，韓大怒以責熹。臺臣視風旨，遂逐大受，盡反樓五削。曲水小硯，韓以上進，詔付秘書省。其字多用蘭亭叙。華亭名家子朱日新，自號文，爲爻贅集著爲辨，刊以示人，條析縷數，與攻媿力辨其不然。盖疑其中有乳母好釋老之詞。釋之一字，特出于彌天釋道安之句，自晉、宋以來，未有合釋老二字爲一者。且盡翦蘭亭序中字與之合者以辨其誣。且云：「安知其硯出于七百年之後？」攻媿不欲與之深辨云。今欲摹者，必白監長而後啓緘。秘府爇後，不知硯猶存否？按王大令保母墓磚，宋嘉泰間出土，未久卽歸秘省。當時模搨甚少，世罕流傳。獨弁陽翁周公謹所遺鉅卷。本朝藏高詹事士奇家。前模曲水硯式，上有「晉獻之」三字，帖存一百五字。顔行與戲鴻堂摹刻迴異，内云「八百餘年，知爲予之乳母」，非七百年也。帖後題識多宋、元名流，篆、隸、真、行，各擅其勝。白石道人小字二千餘，備盡楷則，尤爲希世之寶，不特賞其評鑒之確也。予偶得寓目，亟手録之，盡二十餘紙，因校紹翁所記曲水硯事，附刊卷末，庶幾覽者益加詳焉。乾隆戊戌仲冬望後一日，知不足齋書。

附刊

追封岳侯制詞見金佗粹編

人主無私予奪，一歸萬世之公。天下有真是非，不待百年而定。眷言名將，宿號藎臣，雖勳業不究於生前，而譽望益彰於身後。緬懷英概，申畀愍章。故追復少保、武勝軍節度使、武昌郡開國公、食邑六千一百户、食實封二千六百户，贈太師，謚武穆岳飛，藴盖世之才，負冠軍之勇，方略如霍嫖姚志滅匈奴，意氣如祖豫州誓清冀、朔。屢執訊而獲醜，亦舍爵而策勳，外儋威靈，内殫謨畫。屬時講好，將歸馬華山之陽；爾猶奮威，欲撫劍伊吾之北。遂致樊蠅之集，寖成市虎之疑。雖懷子儀貫日之忠，曾無其福；卒墮林甫偃月之計，孰拯其冤？迨國論之既明，果邦誣之自辨。中興之主，思念不忘，重華之君，追褒特厚。肆眇沖之在御，想風烈以如存。是用頒我恩綸，䆳之王爵。錫熊紅之故壤，超敬德之舊封。豈特慰九原之心，盖以作三軍之氣。於戲！脩車備械，適當閒暇之時；顯忠遂良，罔閒幽冥之際。諒惟泉穸，歆此寵光。可特追封鄂王，餘如故。

校勘記

〔一〕「食實封二千四百户」，「食」原无，据四庫全書本及本集後附追封岳侯制詞增。

〔二〕「蠢爾殘昏巨迷」，「迷」，四庫全書本作「逆」。

〔三〕「精悍短小」，「小」，四庫全書本作「健」。

〔四〕「坐安置信州」，「信」，原空缺，據四庫全書本補。
〔五〕「榮王臣詢劄奏」，「詢」，原空缺，據四庫全書本補。
〔六〕「庸敷告於治朝」，「庸」，四庫全書本作「容」；「治」，四庫全書本作「泊」。
〔七〕「欲存大體」，「大」，四庫全書本作「本」。
〔八〕「從天乞一日之命」，「日」，四庫全書本作「線」。
〔九〕「當延接」，「延接」，四庫全書本作「是時」。
〔一〇〕「以为固末之策」，「末」，四庫全書本作「本」。
〔一一〕「暨諸將致敗」，「暨諸將」，原空缺，據歷代名臣奏議卷一八四補。「致」，歷代名臣奏議卷一八四作「撓」。
〔一二〕「以輕信誤國」，「以」前四庫全書本有一「祇」字。
〔一三〕「惟遇報稍希」，「惟遇報」，四庫全書本作「遇邊報」。
〔一四〕「夫侂胄本以庸闇無知」，「侂」上原有一「以」字，據四庫全書本删。
〔一五〕「提孩孺子口皆能言」，「提孩」，四庫全書本作「孩提」。
〔一六〕「附阿充位」，「附阿」，四庫全書本作「阿附」，應是。
〔一七〕「昏昧闒冗」，「冗」，四庫全書本作「茸」。
〔一八〕「朝廷欲存體貌之禮」，「欲」，四庫全書本作「故」。

〔一九〕「人忿神怒」，「忿」，四庫全書本作「怨」。

〔二〇〕「臣切謂侂胄非大臣比也」，「切」，四庫全書本作「竊」。

〔二一〕「元勳世臣而後得有此」，「世」，原空缺，據四庫全書本補；「得」，四庫全書本無。

〔二二〕「惟侂胄之意是徇」，「是」原作「自」，據四庫全書本改。

〔二三〕「猶奉内詞」，「詞」，四庫全書本作「祠」。

〔二四〕「餘依」，「依」後四庫全書本有一「議」字。

〔二五〕「際遇陛下勵精敷化之初」，「敷」，四庫全書本作「圖」。

〔二六〕「司柘者呵止之」，「柘」，四庫全書本作「垣」。

〔二七〕「予亦惡其山林衲子」，「惡」上四庫全書本有一「心」字。

〔二八〕「攜丹鈴從三茅山巔奔越以下」，「鈴」，四庫全書本作「鉛」。

〔二九〕「則佛像已輿他所」，「輿」，四庫全書本作「移」。

〔三〇〕「緑户空牆歎風雨」，「緑」，四庫全書本作「緣」。

〔三一〕「穹碑摩雲」，「摩」上四庫全書本有一「略」字。

〔三二〕「紀綱規模」，「模」，四庫全書本及清道光杭州愛日軒本咸淳臨安志卷三三作「目」。

〔三三〕「甚非所以奉寬大」，「所以」，四庫全書本及咸淳臨安志卷三三無。

〔三四〕「右通涵制」，「涵制」，咸淳臨安志卷三三作「涵碧」。

〔三五〕「皇帝曰嘻汝其作新用侈福澤壽予君親」，此四句系鮑氏據咸淳臨安志補入，然據該書卷三三，此四句應系于「封奏諄諄」句之後。

〔三六〕「猶可以慰天下士大夫之望」，「猶」上四庫全書本有「如此」二字。

〔三七〕「巽巖尚書之六子」，「六子」原作「仲子」，據周益國文忠公集平園續稿卷二六李文簡公神道碑、全蜀藝文志卷三〇及嘉慶四川通志卷一五〇改。

附録

晉王大令保母帖

郎耶王獻之保母，姓李，名意如，第一行。廣漢人也。在母家志行高秀，歸第二行。王氏，柔順恭懃。善屬文，能草書，第三行。解釋老旨趣。年七十，興寧三年第四行。歲在乙丑二月六日，無疾而終。第五行。□□□□□□□□□閼第六行。岡下，殉以曲水小硯，交螭方壺，第七行。樹雙松於墓上，立貞石而志之。第八行。悲夫！後八百餘載，知獻之保母第九行。宫于兹土者，尚□□焉。第十行。

（信天巢竹窗高士奇家藏）

典午今餘八百年，王家舊物不多見。萬古夙流翰墨宗，雲仍忽得當時研。背題三字「晉獻之」。大令筆法無可疑。旁鐫永和二小楷，剥蝕漫滅僅可窺。稽山樵人何所識，劚山得之同瓦礫。一旦歸于後世孫，墜助天資不勞力。世間贋物輒亂真，邇來智巧尤日新。古意翛然元易見，非歙非端過結鄰。憶昨常瞻大令像，磊呵魁梧如字樣。此研胡爲太眇然，再三把玩不盈掌。質小任重易相從，陳元毛穎隨西東。有時心與外境會，滴水變化生雲龍。細潤宜墨是研美，形撫尤非近制比。山陰親見羲、獻來，十襲珍藏莫輕與。

（退堂僧了洪）

書家千載稱蘭亭，蘭亭真蹟藏昭陵。只今定本誇第一，貞觀臨寫鐫瑶瓊。黄閍岡下得寶墨，古來燒磚堅於石。大令親書保母銘，况是當時晉人刻。磚雖破裂文多全，妙畫遠過蘭亭鐫。其間「曲水」、「悲夫」字，駸駸欲度驊騮前。我家阿連縛虎手，更得退堂方丈友。王君系出三槐家，參坐會文真耐久。田丁初來獻小研，尋見津津若微溜。細看背刻「晉獻之」，「永和」髣髴在旁右。亟訪田家叩所從，始知墓崩隨意取。大磚支牀得前□，□□浮屠全尾首。字爲十行行十二，百十有七二字漏。交螭方壺不復見，貞石擢藏松亦朽。我得此碑喜不寐，摩挲三歎歎未有。興寧甲子十四周，更閲三年仍乙丑。君非洞曉未來數，安知八百餘年後？坡翁應未見此志，金蟬之銘何絶類。又知文章有暗合，智謀所見略相似。二王遺踪無所遺，誰知地下此段奇。三君共爲成勝事，至寶呈露端有時。越山盤屈獻與義，付與耳孫世守之。煩君更爲護幽窆，或恐意如猶有知。（攻媿樓公）

銘墓三代已有之。薛尚功鍾鼎款識第十六卷載唐開元四年偃師耕者得比干墓銅槃，篆文云：「右林左泉，後岡前道。萬世之寧，玆焉是寶。」蓋古者範銅精巧，鏤以爲器，生死皆用。自漢錢幣益重，銅禁日嚴，工不宿業，於是陶土堅緻與鐵石等。予得光武時梓潼扈君墓磚，先敘所歷之官，末云「千秋之□」，按元蹟，空一字。模脱隸書，而非鐫也。又有章帝時范君、謝君磚銘，以四字爲句。厥後銅雀之瓦，遂可作研，字亦隱起。以此知東漢銘墓，初猶用磚，久方刻石。紹興中，予親見常州宜興邑中劚□□□，時太尉許馘家有碑漫滅，惟前百餘字可讀，大略云：「□□按缺處彷彿「夫人」字。會稽山陰人，姓劉氏，太尉之婦也。」任昉在梁撰文章緣起，乃謂誌墓始晉殷仲文。洪丞相跋云：「世傳東漢墓碑皆大隸，疑昉時尚未露見。」其説良是，惜乎洪公不見漢磚也。由今論之，自銅易磚，自磚斲石，愈久愈簡便矣。嘉泰癸亥，故友四明沈焕叔之子省曾智甫，出示越上新拓王獻之保母墓碑，因詳記于後。十二月壬寅，平園老叟周必大。

右晉興寧三年王獻之保母墓碑。嘉泰二年夏六月，山陰農人斸土，得□磚于黄閍岡，卽是碑也。時有曲水小研俱出焉。色黝而潤，後有「晉獻之」三字，旁有「永和」二字。以志文觀之，盖殉葬時物也。碑字十行，斷缺之餘，其文可讀，筆力遒婉，真有父風。今歸錢清王纖家。纖，字千里，好文博古，乃三槐文正之後，得所歸矣。碑云：「後八百餘載，知獻之保母宮于兹土。」墓磚之出，實八百三十八年。獻之前知如此，異哉！閏十二月旣望，會稽太守豫章李大性。

王子敬父子工書，妙絶今古，固不待言。然世間金石刻容有變壞，而此磚特陶土爲之，乃知許壽，誠爲差事。至逆料數百載以期人知，則又超出形器之外，盖非止囿於筆墨畦逕者，尤未易以常情論也。開禧丁卯季春十日，□城宋之瑞。按宋之瑞，天台人。「城」字上當是「赤」字。

此書後蘭亭十二年作，是時獻之猶未冠也。人多謂其勁健過於蘭亭，是殆不然。夫觀書之法，當如舊人，必老成而後見其全。庭少時，得獻之洛神賦小書，世傳小王晚年所作，妙極於此矣。後三十餘年，親見保母磚刻於臨安旅舍，筆法精強，宛若二人所作者，恍然謂前所愛洛神賦爲非也。久而思之，蓋保母刻勁健卓立，而精神外發，洛神賦雍容和與，而勁健中藏。於是少壯老成之别在是，而亦自喜觀書之法盡於是，若其文之簡易，事之符驗，此正晉人當年習尚。或議此書之非真，則過也。開禧丁卯四月，會稽南明山人黄庭。

自器之上陶，而墓之用磚，其來尚矣。有虞氏瓦棺，夏后氏塈周，冶土之埏埴，精緻堅如金石。漢陽朔磚字云：「尉府壺壁，陽朔四年□朔始造。」其字畫奇古。西漢文字，世不多有，此字完好。居攝墳壇刻石二，其一云：「上谷府卿墳壇。」其二云：「祝其卿墳壇。」夫磚有字，成帝時已見之；墳有刻，新室時已見之。晉大令保母之藏刻磚爲志，亦當時承襲，睎用金石爲簡省爾。志云「善屬文，能草書」，亦見聞間得於其父子筆冢墨池之餘習。小研隨之，不忘其生平之所好，抑以見志行之高秀歟？後世士大夫好古博雅，喜萃石刻器玩，蓋多邱壟中所得者。碑與器固可寶，其壙域爲所鉏斸壞隳而不顧，尚書樓公詩之斷章，厚德之言也，士大夫其鑑諸。乙丑七月五日，崇奎堂高文虎。按以上二詩四跋。皆一手隸書，惜未著其姓氏也。

嘉泰壬戌六月六日，錢淸三槐王畿字千里，得晉大令保母志並小研於稽山樵人周，二物予皆親見之。志以磚刻，磚四垂，其三爲錢文，皆隱起，已斷爲四。歸王氏，又斷爲五。凡十行。末行缺二字，不可知。按元蹟，「知」字旁箋。第六行缺十二字，猶可考，曰：「中冬既望，葬會稽山陰之黃閍。」今作「祊」。硯背刻「晉獻之」字，上近右復有「永和」字，乃劃成，甚淺瘦。「永」字亡其磔，「和」字亡其口。硯石絶類靈，壁又似鳳咮，甚細而宜墨，微窪其中。或以爲王氏舊物，用故窪，非也。按米氏書史，晉、唐硯制皆如此，點筆易圓也。自興寧距今八百三十載八，按「八載」，元蹟，倒寫。異哉！物之隱顯，抑有定數，而古之賢達，皆前能按「能前」，元蹟，倒寫。知之歟？又按畫記，大令以晉孝武太元十一年，年四十三乃終，上推至乙丑歲，年廿二，其神悟已如此，言語翰墨之妙，固不論也。此字與蘭亭敘不少異，真大令之名蹟。不經重摹，筆意具在，猶勝定武刻也。梁虞龢云：「羲之爲會稽，獻之爲吳郡，故三吳之地，偏多遺跡。」蓋右軍自去官後，便家山陰，今蕺山戒珠寺乃其故宅，而雲門寺乃大令故宅，去黄閎皆不遠，宜有是物也。

保母志有七美，非他帖所及。一者右軍與懷祖王述。同家越，右軍郎邪族，懷祖太原族，故大令首言郎邪，所以自别。古人之重氏族如此。二者世傳大令書，除洛神賦是小楷，餘多行草。此乃正行，備盡楷則，筆法勁正，與蘭亭敘、樂毅論合，已外雖東方贊、黄庭經亦不合也。三者蘭亭敘世無古本，共寶定武本。定武本刻於數百年之後，寧不失真？此乃大令在時刻，筆意都在，求二王法，莫信於此。四者不惟書似蘭亭，文勢簡秀，亦類其父。又與叔夜、伯倫、淵明、遠公所作，同一標置。五者定武蘭亭乃前代巧工所刻，嘗以他古本較之，方知太媚。此刻甚深，惟取筆力，不求圓美。「雙」字之掠，「夫」字之磔，「載」字之戈，「志」字之心，再三刻削，乃成妙畫。蓋古之能書者多自刻，鍾元常刻受禪表，李北海之寓名黄仙鶴、伏令芝之類。此磚亦恐是大令自刻，不然何其妙也！六者意如婦人，而能文善書入元，乃知當時文風之盛，婦人可稱者不獨楊皇后、魏夫人、衛茂猗、謝道藴輩。又知古人教子，既使之外從師友，退居于内，亦使之按元蹟，「之」字旁〻。婦人之能文藝、知道理者與之處。宜乎子敬爲晉名臣也。七者預知八百年餘，按元蹟，「餘年」倒寫。事雖近於異，然古之賢達如此者衆，伊川之爲戎，樗里之知葬，此出於神明虚曠，自然前知，豈必運式持籌而後得之哉？但此字較之蘭亭，則結體小疎，當是年少故爾。右軍書蘭亭時，年五十一，多大令卅年工夫也。數日與諸名公極論，因備著之。

保母志與蘭亭同者廿四字：之、三、年、在、各二。文、能、老、趣、興、歲、丑、日、終、以、曲、水、於、悲、夫、後、者。與右軍他帖同者十八字：行、秀、王、懃、書、善、七、十、三、二、月、六、無、小、冝、貞、而。二。其嘗見於按元蹟，「於」字側注。大令雜帖者三字：獻、二。寧。而見於蘭亭敘、右軍帖者，大令帖中亦多有之。此刻大都百五字，其可以他帖驗者凡四十五字，餘六十字，如：保、歸、柔、恭、屬、解、釋、交、螭、墓、志等字，尤精妙絶倫，晉、宋以來，書家所未有也。壬戌十月，余故人了洪瀘師攜墨本自錢清來示余，且言六月六日過王君，有野人自外至，出小硯以饋王君之子，云春時劚山得之。洪取視，見硯背有「永和」及「晉獻之」字，知是壙中物。問：「有碑否？」野人云：「一磚上有字，已碎矣。」亟使致之。明日持前五行來，是時猶未斷也，驗是大令保母墓志。而文未具，又使尋之。旬日乃以後五行來，斷爲三矣。一以支牀，上有「交螭」字者是也；一爲小兒壘塔，上有「曲水」字者是也；一弃之他處，碎而復合，似有神助。野人周姓，居越之稽山門外，去錢清六十里，不致之他人而致之王君，亦異矣。王君攜磚硯入都，余得借觀累日。或以爲王君贗作以欺世，亦有數人刻別本以亂真者。然余觀此志，斷非今人所能爲。予學書卅年，晚得筆法于單丙文，世無知者。諦觀此刻，若合一契，而謂王君能爲之歟？誠使今人能爲之，則別刻本便當並駕，何乃拙惡如彼也！或謂大令晉人，不應於研背自稱「晉獻之」，此見其僞，亦非也。大令刻硯背以殉葬，知八百年後且出，故先書晉以自見。又案歷代印文皆不稱代，惟魏、晉率善令則曰「魏率善某官」、「晉率善某官」，生人用印猶得稱晉，殉葬之研不得稱晉乎？或謂又按元蹟，「又謂」倒寫。蜀爲李氏所據，久非晉有，安得廣漢人而爲王氏之保母？此亦非也。獻之之稱郎耶，是時晉豈有郎耶哉？亦本其世之所自焉耳。今西北人子孫多矣，然亦按元蹟，「亦」字側注。各從其父祖言之。按意如以惠帝元康六年生，爾後蜀雖亂，而晉遣使按元蹟，「使」字旁、。羅尚在蜀甚久，不可謂蜀非晉有也。永興元年李雄克成都，軍大飢，蜀人流散，東下江陽。意如之出蜀，或在此時矣。或又謂佛之徒稱釋，起於道安，大令時未應有釋老之稱。此又不稽古之甚者。阿含經云：「四河入海，與海同流按元蹟，「流」字旁、。鹹。四姓出家，與佛同姓。」釋，佛姓也，此土謂佛爲釋久矣。志稱釋老，以佛對老，非謂佛之徒也。晉史云：「何充性好釋典，崇脩佛寺」是也。然道安以前，比邱各稱其姓。道安欲令皆從佛姓，初不之信，後得阿含經，始信之。爾後此土比邱皆姓釋，如釋惠遠是也。案何充是中興初人，道安、習鑿齒皆依桓溫於荆州，正與大令同時，亦非異代事也。或謂此字多似蘭亭，疑後人集蘭亭字爲之，此又不然。大令字與蘭亭同者，何止保母志而已？然大令平生行草多，正行少，試以官帖第九卷中行書帖較之，相過一帖同者十八字：相、終、無、日、在、未、暫、坐、感、感、得、古、盡、痛、此、所、不、流；思戀一帖同者九字：事、既、將、視、左、右、無、喻、盡；十二月二十七日一帖同者十一字：日、操、之、歲、盡、感、懷、不、亦、情、得；靜息一帖同者四字：靜、是、極、無；發吴興一帖同者八字：吴、興、感、喻、不、靜、兄、情。其他三兩字同者，不可勝紀，右軍、大令既是父子，不應疑其書蹟之同，今人父子書蹟同者衆矣。大抵大令字與蘭亭合，縱是他字，偏旁亦合，如：兄、况、吴、娱、捺、蹊是也。縱是行草，下筆亦合，如無無、暫暫是也。又案唐人集右軍書碑，率多俗惡，此則高妙，如：老、夫、水三字，又似跳竃矣，决非集字也。或又謂降自南朝，始有銘志埋之墓中，大令時未應有之。此又不然。漢謝君墓磚云：「元和三年五月甲戌朔，謝君造此墓磚。」又武陽城東彭亡山之巔，石窟中有漢章按元蹟，「章」字側注。帝建初二年張氏題識三所，洪氏隸釋云。此亦埋銘之椎輪也，其不始於南朝明矣。或謂東坡金蟬墓銘云：「百世之後，陵谷易位，知其爲蘇子之保母，尚勿毁也。」此末章似之爲可疑。予謂東坡意其理之或然，大令知其數之必然，作者之言自應相邇近。越人於地中得一石，有詩云：「笑椎畫鼓過江東，身到蓬萊第一峰。坐看海雲迎日出，千山渾在缺二字。

中。」末章又與東坡潮詩合矣。東坡固是文宗，然以兩保母志較之，高識者自能定其優劣也。或又謂保母王氏之妾，不當言歸王氏，金蟬碑謂之隸蘇氏爲當。予謂既曰母矣，稱歸何嫌？且東坡銘其弟之保母，故稱隸。使子由自銘，則不忍稱隸矣。此以見古人之忠厚也。

世人好妄議如此，令人短氣。予恐流俗相傳，誣毁至寶，故不得不力辨。雖然，妄議可以惑庸人，博雅之士一見自了，不待予之喋喋也。磚既入土八百餘年，已腐壞，恐不能久。近所摹本，比初出土時已覺昏鈍，摹之不已，日就磨滅，得墨本者宜葆之哉！

予既作此跋，將書以贈千里，以疾見妨，自四月至于九月乃竟。既致諸千里，後月餘，過錢清，與元卿、千里同觀，聊記其後。番易姜夔堯章。按姜跋無印章，後「蓀壁」及「瀍書」二印，去跋稍遠，皆收藏圖記也。

蓀壁 瀍書 二印俱紅文

王郎擅風流，筆墨美無度。殘磚與斷刻，亦有神物護。埋光八百載，復出疑有數。偉哉羲、獻蹟，併見山陰路。抗衡丙舍帖，突過黄初賦。景師與陽朔，漶漫不足數。要須中山石，乃可與之伍。十行百餘字，一一生媚嫵。家鷄與野鶩，此論吾不取。佳處將無同，閟妙未易語。我貧乃耆此，字字若可煮。不知何物媪，托此傳萬古。却怪玉匣書，反累昭陵土。

（三齊周密公謹父）

密　紅文　公謹父　白文　齊周氏　白文

揰按「揰」字元蹟丶去，别注「撞」字于後。破烟樓固未然，唐榻晉刻絶相懸。莫將定武城中石，輕比黄閍墓下塼。撞。

姜侯才氣亦人豪，辨析區區謾爾勞。不向驪黄求駔駿，書家自有九方臯。

臨模舊説范新婦，古刻今看李意如。却笑南宫米夫子，一生辛苦學何書。

千年鬱鬱閟重泉，蹔出還隨刼火烟。靳惜乾坤如有意，流傳君我豈無緣。

（漁陽鮮于樞伯幾父）

箕子之裔　紅文盖「樞」字上

于鮮　紅文　系殷周封　白文　樞　紅文　鮮于樞伯幾父　白文　伯幾印章　白文　漁陽私記　白文　虎林隱吏　紅文

李氏墓下二尺磚，蛟螭蟜蟜星斗懸，埋没黄土將千年。魚燈青熒照墓草，何人穿中得此寶，神物護持完且好。沙填苔漬餘十行，筆力遒媚紙墨香，曲水古硯昭其旁。世人千金求墨迹，眼前至寶同瓦礫，子能賞之乃真識。大字無過瘗鶴銘，小字亦有换鵝經。君看行書有如此，從今不獨夸蘭亭。（青巖生仇遠）

青岩生 白文　仇氏仁父 白文　遠 紅文

秦川張埛謹觀于弁陽翁三秀堂。

張埛私印 白文　張季野氏 白文

丙戌冬，伯幾出保母帖相示，命題詩。次年春，重見此帖于弁陽山房，較前帖微不同。遂再賦併書前詩如左。社日。遠頓首。

我愛保母帖，人傳中令書。不須疑斷缺，幸是出耕𦓤。芸閣磚何在？蘭亭字偶如。周、姜題品重，瓦石亦璠璵。

遠 白文　仁父 白文

大令書法美少年，玉函金籥隨飛烟。纍纍一百又五字，豈意近出黄閍磚。字奇文古兩超絶，保母從兹傾衆帖。誰將瓦合嘲玉碎，一片孤衷本相接。快劍横斫鐵山摧，戲龍猛蹴銀河欹。方庭無月天地黑，仰視别有星離離。浪言貞石志千載，不及永和窪硯在。白石已仙千里死，千百人中幾人愛。蘭亭信美如捕風，貴耳賤目人嚮從。三日嘔血飢搥胸，葉公畫龍懼真龍。

（錢唐白珽廷玉父）

錢唐白珽 白文

鳥跡不復見，字體益以繁。變化各有極，何由使還淳。右軍天機精，筆端走風雲。萬世有能事，仰之道彌尊。後來獨超詣，乃有中令君。惜哉貞觀厄，真跡無復存。此碑出千年，筆法凛如新。至寶不淪没，終爲絶世珍。晴窗有真賞，妙理可忘言。流弊今若此，誰能決其源。

（巴西鄧文原善之父）

鄧氏善之　紅文　鄧文原印　白文

趙

保母碑雖近出，故是大令當時所剜，較之蘭亭，真所謂固應不同。世人知愛蘭亭，不知此也。丙戌冬，伯幾得一本，繼之公謹丈得此本，令諸人賦詩，然後朋識中知有此文。丁亥八月，僕自燕來還亦得一本，又有一詩僧許僕一本，雖未得，然已可擬。世人若欲學書，不可無此。僕有此，獨恨驅馳南北，不得盡古人臨池之工。因公謹出示，令人重歎。孟頫。

趙孟頫印　紅文　天水郡圖書印　紅文

黃閎斷刻得者誰，雙松下殉方壺螭。其文記述保母李，云是大令之所爲。點畫安知尚年少，筆不可掣從兒時。當其翰墨託久計，異哉歲月如前期。爲憐樵人巧收拾，豈無行道猶嗟咨。殘磚裹送平原家，閲古衆帖奚獨遺。窮諏遠引商是非，具眼落落多傳疑。塵埃尺紙拂陳迹，聞君好事捲贈之。簡編無端發汲冢，陵谷何年沈峴碑。坐中賞識本易厭，世外隱伏勞旁窺。騷人勝士一朝玩，孝子慈孫千古悲，君不見鍾侯書法亦大奇，下穿墟墓求其師。

（山陰王易簡）

脱落黃礽帖，按辭大令書。稍作蘭亭面，七美諒匪虚。或訝缺勿毁，或疑集悲夫。考真固云癖，訂僞亦以愚。第觀龕中藏。清玩唯研壺。晉人擅風流，宜與後世殊。所惜尚言數，卜年八百餘。貞石久且泐，雙松當幾枯。片磚曷未化，逮兹厄耕鋤。方其内幽鐫，要以托荒墟。孰知坐此故，反能誤意如。傳世豈所幸，况遭孽韓污。辨端更爲累，但資文字娱。陶土或若此，何爲殉玉魚。

（玉笥村民王沂孫詠道父）

三齊呂同老敬觀。

至元戊子鮮于樞再觀，同曹彦禮。

祥雲五色出孱顔，名重黄閍九里山。中令幾多傳世帖，幽鐫豈願落人間？八百年從卜筮來，數終天地闔還開。斷磚一出人間後，歎惜無人掩夜臺。（山陰後人王英孫）

永嘉俞德鄰、山陽湯炳龍、京口郭景星、濟南張謙、東陽胡長孺、錢塘白珽、延平祝宜孫同觀。

予嘗爲諸君言：世遷物化以來，凡商彝、周鼎、漢碣、秦碑，稍落人間者，傳譌襲是，奇詭蒼茫，豈能一一當時故物哉？而悠然悟賞間，正足寄吾千古之意而已。此刻淸姝閒遠，如秋水芙蕖，超然自韻，故想見大令風度，而嘐嘐疵點，何耶？姜堯章，江東韻士，蒐微抉幽，銖商黍析，磊落人似不應爾也。嗟乎，予視數年來故陵玉盌之殉，道山芸閣之藏，永寧金籥之秘，悽然淪化。何可勝道？誰復過而睨之？此磚乃自託於江左承平之日，元公鉅人，爭相纍藉，夫物故有幸不幸耶？把卷之餘，浩歎久之。壬辰正月，青原山龍仁夫。

仁夫 白文　□復 紅文一字莫辨　廖洲 紅文

太極判而陰陽，陰陽分而五行，全體散矣。書至乎二王，其全體之散者歟？壬辰三月，東平杜與可拜觀。草書。

淮陰龔開　淮陰龔開 白文盖「開」字上

題大令保母帖詩一首并序

二王書由晉歷南北、隋、唐，以至于今，學書家共知寶愛。大令保母帖近出埋瘞中，乃復見珍于世。或謂字體若有所本，遂疑好事者爲之。又其文與蘇文忠乳母誌「後世知其爲蘇子之乳母，尚勿毀也」之語相近，故疑者愈甚。古之君子，所自樹立，皆能自信自必，惟其自信自必，故人亦許而與之。傳之後代，理契言符，有不期然而然者。二銘語意相近，何必不爾？周公謹、鮮于伯幾各藏墨本，謂是於古磚上撫拂得之，視異時傳刻，特爲可寶，亦既裝襲，作爲歌詠，且帥朋從共賦之。余謂大令名蹟，有卽遂傳，古今疑似，正何庸深辨？吾獨念保母而得銘，推而上之，於人倫風教有大關係。感歎之餘，作詩一首，用美其事，永錫爾類，實獲我心。其在字書，直可略焉耳。往余於王氏清節堂初見此帖，自是時時見之。今而有作，固非偶然，其亦二君雅志，有以漸而成之也歟？

丈夫生身迄成就，誰能滋長不從幼？父訓母儀无不至，提攜亦藉保母手。人生諸母均一體，譬如支節分跟肘。禮法其間雖有制，恩義於中當過厚。衆人録録无足言，有一名世合見取。江左諸王皆俊異，无人能出子敬右。平生豈獨藝學高，枝葉扶疎本根茂。他年保母例得銘，既賢子敬賢厥姆。想見家庭保抱時，舉止儀容異諸婦。固應有子如己出，更得斯文傳不朽。一磚方廣數尺強，文字排行有奇偶。點畫微微見斑剥，陶坯泥沙相雜糅。不知何物使印泥，箱篚織文如杞柳。八法皆存舊典刑，骨肉中間見肥瘦。旁模小研形製古，仿佛猷如彫玉斗。誰傳墨本到人間，一紙千金爲渠售。好事人家僅有之，其不得者什八九。此碑端可植人倫，勿但將書比瓊玖。或云此帖有真僞，真僞何須苦研究？東生既死誰補亡，南陔孝子空白首。况乃文章到保嬰，居今絶無古或有。蘇氏仲和不諛墓，亦有銘文於乳母。陵谷變遷當不毀，其人自信仍有守。由來此事无隱見，爲世大僇存亦醜。請君因此二母銘，監取流芳與遺臭。篆書。獨淮陰龔開「開」字作花押體。

裙珠已化燒畬火，奇寶槃槃脱扃鎖。有美官奴髮初鬌，母也恩勤嘗腹我。匪金匪石陶黄埵，篆銘不朽靈焉妥。殉之不有珮玉儺，有壺方觚硯圜橢。剋期八百今也果，破板欲堕逢王叵。朱方斷石元黄裹，小大不同同磊砢。家公藺紙契之左，終存悲夫塗亦可。采旄桂旗傳刻夥，畫虎紛紛厭叢脞。斯文後出當大播，誰歟贋真辨瑣瑣？一笑不及王孫贏。

（虎林盛彪）

虎林 紅文

彪 白文

至元辛卯中秋日，弁陽翁出示此卷，命題數語。然才思蹇澀，未能卽就，姑識歲月云。清江羅伯壽志仁同觀。大梁趙由礽識。

（山陽湯垕曾觀）

湯氏君載 紅文

蘭亭貴重玉石刻，云是率更脱真迹。至今真贋亂紛紜，爭似王書親入石。八百餘年保母辭，獻之筆法似羲之。斷碑剥落百餘字，高作歐、顔千世師。

（至元癸巳正月初九日丙寅，題于錢塘寓居快雪齋，金城郭天錫）　天錫 白文

快雪齋 紅文　金城郭氏 紅文

元貞二年二月六日，觀此卷于浩然齋。孟頫。

辛卯之秋，余同伯壽過浩然齋，弁翁俾賦詩題此卷，今已九春秋矣，詩尚未就，良可一笑。然今公往矣，壽甫其寶之。趙由礽重題。大德三年子月十日。

大德九載，會稽錢國衡觀于浩然齋。二月廿六日謹題。

曹娥、洛神遍堪輿，保姆後出爭瀾趨。一時耳目喜新異，九原誰復哀意如。世人重藝不重義，每以好奇夸好事。集古、金石半豐碑，逝者似爲書者累。八百餘載四字全，政

同懸厓三百年。王畿不悟王元象，不如果也能興憐。但道青氈故家物，肯因陵谷憐枯骨。耳孫猶爾况他人，崇韜安生何可忽。昭陵之盜猶蘭亭，必無可欲乃妥靈。黄閎前車已如此，安保金蟬之墓終弗毁？

予三十年前草窗家觀此帖。當時欲題數語，匆匆未暇也。今解后白雲山中人，又見之於是，弁陽翁已捐館久矣。乃知天地間法書名畫，自有神物護持，非其人不與。天瑞，天目間氣人物，元英先生後人也。世爲錦城巨家，自號義齋，家有白雲書房，江風山月吟窗，諸老品題咸在焉。其風流儒雅若此，故應得之也。於是喜而爲書此詩云。延祐己未重午日，北邨老民湯炳龍書于保和讀易齋，時年七十有九。

□湯
炳龍
□父

白文内二字不辨

老苔蝕樵樵欲殘，斷磚文字氣兒寒。匆匆大令一哀寄，山鬼不借秋紅殷。斸深黄獨撑罅出，好事猶疑向來筆。汝州謫客亦偶然，千載何緣分格力。摩挲古意將無同，兒時保抱裀繡紅。但持此念慰人子，喚起衰俗增淳風。

王大令保姆帖，世未之見，過臨安，適釣臺，白雲孫義齋邀過其藏書之舍，首出此卷相示，老睫爲之增雙明，恨操矛競喙之紛紜，猜貳相半。予謂若此帖當貞觀年薛萿文皇，自應迂迴平生不肯略過之英盼，不復姑置。何得千載之下，以其偶眉山公保姆末後句差相似，便謂雁大令以媒世俗，極可恨恨。雖然，政自不必辨證，豈無具一隻眼者？義齋其珍之。

（海粟老人）

振子　紅文　粟海　白文　怪怪道人　紅文

十年江湖，再歸錦溪已三年，兩到白雲書房。延祐己未得觀此帖，不暇題品，以俟重來饜玩以續之。桂月圓日，天目山雲溪□慶書。按元蹟，「溪」下似「公」字，又似「台」字，莫辨。

泰定二年首夏，錢塘白珽重觀于方氏白雲書房。

湛淵子白珽　紅文　棲霞山人　紅文

至正九年夏六月十又七日，錢塘俞和閲寶刻于張氏閒止齋。同觀者蜀楊炳，同郡李嗣儁。

和（紅文）　俞子中（白文）

興寧朽骨雙松下，經過無人知下馬。斷磚缺研出黃閍，廼屬錢清同姓者。文字刻畫殊草草，熟視姿媚仍蕭洒。勿訝此磚八百載，更有羽陽銅雀瓦。

（至正己丑歲夏五月，方外張雨閲于浴鵠灣之靜舍，因題。）

句曲外史（紅文）

右晉中書令、贈侍中、特進、光禄、太宰王憲公獻之字子敬，所書保母帖，十行一百五字。神彩飛動，典刑嚴密，妙絶古今，與右軍蘭亭真角立無愧色。其中言後八百餘載而出，旁有小硯，背刻「晉獻之」三字。宋嘉泰壬戌六月，三槐王畿千里得之樵人。予以通鑑編年並歷代帝王編年互見圖考之，自興寧三年，距趙宋嘉泰壬戌，適合八百餘年之數。大令固非以讖緯術數計年月者，而先見之明不差豪髮，可謂至誠前知矣。此與曹娥碑蔡議郎夜闇手摸其文，云「三百年後，碑冢當墮江中，當墮不墮逢王叵」，同一應驗。古人高世遠識，知幾其神，類皆如此。稽之唐張彦遠法書要録，米南宫寶晉齋帖、寶章待訪録，黄伯思東觀餘論、法帖刊誤，廣川書跋，太宗淳化帖及秘閣絳、汝、鼎、潭等州，臨江戲魚堂，江州星鳳樓、大觀法帖、修内司帖，高宗臨摸諸帖，悉未之及，迺知諸石刻皆在此磚未出之時。迨其既出，而後退菴僧了洪、樓攻媿、周平園、李豫章、宋赤城、黄南明、高恥堂群賢之題詠，白石姜堯章之考覈，弁翁周公墐之收藏，白雲方氏之儲蓄，趙子昂、鮮于伯幾、郭佑之、龔翠巖、胡石塘、龍麟洲、盛虎林、馮海粟、鄧善之、湯北村、仇山村、白湛淵諸公之題品，明白可驗。自宋嘉泰二年至皇元至正，又百餘年矣。按元蹟，「矣」字側注。今錢塘張君子英以簪纓之華裔，好古博雅，一旦得之，藏諸篋笥。復有先輩親染翰墨如此之多，手澤具存，可敬可愛。宇宙之間，惟此一本。松雪困學，雖亦有之，而無是連篇累牘之跋語，相去遠甚。子英復有賢子秉中甫爲之嗣續，十襲而珍秘之，斯帖得所託矣。於戲，張氏子子孫孫其永寶焉。太歲至正龍集庚寅嘉平上日，平陽後學堯岳子泰甫敬書。

翼善傳聖曰堯　紅文　平陽堯岳　白文　按「周公謹」元蹟作「周公墐」。

山陰野鶴家鷄群，少年筆力扛千鈞。蘭亭日漫定武刻，墓磚晚出黄閍文。變體雄深自入妙，洛神媚婉疑失真。交螭飛去天地老，小硯猶餘字畫新。斷磚淪落復何處，墨本流傳今到君。閒窗止水閲萬變，人琴寂寞悲浮雲。美人久與黄土化，富媪自惜斯文湮。佳城見日故有數，瓦礫爲寶寧由人？古今俯仰一感慨，於謳副墨更慇懃。金蟬後來何復云，君看北海下筆親。

至正甲午清明日，括蒼林彬祖書。以上宋紙凡十五接。

晉王獻之，字子敬，羲之第七子，官至中書令。清峻有美譽，而高邁不羈，風流蘊藉，爲一時之冠。方學書次，羲之密從其後掣其筆不得，於是知獻之他日當有大名。後其學果與羲之相後先。獻之初娶郗曇女，羲之與曇論昏書云：「獻之善論書，隸體咄咄逼人。」又嘗書樂毅論一篇與獻之學，後題云賜官奴，卽獻之小字。獻之所以盡得其父羲之論筆之妙，論者曰謂如丹元蹟誤「月」。穴鳳舞，清泉龍躍，精密淵巧，出于神智。梁武帝評獻之書，以謂「絶妙超群，無人可擬。如河朔少年，皆悉充悦，舉體沓拖，不可耐按元蹟「耐」。何」。獻之雖以隸稱，而草特多，今觀礦石所勒保母一帖，逮研石小書，正與禊帖無少異，其筆法獨具體於乃父者。是刻世亦罕傳，比之定武蘭亭本，猶玉之於卞和，已精而益精者。况多前賢稱賞珍秘，細閲之，自有一種風骨，非他帖之可倫。予幸獲之，不啻拱璧，子孫其寶諸，永以爲則。毋忽前人之志，斯可矣。

項元汴印　紅文　子京父印　紅文

世人未識蘭亭面，肥瘦紛紛辨永和。細認黄閍磚上字，王家筆法自無訛。

蟻壺不見研形刓，莫怪樵夫鉏斸殘。知有意如保母事，勝同山石没荒寒。

集古歐陽尚未知，米家待訪録仍遺。討求賴有姜翁在，况出草窗藏弆時。

三日晴和放盡梅，霧籠窗曉暗香來。獨將古［帖］閒舒卷，似對前賢話往回。帖〇

按：元蹟，「帖」字注後。

康熙己巳，得宋搨王大令保母帖於京師。是年歸草堂。甲戌秋，再入西華。丁丑秋，請養還北墅。此卷皆隨行笈中。每思題識數字，不敢輕爲點筆。庚辰正月廿六日曉，起坐簡靜齋，展觀再四，念神物既爲我有，若無記述，徒按元蹟，「徒」字旁〻。後誰知之？因賦四詩。老懶不更潤削，隨筆書後。時春物已和，梅花極爛熳矣。江邨竹窗高士奇，年五十六。

奇士　紅文

高澹人　白文

高詹事　白文

竹窗　紅文

一鄉看侍老萊衣　白文

晉榻太宰、中書令王獻之保母帖端研式，宋、元名賢題識。明墨林子項元汴珍秘希世之寶。按此二行在卷盡處，前尚多餘紙。

項元汴印　父子京印　項墨林父祕笈之印　俱紅文

按卷中收藏印甚多，不及悉録。

圖書在版編目（CIP）數據

鷄肋編 /（宋）莊綽撰；夏廣興，王藝點校．四朝聞見録 /（宋）葉紹翁撰；張劍光，張瑩點校．--福州：福建人民出版社，2023.12

（八閩文庫．要籍選刊）

ISBN 978-7-211-09262-8

Ⅰ．①鷄… ②四… Ⅱ．①莊… ②葉… ③夏… ④王… ⑤張… ⑥張… Ⅲ．①筆記小説—小説集—中國—宋代 Ⅳ．①I242.1

中國國家版本館 CIP 數據核字（2023）第 247123 號

鷄肋編　四朝聞見録

作　　者：〔宋〕莊　綽　撰　夏廣興　王　藝　點校
　　　　　〔宋〕葉紹翁　撰　張劍光　張　瑩　點校
責任編輯：鄭翠雲
責任校對：林喬楠
裝幀設計：張志偉
美術編輯：陳培亮
出版發行：福建人民出版社
電　　話：0591-87533169（發行部）
網　　址：http://www.fjpph.com
電子郵箱：fjpph7221@126.com
地　　址：福建省福州市東水路 76 號
經　　銷：福建新華發行（集團）有限責任公司
印刷裝訂：雅昌文化（集團）有限公司
地　　址：深圳市南山區深雲路 19 號
電　　話：0755-86083235
開　　本：890 毫米 ×1240 毫米　1/32
印　　張：13.875
字　　數：250 千字
版　　次：2023 年 12 月第 1 版第 1 次印刷
書　　號：ISBN 978-7-211-09262-8
定　　價：68.00 元